意林

意林励志卷

致远方

《意林》编辑部　编

吉林摄影出版社
·长春·

意林年度特刊

图书在版编目（CIP）数据

意林励志卷. 致远方 / 《意林》编辑部编. -- 长春: 吉林摄影出版社, 2021.12
ISBN 978-7-5498-5193-5

Ⅰ. ①意… Ⅱ. ①意… Ⅲ. ①故事－作品集－世界－现代 Ⅳ. ①I14

中国版本图书馆CIP数据核字(2021)第258559号

意林励志卷·致远方 YILIN LIZHI JUAN·ZHI YUANFANG

出 版 人 车 强
主　　编 杜普洲
责任编辑 王维夏
丛书策划 王立莉
丛书统筹 杨 静
执行编辑 杨 静
封面设计 马骁尧
美术编辑 郭 宁
发行总监 王俊杰
封面图片 Veer图库
开　　本 889mm×1194mm 1/16
字　　数 400千字
印　　张 13
版　　次 2021年12月第1版
印　　次 2021年12月第1次印刷

出　　版 吉林摄影出版社
发　　行 吉林摄影出版社
地　　址 长春市净月高新技术开发区福祉大路5788号
邮编: 130118
电　　话 总编办: 0431-81629821
发行科: 0431-81629829
网　　址 www.jlsycbs.net
经　　销 全国各地新华书店
印　　刷 北京中科印刷有限公司

书　　号 ISBN 978-7-5498-5193-5　　**定　　价** 39.90元

启 事

本书编选时参阅了部分报刊和著作，我们未能与部分作品的文字作者、漫画作者以及插画作者取得联系，在此深表歉意。请各位作者见到本书后及时与我们联系，以便按国家相关规定支付稿酬及赠送样书。

地址：北京市朝阳区南磨房路37号华腾北搪商务大厦1501室《意林·作文素材》编辑部（100022）
电话：010-51900054

公元 787 年，唐封疆大吏马总集诸子精华，编著成《意林》一书 6 卷，流传至今

意林：始于公元 787 年，距今 1200 余年

意林®

一则故事　改变一生

CONTENTS 目录

第一章 传奇典范

002 禾下乘凉梦 一梦逐一生——怀念袁隆平 | 袁汝婷 刘良恒 周 勉
005 少年时的英雄 | 六神磊磊
006 成全张桂梅的人 | 沈嘉柯
008 种下200万棵树的女人 | 沈轶伦
010 我国是第一个在月球上种棉花的国家 | 刘殿富
012 一级英雄柴云振乡间埋名33年 | 陈 倩
014 鲁迅的壁虎与猴头菇 | 许晓迪

第二章 成长路标

016 20岁失去手脚的他，却遭姑娘们疯狂表白 | Captain
018 要想成功，只有一条路可选 | 阿 美
020 高考623分的外卖小哥：告诉你的孩子，千万别学我 | 刘 娜
022 17岁天才滑雪美少女，活成“别人家的孩子” | 杨 雨
024 《送你一朵小红花》：每一个努力生活的人都值得被表扬 | 东方君
026 追星星的人 | 慕 云
028 14岁的跳水皇后，梦想是开小卖部吃辣条 | Trawberry
030 一个小人物的超级英雄梦 | 李尚龙

032 人无再少之颜 ｜ 林赶秋
033 天鹅守护神 ｜ 林青霞
034 你的苟且，正在成为别人的红利 ｜ 王耳朵先生
035 口罩后面藏着不能说的秘密 ｜ 常迎春
036 “共和国第一旗手”是怎样练成的 ｜ 北洋君
038 航天员要经历多少考验，才能去太空 ｜ 黄伟芬
040 从北大退学、转读技校的学霸周浩，如今怎样了 ｜ Cheryl
042 世如焚炉，人似柴薪 ｜ 鲍 硕
044 静水品茶师 ｜ 华明玥
045 鸭司令 ｜ 沈轶伦
046 我只是看上去比较聪明而已 ｜ 王啊喂
047 那个患脑瘫的孩子，已经年入1000万了 ｜ 艺非凡
048 成为一条游遍世界的“中国锦鲤” ｜ 木棉姐姐
050 城乡“变形记”改变了两个拍短视频的年轻人 ｜ 钱雨朦
052 杨倩，不仅是赛场新星，还是“清华女神” ｜ 王喆宁
054 看了追赶袁隆平灵车的女孩，我顿悟什么是中国年轻人最好的样子 ｜ 脆皮先生
056 作为自由职业者，首先你得职业 ｜ 金陵小岱

第三章 人生感悟

058 我不再纠结于那个人为什么要伤害我 ｜ 陶 勇
060 为什么理发变成了件痛苦的事 ｜ 照 月
061 对绿毛龟也要讲信义 ｜ 唐宝民

062 细节贵在巧 | 杨延斌
063 为什么那么累了，还是想熬夜，不肯入睡呢 | 张佳玮
064 被机器所审视 | 阿　来
066 简单加法 | 刘荒田
067 镜　子 | 朵　拉
068 力量之茶：临危从容 | 于　丹
069 老　蚌 | 陆春祥
070 天空的城堡 | 王太生
071 所谓成为大人 | ［韩］李起周　译/刘兴娜
072 猫、乌桕与白鹭 | 申赋渔
074 事实与臆想 | 邓　笛
075 人生的“闭环修炼” | 杨德振
076 靠工作消磨时间 | ［日］岛田洋七　译/李　炜
077 岁月·舍得 | 蒋　勋
078 单身海归的烦恼 | 爱玛胡
079 海蛎子的生存哲学 | 阿　占
080 人生的转折点 | 岑　嵘
081 新农村的围墙和花草 | 陆勇强
082 秋天是场人间秀 | 章铜胜
083 “建筑大师”织巢鸟 | 赵盛基
084 “失败”的人 | 王小波
085 文　身 | 尤　今
086 谈笑论生死 | 于　丹
087 不要赠予虚空 | 李松蔚
088 目标太多 | 尤　今
089 再　生 | 华　姿

090 郁离子献马 | 李国文
091 身体与病痛 | 郭建勋
092 摘掉棉花顶芯 | 陈云鹤
093 叹气的是软骨头 | 戴建业
094 小咖啡馆主义 | 张 丰
095 呼噜奇缘 | 朝 雨
096 与谁同坐 | 王太生
098 善养生者 | 于 丹
098 没有破天气，只有破衣服 | 张君燕
099 我们都是“橱窗人” | 柏红梅
100 人生哪件事不苦 | 连 岳
100 你活得太累，皆因想得太多 | 李思圆

第四章 智慧之灯

102 卖掉基金那刻，我有了斩断情丝的快感 | 王言月
103 什么表情的汽车最好卖 | 淡 淡
104 受到批评，为何总会耿耿于怀 | 刘 轩
105 奥拉夫的盔甲 | 译/邓 笛
106 别再过问送出去的东西 | 陈亦权
107 “以好充次”赢商机 | 郭旺启
108 路径依赖法则 | 张文成

第五章　另类思考

110　现在句号有精微含义 | 万维钢

111　鲁滨孙是孤独的人吗 | 曹伯韩

112　“魇”住的艺术家 | 肖　遥

113　美丽的坏蛋更坏蛋 | 邓　刚

114　不是随便的人，就不要总说“随便” | 大将军郭

115　一下子的成功，都有副作用 | 黄小平

116　你的猫狗在想什么 | 马家辉

117　2000名未来人，假装生活在2050年 | 葛雨薇

118　离京返乡后，我发现慢生活没那么容易 | 出云破月

120　错误的结论是怎么来的 | 岑　嵘

121　没有王子你该怎么办 | 林采宜

122　故宫门缝效应 | Local Touch

123　勇敢的人敢认屃 | 李松蔚

124　动物园为什么而存在 | ［日］阿部弘士　译/烨　伊

125　胃口不要太好 | 肖　遥

126　跑步变瘦是一种什么生活哲学 | 张　丰

127　人在海边为什么容易产生恋情 | 金圣荣

128　吃咖喱的鸽子 | 周维介

129　海豚与猫儿 | 尤　今

130　人类隐私动物园 | 昕　宇

131　“软管”里还剩很多 | 沈畔阳

132　精益求精，抑或是画蛇添足 | 张天骄

第六章　商学院

134　大佬们的35岁也彷徨 ｜ 我是王耳朵
136　5毛钱辣条卖出500亿 ｜ 小眠宝
137　谭将军 ｜ 蔡　澜
138　去掉那颗橄榄 ｜ ［英］汤姆·斯丹　译/迪　奇
139　迪士尼深夜的守护者 ｜ 日站君
140　为什么人们喜欢去麦当劳上厕所，去链家打印 ｜ 寻空2009
142　“大白鲨”经济学 ｜ 聂辉华
143　炸鸡啤酒配初雪，电闪雷鸣配炎夏 ｜ 静　思
144　我们是球鞋医生 ｜ 晓　洋
145　米店三问 ｜ 郝金红
146　人人都是诸葛亮 ｜ 岑　嵘

第七章　身心原力课

148　时间看得见 ｜ 王　潇
150　竹子定律 ｜ 代　伟
151　一慌张你就输了 ｜ 张天骄
152　全世界我最想偏爱自己 ｜ 李亦北
154　早饭搭子 ｜ 宿　亮
155　好教练与好医生 ｜ 爱玛胡
156　残缺的身体，不妨碍我拥有完美人生 ｜ 城　叔
158　晒月亮 ｜ 池　莉

159 睡在月光里 | 王　晓
160 活在鱼群里的人 | 尤　今
162 靠“抠门”买房的英国小姐姐 | 李孟苏
163 强烈的爱好可以抵抗衰老 | ［英］帕特兰·罗素　译/戴玉庆
164 当代年轻人，住进工位里 | 石润乔
166 每年500英镑及一间带锁的房间 | 欧阳宇诺
167 痛苦是一种自我选择 | 于德志
168 午餐一随便，气势就垮了 | 淡淡淡蓝
169 从前，真的很慢 | 蒋　曼
170 一个死于人设的人 | 蒋方舟
171 坐慢船去旅行 | 王太生
172 风过有旧痕 | 王太生
173 无意与有心 | 师正伟
174 等一场大雨 | 王言月
175 再加二十五两银子 | 陆布衣
176 弯　腰 | 张　勇
177 平　房 | 安　宁
178 “孤独终老”，这多酷啊 | 音乐水果
179 被褐怀玉 | 马　翔
179 人不可俗，不可不随俗 | 马　德
180 伤口里长出的韧性 | 明前茶
181 好气哦，又没发挥好 | ITACHI
182 生命是一种义务 | 王　堃
183 妒忌和贪婪 | 冯　唐
184 别人城市的天气 | 王太生

第八章　名家观点

186　神童莫扎特 ｜ 罗振宇
188　宠物被供养的一生 ｜ 寒　冰
189　猎豹思维与羚羊思维 ｜ 连　岳
190　极端天气越来越多，我们该如何应对 ｜ ［美］比尔·盖茨　译/陈召强
192　坏与好，谁更有力量 ｜ 徐　瑾
193　牛刀杀鸡 ｜ 陈鲁民
194　远方是药也是病 ｜ 陈海贤
195　所谓自由，就是被别人讨厌的勇气 ｜ 奇点不奇
196　和动物共享地球 ｜ 王中中
197　这一次人性逻辑战胜了流量逻辑 ｜ 曹　林

第一章

传奇典范

人生苦短，
道路漫长，
我们走向并珍爱每一处风光，
我们不停地走着，
不停地走着的我们也成了一处风光。
走向远方，
从少年到青年，
从青年到老年，
我们从星星走成了夕阳。
——汪国真《走向远方》

禾下乘凉梦　一梦逐一生
——怀念袁隆平

□袁汝婷　刘良恒　周　勉

2021年5月22日，一位91岁的老人走了。

湖南长沙，中南大学湘雅医院门诊楼前，三捧青翠的稻束静静矗立。不知是谁，采下老人毕生为之奋斗的梦，向他祭献。

一颗稻种，填得满天下粮仓。千言万语，道不尽一生故事。

他以祖国和人民需要为己任，以奉献祖国和人民为目标，一辈子躬耕田野，脚踏实地把科技论文写在祖国大地。老百姓把袁隆平刻进自己心里。

君似雁随阳，为民谋稻粱

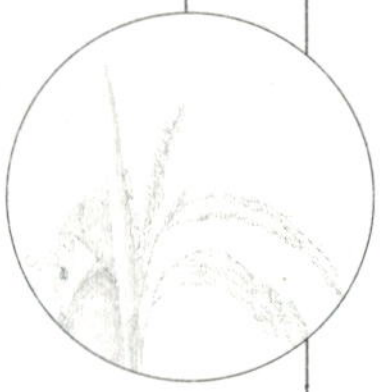

袁隆平逝世后，人们悼念的文辞中有这样一个热词——国士。何为国士？谓其“才德盖一国”，抑或“一国勇力之士”？用在袁老身上恐怕都不能概其全貌。因为还有对人民、家国、民族的责任和爱。

2019年9月17日，袁隆平被授予“共和国勋章”。当天，他还在试验田里查看杂交水稻生长情况。行动不便后，湖南省农科院在他的住宅旁辟出一块试验田，他在家里就能看见水稻。

当双脚无法再踏入稻田中，他的心，仍时刻扎在广袤田野里。

是什么让他对稻田如此眷恋？

“一条大河波浪宽，风吹稻花香两岸……”1956年上映的电影《上甘岭》中，年轻的志愿军战士在异国他乡的坑道里，唱起《我的祖国》。

稻浪飘香，承载着人们对家乡的思恋，对温暖的念想，对和平的向往。

那一年，26岁的袁隆平开始了农学实验。不久，他的研究从红薯育种转向水稻育种。这一转身，改变了他的一生，也影响着中国乃至世界的生存境遇。

“让所有人远离饥饿”，一个在当时看来遥不可及的梦，让袁隆平开始了长达半个多世纪的追逐。

“作为新中国培育出来的第一代学农大学生，我下定决心解决粮食增产问题，不让老百姓挨饿。”1953年，从西南农学院遗传育种专业毕业后，袁隆平立下誓言。蓬勃向上的新中国给袁隆平提供了践行农业报国誓言的广阔舞台。日益强盛的祖国就是他躬耕科研的沃土。1984年，湖南省杂交水稻研究中心成立，“国家下拨的第一笔经费就高达500万元。”袁隆平回忆，研究中心因此迅速建起了温室和气候室，配置了200多台仪器。

回望袁老一生，宏愿并非一时的头脑发热，而是一代中国知识分子对家国命运的情怀和担当。

为稻种追寻温度与阳光，就像候鸟追着太阳！

粮稳，则天下安。水稻种植是应用科学。对科学家袁隆平而言，国家和人民的需求至高无上——技术手段不断更迭，但所有工作的出发点始终是丰收。

近年，杂交水稻年种植面积超过2.4亿亩，年增产水稻约250万吨。中国以无可辩驳的事实向世界证明，我们完全可以靠自己养活14亿人民。

“国士在，且厚，不可当也。”

“我是洞庭湖的麻雀，更要做太平洋的海鸥。”

5月22日下午，灵车缓缓驶出医院。长沙宽阔的主干道上，许多车停下来鸣笛致意，人们涌上街头，齐声呼喊：“袁老，一路走好！”

此时此刻，联合国粮农组织总干事屈冬玉在网络上写下：“一生修道杂交稻，万家食粮中国粮。我敬爱的大师千古！”

反饥饿，不仅是中国人的斗争，也是全世界人民的斗争。

2010年，世界粮食计划署执行总干事乔塞特·希兰写道：人们问我为什么如此有信心在我们这一代消除饥饿，中国就是我的回答。

当你看见非洲岛国马达加斯加的新版货币，你会更加理解——货币图案是杂交水稻，它让这个曾有200万人面临饥荒的国家，结束了进口大米的历史。

杂交水稻，成为解决全球粮食短缺问题的“中国方案”。让全世界人民吃饱饭，是中国农业科学家科学精神的诠释，对人类命运共同体的注解。

发展杂交水稻，造福世界人民——这是袁隆平毕生的愿望。

他说：“我是洞庭湖的麻雀，更要做太平洋的海鸥。”

他，做到了！

真如少年

5月23日上午，长沙明阳山殡仪馆。细雨霏霏，祭奠者排起长队。

人潮中，有许多手持鲜花、从四面八方赶来的学子。他们面庞青涩，神情肃穆，安静有序地跟着队伍一步步前移，然后，深深鞠躬。

一天前，当灵车驶过长沙街头，许多青年齐声呼喊：“袁爷爷，一路走好，一路走好！”

同一时间，无数人在网络上默契地传递同一句话：“袁爷爷，我一定好好吃饭。”

一群年轻人，以纯真的承诺，告慰一位老人至诚的梦想。

“我与他好像有过一面之缘，在饭桌上，在课本里。”“明明素未谋面，我却泪流满面，像失去了爷爷一样”……一位91岁的老人，为何成为中国青年热爱如斯的“网红”？

没有比“手中有粮心中不慌”更踏实的安全感，这是最简单的道理，最直白的表达。

没有比“喜看稻菽千重浪”更持久的喜悦感，这是最生机勃勃的画面，最扣人心弦的憧憬。

那些身处大千世界、见识五彩斑斓的年轻人，总是被袁隆平人格中最朴素的力量击中——那就是“真”，真如少年。

他倔强，在千百次的失败中依然坚信，世界上必然有一粒种子，可以战胜饥饿；

他坦诚，功成名就后，面对测产失败全无包袱，“跌跤就跌跤，再爬起来就是了”；

他幽默，步入鲐背之年，总是自称“90后”，笑言要和青年研究者比比脑瓜子；

他活跃，过了80岁，还能在气排球比赛中打满全场，而且担任主攻手；

他浪漫，工作至深夜，会心血来潮拉着夫人的手奔到河边，跃入水里畅游；

……

“你们正值如花的年龄，也正是充满梦想的时候。但是，仅仅停留于做梦是不够的，我希望你们树立理想，并努力为实现理想而奋斗。”这句对大学新生的寄语，敲响了无数中国青年的心房。

袁隆平走了，袁隆平星依然闪耀

禾下乘凉梦，一梦逐一生。这是袁隆平的梦，也是后来者的梦。

他没有留下最后的话语。可他想说的，人们却能看见——

从云贵高原到华北平原，从洞庭湖区到江南水乡，无数农民还在等待第三代杂交水稻从试验田走向生产田；在新疆、山东、黑龙江等地，已有超过10万亩海水稻试验田丰产，许多角落还在等待“再造亿亩良田”的理想步步实现……

未竟的事业，科学的价值，正待我们去坚守，拼搏，开掘。

“书本里长不出水稻，只有田里才长得出水稻。”这是袁隆平送给年轻科研工作者的成长秘诀——唯有实践，方不辜负真理。

即使身处重病之中，袁隆平最牵挂的还是科研。

入院之初，他每天都问医务人员：“天晴还是下雨？”“今天多少度？”有一次，护士回答28℃。袁隆平急了：“这对第三代杂交稻成熟有影响！”

他病重时念念不忘的，是叮嘱学生们要把杂交水稻事业发展好。

这是一位科学家的本色——爱国为民、刻苦钻研、全心奉献。直到生命最后一刻，袁隆平仍在奋力燃烧自己，烛照后学。

生命有尽头，科学无止境。

一代科学巨擘陨落，留下丰富的精神遗产，激励一代代科研工作者以梦为马，不负韶华!

你听！传承的决心，如稻穗饱满——

“我追的星陨落了，会有更多的星亮起……”

青春的誓言，如稻苗蓬勃——

“请放心，您这位‘90后’没有完成的，还有其他‘90后’顶上！”

袁隆平走了，袁隆平星依然闪耀……

少年时的英雄

□六神磊磊

我没看过马拉多纳踢球，他拿世界杯冠军的时候我才两岁，他第二次踢世界杯决赛并且输掉的时候我才六岁，没法看，况且绝大多数比赛没有转播。

等到我中学开始看点球，看点联赛，他已经退役了。我们那时候看的是罗纳尔多、巴乔。对我来说，马拉多纳就像金庸小说里没出场的那种前辈高手，类似黄裳、王重阳、独孤求败，虽然不明白他究竟多厉害，但我们肃然起敬，不敢轻侮。

少年人的崇拜是纯粹且轻信的。初中的时候说起马拉多纳，大家似乎坚信他可以随便过人，而且因为他基本不踢了，所以这种光环就更厉害。我现在打战略游戏，你的单支部队再厉害也很难“一穿十”，可当时我们相信马拉多纳可以一穿十。

有一次大家在操场踢球，水平差，也毫无战术可言，一个人拿到球就七八个人来抢，被抢的同学又传不出球去，遂大怒，骂大家没有素质，最多两个抢一个，怎么可以七八个抢一个，不讲武德。他说：“马拉多纳也经不起这样抢。”结果立刻有人反唇相讥，说马拉多纳可以过十个，完全可以这样抢。话题于是迅速转为马拉多纳到底可不可以做到，并且酿成一场争吵。我没参与吵架，心想马拉多纳当然可以过十个啦。

所以我对马拉多纳足够尊敬，或者说敬畏，但是没有爱。那种感觉就像张无忌对周芷若，是“又敬又怕”，却没有爱。他老了一点，没有赶上我的“英雄窗口”。

我们每个人从小到大，都会经历那么一个特殊年纪，会迎来一个“英雄窗口”。在这之前你太小了，不懂得仰慕英雄，在这之后你又老了，看淡了英雄。唯独在这个短短几年的窗口里，你青春而热切，幼稚且单纯，你渴盼英雄、需要英雄，就像渴望爱情一样。

你用稚嫩的手，懵懂地在信仰之山插上旗帜，仰面向天，虔诚地守候，直到某一天有那么一个人降临，闯入你的生活，夺走那唯一的旗帜，成为你的英雄，再不会更易。小说于我是金庸，篮球于我是迈克尔·乔丹，足球于我是巴西人罗纳尔多，再不会更易。我爱他们与我爱任何别的作者、球员都不同，就像我看罗纳尔多与我后来看任何球员都不同。

所以马拉多纳突然离世，我不是最有资格哀伤和悼念的人，但是我能够深深体会比我年长一些人的心情，就好像我十分理解比我年轻一点的科比球迷的心情一样。他们世界的英雄走了，他们信仰之山上的夺旗之人去了，这个空洞永远不会填补。

一个朋友发圈说，小时候的世界是个充满了不起的乐园，长大就是这个乐园一点点崩塌的过程。小时候我看武侠江湖，古龙当然是早已不在了，但是金庸、梁羽生、黄易是在的，世界那么好，他们好像会一直陪着我到老。

可是等我刚刚长大，他们就一个个不在了，2009年梁羽生不在了，2017年黄易又不在了，2018年金庸又走了。那感觉就像我有一个最爱的抽屉，放满了心爱的玩具，儿时经常打开，并且以为可以随时打开一辈子。可是忽然有一天，你发现那个抽屉上了锁，你所有的儿时欢笑、记忆、青春、懵懂都锁在里面，而你却永远遗失了钥匙。

所有爱马拉多纳的人，2020年11月25日，他们儿时的抽屉永远上了锁，他们遗失了钥匙，那枚当年他们一直用绳子郑重挂在胸前，以为可以戴一辈子的闪闪发光的小钥匙。

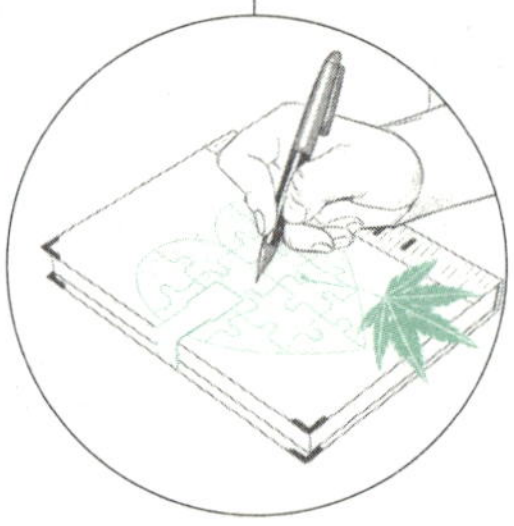

成全张桂梅的人

□沈嘉柯

看张桂梅校长的新闻，出于职业习惯，我注意到一个细节：“我是给她泼冷水最多的人。”华坪县教育局原局长杨文华回忆说，“虽然她让我很感动，但我知道办一所学校有多难。”2004年，张桂梅和杨文华一起出差。一路上，她反复讲述自己的梦想，想说服这位局长帮忙。“你知道建一间实验室要多少钱吗？”杨文华问。

“要两三万元吧。”张桂梅回答得有些露怯。

“她太天真了。”杨文华说，张桂梅当时因为带病坚持教书、教学成绩突出，还在华坪县儿童福利院收养了多名孤儿，先后获得了全国先进工作者、全国十佳师德标兵等诸多荣誉，但她只是一名一线教师，没有管理经验，对建一所学校毫无概念。

杨文华不知道，张桂梅当时已连续几年假期到昆明街头募捐。她把自己获得的荣誉证书复印了一大兜，在街头逢人便拿出来请求捐款。可让她没想到的是，自己放下尊严募捐，换回的却是不理解和白眼，还有人说她是骗子。

几年下来，张桂梅几乎要放弃了。直到2007年，她当选党的十七大代表，她的梦想才出现转机。

这个转机，就是因为，张桂梅去开党代会，接受了一位记者的采访。

张桂梅平时很少买衣服，每件衣服都穿了好多年，直到磨得发白破洞才舍得丢。临去北京前，县里特意资助她7000元，让她买一身像样的正装，可她转手就用这笔钱给学生买了台电脑，自己穿着一身旧衣服参会。

一天早晨，她正急匆匆往会场走。忽然，一位女记者把她拉住，悄悄对她说：“摸摸你的裤子。”张桂梅一摸，穿了多年的牛仔裤上有两个破洞。

“当时我恨不得找个地缝钻进去。”张桂梅说。那天会后，她和这位记者相约聊了一整晚，把所有办校的苦楚都倒给了她。

不久后，一篇名为《“我有一个梦想”——访云南省丽江市华坪县民族中学教师张桂梅代表》的报道发表，全国的重要媒体都在聚集这个教师的梦想。

我忍不住循着许多新闻报道，寻找那个成全张桂梅的人。有新闻标题，很好找。

“我想办一所不收费的女子高中，把山里的女孩子都找来读书。这是我的梦想。”

女记者就是林红梅。

正是她细心关注到了张桂梅牛仔裤的破洞，于是两个人聊起来，进而关注到了诸多代表里的张桂梅。

张桂梅祖籍辽宁，从东北来到云南支边，随丈夫同在大理白族自治州喜洲镇第一中学任教。

1996年，张桂梅因丈夫去世，情绪低落。

1996年7月，她来华坪联系工作调动。适值机构改革，人员精简，难度极大。幸喜遇上了善解人意的副县长李维忠。李副县长当时虽不分管教育，但教师出身的他本着对教育的深厚情怀和特殊关爱，经多方协调终于接纳了她。

1997年4月，张桂梅剧烈腹痛，去医院检查得知患有肿瘤。没钱治病的她，哭了整整一个晚上，决定不治了。干脆全身心投入工作中，准备用余生，送孩子们毕业。

华坪县县政府知道了张桂梅的病情，县长告诉她："我们再穷，都会救活你。"为此，县里开妇代会的时候积极动员大家给张桂梅捐款治病，有的代表掏光了衣兜，没有留钱坐车，走几小时的路回到山里。手捧着这山乡的情义，张桂梅的泪水夺眶而出，"华坪给了我第二次生命，我想为华坪做些事。"

1998年4月，张桂梅加入了中国共产党。

张桂梅为孤儿，为华坪做事，她被选为了党代表。这个党，从基层选出了代表当地民众利益的人。所有这些细节，出自新华社、央视、《人民日报》《光明日报》《半月谈》等媒体的报道。

张桂梅成为张桂梅，背后站着这个国家许许多多埋头做事的人。成全张桂梅的，其实是各级政府给予她的奖励补贴，还有社会各界的捐助，以及无数扶贫的基层干部，帮助当地福利院工作的人。华坪女高的创办，也是源于政府的拨款结合社会捐赠，以及张桂梅的日夜敦促，并不断家访找回失学女孩们，同时孩子们拼命学习，从而走出大山。他们共同努力之下，改变了两千名贫困女孩的命运。

张桂梅教学生们背诵誓词，抄党章，唱红歌。她最喜欢的是《红梅赞》，这首歌深深地影响了她的学生。《红梅赞》是歌剧《江姐》的主题歌。

红岩上红梅开
千里冰霜脚下踩
三九严寒何所惧
一片丹心向阳开向阳开
红梅花儿开
朵朵放光彩
昂首怒放花万朵
香飘云天外
唤醒百花齐开放
高歌欢庆新春来

一首歌，让我们可以接近张桂梅的内心。她的名字里也有一个梅字。红梅花，不惧严寒冰霜，丹心向阳开，也意味着春天的到来。

梅花在中国文化背景里，是高洁品行、仁人志士的象征，有首著名的咏叹梅花的词写道："俏也不争春，只把春来报。待到山花烂漫时，她在丛中笑。"这跟歌词的"唤醒百花齐开放"是一个意思。

最后复盘一下：在她的人生中，为她解决调职到华坪任教的，是副县长李维忠；然后就是拍板以全县之力，救治她的县委书记、县长；还有为了她的病情，多方联系医院，发起捐款的李建国校长；等等。所以，张桂梅决定把余生献给那片洒泪还人情的土地。

而最后一个巨大的转机，则源于那个瞧见张桂梅牛仔裤破洞的女记者。

世事就是这么奇妙。那个女记者，偏偏就叫林红梅，这个名字带着深深的时代烙印。女记者林红梅，是张桂梅背后极为重要的人。这个名字，也特别值得记住。女性改变了女性的命运，没有缺席。新闻是社会公器，用好这个公器，能为社会谋福祉。

最终，张桂梅得以改变了近两千名农村女孩的命运。她燃的灯，会一直照亮那些女孩的内心。薪火相传，生生不息。

种下200万棵树的女人

□沈轶伦

01

因为采访，我已经认识“大地妈妈”易解放快十年了。我知道她为什么一直坚持种树。我记得不久前在她的工作室里，她坐在我面前的样子，一脸憔悴。她眼睛里都是血丝，六十岁开外的人，熬了几夜没睡。一切只有她和丈夫两个人在做主力。12年，这对上海老夫妻在内蒙古沙漠种下了200万棵树。

如果说某种因果，那科尔沁和阿拉善沙漠里的那片绿荫的因，就是这对夫妇失去的儿子。

02

易解放的独子在2000年去世。

当时，是这一家三口东渡日本的第七年。易解放在日本一家旅游公司工作，丈夫杨安泰开了一家私人中医诊所。儿子杨睿哲在中央大学商学部读书。像往常一样，一日晚餐后，旅日的一家人围在电视机前收看中国的新闻。那天正在报道中国北方的沙尘暴：遮天蔽日的沙尘里，行人捂住口鼻在沙尘暴中摸索着前行，汽车在白天甚至都要开着车灯。22岁的杨睿哲看着电视不禁对母亲说，“我大学毕业后要回国为沙漠种树。”睿哲接着说，“要搞就搞大的，种它一片森林。”易解放随口说：“啊哟，那哪里来的钱呢？”儿子不响。

两周后的5月22日，易解放像往常一样去公司上班。可刚到公司半小时，她就接到儿子学校打来的电话：睿哲在上学途中出了车祸。等到夫妻俩赶到医院，儿子已经永远地停止了心跳。

整整两年的日子里，易解放和丈夫都在保留了儿子衣服的房间里，一遍遍听留有儿子声音的磁带。一个声音忽然在易解放的脑海里清晰，那是儿子生前这段关于沙漠种树的对话。终日以泪洗面的她似乎重新找到了生活的目标。她真的回国，又去了内蒙古。

她在日本成立了特定非营利活动法人（NPO）“绿色生命”组织，第一笔回国种树的启动金，就是儿子去世后的生命保险金。在远离熟悉的都市生活的内蒙古通辽市库伦旗沙漠里，她牵头成立的“绿色生命”组织与当地政府签订了协议，并种下了第一批树。

在沙漠里种下第一批万棵杨树后，易解放执意在附近住下，同当地村民一道守护树苗。有时夜半风起，猛然惊醒的她会赤脚奔向林地，在一棵棵树苗前奔跑停顿，看看树苗有没有被吹倒……小树苗栽下的第三天，一年无雨的库伦旗竟然下了一场透雨，村民们拍手称奇，笑称易解放是“雨女”。在第一次接受我的采访时，她和我说：“是杨树唉，小杨，就是儿子的名字，不是吗？”

如此，一年数次，她往返于日本和中国，呼吁捐款募集资金，带领志愿者去实地勘察种植，传递环保防沙知识，事事亲力亲为，渐渐从50岁出头，一路也就过了耳顺之年。

03

后来关于易解放的报道渐渐多起来了。时不时，就能在媒体上看见她的脸。

她立誓用10年时间在内蒙古通辽市库伦旗科尔沁沙漠种植110万棵树。11年过去，宏愿已经完成了，可她又在内蒙古多伦县启动了种植1万亩樟子松防沙林工程，继而又开始在内蒙古西部磴口县的乌兰布和沙漠种植梭梭林2000亩。

她说她已经停不下来，这次已经不再仅仅是为了完成儿子的心愿，而是她自己的心愿。“如果你看过那里的生态环境，如果你看过那里的孩子……”

“你停不下来的。”她说。

随着广而告之，每年总有百人和她同去内蒙古。她记下每一笔捐款，做账管理，联系每一个有意参与的志愿者，安排前往内蒙古的时间、路线和住宿。哪怕只捐一棵树，她和丈夫也要回信感谢再三。就连出门坐出租车，她也会趁机对司机宣传和募捐一次。

2010年，易解放腹痛难忍，在志愿者的再三催促下，她才去医院体检，结果发现肠子里有癌细胞。但手术后第8天她就下床工作。2012年，伤口又痛了起来，回沪后发现已经肠粘连，急需再次手术。去年，她又一次躺在手术台上，但刚刚出院，她又出现在了去内蒙古的路上。

“我得到很多帮助，但并没有后继有人。谁能代替我呢？有时一些商会也请我去演讲，或者请我参加活动，我也要给面子的对不对？我不去，就少一笔捐款不是？”她说，笑笑，两颊都是细纹。

04

总还是有人会寻到易解放，要她一遍一遍讲她种树的初衷。如《祝福》里的人，特意寻了祥林嫂去那样，叫她重复丧子的故事。但易解放不恼，有人拿这些做文章或者作为煽情的切入点，也无所谓。她说她已经不再是为了自己。甚至房价如此高涨的年月里，她卖了上海的一套房，继续贴补种树事业。

十年，我见证她慢慢变老，也一次一次看着她在各类访谈节目里打起精神，讲她的故事。我一直记得这个场景——2007年3月，在上海展览中心东二馆的二楼窗畔，窗外的春光。

这一天，是我第一次遇见易解放，当时58岁的她，第一次和我说到儿子的死。那天东二馆楼下，有棵三米多高的海棠正值花期。风一摇，粉色的花瓣，就像雨一样宛转飘落，有几瓣，随风旋至二楼的窗。易解放看到了，就停止了说话。她的声音里已经没有哽咽了，语调是平静的，但有那么一会儿，我觉得采访是一件残忍的事情。我们俩静静坐在那里，一起看这棵树。飞上来的花瓣柔软地落在窗边，如有灵魂一般。

当把头回转过来时，她没有再说自己的事，而是问我：“你几岁了？”我说了年纪。她听了，若有所思地点点头，伸出手想要比画一下，仿佛面前就有一个孩子，她说：“若是我儿子活着，就比你大一点儿。”我心里一动。这比后来她告诉我如何卖房种树、如何沙漠行走、如何夜里求雨更叫人心里酸涩。

对于一位母亲来说，世界上所有的孩子只有两类，比我家孩子大的和比我家孩子小的。她说她把儿子的骨灰带回上海了，每周都要去，贴着墓碑说话。

总有一天，一切会归于平静。没有话筒、灯光，没有镜头和讲台，也没有募捐和志愿者。但等到这普通的一家三口都不再存在于这个世界上时，沙漠里的那些枝叶毕竟还在，在远离都市喧嚣的地方，婆娑声声，继续说话。

我国是第一个在月球上种棉花的国家

□刘殿富

为什么要去月球的背面

2019年1月3日，“嫦娥四号”成功在月球背面着陆，实现了人类首次月球背面的软着陆和巡视探测。我们为什么要去月球背面呢？因为我们在地球上永远看不到月球的背面，人类也从未踏足过月球背面，那里古老而神秘。此外，月球背面没有地球大气层的影响，也没有来自地球的电磁波干扰，是开展天文观测和研究的理想之地。

“玉兔二号”着陆的地方叫冯·卡门撞击坑，是一个有着上亿年历史的撞击坑，地形相对比较平坦，山峰较少，所以选择在这里着陆。但是“玉兔二号”周围撞击坑密布，为了避开这些撞击坑，使“玉兔二号”顺利到达指定的考察点，它每走一步，科研人员都要对周围一圈地形进行拍照，然后把照片拼接在一起形成一张完整的地形图。经过详细计算和精心规划，科研人员最终找出一条羊肠小道，指挥“玉兔二号”一路向西，成功突围。

设计师们在机动性、稳定性和车轮构型三方面，把“玉兔二号”的沉陷风险降到了最低。“玉兔二号”机动性较强，有利于在危险地形下脱困。它有六个车轮，但只有一根轴与车体连接，这样的结构可以保证在任何地形下，六个车轮始终与月面接触，防止翻车。“玉兔二号”的轮面为筛网的构型，这种构型不容易造成月壤堆积，而且重量较轻，每个车轮只有700克，不易沉陷。

第一次在月球背面种棉花

“玉兔二号”上配置的科学载荷主要包括全景相机、测月雷达、红外光谱仪、中性原子探测仪。这些载荷用于月球地质探测、宇宙天文科学等领域的科学研究。

“嫦娥四号”还有一个重要的特点就是国际合作。其中，与“嫦娥四号”中继星一起发射的“龙江二号”微卫星上搭载了沙特的相机，为沙特拍到了第一张月球照片及网上广为流传的最美地月合影，照片在英国《独立报》和美国《科学》杂志上刊发。这也是中国航天与“一带一路”沿线国家合作的又一个标志性成果。

“嫦娥四号”上还搭载了一项由重庆大学牵头研制的科普载荷——“月面微型生态圈”，包括棉花、油菜、土豆、拟南芥、酵母和果蝇六种生物。在月球上，第一次有一棵来自地球的植物发芽了，我国也成了第一个在月球上种棉花、种土豆的国家。

中国探月史回顾与展望

从2007年“嫦娥一号”发射至今，目前我国仍有一些月球探测器在月球上同时工作。

“嫦娥一号”是我国首颗月球卫星，实现了绕月飞行目标，是探月工程“绕、落、回”三步走目标中的第一步。“嫦娥二号”同样实现了绕月探测的目标，探测时拍摄的月面全景图至今仍用于“玉兔二号”的路径规划。它在完成任务后飞向了深空，在穿过小行星带时对图塔蒂斯小行星进行了清晰成像。“嫦娥三号”着陆器和“玉兔一号”月球车实现了落月探测的目标，首次实现地外天体软着陆和巡视勘察。“嫦娥四号”着陆器与“玉兔二号”在月球背面着陆后，目前仍在履行着它们的历史使命。

“嫦娥五号”将实现月面采样返回。它包括四部分：轨道器负责地月往返；着陆器负责带着上升器一起着陆到月面；开展采样之后，上升器负责从月面起飞，飞到月球轨道之后，和轨道上的轨道器对接；返回器负责携带样品着陆地球。这个过程非常复杂，苏联之前也经过多次尝试，最终成功了3次，带回了300多克月壤。“嫦娥五号”这次带回了1731克月壤。

中国探月工程的三步走目标圆满收官。然而，这并不是终点。未来，我们还要在月球建立基地，开采月球资源，在月球建造火箭，从月球出发去探索更遥远的深空。甚至，我们还可以去月球旅游。梦想虽然很遥远，但梦想终将实现。

一级英雄柴云振乡间埋名33年

□陈　倩

抗美援朝战争中，因受重伤救治转院，与部队失联后，他脱下戎装回到家乡。谁也不知道，他的身上遗留下24处伤痕；谁也不知道，他曾出生入死、为共和国立下赫赫战功。

1951年，战局犹紧，部队多次找寻未果，只能认定他为烈士。没想到，33年后，已“牺牲”的他，被一条92字的寻人启事找回。

他是中国人民志愿军一级战斗英雄、志愿军特等功臣获得者、朝鲜一级自由独立勋章获得者柴云振。2018年12月26日，老英雄安详离世，享年93岁。而写下那条寻人启事，找回英雄的，是另一位志愿军老兵，空降兵某军原副师职研究员李天恩。

一份烈士名单，拉开寻找英雄的序幕

抗美援朝期间，李天恩是志愿军15军《战场报》的记者，他穿梭于炮火硝烟之间，采写了大量英烈的故事。这其中，就有柴云振。

1951年，柴云振在朴达峰阻击战中，带领5名战士攻克两个前沿阵地，歼敌200多人，身负重伤昏迷不醒被抬下战场。得知他的事迹后，李天恩立即赶往战地医院准备采访，却被告知，柴云振因为伤势较重，已经转运回国医治。后来，李天恩得知柴云振已经伤愈，但在归队的战士里，再也没有看到他。由于部队回国后历经几次整编，当时的征兵资料也不完善，部队和柴云振就此失去了联系。他没有想到，会在33年后与柴云振再度相见。

1984年，空军指示为部队的英烈立传。柴云振所在部队已经被改编为空降兵驻鄂某部。负责牵头编写部队《抗美援朝战争史》的李天恩，在部队领导提供的一份烈士名单上看到了那个熟悉的名字，他当时就提出了异议。

“柴云振现在生死不明，如果他还活着，我们却把他当烈士立传，这是要闹笑话的。”李天恩说。部队首长了解到情况后，非常重视，指示一定要尽快搞清楚，只要还有一线希望，一定要找到柴云振。

一条寻人启事，找回归隐乡间的“烈士”

茫茫人海，要找到一个失联33年的老兵，谈何容易。更何况，关于柴云振，除了知道名字外，李天恩和战友们几乎没有任何其他资料。他和空降兵某师的文化干事温铁汉几经商量，终于想到了一个办法：根据部队行军作战的路线，在沿途“撒网”，向当地民政部门发函，请他们帮忙寻找柴云振。

作为一支英雄部队，空降兵驻鄂某部的战斗足迹穿越了大半个中国。在发出了四五十封信函后，李天恩终于得到了一个非常重要的信息：山西阳泉的一位退伍老兵孙洪发，给部队写来信件表示，当年在战场上，他曾为受伤的柴云振包扎过，记得他是四川口音。

这条关键信息，使查找范围迅速缩小，但还不够精确，李天恩想出了一个点子——登寻人启事。他写了一条92字的寻人启事，在《四川日报》上连续刊登了两天，特别提到，请柴云振看到消息后，回老部队，有人找。“当时一个字2元，两天一共花了364元。”李天恩回忆说。

半个月后，正在家吃饭的李天恩，接到了值班室打来的电话：“你要找的老英雄柴云振找到部队来了！”李天恩一听，喜出望外，赶紧让值班室安排柴云振到招待所住下。从不抽烟的他，跑到大院服务社，买了一包香烟，就向招待所赶去。

一根残缺手指，见证生死搏斗的瞬间

李天恩赶到招待所，见到的是一位看上去很普通的老农民。李天恩握住柴云振长满老茧的手，他激动地说：“终于回家了，回家了！”

李天恩把烟递过去，柴云振接烟时，露出短一截的右手食指，这引起了李天恩的注意：“这是怎么回事？”柴云振的讲述，牵动思绪，回到30多年前朴达峰那个生死搏斗的战场。

柴云振回忆，当时阵地上只剩他一个人，他忽然听见身后有脚步声，转身一看，4个高大的美国兵已经冲上来，只有不到20米了。他立即举枪扣动扳机，当场击毙了3个美国兵，手臂、腰部等多处却被敌人的子弹击中。

他强忍剧痛，准备消灭最后一个敌人时，却发现冲锋枪里没有子弹了。他只好扔掉枪，冲上前去与美国士兵搏斗。

敌人体型高大，双方扭打在一起，柴云振伸出五指想去挖他的眼睛，不料右手食指戳到了他嘴里，当即被他咬断一截。敌人抓起一块岩石，对着柴云振的脑袋狠狠地砸下去，他当下失去了知觉，美国兵大概以为他已经死亡，便向山下逃去。

食指只剩下半截，头顶布满了疤痕，这些残缺和伤痛，无言地印证着战争的惨烈。根据当年为柴云振写请功材料的王文华等人的核实，基本可以确认柴云振所言与实际情况符合。

但李天恩还有些不放心。他让温铁汉陪柴云振回老部队看看，同时通知柴云振的老战友孙洪发尽快赶来和他见面。“我交代温铁汉，等他们见面了，一定要给我打电话，确认我们没找错人。”

第三天，他接到了电话：“两位老战友见面了，抱在一起哭呢！”他这才松了一口气。

一幅异国“遗像”，映照沧桑不改的血性

因为手受伤不能再参加战斗，柴云振隐姓埋名回到四川省岳池县的小村庄，过起了务农的生活。如果不是看到《四川日报》上的那条寻人启事，他的子女都不敢相信，父亲竟然是一位大英雄。

1985年10月，经中央军委批准，柴云振作为中国人民志愿军战斗英雄代表团的成员，应金日成的邀请前往朝鲜参加中国人民志愿军赴朝作战35周年纪念活动。其间，金日成两次接见柴云振，并给他颁发了“一级自由独立勋章”。金日成说：“找到柴云振，历史应该改写过来，柴云振不是烈士，是活着的英雄。”

按照访问日程，柴云振参观了朝鲜军事博物馆和志愿军烈士陵园。在军事博物馆里，翻译官指着墙上悬挂着的一幅素描画像说：“这就是柴云振的‘遗像’。”还告诉他在当年的朴达峰阵地上为他建了一座坟，立了一块碑。柴云振说：“我还活着的呀！这‘遗像’我得带回去！”征得朝方同意后，柴云振亲手把自己的“遗像”揭了下来，带回了家中。

找到柴云振后，空降兵某军为他出示了证明材料，帮助他在四川老家落实了政策待遇。但这位英雄老兵，仍像30多年前回乡时一样，低调俭朴，从不向人炫耀自己的功劳。

2018年12月26日，柴云振因病逝世。他的一生，光荣而又平凡，战场之上英勇拼杀，回归乡土隐姓埋名，但他从没向部队和组织要求过什么。如此朴实纯粹，炽热恒久的家国情怀，值得我们钦佩和铭记。建功立业、淡泊名利的精神，正在一代又一代空降兵身上传承。

鲁迅的壁虎与猴头菇

□许晓迪

《鲁迅的饭局》里写到了一只壁虎。不是作为吃的，而是作为宠物。

1912年5月5日，鲁迅随教育部从南京迁到北京，第二天住进了宣武门南半截胡同的绍兴会馆，被34只臭虫赶到桌子上睡了一夜。白天，他去教育部上班，“枯坐终日，极无聊赖”，晚上听着福建来的邻居“大嗥如野犬”，平时以抄古碑、辑古书的方式消遣度日。夏夜便坐在槐树下，“从密叶缝里看那一点一点的青天，晚上的槐蚕又每每冰冷地落在头颈上”。

一只壁虎，被他养在小盒子里，每天喂稀饭，养得又胖又大，人来了也不逃走——这只小宠物，是他枯寂颓废生活中的一点情趣。

此时的鲁迅，还不是那个随《狂人日记》一起登场的名人。在《鲁迅的饭局》里，他是“北漂”一族，吃不起广和居的烩海参、烩鱼翅、糟熘鱼片，只能吃些熘丸子、炒肉片之类廉价的家常菜；他喜欢稻香村的萨其马，曾站在北平的街头大吃葡萄，夜里写完两封信、吃了三个梨，还要在日记里感叹一句“甚甘”。

自1912年来到北京，至1936年在上海去世，鲁迅24年间的饮食地图和人生轨迹被作者薛林荣一一写下。从北京东兴楼的酱爆鸡丁、龙海轩的软炸肝尖到上海知味观的叫花鸡、梁园的扒猴头；从作为小公务员在闽式菜馆的官方应酬，到周氏三兄弟最后的晚餐；从南云楼上与林语堂“像一对雄鸡对视”，到聚丰园“达夫赏饭”，写下名句“横眉冷对千夫指，俯首甘为孺子牛”……

一场场“饭局”背后的鲁迅，是一个微观、立体的鲁迅——他是首席气象记录师、现代图书封面设计师、重度甜食爱好者、另类宠物饲养者、植物爱好者……矗立于民国历史现场，串联起一张繁复的知识分子之网。他们通过饭局相识、相交、相离，从亲密无间到冷嘲热讽，甚至大打出手，背后涌动着错综复杂的政见、思想与人情世故，却往往被斩钉截铁的宏大叙事所轻易放过。

到了1936年，鲁迅的身体日渐衰弱。吃饭由许广平送至楼上，半小时后去取盘子，有时竟原封不动；6月后，更是几乎逐日接受注射，间断地发热、吐血。8月25日，鲁迅得到曹靖华寄来的“猴头菌四枚，羊肚菌一合，灵宝枣二升”。两天后回信道：“红枣极佳，为南中所无法购得，羊肚亦作汤吃过，甚鲜。猴头闻所未闻，诚为珍品，拟俟有客时食之。但我想，如经植物学家及农学家研究，也许有法培养。”再过11天又写信，还是津津乐道：“猴头已吃过一次，味确很好，但与一般蘑菇类颇不同。南边人简直不知道这名字。”而此时距离他病逝，只剩下一个半月。

这年10月，鲁迅只活了19天，却去剧院看了3部片子，还惊喜地写信向朋友推荐，“快去看一看罢”。去世前8天，他领着全家去法租界看房子——在他眼里，生活依然充满乐趣和希望，未来还有很长的路。

这就是鲁迅，对一只壁虎、一枚猴头菇的热爱里，是一颗强韧而柔软的心。

第二章

成长路标

很希望自己是一棵树，
守静、向光、安然，敏感的神经末梢，
触着流云和微风，窃窃的欢喜。
脚下踩着最卑贱的泥，很踏实。
还有，每一天都在隐秘成长。
——黎戈

20岁失去手脚的他，却遭姑娘们疯狂表白

□Captain

最近，一位“奇迹男孩”的笑容在油管和各大媒体掀起风浪。视频中，男孩微笑着分享最普通的日常，比如单手打领带。单手分离蛋清，三菜一汤信手拈来。情到深处，应广大网友要求害羞示范“上厕所神技”。在高温天气为残障人士分享职场穿衣教程，并不忘打气：“今天也要加油哦！”招牌笑容搭配元气外形，留言区清一色大喊“想嫁”！

“谁都可以，杀了我吧！”

视频中的男孩名叫山田千紘，今年28岁，目前是航空公司职员。

自小学习芭蕾舞，热爱运动，开朗的性格，走到哪都会被朋友们团团包围。

直到8年前的一场火车事故，山田命运的峰值被彻底打破。

在公司酒会中，因为坚持“不能比前辈们先回家”的职场礼仪，山田在酒会收尾后才被同事送往车站，这是直到发生事故为止的最后记忆。一觉醒来，山田想用灵活的右手揉一揉眼睛，可是右臂的感觉还残留着，却好像没有了，腿也一样。“我的手脚没有了，人生也结束了”。等到完全清醒后看见自己全身仅存的一只手臂，山田崩溃大哭。从ICU（重症监护室）转到普通病房的过程，“我想死”“谁都可以，把我杀了吧”是山田仅有的念头。看着身边哭得崩溃的父母，哥哥对山田说：“虽然手脚没有了，但是得救的生命不能白白浪费。”

哥哥的话像柔软的触角，一下伸进山田心里。

山田小学时，曾因最爱的外婆离开了他而感到灰心，放弃芭蕾舞并早早走上社会，与父母的关系也因此僵化。

事故发生后，父亲只是像往常一样拍拍他的肩膀说：“谢谢你还活着。”

积压已久的父子矛盾终于得到化解：我必须好好活下去，哪怕是为了父母。

命运并没有停止对山田的考验，因为特殊原因他没能申请到残疾人抚恤金，这就意味着他必须依靠父母生活。

山田在那一刻暗下决心：“从现在开始，永远不要让父母为我买单。”

他为自己制订了近乎严苛的训练计划，普通患者一年半时间才能出院，山田住院不到4个月就已经可以独自外出。

仅仅在事故发生的第二年，他便正式进入企业就职，搬出家庭独立生活。

这在所有人包括医生看来，都是不可能实现的事。

“我本来就不太喜欢计算生命中丢失的东西。珍惜得到的部分，并拼尽全力地生活就好了。”

如果失去了手和脚是山田生命中压倒性的“负数”，那么活着对他来说是远远超过“负数”的最大正数。

从家庭中搬出独立生活，山田面临着高额的生活费，身边的朋友得知消息后，坚持送上家具和家电。“即使受伤了，我们的关系也不会有任何改变！”山田似乎接收到朋友们无言的讯息。

朋友们的陪伴，是生命中每每回想起来依旧感激的宝贵礼物。

2020年7月24日，在事故发生的8周年，山田做了一个决定：“我想要帮助世界上与我有同样经历的朋友。”他开设了Youtube（油管）“山田千紘频道”，对着镜头微笑讲述自己的经历。“我的嘴巴可以说话，我的眼睛可以感受阳光，我的耳朵可以听到你的声音，我拥有生活，我并不缺失。”

短短几天内，“人间励志男孩”山田的视频被疯狂转发，视频里的温暖少年像一道光闯进每个人的生命中，毫无预警。

“通过我的经验，给更多的人带来勇气和活力，这是我选择公开日常生活的原因。”

他开始分享自己的日常训练，沿着百级台阶拾级而上后穿过长道斜坡，这样的魔鬼式训练即便是四肢健全的人也会气喘吁吁。

8年来，每天必须走1万步的任务从未间断，不断摔倒又不断爬起，常人难以想象的岁月，山田挺直腰板走过了。

我是被火车碾过的男人

工作中，山田永远都是阳光的大男孩，常常遇到来自不同国家的有趣的人。语言与思想的碰撞并没有因为肉体的缺失而减少，相反，每一刻都很动人。

除了航空公司的日常工作外，山田有时也会担任冰岛OSSUR（奥索）公司的假肢模特。参加直播节目时，主持人故意拿8年前的车祸事件调侃他，没想到山田幽默接梗：“我也是被火车碾过的男人了。”

让山田感到快乐的是，他正在被当作一个正常人看待。“多亏了周围的人，我才能朝着自己想要的方向前进。”山田始终相信：只要心怀善意，好人会聚集在你的周围。

除了油管的视频分享，Ins（照片墙）上的日常更新，也让网友大呼羡慕。前往参加朋友婚礼，妥妥的精神小伙；和朋友们一起出街，分享美食；一大拨营养均衡的自制美食，实力完全吊打各路美食主播；每场球赛都不忘打卡，坐稳“运动男孩”的称号。

他的励志事迹被传播后，山田收到东京奥组委邀约，担任2020年东京奥运会的火炬手之一。

每个角落，都是山田“普通的生活”，无数个瞬间，都是山田的“小确幸”。他的坦诚与开朗，是对生命另一种“活法”的演绎。

许多和山田有相同遭遇的网友，纷纷留言表示感谢：“我是2001年11月，19岁的时候被电车撞到，左脚有处关节被切断了。我自己并不讨厌义肢，然而怕被醉汉嘲笑会选择藏起来。看到山田开朗的样子后，我又开始穿短裤出门了。”

“我也是21岁时骑自行车出事故，两只脚被截肢了。认同自己的残疾继续向前看的样子好棒，看了你的视频我也获得了勇气。”

“我想像你那样努力地生活，山田很帅！”

山田将8年前生命中最大的痛苦，化为“最大的馈赠”。

他鼓励每个人尽情使用自己所拥有的身体能力，以不输给别人的程度生活。甚至，心怀“帮助更多人”的愿望生活。

“我只是失去了身体的一部分，其他什么都没变，包括爱。”

山田意识到，在每个人背负的苦痛中，有某种使命感的存在，或许，这才是生命的意义。

“只要我还活着，时间就一直在移动，它并不会为我的痛苦停留。”

坚定地面对自己，定能找到人生的方向，最大的痛苦，同样是最大的机会。

今天也要加油哦！

要想成功，只有一条路可选

□阿 美

她被很多翻译专业的学生视为偶像、女神，同样被誉为翻译界的“天花板”之一。人们往往只看到洁白的天鹅亭亭玉立于水面，却不知妩媚动人的天鹅藏在水下的，是不停扑腾着的双脚。今天，我们就来看看，张京这个外交部高级翻译是如何练成的。

张京是个执着、专注的人，初中就立志进外交部工作

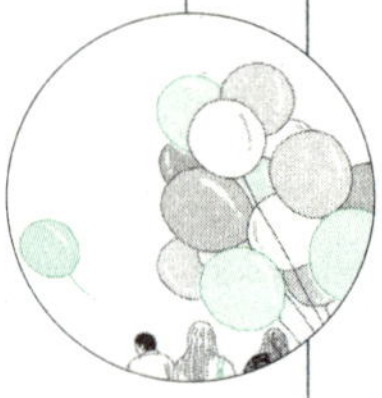

和大多数处在迷茫期的学生不同，张京初中就立志，以后一定要成为一名外交官。张京从小就是学霸，高中顺利考入了杭州外国语学校（以下简称“杭外”）。

简单科普下杭外，它是浙江省一级重点中学，非常难考不说，里边更是高手云集。即便如此，张京的各科成绩仍保持在班级前五，各类英语演讲比赛，她从未跌出过前二。

张京的父母非常重视对女儿的教育，他们发现，张京课余时间喜欢看美剧，还会模仿美剧里的人说英语。

换作其他家长，可能会斥责孩子“不务正业”，相反，张京的父母却选择了带着孩子去国外旅游。

在父母的支持和鼓励下，张京主动找外教交流，也会针对性地参加一些市里的英语演讲比赛。

她热爱英语，也绝不放弃任何一个可以学习英语的机会。在高二拿到奖学金之后，张京想都没想，直接去英国游学了10天，当时的她，就已经能用流利的英语和英国人大谈人生观、价值观了。张京高中时期的班主任这样评价她：“张京是个执着、专注的人，知道自己要什么。”张京一直没有忘记自己的梦想——成为外交官，事实上，她也是这么做的。

当年，张京的高考分数已经过了清华北大的录取线，换作其他人，肯定会不假思索地选择这两所国内顶尖的综合类大学，但张京没有，一旦心里有了目标，再高的荣耀对她来说都不过是外界的干扰。张京毅然决然地选择了对口性更强的中国外交学院（以下简称“外院”）。

外院是外交部唯一直属高校，也是中国外交官的摇篮。班主任每每谈起张京与清北“失之交臂”的事，还是会觉得有些“屈才”。但是，张京如今取得的成绩，

就是对“屈才”最有力的回应。

外交部不是终点，而是起点

张京是杭外第一个获得外交学院保送资格的女生，即便成绩如此优异，张京也没有停止向“外交官”的梦想迈进。

在大学里，有了更多时间参加校内外活动，张京更是利用这个机会，参加了更多的英语能力竞赛。并先后在第十届“外研社杯”全国英语辩论赛上荣获冠军，在第十届“21世纪杯”全国英语演讲比赛中荣获亚军。

目标明确的张京，在外人看来也许很“自私”，因为就连参加学习小组，她也是为了锻炼自己的英语和思辨能力。

她还会和同学们模拟在联合国记者会上代表国家进行发言，让大家随机提问，然后她来作答。

张京走的每一步，都是为了成为一名光荣的外交工作者。

功夫不负有心人，张京过硬的英语水平和综合能力，很快就引起了外交部的注意，在还没毕业的时候，外交部就向她抛来了橄榄枝。

2007年，张京如愿进入外交部，那年是外交部首次对外招收200多名各类翻译，张京就是其中一位。

这看似毫不费劲的一帆风顺背后，不知道是多少个日夜的埋头苦干。

进入外交部对张京来说，并不是梦想的终点，而是另一个人生的起点，她深知，进入外交部和实现梦想之间，还有一段艰难的路要走。

进入外交部翻译室的张京，马不停蹄地开始了为期4个月的魔鬼训练，每天雷打不动地进行着上午两个半小时的中到英口译训练、一小时新闻听力训练，听完一遍，就要立马把原版新闻全部准确无误地翻译出来。

下午还有笔译、试译或者是新闻发布会观摩，以及一小时的新闻听力训练，晚上还会有3小时的“加餐”，和其他同事组成小组，翻译平时领导人的讲话。最终只有4%的人能被外交部录用，即便进了翻译室，还要经过6年左右的培训，才有可能成为领导人的贴身翻译。

压力大吗？压力非常大，但张京知道，自己以后会代表国家进行口译，必须精准不能出错，这让她感觉压力更大，但也让她感到无比光荣。

她所有的努力，都是为了不辜负“中国外交部”这五个响亮的大字。

除了努力让自己的能力与职位匹配之外，张京还非常注重自己的形象，因为在庄严的外交场合，她代表的是中国，所以她时刻谨记内练“16字诀”，外练形象气质，即“既要大方利落，又不能喧宾夺主”。

于是，也就有了2013年的那次意外走红。

2013年，十二届全国人大一次会议上，张京因为气质庄重干练，让很多参会摄影师都忍不住把镜头对准了她。

瞬间“冷面女神”“中国最美女翻译”等称号不绝于耳，张京一时名声大噪，用现在的话说就是，她成了一个小网红。

但张京干了这样一件事——她清空了自己社交平台上的所有动态，并表示，自己的工作代表的是国家，不希望受到外界更多的干扰。

张京很清楚自己的职责和身份，也很清楚翻译的位置，自己并不是主角，只是担任沟通的桥梁，过多的曝光和娱乐化，只会影响到国家的形象。

虽然大家认为她是“最牛学姐”“翻译界天花板”“中国最美女翻译”，但这些对她来说，都不及代表国家完成一场口译重要。

外交场合犹如一个没有硝烟的战场，而她，是那名不为功名利禄的战士。

外国人话音刚落，她的口译内容就脱口而出，这令人咋舌的口译速度，叫作中国速度！

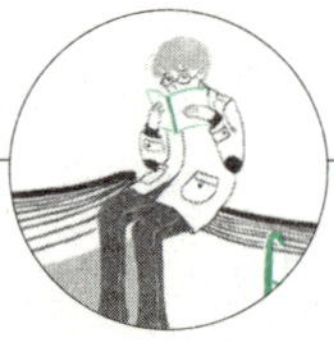

高考623分的外卖小哥：告诉你的孩子，千万别学我

□刘　娜

考了623分，他还如此淡定，大概是因为，这些年的经历，让他比其他普通考生都清楚：高考成绩，不是一个结束，而是一个开始。

外卖小哥VS高分考生

26岁的外卖小哥王威，火了。火的原因，有两个。一个是，身为外卖小哥，他竟然考了623分的高分，位居湖北省理科1300名。一个是，他考了623分，竟然还在淡定地继续送外卖，就好像悲喜与己无关。在大众的预期里，金榜题名时，少年须得意，虽不必如范进中举般疯癫，但也值得击掌高歌。像王威如此淡定的，实属少见。不寻常的，必然是有原因的。果然，王威先人一步，自揭老底。

当年学霸VS反面教材

“我是一个反面教材。”26岁的王威坦荡地说出这句话时，吓坏了很多人。就像他在讲一个尘封的故事，而不是亲身的经历。王威是湖北襄阳人，也是地地道道的穷人家孩子。他有过披荆斩棘且亮眼的过往。2013年，他曾以超出湖北省一本线60分的成绩——590分——被中国农业大学食品工程和科学专业录取。那时的王威，犹如今日报考的诸多同学，有种苦尽甘来的狂喜。真相呢？真相总是如此残酷。

残酷青春VS自省反思

从襄阳到北京，不仅隔着1000多公里的路程，还隔着从眼界到心理的落差。

苦读10多年的孩子，来到人才济济的首都，实际上是走上了竞争更加激烈的赛道。这一系列强烈的对比，都让自认为还算优秀的年轻人，在困顿和迷茫中，遭遇前所未有的全面冲击。最关键的，还有当初囿于某种局限，选择了自己压根儿就不感兴趣的专业。性格的自卑孤僻，认知的巨大落差，把少年推至那条叫“自暴自弃”的路：“那个时候比较爱玩游戏，心思没放在学习上。说白了，那个时间段，我对自己的前途很迷茫，对学业兴趣不大，慢慢失去了信心。

“高中的时候还有那种比较紧凑的环境，大家在一起还有一定的存在感，但是到了大学，你就会发现，你一点存在感都没有了……

“不知道该往哪里发展。”

丧失了优越感、目标感和信心感的王威，在打游戏中，荒废了差不多4年的时光。直到大四快毕业时，他才发现，自己已挂了太多科，根本毕不了业，不得不面临退学。也就是说，退学，不是王威的主动选择。不是他嫌弃自己的专业不好，学校不好。

“一定要突出这一点。”

今年，以623分的高考成绩成为最红的外卖小哥后，王威在接受采访时，对媒体一再强调，他不希望任何人，从任何角度，以任何臆想，揣测中国农业大学不好。他认为自己当年的退学往事，必须向内归因，完全是他个人的问题。我理解王威的这种反思。因为，唯有如此，他的“走红”，才不至于误导同龄人。也唯有如此，他才能彻底铭记这场青春错误，今后努力避免重蹈覆辙。何况，他退学后，的确遭遇了冷酷又坚硬的现实。

现实暴揍VS疼痛领悟

其实，大四如果不退学，王威还有别的路可以走：选择休学，延期毕业，把挂的科目重新修及格，再拿毕业证。学校领导和老师找到他，希望他能正视自己的问题，直面痛苦的现实，重振内心的希望，走上翻盘之路。但他退缩了。他怕，他逃避。“我没有勇气面对自己。”王威说，他家的条件很差，整个大学期间他都比较拮据，他不忍用父母的血汗钱重新读一遍大学。

另一方面，他的自闭和自卑，让他张不开口向任何人求助。那个阶段的王威，被囚禁于前者的围城里，没有找到那架拯救自己的梯子。“签下退学通知书的那一刻，我就明白，我一直逃避的错误，那块遮羞布，最终被扯掉了。”

退学后，王威给父亲打了个电话。父亲哭了，他也哭了。那是夹杂着绝望和心痛的哭，也是掺杂着耻辱和懊悔的哭。哭过之后，他决定直面成年的自己：“以后的每分每秒，都要为自己的行为负责。”一个没有文凭的退学生，要如何对自己负责？生活接二连三甩来的耳光，让他在艰难和磨砺中明白：负责，不是随便说说。负责是吭哧吭哧地赶路，是风里雨里的穿梭，是笑中带泪的隐忍，也是亡羊补牢的重建。

他到辅导机构当过老师，到劳工市场当过搬运工，也加入骑手大军送过外卖……

从北京、广州到老家襄阳，干来干去，他一直在机械地重复着那些吃苦受累的生计。

在生活的捶打中，握着青春尾巴的年轻人，在身体劳累和心灵顿悟中，终于明白了一个道理：“学历，对于一个年轻人来说，太重要了。”

所以，他决定返回原路。

从头再来VS突围成长

2020年冬天，退学后，吃了很多苦，也受了很多难后，王威重返校园。回到学校后，他废寝忘食，有效努力，愈发珍惜每天的时光。苦读8个月后，他参加了高考。等待成绩的日子里，他重操旧业，送起了外卖，自己给自己赚学费。

他已经26岁。他的父母也在老去。他在岁月的馈赠和生活的教训里，明白了选择和负责的意义，也读懂了担当和责任的重量。所以，他知道自己考了623分后，还如此淡定，并非他故作镇定的装腔，而是他历尽千帆的沉实。

所以，火起来后，他才如此恳切地说：“我的故事是硬币的两面，你觉得我励志的同时，不要忘了看见我荒废的一面。我过去荒废了很多青春，浪费了很多时间。”当这些朴素又深刻的话，从王威口中说出来，如此坦然，如此真实，如此走心。身为旁观者，我们分明看到，一个阳光自信又从容谦逊的王威，正阔步走来。

我们更喜欢26岁的王威。但我们谁都没法否认，26岁的王威，是从21岁王威的骨骼上，成长而来的。5年的疼痛成长，让他从容颜到灵魂，都裂变出不一样的风貌和磁场。

今日的“我”，是由昨天无数个“我”蜕变而来的。每个成熟的人，都有过鲁莽且冲动的年轻时。这没有什么可羞耻的。

人生不是所有的事都可以重来。所以，不要轻易辜负青春和真心，也不要轻易放弃自己和机会。

17岁天才滑雪美少女，活成“别人家的孩子”

□杨　雨

3天，两次冲上热搜，17岁的谷爱凌再一次引发关注。

12月14日，谷爱凌被斯坦福大学录取的消息刷屏。此前，她在微博上分享了自己被“梦想中的大学”录取后的激动心情。不过最近，她宣布为备战2022年北京冬奥会，自己将推迟一年入学斯坦福，这又引得网友一片叫好。

不少人认识谷爱凌是从2019年6月开始的。当时，中美混血的她放弃美国国籍，加入了中国国籍，并成为中国国家滑雪队的一员。之后，她一路开挂的履历总是为人津津乐道：她被誉为“滑雪天才”，3岁开始滑雪，9岁第一次比赛，16岁就拿到第一个雪联世界杯冠军，如今是2022年冬奥会种子选手。

她是超级学霸，一年学完高中后两年课程，提前毕业后飞去瑞士进行滑雪训练，抽空考了SAT（相当于中国高考），成绩接近满分。

她还是多才多艺的美少女，文能弹琴跳舞，武能骑马打球，是“德智体美劳全面发展的典范”，是“‘别人家的孩子’都比不上的存在”……

更重要的是，无论走到哪儿，无论做什么，谷爱凌永远散发着朝气和自信的光芒。

天赋尽显，一路开挂

谷爱凌出生在美国旧金山，从3岁起，就跟妈妈谷燕一起滑雪。

之后每一年的雪季，一到周末，谷燕就会带着谷爱凌从旧金山的家出发，开4小时的车，到内华达山脉的滑雪胜地太浩湖雪场。谷爱凌曾以为妈妈是要培养自己对滑雪的热爱，妈妈却很酷地说：“我只是因为自己喜欢滑雪而已。”

在妈妈的影响下，谷爱凌也喜欢上了这种“近乎飞翔的自由感”。看到女儿对滑雪的热情一发不可收，谷燕便给她请了专业的滑雪教练。

很快，谷爱凌天赋尽显，一路开挂。短短10年，她像乘着火箭一样升上了女子自由滑雪的金字塔尖，成为滑雪场上的超级新星：9岁蝉联美国青少年锦标赛总排名第一，13岁起参与成人比赛总金牌数达50块，三届USASA自由式滑雪坡面障碍冠军。

谷爱凌固然有滑雪的天赋，但成功背后，更离不开她刻苦的训练和不断的自我突破。

无论训练多累，谷爱凌从来不叫苦。她说：“一个动作可能要重复无数遍才能成功一次，但我乐在其中，我觉得这是每个人在为自己的爱好付出时都会有的感受。”

无论新的动作多难，谷爱凌从不拒绝挑战。抱着这样的信念，她“打卡”了全球不同难度的雪场，不断学习新的动作。

即便生病受伤，谷爱凌也从不轻易打退堂鼓。她曾在雪场上摔断过锁骨；也曾在比赛前夜发烧到40摄氏度，“每一口呼吸都会引起肺疼”，躺在妈妈怀里难受得直掉眼泪，但第二天一早，情况稍稍好转，她就迫不及待换好了滑雪服，兴奋地往雪场跑去。

正因为这样的努力与全身心投入，到2019年底，谷爱凌已经成为世界杯的“三金王”。

德智体美劳全能少女

滑雪早已成为谷爱凌生活的一部分，而在滑雪之外，她还有众多兴趣爱好。

比如骑马、打篮球……

谷爱凌在运动方面堪称全能健将，越野跑、足球、攀岩……样样难不倒她。

进入中学后，她在学校的田径赛场上，轻轻松松拿第一；捎带手的，她还能带领校队，赢几场漂亮的篮球比赛。除了体育，她也热爱艺术，比如芭蕾舞、钢琴、音乐剧。在学校歌舞剧团，谷爱凌曾是受众人瞩目的女主角。

至于学习成绩，谷爱凌更是全校拔尖。考上斯坦福大学是谷爱凌6岁时给自己定下的目标，是她小时候“最大的梦想”。11年以后，当初做梦的小姑娘终于如愿以偿。当然，没有人能随随便便成功，谷爱凌也不例外。

谷燕曾分享女儿的日常生活：雪季的周末，是谷爱凌在一周中仅有的两天训练时间。这两天一大早，谷燕会带着她出门。晚上无论多晚回来，每天的作业，谷爱凌都会雷打不动地完成。埋头写完作业后，则是她的“声乐时光”。为此，谷燕特地给谷爱凌请了家庭教师，教她发声技巧。即便在比赛期间，谷爱凌的功课也从不会落下。

从小到大，谷爱凌已经习惯了“斜杠生活”。和滑雪一样，她在各种兴趣爱好中也找到了一种平衡：“做一件事情的时候，我不会去想其他的。上学时不会考虑滑雪，同样滑雪时完全不会去想上学。我分得很清楚。”

这离不开父母的教育。谷爱凌一家都是学霸精英——爸爸是美国人，毕业于哈佛大学；妈妈在北京出生，先后毕业于北大和斯坦福大学。谷爱凌从小就被父母培养良好的习惯，比如“把时间花在刀刃上”“训练时间虽有限但目标明确”等，这都让她懂得了自我规划的重要性。

地地道道的北京姑娘

虽是中美混血，且在美国长大，但谷爱凌总说，自己是一个地地道道的北京姑娘。

2岁时，她第一次回中国。往后每一年的暑假，妈妈都带她回北京姥姥家，感受中国文化。

姥姥教她绕口令、古诗词；带着她下厨房，教她做红烧大黄鱼和西红柿炒鸡蛋；还带她去“打卡”故宫、爬长城、吃羊肉串和老北京涮羊肉火锅……让她融入地地道道的北京生活。在如此熏陶下，谷爱凌爱上了中国传统文化，中文也说得很“溜”。

13岁那年，谷爱凌给自己定下了考上斯坦福大学之外的第二个“梦想”，要回到家乡，代表中国参加2022年的北京冬奥会！

3年后，梦想成真。2019年6月6日，谷爱凌宣布自己正式转为中国国籍。在微博上，她自豪地写下：“我很骄傲能代表中国征战2022年北京冬季奥运会……北京，我来了！”

为了全力备战这届冬奥会，谷爱凌挤出时间自学，提前完成高中学业，成为母校历史上第一位提前毕业的学生。如今她为了腾出时间好好训练，又准备推迟一年入学斯坦福。看样子，谷爱凌已经为这场她期待已久的比赛热好身了。

在历届冬奥会中，只有自由式滑雪中国男队获得过冠军——2006年，韩晓鹏在意大利都灵冬季奥运会中为中国夺得首枚金牌。然而，女子运动员至今仍未实现金牌零的突破。随着谷爱凌的加入，大家对本届冬奥会充满期待，也纷纷为这位“北京姑娘”送上祝福。不过，对谷爱凌而言，滑雪最重要的意义并不在于比赛。

滑雪让她变得更强大。“因为滑雪，我变得更有信心。现在再大的压力也不怕，哪怕别人说不喜欢我，那也没有关系。最重要的是做好自己。”

谷爱凌正用自己的人生经历，鼓舞着其他年轻人，尤其是那些和她同龄的女孩——去勇敢地挑战自己的极限吧！

《送你一朵小红花》：每一个努力生活的人都值得被表扬

□东方君

今天我要给大家介绍的，是大火的《送你一朵小红花》——这部由易烊千玺领衔主演的元旦档温情电影，讲述了癌症患者和周围的家人朋友共同对抗病魔、顽强生活下去的故事。

也许你会说，这部电影豆瓣评分有点低、台词剧情有点硬伤等，这些确实是需要改进的地方。但我觉得，抛除这些硬伤以及易烊千玺弟弟的“粉丝滤镜”来看，这仍然是非常值得一看的电影。

原因很简单，因为它真实反映出一个道理：生活再苦，我们也得热爱生活。就像泰戈尔说的：世界以痛吻我，我却报之以歌。

“为什么偏偏是我？”

影片一开始，我们看到的是一个普通温馨却被癌症的阴影笼罩着的家庭。

韦一航是家里的独生子，患有脑癌，随时担心着癌症复发的那一天。为了治疗他的病，父母几乎倾家荡产，可他们丝毫没有怨言，反而小心翼翼地维持着这个小家庭看似一切照旧的温暖气氛。

照理说，父母的这种体贴与温柔，换来的应该是孩子的懂事与理解。事实恰恰相反，韦一航性格阴郁悲观，他抵抗治疗，更不想去结交朋友，只愿意把自己困在房间里，翻看那些旅行杂志——那是他永远都去不了的远方。

对比他的名字“一航”，现实是何等讽刺。

很多观众说，韦一航这个男主角的人设不讨喜，他心理脆弱、暴躁抑郁，一点都不积极阳光；总是拿自己的癌症说事儿，动不动就说上天对自己不公平，生活给自己多少打击……

可这才是癌症病人最真实的写照啊！痛苦的他们总是陷入不断循环重复的同一个问题——“为什么偏偏是我？”

如果没患癌症，韦一航只是个被父母宠爱着的阳光男孩，热爱生活，热爱旅行，遇到喜欢的女孩子也会勇敢去追求。可是生活残忍地告诉他：你不配。

他看到了妈妈为了省几块钱与别人理论，看到了家里的桌子腿坏了也没法修，看到了爸爸饿着肚子偷偷去跑车赚钱，甚至偷偷听到奶奶想要卖掉自己的老宅子。一大家子都准备凑钱给自己治病……

他感到命运的不公，感到自己的软弱无能，感到对家人无尽的愧疚。而这些复杂的情感最终转化成了一种愤怒：为什么偏偏是我？凭什么命运要这么对我？

于是他变成了一只奓毛的小刺猬，在癌症病友互相安慰的时候残忍地指出事实：那些鼓励的话根本没用！

他的话引来了病友们的不满：他们怎能不知道鼓励无用呢？他们只是想要一份活下去的希望而已啊！

生而为人，必须坚强

在这部电影里，令很多观众印象深刻的一个片段，是一个打工男人的故事，这个故事也是无数人的缩影。

韦一航在医院偶然看到了一个风尘仆仆的男人给自己两三岁的女儿治病，他那身破旧的衣服和行李，与干净整洁的医院大厅格格不入。他的女儿很懂事可爱，吃饭时还让爸爸也吃，男人骗她说，爸爸在外面已经吃过啦，吃的红烧牛肉饭，等你乖乖治好病了也带你去吃，小姑娘笑着答应了。

过了好几天，韦一航经过医院前面的路口，正好又看到了那个男人，他独自背着所有行李，神色落寞地走出医院，只是这次，不见了那个小女孩。他就那样跌坐在了路旁的台阶上，坐了许久，直到一个外卖小哥跟他搭话：“这是你的外卖吧？送饭人是‘女儿’。”这个男人困惑地打开袋子，是韦一航偷偷给他买的一份红烧牛肉饭。男子颤抖着手一边扒着饭，一边痛哭失声。

生而为人，每个人都有自己的难处。除了坚强，我们别无他法。

另外值得一提的，是韦一航的父亲。他似乎整天都笑眯眯的，从来没有对孩子动过一根手指头，对孩子每天吃的药了然于胸，默默将所有的生活压力扛下。在家庭聚会上，当听到大家都想着凑钱给自己儿子治病时，这个坚强的中年男人却突然情绪崩溃，捂脸痛哭。

他也只是个普通的人，一个普通的父亲，也会有脆弱的时刻。可当韦一航回到饭桌时，他又抹干眼泪，做回那个承担起一个家庭重担的父亲。

韦一航喜欢上了颇有灵气的女孩马小远，她从五岁检查出癌症之后就开始吃药，也一直深知生活有多么艰苦。可是在她身上，看不出一丝阴郁与挫败，只有积极与热爱。

她带他领略周围世界的美好，同时给他介绍身边的人都在各自承受着的痛苦：小孙子被拐卖的奶奶，守着电线杆张贴寻人启事；辛苦送餐的外卖员，以及数不尽的为了生活辛苦工作着的人。他们其中，有着我们每个人的身影。

在她的带动下，韦一航终于敞开心扉，接受了自己患病的现实，也接受了这个残酷与美好并存的世界。

在马小远因为癌症突然离世后，他终于找到了自己梦想中的那片海，看到了另外一个平行时空里没有病痛折磨的人们，过着最幸福的生活。也许，那些画面会在未来的某一天出现。

生活就是这样，每个人都要面临各种各样的困难，也许你会抱怨命运的不公，但转身看看身边，谁又不是负重前行呢？

追星星的人

□慕　云

“人们都说，你得了这病，还能干什么？”

“我不但做了，而且做得很好。”

赵经远最近意外地上了次热搜，虽然不是天文学家，但他用5年时间发现了6颗新天体，最远的一颗离地球有2.5亿光年，央视看了都忍不住给他点赞，这是足以载入史册的事情。

赵经远是哪个科学院的资深院士？并不是，他只是个24岁的小伙，正是大多数人刚刚步入社会的年纪。

赵经远的家庭算不上富裕，他用来观察图片、搜集资料的电脑都可以用破旧来形容，宽大的黑边框，底下还缠着一圈胶布；但他的书非常多，满满摆了一书架。

除了书之外，赵经远的抽屉里还有厚厚一摞病历本。

2008年，赵经远的身体出现了问题，被医院诊断为“肌张力障碍”。看书时，手会不自觉地颤抖。他不止一次听到有人在背后议论“这辈子就这样了吧”的话，也曾迷茫过，但在看到星图上浩瀚的宇宙后，他忽然找到了方向，“在浩瀚的宇宙面前，我的伤痛多么渺小。”他不再怨天尤人，开始了在满天星河里遨游的新人生。

1

肌张力障碍会导致身体慢慢失去力气，赵经远也想质问命运为何带给自己诸多磨难。但幸运的是，他有个温暖的家，父母都十分关心他。

父母常常想方设法让他开心，给他讲一些神话故事，天上住着多少神仙，哪两颗星星是牛郎织女，哪几颗是北斗七星。这可能是赵经远最早接触星空。而真正和星空结缘，是赵经远亲眼看到日食之后，那一刻，星空的神秘撩动了他的心弦。11岁的小男孩见到天色慢慢变暗，很是惊奇，“太阳真能被天狗吃了呀！”

不久，他怀着期待到了天文馆参观，这是他第一次看到星图，命运仿佛为他打开一扇门，本来迷茫的少年，在见识过宇宙的一角后，突然想开了。地球在宇宙中如此渺小，人类相较地球又小上千万倍；散发着光和热的恒星也会经历死亡，但宇宙无声地接纳着这一切，孤独又永恒地存在着。自己的伤痛在宇宙面前又算得上什么呢？赵经远用宇宙的时空来对照自己，心胸也变得开阔起来。

他被宇宙的神秘吸引，任何和星空有关的新闻都让他感到兴奋，他的梦想就是以后能从事天文相关的工作。2015年11月27日，他在参加诗意星空天文摄影大赛时，知道了星明天文台与中国虚拟天文台合作的PSP项目（Popular Super nova Project，公众超新星搜寻项目）。发现新天体早就不是科学家的专属了，通过对比PSP网站发布的星图就有可能找到一颗未被发现的新天体。“如果有一颗属于自己的星星，那是多浪漫的事情啊！”

2

赵经远马上注册了PSP项目的会员，但因为忙着高考，不得不暂时放下天文。一年后，到了大学，他终于有时间潜下心来，再次投入他心心念念的星海中，赵经远就像见到老朋友一样开心。“满天繁星都像老朋友般守护着我，我始终是星空下虔诚的守望者。”

再次进入PSP网站，赵经远发现搜索图分为两种，动态图和静态图，动态图是将新图和历史图来回切换；静态图是将新图和历史图进行减法的操作，只留下新图中新出现星点的部分。然而，操作起来却不像说的那么简单，就算在海量的星图中找到了亮点，也有可能是鬼影或噪点，甚至还有可能是太空垃圾，有的人观察了一整年也没有收获。

赵经远刚开始时也有点摸不着头脑，有了新发现便交给星明天文台的创始人高兴老师，结果只是个噪点；又或者真的发现了天体，却已经被别人命名过了。

但他不气馁，赵经远说：“每天看看遥远的星星，会觉得开心。”他期待着在下一张图中出现未知的亮点，星图就像赵经远的专属盲盒。

黑白的星图没有想象中那么灿烂，平常人可能看上两三张就没有新鲜劲儿了，但赵经远每天吃过晚饭就会准时坐到电脑前，等待天文台发来最新的星图，他在点击下一张图片时，似乎也忘记了肌肉的酸痛。

在看了一万八千多张星空的照片后，赵经远终于再次在星图中发现了一个可疑的亮点。他有些激动，也有点拿不准，“万一又是噪点呢？”

静态图中的亮斑在历史图中的相同位置似乎也有一颗较暗的恒星，这可能只是颗普通变星，只是在新拍到的照片中亮度增加了。但仔细看，位置似乎不同，犹豫不决后，赵经远选择提交了自己的发现。资深老师也觉得这个亮点十分“可疑”，讨论了一番，老师们决定向国际天文学联合会超新星工作组的Transient Name Server（TNS）上报这个发现。

赵经远打开老师分享到群里的链接，看到发现者一栏有他的名字“JingyuanZhao”，他感觉无比兴奋，“我终于要有一颗自己的星星了！”

在发现超新星的第三天，他一边等着国际上的认证结果，一边像往常一样对比着星图，没想到，又有了新的发现：星系外有个新的亮点！不只是赵经远，连天文台的老师都被震惊了：这么短的时间，能发现两颗新天体？不久从TNS传回了认证结果，赵经远确实发现了一颗超新星SN2017gjn和一颗河外新星M31N2017-09a。这就像星空送给他的礼物。

到目前为止，赵经远已经找到了4颗超新星和2颗河外新星。因为他对PSP项目的贡献，也因为他对天文忘我的热爱，星明天文台和中国虚拟天文台给他颁发了“秘书团副团长”的聘书。在已有两万多人的“公众超新星搜寻项目”中，赵经远成为项目里看星图最多的一位，他被任命为项目的管理员，获得了贡献奖。

3

很多人可能觉得发现新天体对我们来说是一件太遥远的事儿。但就像爱因斯坦、伽利略这样的科学家也是在星空下才得到启发；也许在未来的某一天，人们就能在浩瀚的宇宙中发现另一颗地球呢？

于赵经远而言，他因为不幸患上肌张力障碍症，遭遇了常人难以忍受的磨难，但他在星空中找到了自己的那颗星，他跟自己和解了。看星图成了他的日常工作，以前那个被人指点“啥事也干不成”的人，如今拿到“超新星搜寻项目管理员”的身份，开始帮助一些新的天文爱好者发现属于他们的新星，他成了很多热爱天文的年轻人的“老师”。

赵经远以后会在星河里越走越远吧，就像他说的：“我看星河多妩媚，料星河见我应如是。”曾经一个不被看好的少年，在喜欢的事上找回了生活的尊严，活出了诗意。

14岁的跳水皇后，梦想是开小卖部吃辣条

□Trawberry

拿了冠军之后

所有人都叫她天才

那是他们没有看到

背后几十万次的跳跃

起跳、翻腾、入水。

14岁的全红婵像一道优美利落的弧线，以极强的爆发力划破长空，在空中柔软地舒展。进入水面时，又归于不可思议的轻盈，几乎没有泛起一丝水花。

东京奥运会跳水女子10米台的决赛上，她的每一跳都近乎完美，五跳中有三跳拿到了满分，最终以总分466.20的绝对优势一举夺金，创造了新的世界纪录。

饶是中国跳水队素有“梦之队”之称，这样的场面也难得一见，足以载入史册。

郭晶晶在现场不停鼓掌，吴敏霞在电视机前欢呼尖叫。大家都在猜测，全红婵或许会成为新一代“跳水女皇”。

很难想象，这位在奥运赛场力压群雄的小运动员，入选国家队还不满1年，参加的正式赛事不到10场。由于此前一直寂寂无闻，连解说员都在比赛中多次口误，把她叫成了“全金婵”。

事实上，如果不是东京奥运会延期举办，全红婵将因未满14岁，没有资格参加这届比赛，那么她的奥运首秀只能推迟到2024年，到那时，17岁的她恐怕已经失去了体重轻、身体尚未发育完全的优势，未必能有如此惊人的表现。

一切都像是命中注定，人们用各种美好的词语形容这个传奇少女，她符合中国人对天才的所有想象：出身寒门，天赋异禀，因可遇不可求的机缘巧合，一举成名天下闻。

而光环背后，她的人生并非一帆风顺，只是一个普通的农村孩子，想改变命运，又正好被命运选中的故事。

横空出世的天才少女

全红婵仿佛专为跳水而生。

启蒙教练陈华明第一次见到全红婵时，她才七八岁，正在跳房子，明显比别的孩子都要轻盈、有爆发力。

陈华明一眼相中了这个跳水的好苗子，将她选入体校，又送去省队。

省队教练何威仪也称赞全红婵的身体条件：身形修长，柔韧性好，甚至连手的形状都“很适合压水花”。

去年的奥运选拔赛，是全红婵首次亮相全国大赛。

赛前三周，她刚刚学齐全套5个动作。想不到第一站就跳了个第一，击败了上届奥运冠军任茜、世界杯冠军张家齐，获得了东京奥运会的入场门票，成为本届奥运中国代表团年龄最小的运动员。

传奇程度，恐怕只有武侠小说中张无忌现学太极拳的桥段可以比拟。

除了拥有绝佳的天赋和学习能力，全红婵的心理素质也是制胜的关键。

虽然是第一次参加奥运会，全红婵心态却一直很稳。

赛前被问到是否紧张，她说奥运会也就只是跳5个动作，“感觉没什么大不了的，想好每一个动作，把自己的动作跳好就行了。”

决赛场上，她以超乎年龄的沉着冷静，完成了零失误的五跳，动作一气呵成、自然流畅，就像一条本就该回到水中的鱼。

全红婵的表现惊艳了全网，初代跳水女皇高敏激动地发文：“天才是埋没不住的。虽然，小姑娘没参加过多少国际比赛，但她一出现，就断了好几个运动员的奥运金牌梦。她就是天才，她是老天给我们的礼物。”

古灵精怪的小妹妹

作为人们眼中的天才少女，全红婵对自己的天赋并不自知，“我感觉自己好像是被‘骗’去（跳水）的一样，主要也是我读书成绩比较差。”像这样实在又稚气的言论，全红婵说过不少。赛场外的她古灵精怪，讲话奶声奶气，带着她这个年纪特有的逻辑。

有记者问她“觉得自己性格怎么样”，她一脸疑惑：“杏哥？杏哥是谁？”预赛结束后，队友陈芋汐还在和教练沟通，全红婵已经在一旁迫不及待地催促：“走啊，回去吃饭！回去吃饭！”像极了学生时代的你我。

在体校训练时，教练员曾问全红婵想不想当冠军，全红婵说：“不想！（去别的地方当冠军）不好玩，在这里好玩！”

至于这位小将的梦想，竟是“开一个小卖部”，这样就能一直有辣条吃，5毛钱一包的那种。

随着全红婵的出名，这些采访片段再次走红。听着她的童言稚语，我们在忍俊不禁的同时，更能体会到她的不易：说到底，这位奥运冠军，还只是一个孩子，关心的无外乎游戏和零食，却已经在运动员这条无比艰辛的路上走了这么久。

“她值得她的成绩”

全红婵夺冠后，她的家乡湛江沸腾了，人们手举红旗、敲锣打鼓舞狮庆祝。就是从这里，全红婵开启了她的跳水之路。破旧的跳台、狭小的训练房，“全省最差”的设施条件，就是这个“天才少女”的起点。

全红婵的父母都是农民，对女儿的事不太操心，教练选她去跳水，父亲全文茂没多想就同意了：“选上就去咯，反正有书读。”

全文茂也很少观看女儿的比赛，女儿参加奥运会的消息，他还是从新闻上得知的。

全红婵虽然年幼，却很懂事，她知道妈妈生过病、出过交通事故，家里需要用钱，因此训练起来格外努力：“我就感觉自己也得挣钱，好寄回家给妈妈治病。”

在同一批运动员里，全红婵对待训练是最投入的，也是最能吃苦的，每天陆上跳的次数在200至300个，水上一般都是跳120个左右。为了训练方便，全红婵一直留着短发，在水中泡久了，头发变得枯黄、奓开，像一只小刺猬，经常被认为是男孩子。

训练日程紧密，连休息的机会都很少。采访中，记者问她比赛结束后最想去哪里，全红婵说想玩游戏、抓娃娃，眼神中难掩失落：“我连游乐园都没有去过，动物园也没有去过。”

全红婵付出的努力，教练都看在眼里，因此不太喜欢“天才”这个称呼，“不管是天才还是黑马，都要经过刻苦训练才能得到（成绩），她值得她的成绩。”

吃了这么多年的苦，全红婵终于拼出了一个可期的未来，拿到金牌后，她的很多梦想在一一实现。

全红婵与跳水，是一段互相成就的奇遇。在这个颇具传奇色彩的故事中，一切都是最好的安排。

一个小人物的超级英雄梦

□李尚龙

1

在科伦坡的一家酒吧，我看到一位歌手在唱歌，酒吧里零零散散坐着几个欧洲中年人，毫无兴致地喝着酒、聊着天。台上的歌手坚持地唱着，就好像所有人都在用心地听着。

但事实上，没有人在听。台上的灯光昏暗地照着台上的脸，歌手在台上，羞涩地说了声thank you（谢谢）。

中场休息时，他拿了一杯酒，走到我们的桌子前聊天，我才知道他离家三年，一直喜欢音乐，但没有大公司愿意签他。

爸妈让他回老家种地，但他自己觉得还能坚持，因为热爱音乐，而且不到三十岁，正是奋斗的年纪，于是他选择在酒吧唱歌。他说，一会儿他会唱一首自己写的歌，问我们会不会听。我点了点头，陷入了沉思。

多么老套的故事，主人公像极了每个在北京、上海、深圳打拼的年轻人。

每个大城市的夜晚，都渗透着故事，这些故事以岁月为载体，扎根在每个二十多岁的年轻人的心脏。

他说完后上台，又唱了一首歌。他唱得很高兴、很投入，像融入了这个城市的夜空。

我听了一会儿，留下了一千卢比，跟服务员说，确保这些小费给台上的歌手。服务员点点头。我继续说，告诉他，他唱得不错。然后我转身离开了酒吧。走到门口时，那个歌手喊了出来："Thank you,sir, I will do my best."（谢谢你，先生，我会尽全力的。）

我忽然明白了，其实每个人在倾尽全力做自己喜欢的事情时，都是自己的超级英雄，哪怕前方的路一片迷茫，至少自己是微笑着的。

2

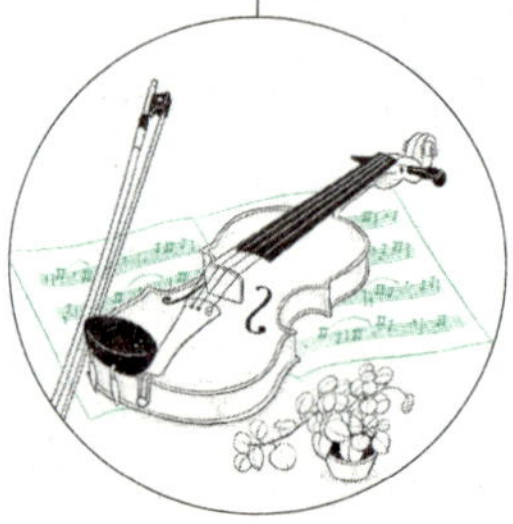

每个国家的追梦人都很像，从农村到城市的人，都希望自己成为超级英雄，希望自己身披铠甲，腾云驾雾，哪怕被命运打垮，哪怕被这社会弄得遍体鳞伤。

这些年，我对所有为了追求梦想而高声歌唱的人，有着不可阻挡的喜爱。

那天回到酒店，我打开电脑，刚好看到平台在推荐一部电影——《天气预爆》——讲一个普通人，被莫名其妙地赋予了超能力，就算遍体鳞伤，也要坚持到底，别人可以笑他，但自己要有骨气，别人可以让他认命，但自己不能认输。

他像极了那个酒吧里默默无闻的歌手，虽然一无所有，但还傻傻地坚持着。

我对这样的电影并不感冒，但一看导演，愣住了，是肖央。

我看完了那部电影，拿出手机，给肖央发了条信息："看了你的电影，懂你的意思。"

很快，他回复我："看到你跑斯里兰卡去了，无论你在哪儿，祝你一切都好。"

二十多岁时，我在一个活动中认识了肖央，那时他还不到四十岁，我们相见如故，每次喝酒总是酩酊大醉，我喜欢在喝多时把手机音量调到最大，放他的歌，相比《小苹果》，我更喜欢《老男孩》的纯粹、《猛龙过江》的热血，还有《我从来没去过纽约》的深情。

肖央很喜欢拍小人物的英雄主义，因为他自己就是这么一个人。

从《老男孩》起，他就拍了两个落寞的英雄，虽然输了比赛，但用一首歌赢得了观众的心，他们就是自己的超级英雄——无论结果如何，自己尽了全力。

拍《老男孩》时，肖央的团队只有几个人，没有钱，就到处想办法求人；没有场地，就拿着机器偷偷地拍。

直到片子红了，他才忽然想起，坏了，还没有跟大桥卓弥老师说用了他的歌，这才急急忙忙地联系到原作者，支付了版权费用。

老肖喜欢英雄的态度是明显的，一个曾经落魄的普通人，自然喜欢英雄。从《老男孩之猛龙过江》中两个臆想出来的英雄，到《天气预爆》里一个不得志的自杀干预医生，这都是小人物的英雄主义——你可以瞧不起我，但我不能辜负自己。所有的表达，都是自我的叙述。

我在网上看到了很多对《天气预爆》的差评，本想安慰老肖，但想了想，什么也没说。因为英雄总是活在自己的世界里，他们不需要别人的安慰，只有自己的成就，才是最大的安宁。

想了很久，我给老肖发："过几天我回北京，咱们喝酒吧。"他贱贱地回了个表情："Why not?"（为什么不？）

3

肖央的理想是成为一名画家，他十多岁时来到北京，报考中央美院，第一年就落榜了。

第二年，他奋起直追，没日没夜地复习，躲在一个小房间里，终于考上了。

从美院毕业后，他一直漂荡在北京的各个角落，接一些广告，赚了一些钱。那段日子，他入不敷出，赚来的广告费只够他勉强维持生活。

但他不服输，决定追求自己的梦想，在无数冷眼中，放弃了拍摄商业广告。这一路，只有王太利支持他，后来他们组成了"筷子兄弟"。2010年，一首《老男孩》红遍了大江南北。

再后来，他们有了家喻户晓的《小苹果》。每次走在街上，总有妈妈来到他身边，说孩子是听他们的歌曲长大的。他就在一旁笑，然后给人签名。

我经常问他："你想过自己会红吗？"

他说："我从来没想过，直到今天，我还是不太适应出现在人群中。"

2019年，我请肖央来我的新书《人设》的发布会。他说："我特别害怕自己有人设，因为当你有人设时，你可以是任何人，唯独不是你自己。"我点点头，问："那你觉得你现在是自己吗？"

他没有直接回答我，而是说："无论谁怎么看我，对我寄予怎样的希望，我就是我自己。我没有人设，我过的是人生。"

生命的无常很大程度决定于人对生命的态度，人必须倾力而为，老天才会助力相推。人的前行就像骑单车，人在左边蹬，命运在右边踩，而任何人，都有自己的单车。

我很喜欢肖央，因为从他的电影里，我能看到像周星驰作品里的那种小人物的倔强，他们对命运不投降，在挫折中保持坚强，他们怀着渴望，他们被逼无奈，却依旧骑着单车，试图飞翔。

我问过老肖：“如果当初你没红，还会继续唱歌吗？”

他说：“我会的，我又不是唱给别人听，我是唱给自己听的。”

是，如果没人听，那就唱给自己听吧。

4

我经常会被问到类似的问题，这些问题都以这样一句话作为前提：“我是一个普通人，我是一个小人物，那么……”

这很奇怪，谁又不是普通人，谁又总是大人物？

这不是人不作为、不努力的理由，更不是放弃前程的借口。电闪雷鸣耀夜空，暴雨狂风又彩虹。

那些磨难，都是让自己进步的经历，无论结果如何，至少自己不后悔。

一个小人物，也可以有超级英雄梦；一个普通人，也可以体面地奋斗。

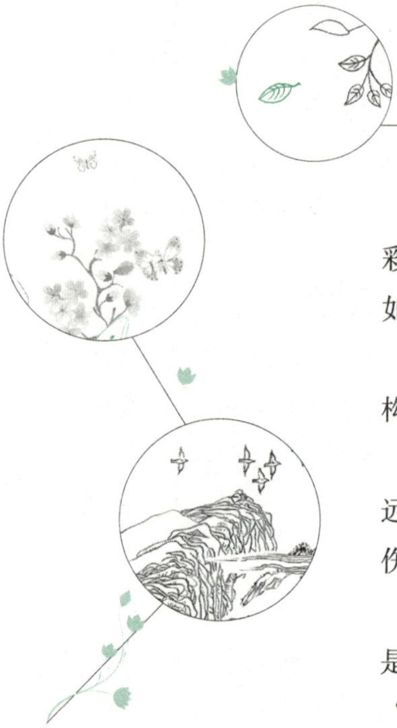

人无再少之颜

□林赶秋

人们曾在山西高平市汤王头村发现了一座金代古墓，其后室南壁的东侧用黄色彩料写有“墓有重开之日，人无再少之颜”两句，字体为行书。这十二个字，如诗如画，沧桑而“虐心”，当时引起了不小的轰动。

宋人陈著有一首赏花劝酒诗，开头两句为：“花有重开日，人无再少年。”结构和意境与墓中题句均有相似之处，而少了一些悲凉之感。

人的青春过了便不再有，花却可来年再开；墓门有可能再次打开，但墓中人永远醒不来了。人人眼中之所见，人人意中之所有，被文字定格下来，便越发觉得可伤可叹。

其实，正如“人不能两次踏进同一条河流”一样，“年年岁岁花相似”，也只是相似而已，来年再开的那朵显然已不是去年的那朵。宋人邵雍《不再吟》云：“春无再至，花无再开。人无再少，时无再来。”真是寻常又残酷的现实啊！

天鹅守护神

□林青霞

2017年10月，我应邀到乌镇参加戏剧节。在乌镇，听朋友贾安宜谈到老袁和天鹅的故事：“天鹅一次只睡45秒，45秒睁一次眼再睡45秒，这样一连可睡8小时。为什么？它要随时保持警觉性，以防天敌，而人类是最大的天敌。”这是天鹅卫士袁学顺说的。

袁学顺住在威海荣成，20岁开始保护、照顾伤残的天鹅，42年来从不懈怠，我听后深受感动，决定带着女儿爱林去山东拜访他。

在烟台下飞机时见到雪花片片，路边的树木、房屋盖上厚厚一层雪，像我们小时候寄的圣诞卡上的图案。因为高速公路积雪危险，只能走一般的道路，到达荣成湖畔的大天鹅康复中心时天已渐暗。晚上袁氏夫妇跟我们一起用晚餐，想听听他讲他与天鹅的故事，他却说了许多四个字四个字像成语的句子，让我惊艳不已。朋友不是说他是个农民吗，怎么还会自创成语？他没有山东口音，字正腔圆铿锵地念道：“柳不退绿，鹊不离巢，鹅守瑶池，冬不来寒，雪天雷鸣，日月逐辉。”这是他送给我的，题名“青霞冬月来湖”。

他谈到最心爱的天鹅，眼睛都发光，他懂得天鹅的语言，如数家珍地说大天鹅有喇叭天鹅、咳声天鹅和啸声天鹅。

每年10月中旬至11月中旬从西伯利亚飞到荣成，翌年3月左右返回，飞程一个月，在天上最久是6个多小时，一个月的飞行会瘦5公斤。经过42年亲密的接触和观察，救助了上千只受伤的天鹅，相信没有人比他更了解天鹅。听说他画了一张地图，是有关天鹅飞行、休息和觅食的湿地。这些知识特别珍贵，我鼓励他写出来，流传下去。

他一时忆述着，有时为救一只落在水中受伤的天鹅，他会两只脚泡在水里两小时，从离天鹅100米的距离一边和它说话，一边10米10米地接近，直到天鹅信任他，才会接受他的救助。一时又叹息说，每次抱着痊愈的天鹅放回大自然的时候，都会伤感地掉眼泪，因为他不知道这一飞走，路途中会不会再遇到险阻，还能不能再活着回来。说到那只名叫盲盲的盲天鹅，他又笑着用四字成语“亭亭玉立”来形容。他把天鹅人性化了，他说：“天鹅生来高雅，绝不下跪，即使是死也得坐着死。”要跟老袁谈天鹅可能谈到天亮都谈不完，我们约好第二天去看天鹅。

零下5摄氏度，虽然是午时，太阳的热度还是抵不住寒风的吹袭，我们走入空旷的湿地，天鹅见到我们有的张开大翅膀飞起，有的游走了，远处湿地和水面上镶着一层高高低低的白边，老袁说那是3000多只大天鹅。20世纪90年代有大约6000只，后来开发建设，现在自然的湿地只剩三分之一。他非常忧心将来如果土地开发到这儿，就会破坏这里的自然生态，那时天鹅就不来了。

天鹅康复中心的小木屋里面有一张单人床，没有暖气，天寒地冻的，老袁待在那儿照顾天鹅却一点不以为苦，他说只要听到天鹅美妙的歌声他就满足了。屋旁一个木栏杆围成个小方块，盲盲亭亭玉立地单脚站在里面，脖子好长，我用手指轻轻滑过它的脖子，羽毛柔软而丰密，难怪天鹅在零下气温还能长期待在户外。老袁心疼地揉搓着盲盲的黑脚板。他把天鹅都当成自己儿女看待，却绝不私自占有，一旦它们可以自由飞翔，他就放手。

午后见到天鹅翱翔在大自然的空间里、自在地觅食玩耍、不时站立着拍打翅膀，每一个镜头都是一幅美丽的画，老袁用尽生命每一份力，希望把这幅画面永远流传下去。他说过一句耐人寻味的话“天鹅将会陪着人类走完全程”，我望着他消瘦的面颊，闪烁着光芒的坚定眼神，心里赞叹道，这真是天鹅的守护神，也是大自然的艺术家。

你的苟且，正在成为别人的红利

□王耳朵先生

一个上海的超市阿姨，干了一件事。

当然算不上惊天动地，甚至称得上鸡毛蒜皮：灭蚊。但她，灭了整整13年。

阿姨叫浦赛红，是上海一家超市的员工，干了13年，灭掉的蚊子少说也有2万只。

有她在的店，哪怕是最容易招虫的肉类、果蔬区，夏天光腿站上半小时，都没有一只蚊子来叮咬。

浦阿姨的工作是超市的一个专门工种：清管员。

顾名思义，就是在卖场里做清洁管理。而她负责的，是专门防治有害生物，比如蚊虫、苍蝇。这个岗位存在感极低，不少人可能是第一次听说。招的也是上了一定岁数的阿姨，学历要求不高，薪资水平，也只是一般。

可不起眼的工作，浦赛红没有敷衍了事。刚上岗，超市给她配的是最简易的塑料苍蝇拍。别人拿到这种“原始”工具，顶多按部就班在卖场里挥挥拍子。只要保证顾客面前不出现蚊虫聚集，就万事大吉。但浦赛红不满足于此。

打打蚊子是简单轻松，但治标不治本，她想从源头上防治。

先是研究蚊子。从清晨到深夜，浦赛红无时不在观察蚊子的行动轨迹、行为特点，并仔细记录。

日子久了，真总结出一套“作息规律”：“6：00，花园及绿化带，精力十足，难打……”“9：00，积水处，产卵……”“15：00，阴凉处，睡午觉……”

不同季节，归纳出不同习性。就连蚊子最喜欢的温度、湿度范围，都掌握得精确。

了解完对手，浦赛红开始“利其器”。

从最初的苍蝇拍开始，她大大小小尝试了不下50种工具，物理的、化学的……市面上现成的灭虫工具不够，她就想点子自制：在盆里放入兑了洗洁精的水，再把蜂蜜涂抹于盆口。蚊子被甜味吸引而来，很快就被困于黏稠的泡沫水中。

她还发现，蚊子最喜欢鲜艳的黄色，便将黄色的粘虫纸剪成水果形状。蚊子寻色而来，自投罗网，这招叫“色诱”。

掌握了规律，浦赛红在超市内外布下“天罗地网”。超市外的草丛，她装上捕蝇笼，以食物作诱饵。超市内，门帘、风幕机，又是两道“关卡”。若是还有“漏网之鱼”，再往前，等待它们的是浦赛红设置的粘虫纸、粘蚊彩带、灭蚊灯。经过这“六扇门”的把守，几乎没有蚊子逃得过去。

明明不属于自己的职责范围，浦赛红却把每天的工作，延伸至超市门口200米开外。

浦赛红的工作普通吗？太普通了，普通到只是一件蚊虫大小的事。可她把这微不足道的事情，做到了极致，成了“专家”。以至于附近居民一到夏天，都来向她讨教经验。那份“蚊虫作息表”，甚至登上热搜，1.8亿人点赞。

我震撼于把小事做到极致的专业力量，更钦佩于这个阿姨的聪明。这种聪明，不是说她有多高的学历，而是她懂得：怎样拉开人和人之间的差距。

所谓人和人的差距，就是这样拉开的。

口罩后面藏着不能说的秘密

□常迎春

我常去星巴克办公。去得多了，慢慢记住了几个店员的面孔。店员里有个女孩子，眼睛细长，身形瘦削，常在柜台后面忙碌，冲咖啡，收拾台面，麻利沉默，静水深流。

我从来没跟她说过话——可能也说过，让她给我续过热水？或者端咖啡时向她道过谢？只是，我从没留意过她的反应，也没注意到她有什么与众不同，仅仅发现她常常面无表情。

今天，我又来到星巴克。吃完甜点，喝完咖啡，我去续水，走到前台，看到她正在给咖啡打包。我说：“麻烦给我倒点热水。”

我的声音不大，但已足够传入她的耳朵。她背对着我，没有转身，也没有答话。

我以为她没听到，抑或听到了一时走不开，便在台边等了片刻，看她云也似的忙活。

她飞快地打包好两袋咖啡，一大一小，手拎着转过身，这才仿佛突然看到我，立刻放下手中的纸袋，迎上来，一手接过我的咖啡杯，一手按向水龙头准备接热水。

我向她随意问了句：“你们今天几点关门？”

她却恍然受了惊，脸上滑过一道莫可名状的表情，随即放下接热水的杯子，双手飞舞着开始比画。我这才惊觉：她是个聋哑人！

我感到自己似乎无意中撞破了一个秘密，一时间有点慌乱和尴尬，也自觉有点唐突。

我不懂手语，看不明白她比画的是什么，于是满脸歉意地指指旁边，说：“我去问问其他人吧。”但女孩子已经掏出一个巴掌大的电子手写板，取下手写笔，递到了我手上。

我没看清她是从哪儿拿来的工具，愣了一下，这才欣然接过，写下我的问题。

我把手写板递还给她。她收回去仔细看了看，伸出右手，注视着我的眼睛，在空中重重地画了一横又一折，喉咙里发出细微而嘶哑的一声咿呀。

我点点头：“7点，好的，谢谢。”她也点点头，把我的杯子再次放到水龙头下，注满水，双手捧上。我接过水，一边盖盖子，一边再次点头道谢。她也点头，眼睛带着笑意。

回到座位上，我心里鼓鼓的，有种难以名状的情愫在胸腔膨胀。

平时，我很少关注残障人士，也不常看到他们的身影，仅仅通过媒体得知，他们其实为数不少，离我们也不远，却很少走入人群，在阳光下漫步。

我有点难以想象这个女孩子为藏身人海，付出了多大的努力。我也多少有点好奇，其他客人知道她的情况吗？直到星巴克快打烊的时候，我似乎找到了答案。

6点55分，我收拾东西准备离开。路过前台，我看到只有她一个人在值班。

一个男子迈进门店，走到柜台前说要点单。女孩子一边冲他点头，示意他稍等，一边不慌不忙地走到工作间门口开始敲门。

原来，她有值得信赖的伙伴可以求助！

她没有再打手语，也没有再掏出手写板跟人交流。除了我，没人注意到她的与众不同，也没人发现她的口罩后面，藏着不能说的秘密。

"共和国第一旗手"是怎样练成的

□北洋君

庆祝中国共产党成立100周年大会上大家公认的"最帅天团"三军仪仗队再一次刷屏。整齐的步伐，威武的气势，无比统一的动作，格外引人注目！

其中最吸睛的，莫过于走在仪仗队最前方肩扛国旗的那位旗手。他帅气的外形、挺拔的身姿，令人印象十分深刻！很多人觉得他很面熟，其实他已经不止一次承担这样重大的任务了。他不仅多次参加重大活动的升旗仪式，也经常出现在平时的升降旗和站岗执勤任务中。很多人成了他的"粉丝"，专程来天安门广场看他。就连共青团中央拍摄的微视频里都曾经称他为"全中国最帅的男生"。他就是来自河北邢台的张自轩。

说起父母落了泪

张自轩是河北邢台平乡县寻召乡北流渠村人，今年28岁，入伍11年，是天安门广场国旗护卫队的旗手。

在央视的一次节目连线中，当主持人邀请他的父母来到节目现场，这个身高1.88米威武帅气的小伙子先是笑了，然后面部肌肉控制不住地抽动了一下，他紧紧抿住嘴角，眼眶瞬间湿润了……

张自轩的妈妈和爸爸很朴实，他们竖起了大拇指自豪地说："这是我儿子，儿子，真棒！"可话还没有说完，这位妈妈就再也忍不住，在镜头前哭了起来……在入伍头7年，张自轩没有回家陪父母过过一个年。

有一年，实在太想儿子，父母专门来到北京，来到天安门广场，当时儿子正好在国旗哨站岗。父母走到儿子面前，打了声招呼，张自轩却没有理他们。当时父亲"心里特别特别难受"。而母亲则看着儿子流下了眼泪，当兵前又白又胖的孩子，现在变得又黑又瘦了……

张自轩记得特别清楚，那是2013年，他绝对不是假装没看见父母或者不想跟他们打招呼。张自轩说，站在天安门广场前面的自己，展示的是国家的形象！没能和父母问声好，感觉特别亏欠他们。

最帅"张自轩"们是这样练成的

作为天安门广场甚至全国的排面，国旗护卫队的队员是从上万名新兵中挑选出的，无论身高、形象、动作，都是万里挑一。通过筛选的士兵要进行为期4个月、每天超过10小时的封闭强化训练，堪称"魔鬼训练"。用战士自己的话来说，他们每天的训练是"一天一个两万五，两年一个新长征"。

训练有三项内容。

一是"站功"：一站就是三四小时，为了克服歪头、脖子不正的毛病，他们在脖子旁边放上大头针。很多战士为了身姿挺拔，晚上睡觉的时候都不枕枕头。为了练习眼神，哪怕是在刺眼的阳光下，战士们也要保持30秒不眨眼。

二是"走功"：用尺子量步幅，用秒表卡步速，全天候在各种天气下完成任务。正步砸地力度很大，很多战士在接受高强度正步训练后都会肚子疼，接下来持续尿血十余天。

三是“持枪功”：镀铬礼宾枪重7.5斤，为达到操枪一个声音、一条直线，队员们在枪托上吊上砖头练臂力，在腋窝下夹上石头练定位，直到手掌拍肿了、虎口震裂了、右肩磕紫了，才闯过这道关。

只有以上训练都合格才能成为预备队员，而后才有机会补入方队，正式成为一名国旗护卫队队员。在方队中表现突出才有当排头的资格，排头兵表现特别优异才能当护旗手，护旗手中最拔尖的，才能被选拔到旗手的培养对象里。

即便是综合素质过硬的尖子兵，在加班加点的苦练下，也需要半年以上，才能成长为一名合格的旗手。

经历无数重考验，张自轩终于成为旗手。成为旗手后，任务主要有两个：擎旗和展旗。为了让3.81米长、15公斤重的国旗副杆成为自己身体的一部分。张自轩会肩扛国旗杆进行跑步热身，再进行正步训练。手擎国旗杆正步向前时，仅靠食指和中指的力量夹住旗杆，必须掌握好旗杆的稳定性。

新兵训练时，除负重训练外，每晚，他会绑三五个盛满水的军用水壶，擎旗先绕操场跑步五六圈（每圈300米）。然后，把背包绳拴在旗杆上让战友拉着模拟风向，保持行进时上体平稳。直到练得手上血泡烂了又长，长了又烂，结成老茧。手臂僵直，拿不住筷子。肩头，也磨起厚厚的老茧。

按照标准，每步75厘米，前臂摆幅30厘米，后臂摆幅30厘米，正步摆臂距离身体10厘米。张自轩说，要使动作准确，需要完成肌肉记忆法训练。摆臂加6公斤沙袋一上午不动，踢腿保持长时间不动，直到肌肉酸痛僵硬，形成肌肉记忆。

好多人都说展旗的瞬间是最帅的，但这背后的辛苦又非常人所能体会。展旗仪式要一气呵成，旗手要把一面长5米、宽3.3米、重5斤的巨大国旗抛在空中，并且保证国旗不能触地，还要把握好风向和抛撒角度，避免出现国旗绕杆、绕手，甚至是动作变形、站不住等问题。

旗手展旗的动作看似简单，实际上要每天拿5公斤重的哑铃进行模拟训练。每天重复这个动作几千次。收旗时，又要快速将国旗收拢成锥形，凡是练习这个动作，手上都会不可避免地打出血泡。

如此严酷的训练，才造就了国旗护卫队的威武英姿，才令他们走出天安门城楼时，每一步铿锵有力！

就算刀山火海、枪林弹雨也要升起国旗

对于国旗护卫队的战士而言，无论什么都不能阻挡他们每天的升降旗任务。“护卫国旗，重于生命”并不是一个简单的口号，而是一种精神信仰。

2017年的一个傍晚，北京全城大暴雨。但国旗护卫队依然在大雨中执行降旗任务。有在现场观看降旗的民众拍下了这一幕上传到网上，网友们纷纷赞叹:“他们用实际行动诠释着什么叫风雨无阻!”

张自轩说，顷刻间暴雨就把衣服灌透了，脚下的步伐非常沉，胳膊也很难甩开。

广场上的游客自发地把伞放下，然后大喊：“中国加油，国旗护卫队加油，你们都是好样的！”

从1982年到今天，国旗护卫队的战士们始终以最昂扬的精神状态，最标准的仪态动作，近四十年如一日，让中华人民共和国的五星红旗迎着太阳升起。就像张自轩说的：“不论下冰雹也好，下刀子也好，每天升降国旗风雨无阻，就是我们的责任使命。”对于国旗护卫队的战士来说，他们肩上扛的，不仅是一面国旗，更是国家的尊严和荣誉，凝聚着中华民族的向心力！他们踢的每一个正步，做的每一个动作，训练的每一个日日夜夜，都凝聚了他们对祖国的热爱，对五星红旗的深情！

每天在第一抹朝晖中准时出现的年轻的国旗护卫队的战士们，吹响“请党放心、强国有我”的号角的中国90后、00后们，你们的样子，就是中国的样子！

航天员要经历多少考验，才能去太空

□黄伟芬

我是中国航天员科研训练中心的研究员黄伟芬，也是国家载人航天工程航天员系统的副总设计师，负责航天员的选拔训练工作。“筑飞天摇篮，育民族英雄”是我的使命。

三十年前，我研究生毕业，留在了当时的国防科工委航天医学工程研究所工作，研究所后来改名为航天员科研训练中心。

那一年，国防科工委组织文艺会演，我们一群风华正茂的年轻人一起构思排练了一组歌舞：以“飞天舞”开篇，以“欢庆飞天成功”收尾。我们表达的主题只有一个：实现中华民族千年的飞天梦想。当时，这只是心里的一个梦，我们谁也不知道这个梦想什么时候才能实现。

谁也没有想到，四年以后，也就是1992年9月21日，中央批准立项实施“国家载人航天工程”。又过了11年，2003年，我们经过努力终于实现了中华民族的飞天梦想，杨利伟成为第一个进入太空的中国人。

航天员是一个什么样的职业？航天员是人类开拓太空之路的先锋，是世人景仰的英雄，也是一个极具挑战和风险的职业。因为它具有工作环境特殊，职业技能复杂，飞行任务艰巨，危险性大的特点。不是每个人都能够胜任的。所以，航天员必须经过科学严格的选拔，再进行科学全面的系统训练培养出来。

如果说航天员选拔就像沙里淘金、千挑万选，那航天员训练则是千锤百炼、百炼成钢。

什么样的人能当航天员？简单地说，候选人必须身心健康——身体素质要好，对航天环境要有很好的耐力和适应性，而且心理素质要好，年龄、身高、体重、教育背景和职业背景都必须满足我们的要求。

航天员选拔包括预备航天员选拔和飞行乘组选拔两大类。

预备航天员选拔，就是从其他职业人员中挑选出达到我们的标准、基础好、取得参加训练资格的预备航天员，比如，我们会从飞行员中去选航天驾驶员，从工程技术人员中去选航天飞行工程师，从科学家中去选载荷专家，在飞行中进行有效载荷的操作，完成各种科学实验。

这些标准有多严格呢？我举个例子，“临床医学选拔标准”里有120多个条款，每个条款又对应很多个医学问题的要求。所以，从本质上说，航天员选拔就是一个“优中选优”的过程。

航天员训练是一个漫长的征程。因为这个过程中，要经历持续不断的挑战、考验、检查和评定，而且，只要他不退役，训练就不能终止。

航天员的训练有八大类，百余个科目，每个科目又有很多训练单元，所以，我们共有数千个训练单元，涉及医学、生理、心理，还有科学理论和工程技术。而且，有的项目是很危险的，比如航空飞行、跳伞，低压环境下做出舱活动的训练。

我重点介绍一下“超重耐力”训练。

“超重”是飞船在上升和返回过程中都会遇到的问题。超重有两个方向，一个是胸背向的作用，叫+Gx，主要影响人的呼吸功能；另一个是头盆向的作用，叫+Gz，在超重情况下，血液会往腿部转移，头部就会缺血，首先会逐渐让你感觉到视力模糊，然后看不见，我们叫“黑视”，然后可能意识丧失，非常严重。人对这两个方向的超重耐力不同，对胸背向上的超重耐力更强，头盆向耐力更弱，所以，发射的时候，航天员一般是仰卧位的姿态。

正常情况下，上升的时候超重4G，不会超过5G，返回的时候低一点，不会超过4G，但是，应急逃逸救生的时候，过载就会比较大。比如，2018年10月11日俄罗斯的联盟号发射失败，两个航天员启动了紧急返回程序，安全返回，后来一个航天员说他当时感觉到有6到7G的超重作用，感觉像有一块7倍体重的混凝土压在胸口，喘不过气来。

超重耐力的个体差异非常大。我们在做实验时，就遇到过一个受试者，离心机一转，他就马上喊停——我们在离心机上设了一个安全开关，只要按铃，我们就会紧急中止。后来我们问他，他就说离心机一转就觉得自己要被甩出去了。但是，我们合格的航天员需要达到8G，也就是说，相当于有8倍重量压在自己身上的时候，才能评优。

除了用离心机，我们还要做呼吸对抗动作的训练，让航天员掌握腹式呼吸。平常我们都是采用胸式呼吸，胸背向的超重作用主要是影响呼吸功能，所以航天员要学会用腹式呼吸来对抗，还要进行腹肌力量的训练，这样的话耐力能提高1到2G。

之所以设置八大类的数千个训练单元，是希望通过这些训练，可以使航天员在正常情况下能完成任务，同时要考虑到出现应急故障问题时，能有效处置安全返回。

航天员完成了所有训练，他也获得了飞行的机会——那么，接下来，他就要开始为出征进行相应的准备。

如今，我们做载人航天工程，确实是在前人的基础上少走了很多弯路，我们六次载人飞行都比较顺利，比较圆满，没有发生这种极端的问题，但我们也经历过惊心动魄的时刻。

回顾载人航天发展史，人类就是在不断的实践中收获新的知识，积累丰富的经验，不断发展壮大。载人航天是“千人一心，万人一箭”的事业。载人航天之所以取得成功，和我们工程上上下下的人，具有系统的观念、大局的意识、大协作的精神和科学的方法、态度以及严慎细实的工作作风是分不开的。

从“神五”到“神十一”，越来越多地航天员承担了“太空科学家”的角色。其中，做实验最主要是从“神六”开始，“神七”主要是出舱活动，“神九”“神十”和“神十一”三次任务中，航天员完成的实验是特别多的，有100多项空间科学技术研究的实验，其中，在“神十一”33天飞行中，航天员承担了51项科学实验和技术试验。除了这些，他们还做了一些公益活动，这些重要活动与实验加起来一共是59项。可以说，他们既是工程师，也是科学家，既是生物学家，又是菜农，既是职业的航天员，也是载人航天的形象大使，在各种角色之间进行转换。

我们做关于航天知识的科普，其实是播撒科学的种子，传播科学的精神，我觉得这是我们每一位科学家应该肩负的使命。也希望通过我们的耕耘，能让更多的种子生根发芽、开花结果。

从北大退学、转读技校的学霸周浩，如今怎样了

□Cheryl

周浩，2008年的青海高考生，当年以高考总分660、青海理科前5名的成绩考到了中国顶级学府——北大生物系。

可没读两年，手拿学霸剧本的周浩却执意从北大退学，随后转到北京一所普通的技校——北京工业技师学院学习技术。从众人艳羡的高才生到普通的技校学生，从北大生命科学研究院人才储备军到"流水线技工"，这样的身份转变让无数人惊讶不已。但周浩这样做了，并且谈起当年的决定，"毫不后悔，很庆幸"。如今，整整9年过去，他现在过得怎样了？有后悔自己当初的决定吗？

北大是条走不通的路

周浩从小聪明机灵，喜欢拆分机械，家里大大小小的电器基本都被他重装过。在高考填志愿的时候，他一开始的想法是报考北京航空航天大学，因为那里有很多动手实践的课程。但当他的成绩出来之后，家人和老师们一致认为，这样高的分数不报考清华北大简直就是浪费，纷纷劝周浩放弃上北航的想法。当时的周浩挣扎了很久，最终选择了妥协，填报了北京大学的生命科学专业："当时还小啊，再有主见也还是听家长的。"8月，收到北京大学录取通知书的周浩，踏上了开往北京的火车，未来于他充满未知。

但来到北大，浓郁的学术文化氛围时常让周浩感到格格不入。无论他怎么逼迫自己，始终对生命科学提不起太大的兴趣。每天上不完的课程，理解不完的微观和理论分析，让周浩越来越迷茫，投身技术的梦想似乎也离自己越来越遥远。

不愿在大学里虚度光阴，周浩在同学的推荐下，先去了北大工科院和清华工科院旁听，但事与愿违，这些课程设置也基本都是纯理论，能够动手操作的时候不多，且只有本院的学生才能去上。

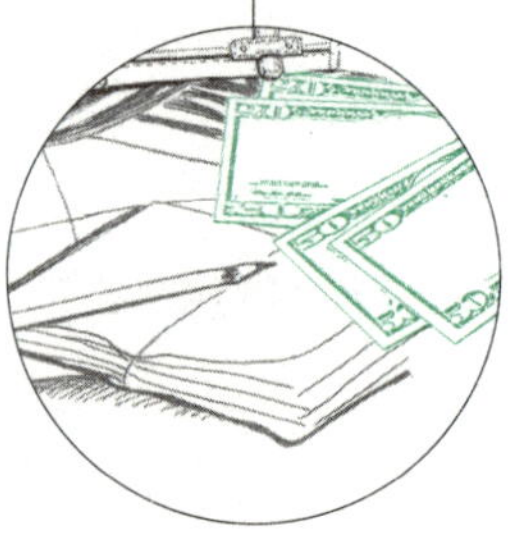

于是，他想到了转院。但在北大，转院并非易事。正常来说，学生想转院必须满足想转的院和所在的院系公共课一定的学分，而他所在的生科院和想去的工科院实在是风马牛不相及。此刻，人人艳羡的北大于他而言只是一条走不通的路。力不从心的校园生活让他一度找不到人生的方向和学习的热情，最终，处于崩溃边缘的周浩决定休学一年。

休学的一年里，周浩去深圳参加工作，做过工厂的流水线工人、销售员，也

当过电话接线员，在繁重的工作间隙，他开始重新思考自己的人生规划。

出身名牌大学，脑子里装满知识，却只能从事一些毫无技术含量的工作，他对自己的"贸然出走"感到有些后悔："现在看来，我休学一年所做的思考基本上都是失败的。"

然而，重回校园的周浩有了比以前更强的不适感，他越来越觉得自己不适合学习这门专业，于是他生出一个看似疯狂的想法——从北大退学，转去北京工业技师学院。

"出走技校，十分庆幸"

2011年的那个冬天，周浩独自打车去了北京工业技师学院的招生办公室。

这并不是一个贸然的选择，从大一开始，周浩就通过网络对中国的一些技师学院进行了了解，并且初步对中国的数控市场进行了判断："我觉得中国是比较缺知识技能复合型人才的，现今中国的技术工人基本上都学历不高。"

而此时，北京工业技师学院的招生办老师差点被惊掉下巴，他犹豫地问道："你真的是从北京大学退学的？"和招生办老师难以置信的心情一样，当周浩的爸爸妈妈第一次听到这个消息的时候，只觉得儿子一定是疯了！

周浩完全理解父母的不认同，于是他将北大入学一年的纠结，自己一直以来的纠结以及未来做好的人生规划，向父母一一讲述。爸爸妈妈这才知道，原来外界看来求之不得的名校生活并没能带给儿子足够有益的东西，于是同意了他的决定。

得到父母的支持之后，周浩正式向学院提交申请，于2012年正式转入北京工业技师学院。

他说："我一直比较在乎别人的看法，但是如果一辈子都要做自己不喜欢的事，我的一生就毁了。如果我过得很精彩，总有一天，可以证明给当初质疑自己的人看。"

由于周浩有一定的操作基础，学校没有安排他在基础班，而是将他直接安排进了技师班，进行小班授课，还给他配了最好的班主任。

因此，转校后的周浩在新环境中如鱼得水。他非常自律，热爱学习，每天"朝八晚五"泡在实验室里，不是忙着设计各种编程，就是加工各种零部件，没有一刻停歇："每天都把老师教过的技术重复练习，有不懂的就及时问。"

凭着勤学好问的冲劲，周浩很快就成为小班中项目完成速度最快、质量最高的学生。

很快，外面的企业纷纷向他抛出橄榄枝，但周浩有自己的节奏："现在还不想就业，我还是想继续深造，对数控技术了解得越深我就越觉得自己学得太少，还是要再多充充电。"他的朋友圈里，一张张纯手绘的图纸和最新的零件模型，记录了他的努力和坚持。

2014年，周浩还成功从811名选手中脱颖而出，获得全国第六届数控技能大赛冠军。

不是每一位高分者，都必须接受学术化训练和学术教育，更不是一定要去做学术研究。考试分数高的人，也可以接受职业技术的训练，而且完全有可能成为一名行业内的佼佼者，更重要的是，乐在其中，享受其中。

在2018年的首届全国技工院校教师职业能力大赛中，周浩代表北京工业技师学院斩获机械类比赛一等奖。

几经磨砺，周浩发现，想要赢得大家的尊重，靠着北大的名头没用，真正需要的是娴熟的操作和过硬的技术："当别人都搞不定，而唯独我能搞定的时候，我就很享受工友们拍着我的肩膀说，你真行。"诚然，周浩转读技校并不具备普遍性和代表性，而只是"人各有志"的一个孤本，但他确实用坚持和努力走出了一条少有人走的道路，这对于他来说，比徒然坚守名校光环更有意义。

如果用浪漫一点的说法去形容这个选择，应该是："满地都是六便士，他却抬头看见了月亮。"

世如焚炉，人似柴薪

□鲍　硕

2020年7月，“天问一号”火星探测器成功从海南省文昌航天发射场发射升空并进入预定轨道，于2021年2月10日抵达火星。

众所周知，国际上已经实施了40余次火星探测，但成功率仅为一半，任务实施风险很高。而在刚刚过去的2020年，“天问一号”仅通过一次发射，就实现了对火星的环绕、着陆、巡视，这是世界首创，也是我国真正意义上的首次深空探测。

令人意想不到的是，“天问一号”的北京调度居然是位年轻的90后，以下是鲍硕的自述。

我们与火星探测

我所在的北京航天飞行控制中心，是我国载人航天和深空探测的指挥调度、分析计算、飞行控制、数据处理和信息交换中心。作为天地之间唯一的纽带，所有的数据都会汇集到我们这里，所有的指令也从这里发出。

作为调度，在任务执行的过程中，我们主要负责天地协同的指挥调度。比如我们经常喊出“各号注意，我是北京”。在任务准备过程中，我们需要对上、对下、横向联络几十个单位；制订各类工作计划；组织各单位开展方案设计、软件研发、硬件集成、联调联试等，确保任务准备进展顺利。能给“天问一号”发号施令看似很酷，实际上这背后是巨大的责任，同时带来了很大的压力。我们的每一步动作都有可能会影响航天器的安全，那句“成功是差一点点的失败，失败是差一点点的成功”一直萦绕在我们的耳边，也是我们真实的写照。

刚刚接触火星探测的时候，一切都是未知数。我们的团队一点点地研究方案，学习新的航天器状态，探索深空与近地、探月的区别，研究器距离的增大对测控通信条件以及控制的影响，同时着手研发国产化的测控软硬件系统。在日常的飞控工作中，我们要根据整个飞控过程区分不同的阶段，安排相应的飞控事件、制订各类计划并按计划组织实施，随时做好应急处置的准备。

火星探测的特点是关键控制很多，像深空机动、近火捕获这类控制，对特定的时间窗口要求很高。我们研究攻克了一系列关键技术，能够时刻准确地知道它在哪儿，通过测控站与它保持联系；而且我们会为每一条指令动作起一个唯一的名字，这样就可以给“天问一号”发号施令。

火星探测的另一大特点是距离遥远，给远在4.3亿公里外即将着陆火星的“天问一号”发号施令是一种怎样的体验？这段路有多远？即使以光的速度旅行，都需要12分钟。

要知道，向“天问一号”发送一条指令可能需要44分钟才能等到回复，很多时候我们无法实时判断“天问一号”当前的状态，为此我们研究将上行发令和状态判断分开。印象比较深刻的是“天问一号”在奔赴火星的路上，我们对环绕器成像的控制。我们令环绕器释放出一个小盒子，让它在分离之后对探测器的全貌进行拍照再下传到地面。我们需要在它执行动作之前将指令发出，航天器在按时执行指令后，地面再综合考虑传输延时等因素去判断执行情况，最终成功地拍到了深空中鲜艳的五星红旗。

“天问一号”进入火星停泊轨道后要运行约3个月，为计划于5月至6月择机实施的火星着陆做好准备。其间我们要进行20多次拍照，对拍回来的图片要进行再处理，争取恢复出火星表面的地形情况，这有利于对后续着陆进行分析。

我的航天大家庭

小时候我喜欢看着星空发呆，读书时期看到航天员遨游太空更对航天事业有了独特的情怀。毕业后，能够加入这个光荣的团队，感觉自己特别幸运，因为我亲眼见证了中国红一次又一次地闪耀太空。

成为调度之前，我以为这个岗位只需要对着程序念口令，实则不然。前辈的本子上记录的更多的是临时发生的事件，对于一些任务状态、关键节点，他们早就熟记于心。这个岗位需要时刻保持清醒，一点迟疑都有可能影响航天器的安全；不仅如此，我们还要学会把自己变成一个多线程的并行处理器。面对电话、调度口令同时响起，这个时候对整个流程的把握以及应急应变能力就显得尤为重要。

从坐在前辈旁边学习模仿、自己私下加倍练习，到后来可以逐渐独立组织各岗位完成工作，我陪着“玉兔二号”在月面安全运行，它也见证了我的成长。

2020年，我们圆满完成了“长五B”首飞、“嫦娥五号”任务并持续开展“天问一号”和“嫦娥四号”发射等多个国字号重大航天任务。这些成功离不开团队中的每一个人，与其说我们是一个飞控团队，我觉得更像一个大家庭。每个人都有不同的分工，我们有测控专家、轨道专家、操控专家、遥操作专家等，他们会就一些技术细节争论得面红耳赤，但在任务执行的时候，依然配合默契。

今年除夕前夜，“天问一号”探测器实施近火捕获制动，开启了环绕火星之旅。从年头到年尾，大家没有休过一个完整的节假日，很多人长时间回不了家，几乎每天深夜都在忙碌着。很多人会问我们：“你们日复一日地加班加点，到底是为了什么呢？”

其实我之前听过一句话叫“世如焚炉，人似柴薪”。如果说我们每个人燃尽一生所能创造的能量就那么一点点，在我们还能燃烧的时候，还有一件事、一份事业能够让我们想要为之奋斗、付出，我觉得我们是幸运的。

小时候看到杨利伟遨游太空，我就对航天事业有了一份向往。最终走上调度岗位，能用现在这种方式在地面守着航天器、航天员，我特别荣幸。而那些听我发号施令的航天器就是我的“心头肉”。

私下里，我会给这些航天器取小名、画漫画，“嫦四”我就叫它嫦小四，小五是它妹妹，就是刚刚完成任务的“嫦娥五号”。

每次大厅里通报：“各号注意，我是北京。后续工作按正常飞控计划实施。”大家由衷的掌声就是对我们航天人最大的肯定。每次响起：“各号注意，我是北京。本次任务正常结束。”大家纵情的欢呼，就是对我们最大的鼓励。我很骄傲，我们是中国航天人！

静水品茶师

□华明玥

宋是业内品鉴普洱茶的权威。为了把感觉练精，他已经12年没有吃过火锅和任何葱蒜辣椒，更不要说抽烟饮酒。关于自律，他举过一个让人吃惊的例子，就是喝茶之前要喝半杯清水，把口鼻内的杂味肃清。

有一次他替朋友品鉴老茶饼，喝到第二杯还觉得茶味不够沉厚，看茶色又没有那么轻飘，到底为什么？他掉过头去看那杯清水，看出毛病来了：朋友无意中给他配了一杯进口的气泡水，细密的二氧化碳气泡让他的味蕾有了雀跃之势，失去了品茶前应有的平静。

从此，他茶前过口强调“我要半杯静水”，安静的静，一个气泡也不能有，也不能有矿物质的微涩，要把所有的欲望杂味都放空。

他决不在普洱茶的品质上说谎：“那就和茶性不符，除非你不想在这行干了。”

宋几乎不到应酬场合去，因为二手烟和粗俗的笑话都会令味蕾变迟钝，他住在昆明一个僻静的小区里，形同隐士，每天练书法、弹古琴、看影印的碑帖和史书，也看宫崎骏的早期动画，后者也像一杯初出茅庐的静水，让人心底透亮。他家不能熏香，他妻子也不能用香水，连洗发水、沐浴乳也要用无香的，因为他要对茶香有不偏不倚的判断，同样要保持嗅觉的敏锐。

好的熟普洱色泽红亮，随年份不同而变化多端，或如陈放多年的红酒，或如流动的玛瑙。陈香味也是每一饼茶都不同，有的似桂圆香、红枣香、槟榔香，有的恍若樟香、参香或板栗香。有一年他喝到一饼茶，茶体如此浑酽饱满，又醇和高雅，充斥着阴阳平衡之气。他写鉴定书的时候说：陈放期在五到六年，不算太长，但内香及活力已经如此显露和稳健，说明生茶的产区非同小可，从香气上看，茶园里不但间种了樟树，还应当种了青木，就是云南人所说的水冬瓜木，樟木属阳，青木属阴，樟、青相间，下面的茶才有这样的阴阳调和之气。

做这款茶的朋友惊服，带他到茶园去看，果然如此，连这款茶种在山的东坡他都说对了。

有了宋的好评价，这个茶园里，茶农的收益每年多了三五万元。

在宋眼里，普洱茶特别通人性，在四季分明的江南，熟普洱的苦味一直有微妙的变化，冬季喝时，苦味退了，回甘变暖，好似有蜂蜜香。到第二年夏天，苦味又会变得深。仿佛它知道生活在火炉中的人夏天火盛，所以显寒凉之性给人降火来了。这种微妙的善变成就了普洱茶的神秘魅力，宋把这解释为“天人合一”。

总体来说，普洱茶是越放越好，但也有例外，天气太潮，或者不小心生、熟混放过，茶的品质就迅速下行。宋说，20年的生普洱逐渐熟化的过程，充满不可预知的惊险，这就像一个踌躇满志的年轻人，你把他放到社会上去，从来没有转换环境，或者不停地在转换环境，他能不能成就性情淳厚、内涵丰富的中年，这要看先天条件，也要看他有没有去芜存精、不受杂味熏染的运气。

鸭司令

□沈轶伦

她站在山坡上，像一株即将开花的小树。花苞已经密密地从枝丫里爆出来，但那些花瓣还蜷缩在深色的萼片里，即将展开，犹未展开。一眼望去，不见华美，只觉得是青春，是一种抑制不住的活力。

她就这样站在山坡上，手持一根竹竿，召唤她的鸭子。

鸭群如白色的云絮，沿着水流漂来。她驱赶着它们，把它们赶去固定的位置。春天的下午，临海的上海郊区奉贤，在柘林胡桥的这一湾水域，鸭群的聒噪之声，远远而来，又渐渐隐去。天高云淡，举目四望，不见高楼，不闻尘嚣，一切都是葱葱翠翠的。

那年小钱21岁，从金融学院广告专业毕业。像所有的应届毕业生一样，她面临着对未来的抉择。当别的童年伙伴到处应聘，希冀跳出农门时，她却决定做一件事——在家人的帮助下，她回到故乡，统领起7000多只“鸭兵鸭将”，致力于打造“鸭蛋品牌”。

她说，是为了父母亲。

过去爸爸养虾辛苦，患上痛风，不能吃鸡蛋，妈妈也由于生病不碰鸡蛋。大二那年，在陪伴母亲住院时，她看到电视台的农业频道介绍养鸭经。长久以来的心绪被忽然点亮，她决定回家开鸭场，要养出与众不同的鸭蛋。

母亲是支持的，父亲却气得几天没说话——宝贝女儿好不容易去市区读书，好端端的白领丽人不当，却要回来做养殖，爸爸是真舍不得。

可小钱坚持了下来。她自己调饲料、赶鸭子、捡鸭蛋……光一个喂料，小钱就动足了脑筋。她把鸭子分出不同的组别，投喂不同比例调制的饲料进行比对。这份自制“食谱”包括：每日购入的新鲜海鲜、螺蛳，各种谷类及磨碎的虾皮和蚕蛹，每一季还要给鸭子喂一次人参以提高其免疫力。一天，她正在埋头调饲料，起身时发现，一直沉默不语的父亲不知道什么时候到了自己身后，正一声不响地弯腰捡鸭蛋。

从这天起，不赞成女儿的父亲再也没有离开过女儿的鸭场。晚上他就和工人们睡在鸭场边的宿舍里，白天则包下了所有的喂养工作。父亲的出手相助，让小钱有精力去忙别的事——申请大学生创业基金、设计鸭场的logo（商标）、让鸭蛋的销售搭上互联网的快车……这是一个农二代回归故里的故事，也是一个青年引领传统产业重新出发的故事。小钱说着这些故事，她和父母亲的故事。她光洁的脸，迎着阳光，扬得高高的。她沉默的父母，依旧沉默地微笑着站在一旁。

那天早上，她带我们进鸭场。还未走进鸭棚，就感受到那7000多只小动物散发出的热烘烘的气味，像潮湿的厚布片一样扑到人的脸上。灯光下，铺满一地的稻草被鸭子们拱成一个个突起的小窝，黄褐色的稻草中散布着一个个光洁的白点。“这是鸭蛋！”小钱屈身蹲下，小心翼翼地捡起一枚鸭蛋托在掌心，“你瞧，这枚蛋是鸭子下半夜下的，还是温热的呢。”几千只伸长的头颈齐刷刷朝女孩转了过来。在片刻的注目之后，它们跟着小钱的指示，摇摆着身体，走了出来。

小钱在一片稻草中站了起来。那么厚重不好看的工作服，都难掩她清丽苗条的身姿。她昂首走在前头，那么信心充沛，她指挥着鸭子出门，的确像一个点兵布阵的女将军。带着暖意的风吹过来，让我想起这儿离杭州湾很近。那是海风的气息。春天已经降临。那些毛茸茸的鸭子，嘎嘎叫着，跟随着女孩，一起走进屋外的春光里。

我只是看上去比较聪明而已

□王啊喂

我从小文科明显好于理科，识字和背诵能力很强，因此被授予了“聪明小孩”的称谓。事实上，我在小学阶段，一直就是传说中的“别人家的小孩”。

情况到高中发生了逆转。高一的数学和物理与初中严重脱节，可以说，高中数学才算真正意义上的“初等数学”。

因此，从那时起，我的数学和物理成绩一直很不理想。我们班当时的物理老师是一个脾气暴躁的大叔，特别喜欢骂人。自此我便陷入了恶性循环，他越骂，我成绩越差。

大概到了高一下学期，快期末考试的时候，我觉得这样是不行的。

虽然我读文科不是不可以，但数学和物理始终是要迈过去的坎。

于是我做了一个决定。我找到物理老师，向他要了两个学期以来所有的课件和笔记，一道题一道题地过。

至于数学，我找到一个离我家比较近的数学老师，跟他提出，能不能一对一地辅导我。他一开始不愿意，但是我软磨硬泡，他终于同意每周抽出两小时，把课本上的内容详细地原原本本地给我“捋”一遍。

于是，差不多一个半月之后的期末考试，我的数学考了115分（满分120分），物理则考了全班第二。

让我非常高兴的是，这些解题能力并不是我依靠背诵的技巧背下来的，而的确是做了大量题目以后扎扎实实掌握的。

我高中毕业已经快6年了，但是时至今日，我依旧记得那个时候一道题一道题地去做，终于有一天恍然大悟的样子。

还有另外一个故事。

我上高一时，同班有一个女生，数理化成绩非常差，但是人非常勤奋。即便上文说到的物理老师，看到这个女生惨不忍睹的物理成绩，也从来没有骂过她。因为她真的很认真，但就是学不会。

于是高二分班的时候，我去了理科班，她去了文科班。到了文科班以后，听说她依旧很认真，但成绩依旧没有起色。

所有人觉得，她这么认真没什么用。但是高考的时候，这个女生总成绩拿了全年级第二，而且进了全省文科前100名。

此时，没有任何一个人再说，这么认真没什么用。

有些事情，你永远都没有办法做到“顶尖”，因为智力跟不上。但是所有的事情，你都可以做到“高段”，因为它需要的是时间的累积和精力的打磨。不聪明与聪明之间的区别，是很微妙的。有时候我们只会通过一次两次的结果，来判断整个人、整件事，其实这是不明智的。

从小，邻居和亲戚在谈论我的时候，都会觉得我很聪明。但是只有我自己知道，我从来没有聪明过，只是看上去比较聪明而已。

那个患脑瘫的孩子，已经年入1000万了

□艺非凡

十个月大时，陆鸿因为高烧导致小脑指挥神经失常，成了脑瘫。走路摇摇晃晃，脖子东倒西歪，走在街上，总能吸引大片的目光。

为了将来能有一份稳定的工作，陆鸿的父母早已做了准备，让他进入一所包分配的职高就读。可是，全班50多个孩子，唯独他没有任何一家工厂愿意接收。

生计无处可寻，而命运再一次向陆鸿露出了狰狞的獠牙。父亲忽然病重，想要放弃治疗好把这笔钱留给陆鸿，被母亲一口回绝："儿子是残疾人，你才是这个家的顶梁柱。"

"顶梁柱"三个字，彻底点醒了陆鸿：我不是一个没用的人！

他找到一家月饼厂替人包月饼。那几年，个体经济正在崛起，陆鸿没犹豫，果断在路边摆起自行车修理铺。事业虽小，他却比谁都认真。

看到陆鸿这颗不言弃的心，老天也没犹豫。"开了碟片店之后，我感觉我还能发展。"从报亭、电话超市、碟片店、电脑装配，到网吧，只要能看到一点希望的光，他都会去尝试。眼看陆鸿的生意越做越大，获得的口碑也越来越好。

"慢慢地，人家会叫我小陆或者陆师傅。"一声再普通不过的"小陆"，对陆鸿来说却是极大的认可与鼓励。

其实，真正改变陆鸿命运的，是一台二手电脑。母亲当初买下它，是为了锻炼陆鸿的脑力。

陆鸿在玩游戏时认识了一位后期制作的朋友，跟着他学会了相册制作和影视后期，他直觉这门手艺能让自己赚钱。

陆鸿尝试为表弟的婚礼制作了电子相册，没想到效果很好，找上门的客户越来越多，一年下来，陆鸿挣了10多万元。

这是他的第一桶金，也是他第一次尝到"尊严"的滋味。

而连陆鸿也没想到，他的爆发之年，紧跟着就来了。

一位老人找到陆鸿，想请他为妻子做一本电子相册，来纪念金婚。看到老人衣着朴素，因为年迈而行动不便，陆鸿怎么也不肯收下制作费用。没想到，老人竟成了陆鸿的贵人。老人，其实是苏州老年大学的摄影教授，他得知陆鸿想开一家照相馆后，被他身上的这股劲儿深深打动，当下提出："我愿意教你学习摄影，完成梦想！"在老教授的指导下，陆鸿没日没夜地刻苦钻研。

梦想走到他跟前，"天使乐园照相馆"终于开业了。照相馆的生意越做越好，互联网的红利之年他迎头直上。

陆鸿，再一次绝地反击。

2020年双十一，公司的盈利达到1000万元。可陆鸿觉得还不够：我要用自己的力量，去改变更多人的命运！

陆鸿的工厂里有42名员工，其中25名是残疾人。在这里，他们不再是被遗弃的人，而是顶天立地的普通人。身体的缺陷，并没能挡住他人生的光亮。

这一次，他带着自己的家人，将命运紧紧攥在手心。从苦难中走出，再从苦难中改变它。

陆鸿的故事，值得被更多人看到！

成为一条游遍世界的“中国锦鲤”

□木棉姐姐

还有谁没被河南卫视的节目《祈》美到吗？

如果不是知道这是真人拍摄的节目，我会误以为这是一个电脑特效做出来的仙侠片！

翩若惊鸿，婉若游龙。远而望之，皎若太阳升朝霞；迫而察之，灼若芙蕖出渌波。她既像敦煌壁画中的仙女，又像洛水河畔的女神。刚劲有力，娉婷袅娜。曹植千年前写下的《洛神赋》，似乎在千年之后得到了重现。

虽然只有一分半的时长，却让人看得如痴如醉、回味无穷。

就连中国外交部发言人华春莹，也用推特转发了这个节目，向全世界安利我们的水下洛神。

在这条推特下，不少人发出了由衷的夸赞，为中国艺术鼓掌！

随着节目火爆，“洛神”本人、90后水下舞者何灏浩也火了。

她之前根本没想过有一天能够被华春莹夸赞，看到华春莹发帖后激动不已，直接发微博大呼：“妈妈，外交部转发了我的作品！！！”

因为这个节目，许多人开始关注何灏浩。

打开了她的微博，也走进了她的世界。原来，在她一鸣惊人之前，她已经默默无闻地努力了数千个日夜……

原本，水下舞蹈对于90后女孩何灏浩来说，并不陌生。从小个子高、四肢修长的她，8岁时被广州花样游泳队的老师看中，进入了业余体校，开始学习花样游泳。花样游泳是一项综合性运动，平时的训练项目包括体操、舞蹈、游泳和跳水。

何灏浩虽然没想过当职业运动员，但既然学了，就要有所收获。从此后，还是小学生的她就开始了风雨无阻的训练生活。

周一到周五，放学后别的孩子可能只需要完成作业就好，她却要抽出至少一个半小时时间到体校训练。周末别的小朋友可以四处玩耍，她则需要进行一整天训练，重复地压腿、弯腰、跳水。

好在，一分耕耘一分收获。在12岁时，她和小姐妹们一起参加了全国比赛，成功拿下了全国冠军。一直到退役前，何灏浩在广州花样游泳队共拿了4届冠军。12年的花样游泳生涯，也画上了圆满的句号。

多年的体育训练，让何灏浩养成了积极向上的心态，让她在大学继续发光。

大二时，通过层层筛选，她成为亚运会的志愿者。短短几秒的出场时间，背后是她几个月来为了练习仪态付出的无数汗水。

大三时，她参加首届广东大学生职业挑战赛，通过一场又一场比拼，成为冠军，拿到了唯一的免费MBA（工商管理硕士）资格。

毕业以后，她顺利地找到了一份在大家看来很不错的工作。

真正的前程似锦，未来可期！但工作之余，她仍然放不下自己曾经热爱的运动。

2017年，知道周星驰拍摄《美人鱼》在招水下演员，她毫不犹豫地报了名。最后成功被选中，成为女主林允的水下替身。

电影中，很多水下高难度动作，都是由何灏浩完成的。

拍戏的过程很累，但何灏浩乐在其中，就算受了伤也不以为意。

反而是包括周星驰在内的工作人员，格外关心她的状况，让她十分感动。

这次拍摄过后，何灏浩开始认真地思考自己的职业路径。最后她辞去了稳定的工作，选择成为一名水下舞蹈培训老师，并开始了自己的水下舞蹈之路。既然选择了远方，就注定风雨兼程。

何灏浩拿出从前训练的耐心和毅力，学习潜水、舞蹈、不断完善自己的能力。她成为世界美人鱼大赛冠军教练，也成为亚洲国际潜水中国区冠军、全球海洋环保大使之一。

在不培训的日子里，她完成了上百个水下视频，也去国外参加了不少比赛，渐渐意识到了自己的社会责任感："这些年，我有过一些去国外参加比赛的经历，大家不会记得我叫什么名字，而是都喊我Miss China。"

这让她想起了董卿在节目中说过的一句话："当一个人的青春与拼搏，可以和国家的形象联系在一起，这是一件多么幸运和荣耀的事情。"所以她觉得自己应该为国家做些什么，尽一份绵薄之力。

也是因为这份责任感，这几年何灏浩一直在为海洋环保的宣传努力，参与珊瑚保育、普查、种植，清理海滩、海底垃圾，海龟认领和放生。

她正是用这样的平常心，完成了《祈》的拍摄。拍摄前，她研究过许多敦煌的壁画、舞蹈，也认真地读过《洛神赋》。

拍摄时，整支舞蹈都是憋气完成的，她平均50秒换一次气。整个过程最难的是水下很容易频繁地眨眼睛。要克服这一点没有捷径，只有不停苦练。

不过，在此之前何灏浩已经完成了100多个水下裸眼、无鼻塞与面镜的舞蹈了，眼前的困难是可以克服的。

于是，在水里泡了26小时后，终于有了这一出水下洛神舞、这一如梦似幻的《祈》。

节目爆红，何灏浩接受采访时反而很清醒。她说："今天热度是你的，明天就是别人的了。""只希望成为一条游遍世界的'中国锦鲤'，让全世界知道中国也有非常棒的美人鱼！"

台上一分钟，台下十年功。这样的中国锦鲤，值得我们最好的夸赞！水中洛神火了，何灏浩火了，河南卫视也火了。

作为一个常年关注女性成长的媒体人，我关注到一个细节：和上次出圈的《唐宫夜宴》一样，这场晚会的重要节点负责人全部是女性：女导演、女策划、女演员。这或许是一种美丽的巧合。

但这样一个女性为主的创作团队，在节目构思上的确引入了一些女性视角，展现出了中华女性千姿百态的古典之美。

导演徐娜说，她们一早就认清了一个事实，要做出好作品，基本线是要吃苦、受折磨，这才有进圈的可能。然后精益求精、追求完美，才有出圈的可能。最终被网友认可，才有破圈的可能。

为了拍《祈》，何灏浩上午10点下水，一直到晚上12点了还在水里泡着。

导演陈佳心疼她，让她中途上来喘口气，何灏浩都说没关系，拍摄结束喝口姜茶就是了。正是有了这份坚持和执着，她们在无限趋近理想中的中华之美。

展现女性的灵动、活泼、生机盎然，展现男性的阳刚、健康、神采奕奕，正是她们精益求精的坚持，才有了被亿万人称赞的《唐宫夜宴》，才有了如今的《祈》。

希望今后我们的电视节目里，多一些《唐宫夜宴》，我们的表演者里，多一些水下洛神。

希望在她们、在无数人的共同努力下，中华文化之美能够发扬光大，再次弘扬四方！

城乡“变形记”改变了两个拍短视频的年轻人

□钱雨朦

到杭州的第20天，任海龙在6平方米的出租屋里醒来，时间指向10点。他的枕边放着两份打印出来的“直播带货”注意事项，重点字句都被黄色记号笔圈出来。最近，任海龙经常晚睡晚起，他对这样的作息并不习惯。一个月前，他还是大连船厂的打磨工，从早上7点到晚上7点，穿厚重的劳保服，戴防尘面罩，脸上手上布满铁尘。这样的日子，任海龙过了两年。

两年里，任海龙还有另一个身份：短视频创作者，他那条“如果每天都能赚300块，我就带姑父去旅游”的视频在2020年被媒体转发。如今，他在抖音有一百多万粉丝。

任海龙从小在姑父家长大，当兵五年，工作四年，他一直在外漂泊。远在河南新乡的姑父，只用老年机，并不知道任海龙有多红，也不知道他辞职到杭州学直播带货。

和在城市打拼的任海龙不同的是，一年前，大学生王晓楠回到河南安阳滑县的老家，也拿起了手机，对准了房前屋后，记录自己和父亲的生活。

村里的年轻人都出去打工了，聚在村口的老人不知道王晓楠在拍什么，亲戚们一开始知道她回家做短视频，觉得不靠谱，叮嘱晓楠的父亲王云坡“别让孩子走歪路”。

王晓楠在抖音上叫麦小登，寓意“好的收成”。如今，她有了三百多万粉丝。年关将近，中央电视台到滑县拍当地特色的木版年画，麦小登和父亲成了家乡的代言人。

2020年，两个拍短视频的年轻人，都选择换一种活法。或者说，他们想办法，让世界重新认识了自己。

被忽视的小孩

任海龙的父亲也在大连船厂做打磨工。任海龙本不打算说自己辞职的事情，但走在路上撞到了，就说了句“我不干了，要去杭州，他也没说什么。”因为学习不好，任海龙17岁就去了辽宁丹东当工程兵。退伍后，他攒了一笔钱回老家，买了两层楼的二手房，总不能老是在姑父家住着。

正当任海龙要装修的时候，从小玩到大的好朋友遇到难处，找他借钱。从一百两百，到几千几万，任海龙还以自己的名义帮朋友贷款，借出去了十几万。“他有老婆、孩子，如果家人知道他欠那么多钱，家都要散。”出于对兄弟的信任，任海龙帮忙到底。然而，后来朋友陷入赌博，失信无力偿还，担子落到了任海龙身上，他得打工还钱。2018年，经人介绍，他到了大连船厂。

打磨对技术要求不高，但环境恶劣。尽管有防护，铁渣还是会溅到眼睛里，导致发炎。但任海龙需要这份收入“不错”的工作，“一天差不多250块，加班的时候多拿一些。”

他对自己说：“任海龙，你永远不要忘了在这里受到的苦。”

王晓楠一出生，母亲就离开了家，再也没有回来，父亲王云坡靠着种地把她拉扯大。王云坡在家排行老二，兄弟姐妹相继离开村里，去城市生活，他带着年迈的母亲，和女儿守着两间老平房过日子。两年前，母亲去世，女儿在郑州，只剩王云坡一人。

高考那年，王晓楠出车祸少考了一门，最后成绩不理想，只能上三本学校。报专业时，家人希望她学会计，好就业，但她有自己的想法，瞒着大家报了新闻专业。她揣上300块钱跑到郑州，打工赚学费。从高中到大学，王晓楠在班里和家里，都是最不起眼的孩子。姑姑、伯伯家的孩子，成绩都很好，上的是北大、复旦。

2017年毕业后，同学们相继找到工作，王晓楠还在徘徊，她觉得自己有点任性，是不是当初的选择错了？后来，父亲生病的消息传来。到郑州治疗后，王云坡被切除一个肾，不能干重活，需要人照顾。王晓楠没来得及规划未来，陪父亲的时间却多了起来。

打开一扇窗

拍“300块”视频前，任海龙刚还清了贷款。视频火了，越来越多的人知道他的小心愿，有上万条评论。任海龙一条一条看过去，看到眼熟的昵称，会一一回复，“他们算是铁粉，人家关心你，你总要有所表示”。

对于任海龙而言，拍短视频，就像写日记一样。没有滤镜和特效，他对着手机喃喃自语。十块钱就能管饱的盒饭，船厂下班路上的夕阳，集体宿舍里的对话……都是他的素材。

偶尔，任海龙鞭策自己早睡多看书，粉丝们成了他的监工，有时候刷视频熬了夜，他对着镜头反思，大家在评论里安慰他：“没关系，宛如看到了自己。”越来越多的陌生人涌入他的生活，他也对这些陌生人充满好奇。

11月，任海龙辞职。他抢到了200多块的机票到了杭州，花700块租了一个单间。过年前，他给自己三个月时间，去学一学新东西。

如果父亲没有生病，王晓楠不打算回老家，也不会全职做短视频。王云坡病后，家里需要开销，每个月的医药费从一两千不断上涨。后来，病情有反复，她带父亲到北京看更好的医生，需要更多的钱。王晓楠不得不逼着自己，想办法改变现状。

结合自己的专业，王晓楠想到了短视频。那会儿她在做外卖创业，给自己定了个“外卖女孩”的人设，她拍了一段时间，发现不对劲，“不能为了一个题材去拍视频，我的生活是什么样的，那就应该怎么拍。”

陪父亲的时候，王晓楠会拍一些和父亲的生活片段，发到网上，有人在评论里说“爸爸像梁朝伟”，也有人觉得父女俩的河南话互动很好玩。受粉丝们的启发，王晓楠心想：也许可以拍活泼的故事类短视频。

2019年末，王晓楠搬回农村老家，一边照顾父亲，一边拿起手中的相机，开启了短视频创业的路。没有脚本，每天房前屋后都拍，白天拍完，晚上剪辑发布，王晓楠过上了把熬夜当饭吃的生活。

随着粉丝越来越多，王晓楠发现生活有了一些变化。王晓楠与平台签了合约，有一笔固定的收入，加上商业广告的合作，每个月有两三万块的收入。在她看来，高三毕业拿着300块赌气出门打工学新闻的自己，做了一个正确的决定。

有苦也有甜

在杭州，任海龙频繁地听到一个叫“需求”的词语，任海龙对此一知半解，他本以为“到了杭州，就可以立刻直播带货”。

正当任海龙苦恼的时候，抖音结识的朋友陶涛夫妇主动联系了他。针对带货流程以及可能出现的问题，陶涛画了思维导图，给任海龙参考。他们还把年末关于年货节的直播资源，介绍给任海龙。王晓楠前段时间也收到了广告合作的需求。

2020年，从乡村到城市，船厂打工人任海龙换了一种活法，在陌生的世界里捕捉到了微光，看到未来的可能性。从城市到乡村，95后女孩王晓楠换了一种活法，给过去的自己一张满意的答卷，她牵着父亲的手，走得更加自信。

哪怕来年依旧会有很多不确定，但他们已经在缝隙里看见了光，他们自己也开始散发光芒。

杨倩，不仅是赛场新星，还是“清华女神”

□王喆宁

虽然是“00后”，但杨倩可谓身经百战，此次在激烈竞争中拿下东京奥运会冠军，离不开她日复一日的刻苦训练。

赛场之外，作为一名清华大学的学生，她时刻需要平衡学业与训练。这次成功夺冠，不仅是对她不懈努力的回报，也打响了她在新赛道启程的第一枪。

最大优势是有颗“大心脏”

2000年，杨倩出生在宁波市鄞州区。11岁时，就读于茅山小学的她，被选入宁波体校射击队。

刚被选上时，父亲并不支持她走这条路，但杨倩坚持要去，母亲和奶奶站在了她这边——3：1，最终她如愿进入了射击队，师从国家级教练虞利华。

起初，杨倩有过不适应。射击训练刚开始时，主要以训练基础动作为主，同时进行体能等方面训练，辛苦又枯燥。训练两年，她曾想过放弃，哭着和母亲说要退出射击队，家人、学校和教练都劝她不要半途而废。杨倩听进去了，坚持下来，继续训练。

她逐渐适应了角色，训练成绩越来越出色。在2012年全国青少年射击锦标赛上，她获得了亚军。

成功的滋味激起了杨倩的斗志，激发她追求更高的自我。在接受清华大学采访时，她说道：“比如我练习中有一次打得不好的话，就会主动要求自己，我今天一定要把这一枪打好，不能放弃。”

2014年，在浙江省运动会上，杨倩一口气拿下3块金牌。2015年，在第一届全国青年运动会上，杨倩获得季军，于同年12月入选国家青奥队，并取得了“国家级运动健将”称号。

杨倩很感恩当初劝说自己坚持下去的父母，没有他们，她可能很早就会放弃。在大型比赛上，选手水平其实差距不大，而真正考验的则是每个人的心理素质。最初，杨倩也曾经历过无数次失败，有一段时间，她始终难以发挥自身状态。后来，她开始专注于比赛过程，调整射击姿势，慢慢地找到了状态，也因此明白过程比结果更重要。

教练虞利华在采访中曾说，杨倩的平衡、协调和稳定性都不错，每逢大赛，她都发挥得不错。“杨倩最大的优势是有颗‘大心脏’。同一批孩子水平可能差不多，但到了赛场，就杨倩发挥得最好。”

2019年，在第二届全国青年运动会射击（步枪项目）预赛暨二青会测试赛中，杨倩凭借“强心脏”，打出了633环的好成绩。在此之前，国家队只有3人打出过这个成绩。2019年，杨倩入选国家集训队，一步步攀上更高的山峰。

多才多艺的“清华女神”

每当面对大小赛事，杨倩都显得沉着冷静，在赛场上专注于挑战自己，给予积极的心理暗示：把每次比赛，当成提升自我能力的机会。

化压力为动力，这种心态也被她放在了学业

上。曾经是杨倩班主任的王娇娜在接受《宁波晚报》采访时曾说："有次考试前，晚上我去查寝室，她学习太投入，我和她说话都没听见。一到文化课考试，倩倩都是最刻苦的一个，抱着试卷学到很晚。"

这也是杨倩从小进行射击训练，却始终没有落下功课的秘诀。

与此同时，多才多艺的她也没有丢掉其他兴趣爱好。每逢学校文艺活动，她都充满热情，曾用一个月的时间，与同学一起仔细学习了一段舞蹈，表演后备受好评。

初中毕业后，她进入体校高中。在这里，她依旧保持着优异的成绩，始终在班里名列前茅。她很擅长英语，口语发音标准，记忆力也不错。此外，她因为写得一手好字又擅长画画，还成为班里的宣传委员。

2016年2月，杨倩通过了清华大学的体育冬测和后备人才选拔，被特招到了清华附中射击特长班马约翰班，开始跟着清华大学射击队训练。

虽是运动员身份，但想进入清华大学，杨倩还是需要达到很高的分数。

高三下半学期，射击项目冬测推迟到四五月份，几乎与高考同步。杨倩每日要兼顾训练和复习，看着身边专心复习的同学，她心里充满焦虑。顶着巨大的压力，她一边专注训练，一边抓紧学习。2018年，她成功考入清华大学经济管理学院，被许多同学称为"清华女神"。

而自她入选国家队，回学校上课只能和国家队请假，作为大一新生，杨倩时常感到迷惑和挫败。所幸她顺利通过全部课程考试，随即投入紧张的国家队训练和比赛中。

杨倩以大学生身份，从二青会，走向东京奥运会赛场，背后是兼顾学业和竞技的艰辛与不断挑战自己的决心。

夺得东京奥运会首金

杨倩在赛场上稳定大气的发挥，会让人忘记这只是一名20岁出头的姑娘。从竞赛阶段到最后一发，杨倩扛住压力，逆转战局，一举夺冠！

事实上，为了能够登上此次奥运会的射击舞台，杨倩此前经过了层层选拔和激烈竞争。

2020年11月，中国宁波网报道称，来自宁波的中国女子气步枪项目新秀杨倩，于近日参加了在浙江长兴举办的国家步枪射击队东京奥运会初步队伍选拔赛。

初步选拔赛共进行了三场比赛，她分别夺得一个冠军、一个第3名和一个第5名，以总分第一的成绩进入该项目的8人奥运集训队。

国家射击队选拔赛分几轮，最终根据选手的积分情况，确定3人到4人备战。因此，即使进入集训队，也不意味着百分百参加奥运会，这无时无刻不考验着运动员的心态和耐力。虽然顶着巨大的压力，杨倩却多次发挥出了超常水平。

决赛选拔赛后，教练虞利华接受《宁波晚报》采访时表示，射击比赛越到最后，运动员压力越大，杨倩获得好成绩离不开过硬的心理素质。

4月，国家气步枪射击队东京奥运会参赛名单正式公布，杨倩的名字毫无悬念在女子10米气步枪项目中出现。在激烈比拼中，她连续4次在选拔赛中夺冠，"奥运会席位是对自己几年来努力的最好回报，我将全力以赴做好准备。"杨倩当时接受采访时说。

这次顺利拿下奥运首金，无疑是对她所有付出做出的最高回报。谈及以后的发展道路，杨倩妈妈在接受采访时说，奥运结束后，杨倩会回到学校抓紧学习，学习对她以后的帮助是不可忽视的。

看了追赶袁隆平灵车的女孩，我顿悟什么是中国年轻人最好的样子

□脆皮先生

袁隆平先生走后，长沙下了一天一夜的雨。

冷雨中，湘雅医院的地下通道旁，挤满了前来送行的市民。

从噩耗传出，到下午4点，只有短短三小时，却会集起数千人。站在最前面的，全是年轻人。载着袁隆平遗体的灵车，从地下通道，缓缓驶出。大家高喊“袁爷爷”“一路走好”。大家追着灵车，跑了很远很远。十字路口，所有车辆集体鸣笛。有主播，边追着灵车边哭；有20多岁的女孩，追着灵车，喊得声嘶力竭。

下午3点。一个女大学生赶到病房门口。她的大学离医院很远。她说自己坐了半小时的公交车，找了很久，才打听到袁老生前所住的病房。“就是想来送送。”

傍晚，长沙市区的菊花和满天星，差不多已经被抢空。有年轻人拿来了自家的盆栽，悼念袁先生。

一个女孩一路问去，最后在一家很偏的花店，才找到两小束菊花。年轻的店主，只收了她一束的钱。她说，另一束代表我的心意，请帮忙送给老先生。

昨天加班归来的朋友，看到了他今生都不会忘记的一幕。地铁上，很多二十岁左右的男孩和女孩，都捧着白色的花束。他们衣着各异，却都异常沉默。有些人身上，已经被雨淋湿。但没有人在意。他们应该都是过去送袁老的。

吃晚饭的时候，刷抖音，看到一条消息：这是一个娱乐至死的年代。我们似乎也不会哭了。但我没想到。昨天，我们整个宿舍的同学，因为一位91岁的老人抱头痛哭。

晚上的明阳山殡仪馆。一对夫妻带着三个孩子，正在排队献花。有年轻的父母，从外地驱车5小时赶来，带着自己的小孩。有个三十多岁的男子，和孩子跪在湿滑的路上，面色郑重地拜了三拜。

深夜11点，天空突然下起了大雨。在殡仪馆外，还有市民排队为袁老献花。排在队伍最前面的，仍是一张张年轻的面孔。

一个1992年出生，毕业于郑州大学的女孩子，深夜发了一条微博。我正好在长沙办事。买了3000元的花，可以帮送，悼念袁爷爷，但不收钱。

写到这里，我已是泪流满面。何其有幸，我和袁老生活在同一座城市，虽然从未谋面，却倍感亲切。何其有幸，我看到了，站在送行队伍最前列的年轻人。

曾经，我们以为这一代年轻人没有了信仰。追求真理和大师的人越来越少，追求金钱和名气的人越来越多。曾经，我们认定，这是垮掉的90后与00后。他们生于蜜罐，成长于独生的家庭，尽享了上下几辈人的偏爱，却很少懂得感恩。其实事实不是，真正面临崩塌的，不过是上一代人的刻板成见。这个世界远比想象的温柔，这群年轻人，也远比外界想象的要坚强且独立。

他们内心有一团火；他们不害怕去表达；他们开始显山露水，并慢慢成为社会的中流砥柱。他们正在，或者曾经被误解，但他们从来不说。

自发送别悼念袁隆平院士的人山人海中，绝大部分是年轻人，这一幕让人触动。哪怕外界的噪声再大，哪怕目之所及并不尽如人意，他们依旧向光明的地方而去。正是因为有了他们，这个社会才有了希望。

不能否定，也不能掩盖。这一代年轻人，会有让人怒其不争的行为，他们中有令长辈恨铁不成钢的少数。但多数年轻人，正在成为比肩甚至超越上一辈的个体。

那个追着袁隆平灵车跑的女孩，那群在宿舍里抱头痛哭的大学生，那个只是经过长沙，1992年生的微博博主……

他们才是中国年轻人最该有的样子。他们受过良好的教育，士气高昂，三观正确，愿意用智慧和深情照亮国家，照亮宇宙。这个世界年轻人的光一直在，我们不能假装看不见。

100多年前，詹天佑远渡重洋，慷慨陈词：各出所学，各尽所知，就能使国家富强不受外侮，足以自立于地球之上。今天，同样年轻的面孔，站到了为袁隆平送行的队列中。

吾辈一直在自强。少年强必将中国强，少年独立必将中国独立，少年进步必将中国进步。

大国崛起，也许不会一帆风顺，但定当平安无虞。

因为信仰和力量的星光，终有一日，会连缀成灿烂的银河。因为这束光，是你，是我，是我们每一个人，生生不息，上下奔腾。

作为自由职业者，首先你得职业

□金陵小岱

两年前的夏天，我在咖啡店认识了夏沫。当时店里有买一赠一的咖啡券活动，我俩一致同意拼了个单。加好友后，我们俩聊了一阵子，我知道夏沫比我年长六岁，是名还没有出名的编剧。从她的朋友圈状态看，写剧本是她的主要收入来源，她平日里似乎不用去上班。那阵子，我刚接手家里的公司，在日常工作中几乎很少有聊得来的同事。在咖啡店这听起来就很浪漫的地方，认识了一个“同道中人”，我兴奋得不行。

往后的日子里，我们又一起去了那家咖啡店，面对面各忙各的，那种感觉跟大学时与闺蜜一起去图书馆上自习一样，快乐而又踏实。可没相识多久，夏沫便问我借三万块钱，说是着急还信用卡。我几乎是没有犹豫就拒绝了她，因为我们认识的时间还很短，她借钱的举动超出了我们应保持的社交距离。夏沫在被我拒绝后，并没有表现出任何的不高兴，说她自己再想想办法。我以为这只是个例外，却没想到接下来的半年里，夏沫又问我借了三次钱，我拒绝了两次，借了一次。

或许是日子久了，刚认识时的矜持也不存在了，夏沫明知道我大概率会拒绝的情况下，依然问我借钱，并且没有具体的数额，她居然还说出了“有多少借多少”这种话。

其实作为同龄人，我太了解夏沫的现状了。在我身边，有太多以“自由职业者”为名而家里蹲的人。他们或许有点才华，或许很有想法，但大多数人是在逃避社会，最后又以“社恐”为由，拒绝了一个又一个工作机会。从她的话语中，我判断出夏沫应该是欠了信用卡一笔钱，这大半年来她靠着两张信用卡挪来挪去，这样才渡过了一个月又一个月的“难关”。

某天夜晚，我编辑了一条微信给夏沫：小姐姐，如今你的状态不适合在家当自由职业者了。你必须想办法出去找工作。目前你在家写小说属于自由职业，但这个职业最重要的不是“自由”，而是你首先得把它当成职业，而职业除了理想以外，还要能养活自己。

夏沫没回复我，她沉寂了一阵子，我知道我的话刺伤了她。我以为，我们这偶遇的缘分，大概只能停留在这个夏天了。没想到没过多久，夏沫的朋友圈开始更新动态了，一看就是公司要求转发的朋友圈，我知道夏沫真的去找工作了。

说来也很有意思，以夏沫的资历和人脉，她去当个编辑应该不成问题，但夏沫选择了去我们认识的那家咖啡店打工。看见她展示自己制作咖啡的照片，我知道她在这份工作中又找回了自己，而还清信用卡这件事，也是指日可待。

唯一感到遗憾的是，我与夏沫可能不再会是朋友了。这种惋惜的情绪还没在心头萦绕太久，我收到了夏沫的微信：来店里，我请你喝咖啡，我为你做了一杯特调。

一周后，我与夏沫再次面对面坐在了这家让我们认识的咖啡店里，夏沫穿着白色的衬衫，牛仔短裙，罩着一条黑色围裙。夏沫告诉我，那天收到我的微信后，她心里很不是滋味，她思考了很久，在她决定辞职做自由职业者的这两年里，收入时高时低，一直不太稳定。由于经济压力，她选择来这家她喜欢的咖啡店工作。“我现在下午是咖啡师，晚上是编剧，至于上午……用来补觉和做家务。”在说完这句话后，夏沫也做好了为我定制的特调咖啡，她给这款特调咖啡起了个名字，叫“意外”。

因为我们都是彼此生活中意外的惊喜。

第三章

人生感悟

活在世上，
你好像随时都在期待着，
期待着有什么可以看一看的事。
有时你疲疲困困，
你的心休息，
你的生命匍匐着像一条假寐的狗，
而一到有什么事情来了，
你醒豁过来，
白日里闪来了清晨。
——汪曾祺《邂逅》

我不再纠结于那个人为什么要伤害我

□陶　勇

1

2020年1月20日，临近春节，医院里依然人满为患。

这天是我出门诊的日子，坐到就诊台后，我查了一下当天的门诊量，比头一天还多十几个。整个上午看诊还算顺利，看了有一大半患者。我心里不禁有些舒畅，想着也许晚上能赶回家吃饭，所以我中午没去食堂吃饭，想下午尽量早点开诊，就简单地泡了一包方便面，吃完后稍微休息了一会儿，大概一点钟便开诊了。

排在前面的三位患者陆续看完了。

第四位是个年轻的女患者，她拿着过往厚厚的一沓病历和报告，我挨个儿认真翻看了一会儿，想找出其中的关键问题。这时候，我隐约看到有一个人进了诊室，径直走到我的身后。我也没多想，这样的情况在医院太过常见——虽然有导诊护士，但有时病人也会趁其不备跑进来插队问诊。

然而猛然间，我感觉后脑遭到狠狠一记重击，就像被人用棒球棍用力砸了一下，整个脑袋磕到办公桌上，头嗡地一下，一种木木的晕眩感袭来。我下意识抬手护住头，那时我的右手还拿着病人的病历，所以本能地用左手向后脑摸去。紧接着又是一击，力度更胜之前，我听到旁边的病人大叫一声，这才意识到我被袭击了，便慌忙站起来往外跑。

我甩脱周边的人和物，冲出来直奔楼梯处，我眼睛的余光看到自己的白大褂已是殷红一片，头还在嗡嗡作响，眼前金花闪烁，耳内轰鸣，整个人像吃了迷药一样晕眩。我努力控制着自己的身体，拼命奔跑，实则这个过程不过十几秒钟。我跑到楼梯口的拐角处发现这是一个死胡同，刚要转向，对方已完全近身，电光石火间，我看到他手里拿着一把明晃晃的凶器，便本能地抱住头颅，重击再次袭来，我整个人被击倒在地。我大声呼救间，看到一个白色身影扑了过来，同那人扭打在一起，我趁机爬起来往扶梯处跑去，跌跌撞撞跑下扶梯。这时我已经神志不清，迎面看到一位护士，她惊愕地看着我，然后迅速扶起我，连扶带背地将我拖进一间办公室，然后将门反锁。

她又惊又急，对我说：“您受伤了，赶紧躺下！”然后扶我躺在办公室的看诊床上。我整个人在惊吓之余，还算冷静，我看到她麻利地拿出酒精、纱布、剪刀开始为我消毒包扎。

2

事发太过突然，很多细节已记不清楚。事后在恢复过程中，我才陆续了解了整件事情的经过。对方提的是一把大型菜刀，非常沉重锋利，我在就诊室就被砍了两刀，一刀在我后脑部位，另一刀就是我的左臂小臂处。在奔逃到楼梯拐角处时，我被砍翻在地，那时我的后脖颈又中一刀，左手可能在下意识挡刀时被横着劈开，右臂也中了一刀。

而在这短短的几十秒钟里，同在诊室的一位志愿者为了喝止行凶者，在我跑出去后，后脑被砍了两刀；而一位正坐在诊室门口候诊的病人家属的手背，也在为我阻挡行凶者的时候挨了一刀。

那个冲出来与歹徒英勇搏斗的，是坐在我斜对面诊室的杨硕大夫。当时他听到楼道里的异常声响，第一时间跑了出来，正看到鲜血淋漓奔逃的我。他下意识就追了上去，追到楼梯拐角处看到已经倒地的我正被歹徒挥刀乱砍。用他的话形容，我发出的声音是他从未听过的凄厉的惨叫声。他二话没说就扑上去抱住了歹徒，歹徒扭身甩脱，一刀冲他劈下，他头一躲，刀锋劈到他的头部左侧，眼镜碎裂在地上，左耳被划开一道长长的口子。

正是他的阻挡给了我逃命的时间，歹徒甩脱他后继续向我奔逃的方向追去。在我奔逃的过程中，因为失血太多，身体发软，根本跑不过歹徒。这时又有一个人冲了过来，他姓赵，是一名快递员。他看到满身是血的我，下意识地抄起过道上的广告牌冲上来与歹徒对峙。

后来我也是通过警察的笔录才得知了他的存在，他一直同歹徒英勇对抗，还不时地劝歹徒冷静，直到我跑得没踪迹了，歹徒才坐下来说："你报警吧。"很快，值班的保安人员闻讯赶来控制住了歹徒。这位赵姓兄弟也是我的救命恩人，没有他，我也不会死里逃生。

我被紧急推往了急救室，开始手术，打过麻药，我就进入了昏迷状态。

3

我无数次见过躺在ICU（重症加强护理病房）的病人，知道他们的痛苦，更懂得他们求生的欲望。然而，当自己实实在在地躺在这里，我才真正刻骨地体会到他们的感受。

一直到第三天，我的状况才渐渐好转，主治大夫告知我，我已脱离生命危险，让我放心。事实上，我还没有想到这个层面，疼痛让我只有一个念头，就是睡过去。

在ICU住了十天，我转到了普通病房，我在病房与病痛生死较量，而我的医护同人们一个个英勇奔赴前线，每每妻子帮我拿来手机，看着新闻里那些熟悉又陌生的身影，都让我热血沸腾。也许只有干这行的，才能真正明白其间的辛苦与风险。我想如果我没有出事，也许也正同他们一起奋战在前线，这大概是我们从医者的一种使命感，是医生的一种本能。

网络留言中，有太多让我眼眶发热的话语，很多都是来自我的患者。

一位患者的母亲托人过来，说她愿意把自己的手捐给我；天赐的爸爸，听到消息哭得不能自已，全家人为我录了一个很长的安慰视频；有的患者，送来了鲜花；还有患者给我留下大段大段的信息，心疼我、鼓励我，字字真心，句句动人。每每看到这些，我的眼眶都会湿润，回顾整个受伤的过程，我好像都没有流过眼泪，然而此刻，实在难抑。

我时常问自己，何德何能拥有这么多人的爱，而这些爱不掺杂名利、目的，是最真切的爱护。他们是不幸的，上天在他们的眼前蒙上了一层黑纱，但他们的内心通透明亮。

慢慢地，我开始不再纠结这个人为什么要伤害我，我为什么要遭此厄运。

砍伤我的人，我相信法律会有公正的裁决，我没有必要因为他的扭曲而扭曲自己，我选择客观面对；碰伤我的石头，我没有必要对它拳打脚踢，而是要搬开它，继续前行。

我并不希望我受伤这件事被太多人关注，在我的眼里，每天都有那么多人在生死边缘挣扎，相比起来，我和他们并无二致。这件事真正的意义在于，我能为这些关注我的眼睛呈现什么样的价值。

我决心以我的经历作为教训，为我的从医同人们呼吁一下安全的从业环境，让更多的人看到人性善良的一面，让更多从医的或者打算从医的年轻人坚定自己的梦想。

为什么理发变成了件痛苦的事

□照　月

我的头发天生自然卷，还是油性发质，留长了不方便打理。加上多年来对学生发型的严格管控，让我的思想严重落后于时尚潮流——我已经想不到什么发型适合自己了。

每次去理发店，我不会提太多要求，只想让理发师傅把头发剪短一些，从小到大都是这样。

同样是剪短发，所需的开销一年比一年大，体验也一年比一年痛苦，我却不知道为什么痛苦。物价在涨，房租在涨，理发费用会跟着涨，这我理解；我碰到的理发师傅，服务也没有不周的地方，要我说，更有可能跟我自身心境的变化有关系。

升入中学前，我家楼下只有一家理发店，男女老少剪头一律3元。后来这家理发店倒闭了，紧接着许多家“发廊”“发艺”冒了出来，每一家都有杀马特发型的老板和师傅，他们异口同声地把报价抬到10元。

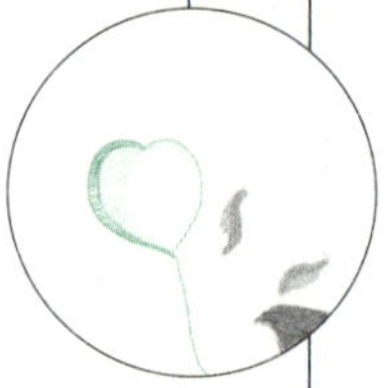

价格贵了，但那时的理发店回忆起码是轻松加愉快的——我只是个毫无敬畏之心的小屁孩，“社交恐惧”这个词压根与我不沾边。理发师傅不会拿生活琐事或者理什么发型之类的问题烦我；跟老板混熟了，我甚至敢在老板的办公电脑上玩游戏。

上中学后，理发店与理发师傅又换了一茬，懂游戏的老板不知去向。此时的理发价格涨到15元，办卡与会员制度也来到我家楼下，其中一家店买10次赠5次，我们一家五口办了一张卡轮着用。

这一阶段的理发体验就很难让我放松下来了。每次坐在椅子上，理发师都要没话找话。他们的问题永远与学业相关，作业、考试、老师，就像远房亲戚一样。在洗剪吹一整套工序完成前，我必须直面这些令人烦躁和焦虑的问题，即便行使保持沉默的权利，放松的思绪也早已被打乱。

到了大学与大城市，则是另一番境况，想在理发店唠家常，也没人愿意跟我聊了。校园内部的理发店收费20元起步暂且不论，理发师日接上百名学生，无不化身为不近人情的“理发机器”，只负责理发，只理他们自认为好看的发型，必须在我执意坚持与强烈抗议下，他们才不情愿地拿起电动推剪推平我的头发。

在大学的最后一个学期，我彻底失去了理发的权利。去年上半年封校，一封就是五个月，理发师傅进不来，家属区还围了栅栏加了门禁，整所学校找不到理发的地方。

好在除了毕业论文和上网课补学分，我的睡眠还算充足；给一层楼用的集体浴室成了我的单间，洗头也方便。到了六月，我已经披头散发，第一个回到同楼层的朋友，已经完全认不出我来了。

直至搬出学校来住，我才见到了久违的理发师傅，但他们的要价又涨了，去年还是40元起，今年就有奔向50元的趋势。

货比三家后我发现，最便宜的理发店在一公里以外，办张卡算下来单次价格38元，折合我两顿饭钱。我最终办了一张500元的理发卡，考虑到我目前的住处租期为一年，我打算在不到一年里理13次发，每二十多天定期去一次理发店，为此来来回回走两公里路。

然而上周末我就这么折腾了一趟，突然感觉自己办的好像不是理发卡，是健身卡，我的痛苦远远没能结束。

对绿毛龟也要讲信义

□唐宝民

《夷坚志》一书记载了这样一件事：古时有个叫吕德卿的人，在家中养了一只绿毛龟，这只龟是放在盆子里养的，每天中午，吕德卿都会用小竹棍敲击水面，小龟听到敲击声后，就会出来，吕德卿便在小竹棍的头上插上几小块生猪肉喂它，小龟吃完后，又进入水中。时间长了，这只小龟就变得极其驯顺，只要中午吕德卿一敲击水面，它就立即出来吃东西，这样一共有两年多，从来没有改变过。有一天，吕家的小孩子想逗弄这只小龟，就在中午也用竹棍敲击水面，小龟闻声出来，可小孩子并没有给它吃任何东西，而是用竹棍敲打它的身体戏弄它，小龟知道小孩子是在捉弄它，便立即回到了水中。第二天中午，当小孩子再次用竹棍敲击水面时，小龟怎么也不肯再出来了……这样一直过了六七天，小孩子天天中午用竹棍敲击水面，可小龟还是不出来；小孩子把手伸进水中掏摸，发现小龟已经死了。

人与人之间应该讲诚信，人与动物之间，也应该讲诚信，否则，人和动物之间就做不成朋友了。欺骗行为是对诚信最大的破坏，这种行为哪怕只有一次，也会使自己成为没有信义的人，其损失再也无法挽回了。作者在讲完这个故事后，感慨地说：“这样小的一只动物，因为人的失信而气恼，宁可不吃东西而死，也真奇异啊！”

细节贵在巧

□杨延斌

有这样的小说，你可能只看过一遍，但过去了几十年，有些故事情节，还是那么刻骨铭心，并时常出现在脑海里。人生是复杂的，你可能用一车的话，也介绍不清楚一个人的为人。但有的作家，能用一个小细节，把一个人刻进读者的心里。

记得1980年，有一篇叫《落叶》的小小说，只有99字，情节很简单。大意是说，一个老头儿有个早晨起来扫院子的习惯。有天早晨，正在扫院子的老头儿一抬头，发现被晨风吹落的一片树叶儿，正从头顶飘落。老头儿一歪头一斜身子，树叶儿便飘落到地上。

这个细节真是巧妙极了！一片树叶儿飘落下来，老头儿都怕砸到头上。这个一生谨小慎微的人物，被作者入木三分地刻入读者心里。

我还记得在《世界文学》上看到一篇中篇小说，篇名是《到梅白蕾女士家喝茶》。作者姓甚名谁已不记得了，故事大意是，有个终身未嫁的大学教授梅白蕾女士，她在学生面前是个儒雅高贵的大牌教授，退休后仍然按照以前的习惯，每个假期邀请两个本校的优秀女学生到家里喝茶。梅白蕾女士家，只有一只猫和她一起生活。

这篇小说情节平淡，作者把匠心埋伏于一个知识老妪和两个青春年少的女学生一同淡淡地喝茶之中，读者需耐着性子忍受着情节的淡而无味，一直到梅白蕾送走两个学生。这算什么小说，还堂而皇之选入《世界文学》？正困惑间，结尾写到，一个女学生没敲门就回到梅白蕾家里。“对……对……对不起，梅白蕾教授，我的围巾……”

你猜猜，女学生看到了什么使她紧张慌乱到语无伦次？

因为她看到曾说“我这辈子吃遍各种三明治，已经吃够了。这种最贵的三明治是专为你们俩买的，我不喜欢吃，你们把它吃光”的梅白蕾教授正和猫抢夺剩下的三明治碎渣儿。

猝然发现回来取围巾的学生，梅白蕾教授窘得脸上直泛紫红色。作者磨叽到最后才抖开包袱，让读者看到高傲外表伪装下的大牌教授，其实孤独而又穷困潦倒。

我真感谢这位外国作家，能让我对一个原本不搭界的外国老太太产生如此深刻的记忆，以至于连二十四岁读这篇作品的我都六十多岁了，还时常想起梅白蕾这个孤苦伶仃的老太太。

为什么那么累了，还是想熬夜，不肯入睡呢

□张佳玮

许多人到晚间不肯睡觉，归根结底，是因为白天没玩够，还想找点什么来补偿。

“这一天属于自己的时间太少，好容易能做会儿自己，玩会儿，才觉得不算亏。”

这很正常，也是心理健康的必需。人是得有点自己的时间，自己的娱乐，才会觉得日子过得下去。

我很喜欢举的一个例子：古龙《多情剑客无情剑》里，我很爱说的一个细节：一对厨子，饭馆打烊后，他们在后厨，给自己炒了盘菜，找点小酒，很惬意地饮食一番，舒服那一两个时辰。

他们还活着，就是因为一天还有那么一两个时辰。

当然，有人痴迷于工作，觉得工作就是乐趣，但这类人毕竟少，而且往往有远大前程等着他们。还有大忽悠会告诉你，最好的快乐都在未来，现在吃点苦是为了将来的甜——这类空头支票，听过就算。大概类似于家长们所谓的“你小学中学辛苦点，大学就轻松了”。

大多数普通人，疲倦了一天之后，特别需要一点精神上的闲适与快乐，让自己觉得自己还是个人，而非一颗螺丝钉。

但问题的关键来了。熬夜找乐，有三种常见结果。

其一，找到乐了，于是“哎说到这个我就不困了”，继续熬着；念及第二天可能面对的无趣生活，“我不想睡，睡醒了就是明天了，不想面对啊！”

其二，找不到乐，“不行，今天还是没过瘾，睡也睡不踏实，还是得继续想法子找乐……”

最常见的，是第三种：人的快乐与悲伤，都是会递减的。譬如喝碳酸饮料，头三口的快乐，远胜之后的快乐。

但人又是有惯性的，对许多事上瘾，于是盲目继续，以求重现最初的快乐。

许多优秀游戏的难度曲线，也很讲究：先给你点甜头，让你觉得爽；然后给你更大的挑战……

《射雕英雄传》里，郭靖不停学新招，从黄河四鬼打到侯通海打到梁子翁打到欧阳克打到梅超风打到欧阳锋，也是这个流程。但现实生活中的乐趣，很难如此递增。

所以许多人的熬夜流程是：补偿性找乐—找到乐趣了，但乐趣慢慢递减—还想继续找乐，继续熬着—神思困倦了，感受力和自控力都下降了—明明已经感受不到乐趣，但还是麻木地刷着手机，一再重复，希望找到一点新乐趣……

这里面，因为疲倦导致的感受力和自控力下降，是关键。所以在真正累到失去自控能力前，去睡下，是挺重要的。

海明威有个玩法，说每天写小说最流畅时，停笔；这样第二天就能顺利继续，因为心里有数，也不会觉得繁难。

在生活中，类似的是：每天一定要找点乐子再睡，不然真是枉自为人。

但可以考虑，在乐趣将到巅峰时，在自己还清醒时，停手，入睡——好看的书留一半，好看的剧留一半，诸如此类。

如此这般，你就能明确地知道，明天还有盼头，还有更好的在等着你。

被机器所审视

□阿　来

上周四，去看朋友介绍的一个新医生。寒暄毕，他就开出了这么一张单子。

我知道，又要去拜会某种机器了。

我到达的是放射科碘造影室。把单子递进某间半开着门的屋子，里面活动着一些面目不清的人，他们都穿着白衣服，我认为他们就是我将要拜会的那台机器与我之间的翻译或信使。信使给我一个号码，如果有人呼叫这个号码就是告诉我终于轮到与机器约会了。

差点忘了交代一个细节，进到这个穹隆之前，被扫描的人还要戴上一副耳罩。你被告知是为了防备机器发出的那些声音太过刺激。此时耳机里却传来指令：呼气—吸气—吸气—屏气！直到你感觉到下一秒钟就要憋死，耳机里才传来新指令：呼吸！两三分钟后，这个过程再循环一次。在那样一个逼仄的空间里，或者说在一台所有地方都坚硬冰冷的机器里面（口里？肚子里？），机器再次启动，再次嘀嘀、噼噼、叽叽、嘟嘟地响起来……躺在那个地方，我想起了那本叫作《1984》的小说，觉得这机器就是一个权威无从质疑的“老大哥”：呼气—吸气—吸气—屏气！那指令本来是在另一间屋子里操作机器的人发出的，但这命令经过一些线路，在耳边响起，已经是非人的“老大哥”的声音了。

列位，这些就是我在放射科等待被另一台机器审视时唤醒的记忆。

现在一个声音把我唤醒。白衣服飘过来，把我领到另一台机器前。宽衣解带，在一张床上躺下，那种氛围叫你明白接下来是伸出右胳膊，静脉注射碘，便于机器给某些器官或通道造影，也就是便于机器清楚地看见。注射完毕，人就消失了。只剩下我仰天躺着，整间房子和那台机器陷入了颇具威胁性的沉默。我想，不能叫机器吓住。我决定用观察来克服莫名的恐惧。

虽然背上凉飕飕的，正是可以加深恐惧所需的那种效果，但我既然做出了这个富于哲学意味的决定，就能稍微忽视一下这种不舒服的感觉，正式开始观察这台第一次谋面的新机器。首先是它灰中泛白的颜色，是世界上任何自然的景物所不具备的颜色，但越是先进的机器就越是这样的颜色。这种颜色成为机器中一种高级别的标志：是新材料的，有功能强大的电脑芯片的。然后是质感，是一种多种金属混合的质感，甚至混合了塑料的质感。对化学和物理学甚至生物学为基础的未来的材料学来说，总的趋向就是把所有可以混合的东西和不可以混合的东西都混合到一起。我躺着，那台机器悬在上方，准确地说用什么东西吸附在水泥天花板的两条钢铁轨道上。机器身量庞大、沉重，从上方把身体悬垂下来，完全是一个对蝙蝠一类喜欢倒悬感的动物的仿生学设计。还有一根粗大的有着整齐环节的塑料管盘旋于坚硬的机身上，使这台机器柔中带刚，从而更具生命感。好像它不只是通上电就能运转，还要通过这根防毒面具上的管子一样的塑料管来呼吸点什么。机器通电了，运转了，慢慢降下来，它的光学镜片的独眼中间有一个黑色的十字。了解狙击枪的人都知道这是什么意思。

也许是开始观察后，身心放松了，所以我没有因为这个帮助精确瞄准的东西的出现而让我的后背更加冰凉。反倒觉得这台机器好玩，有幽默感。它悄无声息地从我跟天花板之间的半空降下来，带十字的玻璃独眼在我胸腹之间来回游移，最初的姿态不像是来观察，来透视，而是像狗鼻子一样在嗅闻什么。我身上会有什么味道？今天早上灌进肚子的清粥小菜的味道？昨天晚上洗脚水中所加精油的味道？或者刚才注入身体的碘的味道？这只鼻子，不，这只超级眼只是小小试探一下又缩回到原来的高度。这时，一只马达开始呜呜旋转，我注意到机器上还有一台给自己散热的小风扇，但我不能确定这声音是由风扇发出来的。我们还不能很直接地描述机器，所以，不但机器的设计依据了仿生学的原理，我们对机器的描述也只得遵从这种原理。当这台机器发出呜呜声，就像一台汽车在起步前加油，更像一头准备冲刺的公牛在蓄积即将爆发的力量。它会猛然向我撞击，撞击我刚刚经过手术的下腹部？但这种猛然冲刺的情形没有发生，接着是塑料管子做出了吞咽动作，然后发出了泄气的声音。我想问它，是什么地方憋破了。但是，我想它这样做，只是为了比过于一本正经的CT（电子计算机断层扫描）机、核磁共振机显得好玩一点。好像它也知道自己所置身的是一个一切都要好玩、都要具有娱乐性的时代。

当它"扑哧"两声泄了气，可不要认为它就要休息了，它这才正式开始工作，前面只是热身运动。机器那只独眼变红了，默默和我对视片刻便慢慢凑近了我的肚子。此时那些碘已经进入了脏器和一些特别的通道，这只大红眼通过看见那些碘来看见我的脏器和连接脏器的管道。它看了一阵，红光消失了，缩起脖子，退回到半空，一声不响，好像在思考，在分析，在评判。它当然不会把这些结果直接告诉我，而是通过一些我不了解的途径，告诉屋子外面那个往我静脉里注射了碘液的人。我想，我该起来了。但是，马达又一次呜呜作响，机器在准备冲刺的时候又"扑哧"两声泄了气，红眼睛又凑拢来了。还有什么没看清楚吗？据我对机器的有限了解，就是它们不像人看一遍没看清楚，揉揉眼或擦擦眼镜再看几眼。它们是一看一个准的。这便是机器冷酷的精确性。当然，它们与我们更大的不同，就是从不试图去看它们看不清楚的东西。

如是者三四次，操作机器的人才进来，解开了压在我肚子上的扣带，我坐起身来，从一种随时可能被一台发疯的机器所攻击的窘境中解脱出来，现在却只想知道那机器看见了什么。我看着那个白衣服的操作手，现在，他是这台机器派来的信使，要宣读某种确切的判词。但这个白衣信使和气地说，24小时后来取报告。

走出这幢有很多这种密室的大楼时，我一直在努力记住走廊所有的拐弯，为了明天，24小时后准时得到那份判词。同时，我听见自己有点神经质地在默念："被机器审视，被机器审视，被机器审视。"好像这是一句神奇的咒语，可以把人从某种窘迫的情境中解脱出来。一直到出了大楼，还能看见院子里那株树冠巨大的榕树上披拂着明亮的阳光。

简单加法

□刘荒田

老友H去世十多年后，我终于和因搬家而失去联系的H太太联系上了。

H比我大八岁，辞世时才64岁。谈起H，H太太道及一桩旧事：20世纪60年代，他们结婚不久，在村里种田。有一次，H上后山的树林里逛，不知沾上哪种树的毒液，回家后手臂长红斑，痒得要命。他赶紧去生产大队的医疗站求医。赤脚医生说是皮疹，开了抗过敏药物。H回家，按医嘱服下一颗。次日，稍有好转，但还是痒。他不管三七二十一，一下子吞下三颗，即正常剂量的三倍。事前，太太曾提出警告，说药不能乱吃，要先问医生。H说，还用问吗？多吃，药效增强，就好得快，这简单的道理，轮到你教我？结果是：H晕倒在地，吓得全家六神无主，赶去找赤脚医生，问要不要叫救护车把他送往县城医院。赤脚医生到家里来，把了脉搏，检查了血压，还查了书本，才说，不必，待药效过去就没事了。他卧床一天一夜才醒过来。

“他啊，一辈子就是这样。”H太太摇着头说。和H太太告别，路上一直想着老友H的“简单加法”。她说得不错，H运用它可算得心应手。那一年，我33岁，他41岁，都在旧金山的中餐馆打工。仿佛约好了，一起患坐骨神经痛。他比我严重，走路才几分钟，就得蹲在人行道上歇气。我去看脊椎神经科医生，他不去，说另有窍门。原来，他实行土法的“四管齐下”：服成药“抗骨增生丸”；喝按中医所开方子煎的药；去唐人街的诊所请人针灸；贴“追风透骨膏药”。一个月以后，病情好转，他得意得不得了，对我说了好多次：想好得快，下药一定要加码。

中年以后，他变胖了，体重近100公斤。穿三件头西装在街上走，我指着他隆起的肚皮开玩笑。他说，你落伍了，这才是派头。不过，后来他部分地接受了减肥的理论。所谓“部分”，是指有所折中，比如，服“深海鱼肝油”相当灵活。有一次，他邀请我去他家，我问什么事。他说，太太和孩子去外州参加乡亲的婚礼，独自在家，没人啰唆，“咱来个吃翻天！”我哈哈笑了，骂他是头号吃货。于是，两个人吃牛排。他说，超市碰巧搞特惠，一下子买了三块。我看着三分熟的大块头牛排，每块重量超过一斤，连忙说，不行，对付不了。他说，怕什么，看我。他把两块吃下以后，拿出一瓶鱼肝油，说，平日我吃三颗，今天六颗，把多吃的脂肪消灭掉。让我哭笑不得。

吃大块肉的习惯，他维持到55岁。这时，心脏病来了，做了搭桥手术。出院以后，他指着被拿掉一根血管的右小腿对我说，不能不投降了。打这以后，严格减肥，吃得清淡，但惯性思维的马脚偶尔露出来。有一次，我和他在唐人街的咖啡馆，他看着玻璃柜里面的蛋挞，咽了口水。我说，来一块？他先是摇头，可是馋虫爬上来了。我去买了两个，说：“偶尔吃点无妨。”他说：“好！”吃完，他从口袋里掏出一个小瓶子，倒出一片，拍进嘴里。我问是什么，他说是阿司匹林，可稀释血液，“为了保险，今天多服20毫克”。

H的心脏搭桥十年后，血管又塞了。这一次来不及做手术，在医院撒手西去。H的“简单加法”确实另类，这也许跟其爱好有关，他跟我一样喜欢写作——不同的是，我喜欢写散文随笔，他喜欢写诗。也许，诗人的思维比较另类吧。

如今想起这位到老不脱“本色”的诗人，我看到，他的“简单加法”式思维是从小养成的，维持了一辈子——且任何变化，都没有动摇这幼稚、肤浅且害人的“一加一必大于一”。

镜　子

□朵　拉

每天出门前她都照一下镜子。房子的玄关处装着一面长方形镜子。朋友来到一看马上说："一定是家中有女儿。"确实是两个女儿坚持要装的。

长方形镜子就这样装在玄关处。她坐下穿好运动鞋，站起来照镜子。幸好两个女儿都不在家，要不然，像她今天的衣着肯定要被她们批评的。她想起此前穿这样的衣服时，女儿们的态度。

"宽衣大袍不适合你。"

"我喜欢！"从年轻开始，她老觉得宽袍松衣比较潇洒。

"老妈，你长得瘦小，穿宽衣像穿错衣。"小女儿投她姐姐一票。

"我喜欢就可以了。"她仍坚持。

是的，反正不外出，只在自家住宅花园跑步。同公寓的邻居，天天见面，彼此熟悉。旧T恤，宽裤子，跑步才舒服。她跑了十圈，决定再跑完一圈就上楼。这时，她看见大门口有个男人，站在车子旁边拿手机打电话。那人她感觉很熟悉，又好像很陌生。那个男人放下手机，然后就看见她了。他从大门口走进来："真的是你？"

"真的是你？"她心里说同一句话，口里忍不住问："你怎么在这里？"她的第一个念头是：刚才为何不穿好一点？真想找个地洞躲进去。

他指着门口的新款奔驰："我来载人。"

"载人？"她感觉他的眼睛盯着她的衣服，心里有万分的后悔和懊恼。

"载人？"她顾不得礼貌，追究着，"载谁？"这栋楼都是老住客，他认识谁呢？

"我也不知道。"他耸耸肩说，"太无聊，有时候客串网约车司机。"

"哦。"她也笑，心里想叫自己去死。她这才想起，他在朋友圈里说过当网约车司机的事。唉！早不相遇，迟不相逢，偏偏在穿得像卖菜阿婶般，连个粉底也没扑的时候重逢。

她有时也叫网约车，方便快捷。有一次，她听女儿说故事："我的秘书有一回叫网约车，没想到来载她的竟是老情人！"

"是吗？"她将信将疑。

"真的，跟电影桥段一样。"女儿笑着说。

"有时真实人生比电影里演的更像虚构。"她点评道。

此后，她也幻想，会不会在叫车时，把他叫来了呢？那几天，她出门精心打扮，衣服也选新买的、显身材的、人家称赞的去穿。有些天还穿了平日最讨厌的高跟鞋！——大家都晓得高跟鞋是散发女性魅力的首个要素。

结果什么也没有发生。

"半退休状态。"他又耸耸肩说，将她的思绪拉回眼前，"正好要去机场接儿子，他从国外大学毕业回来，就顺便载个客人。"

"哦。"一切都过去那么久了。他的儿子也从国外大学毕业了。但她仍然在意，在意自己在他眼里究竟是什么样子。汗流浃背，气喘吁吁，头发散乱，不贴身的衣裤，而且，她闻到自己身上的汗臭味。刚升上来的朝阳照射在她身上，她脸上的皱纹和黑斑在阳光下应该遮掩不了。

住在她隔壁的林小姐走过来，问："郑先生？车牌PXX833？"

"是。"他和她摆摆手说，"我先走了。"拉着行李的林小姐还转头跟她说拜拜。她看着他毫无留恋，逃也似的把车子开得飞快。

上楼时，她对着入门处玄关挂着的长方形镜子看了好久，决定从今往后，无论何时都要穿好一点再出门。镜子中的女人忧郁地看着她。

力量之茶：临危从容

□于　丹

日本禅宗学者铃木大拙曾写过一个茶艺师的故事。这个故事我在很多讲座中提到过。

日本江户时期有一个贵族，家里有一位茶艺师。这位茶艺师的泡茶技艺精湛，贵族一天都离不开他泡的茶。

有一天，主人要去京都办事，想带茶艺师一起去。茶艺师说："京都那么多浪人，乱糟糟的，我又没有武功，遇到危险怎么办？"

主人说："那没关系啦，你找一套武士的服装穿上，就没人敢招惹你了。"于是，茶艺师就穿上武士的服装，还挎了一把长长的佩剑，跟着主人去京都了。到了京都，主人去办事，茶艺师便独自在池塘边散步。刚走了一会儿，他迎面撞见一个浪人。

这个浪人很嚣张，一见茶艺师穿着武士服，立刻拔出剑，说："我们俩来比武吧！"茶艺师没有办法，就实话实说："我可不会武功，不过是个泡茶的人。"

浪人说："你既然不会武功，为什么穿着武士服呢？岂不是辱没武士的名节吗？那我更有理由杀你了！"茶艺师想了想说："这样吧，你能不能给我一点时间，让我先将主人的事情料理好？四小时后，我一定回到这里跟你比武。"

浪人见他如此忠心耿耿，就放了他。茶艺师直奔京都最大的武馆，见到大武师，纳头便拜，恳切地说："求你教我一种武士最体面的死法吧。"

大武师很惊讶："来我这里学武的人都是求生的，我还是第一次看到求死的。为什么？"茶艺师便把刚才的遭遇如实讲述了一遍。大武师说："原来你是一个茶艺师啊！能不能先给我泡一杯茶呢？"

说到泡茶，茶艺师心想，这也许是自己这辈子最后一次泡茶，反倒变得从容了，心也就静下来。他让人取来最好的山泉水，用文火一点点煮开，取茶、洗茶、滗茶、滤茶，一丝不苟。茶泡好后，他恭敬地双手捧给大武师。

大武师喝了一口说："这是我一生中喝到的最好的茶了。我可以告诉你，你不必死了。"

"你要教给我什么绝招吗？"

"我什么都不教你，只送你一句话：用你刚才泡茶的心，去面对你的对手。"

茶艺师不明就里，一边琢磨一边往回走。走到池塘边，见那个浪人正在等他。

浪人再次拔出剑来，说："既然你已经回来了，我们就开始比武吧。"

茶艺师回想了一遍自己泡茶的过程，然后笑着看着对方说："不着急。"他双手取下帽子，端端正正放在池塘边；又脱下外套，拎起领口袖口，一折一折叠好，压在帽子下面；然后从容不迫地拿出绑带，将袖口裤脚一一扎好；最后紧了紧腰带，整束停当。

整个过程，茶艺师一丝不苟，有条不紊，心中想着自己泡茶时的那份从容，而且一直带着微笑看着对方。一个早早拔剑的人，被对方这样看着，自然越来越毛，心里越来越没底。

茶艺师最后拔出剑来，双手举过头顶，大喝一声，停在半空。就在此时，浪人跪下了，说："求你饶命，你是我这辈子见过的武艺最高强的武士。"

从这位茶艺师身上，我们看见，有从容的内心，才有真正的勇敢。在一个躁气过重的时代里，泡茶、喝茶也许是最好的医心良方，因为泡茶、喝茶都急不得。体会着水与茶相逢的过程，心智如同茶香，舒舒展展开启，弥漫开来。就像那位日本茶艺师，以泡茶、品茶之心去面对世事，能获得一份比匹夫之勇更悠远博大的力量。

老　蚌

□陆春祥

明代陆粲《庚巳编》卷第五《巨蚌》记：我家边上有陈湖，有水从戒坛湖北面流进，流到韩永熙都宪家的墓前，汇成巨潭，深不可测。

潭中有一老蚌，大如船。有一年的十月里，蚌在水边张着口，有个妇女去湖边洗衣服，她以为是一艘沉船，就一脚踩上去，老蚌立即闭口沉入湖中，溅起来的水，泼到脸上，冷如冰，妇女惊倒。

曾经有龙下水戏其珠，与蚌相持数日，风涛大作，龙将蚌拎起数丈高，又猛力扔下，竟然不能战胜老蚌。

景泰七年，湖水冰冻，蚌自湖西南而出，一路破冰，堆积在两旁的冰，像雪一样，从此以后，老蚌再也没回到这个潭中。

似如作者亲眼所见。

老蚌肯定是一只大蚌，大如船，船也有大小，我在乐清湾看到滩涂上自由滑动的泥子船，就不大，真有可能如老蚌。老蚌在湖边滩上，张着嘴，是在休闲，沐着十月的暖阳，对两栖动物来说，那是享受。这深潭中，也没有别的什么大物，我就是王，我可以随时随地进出自由，人们奈何我不得。这妇人，不识本尊，还将脚伸进我的嘴里，臭烘烘的，干吗呀！我不弄你一身水才怪！冷如冰的水，并不是湖水，而是我的唾液，我常年在深潭，一只天然大冰箱，哪会不冰？

龙蚌斗，一定是附会，也许是渔人垂涎那老蚌的珠，才幻想出来的。

湖面结冰，许是老蚌想换地方了，许是水下氧气稀少，总之，本老蚌要旅游去了，于是，一路潇洒而去。

坚强的老蚌，因为自身的实力，让人惧怕。

对于湖边百姓来说，有畏惧比没畏惧要好，至少，老蚌是安全的。

天空的城堡

□王太生

冬天看鸟巢，内心是柔软的。人站风中，巢筑树上，一只一只高低错落，仰面看，宛若天空中的童话城堡。

鸟儿用来遮风避雨的栖息地，一个在夜晚睡觉和做梦的地方。不管质地咋样，它毕竟是一个舒服的窝。

童年观鸟，是在乡下。鸟巢结在苇秆上，这种根基不稳的巢，多数时候，随风摇晃。鸟儿信任芦荡中央，这万千青苇中的一株，它大概是觉得，没有比这更有韧性的苇，不会被水淹，只要把巢编织结实，即便是风也不会轻易将它吹落，没有比这更安全、舒适的地方。

毛绒、粗糙，像一只碗，碗口仰面朝天，鸟儿从天空中回来，一屁股就坐在家里。虽然那时，我不知道里面住着什么鸟。

鸟巢，力学兼具美学之美。一圈一圈的纬线，螺旋着上升，疏密得当，尤其外面一层，编织紧致，绝不拖泥带水，这一棵草，一根树枝，让人想到工程浩大，有着何其大的力量和耐心。

鸟雀们的天空城堡，它们构筑于树，所有巢口的方向，都是朝着天空的。有一次，在郊外，往一条大河走，杨树林如油画般斑斓。那些大大小小的鸟巢，高居大树之上。巢是按照鸟的意思而建，带着鸟的设计、鸟的智慧。气质在于它的幕天席地、巧夺天工和荒野气息。人有时也乐意把自己的居住，设计成一个“巢”。

古人有梅花纸帐，在一张卧床的四角竖起四根黑漆柱，其上横架一个顶罩，在顶罩和床头、床尾以及背壁三侧用细白纸蒙护起来，在上下床的一侧悬挂帘子，就做成了一个纸帐。在纸帐之内的四根帐柱上各挂一只锡质的壁瓶，瓶中插上新折的梅枝，这样就成了梅花纸帐。

梅花纸帐极像一个鸟巢，人居其间，如鸟眠巢，屏蔽世俗纷繁，杂乱思绪。唐人徐寅夸赞纸帐，雪白如银之美；人处帐内，仿佛“自宿嫦娥白兔宫”；而站在室中看来，则如“半岩春雾结房栊”，好像春崖上的雾云停滞在房间里不肯散去。

也有人为自己筑一“巢”，不受外界干扰。南宋刘国用《鹊窠禅师图》，取材唐代杭州道林禅师南归途中，在西湖背面的秦望山，见一棵松树盘曲如盖，遂栖其上，一心礼佛的故事。古画显示，大师盘坐其间，一翘尾喜鹊口衔树枝，落在头顶，欲在乱发丛中筑巢，表达出禅修的无我境界。

大师慈悲，他容纳一只鸟，在自己头顶神态自若，人与鸟，鸟与人，相互为友，身心融入自然，物我两忘。

冬天早晨看鸟，想到寒雀，它们在冷风中飞翔，雪地里啁啾。夜晚，拥被而睡，人在被中，或捧书而读，恍若鸟巢。

在皖南古村，冬天山间寒气逼人。这里的好多人家都有一个船形木桶，恰好可容下一个大人，中间置一木炭火盆，极像“鸟巢”，女人坐在木桶里打着毛衣或哄着婴儿，老人则坐在里面闭目养神。

鸟巢始终是粗糙的，它像一只大果子结在树上，不离不弃；又像一本毛边书，写着关于鸟雀们的居住故事。

冬天野外，极喜欢枝丫间有一只鸟巢，茅草或者枯枝质地。看到它，视觉上不再是冰冷的，心情是明朗的，不管里面有没有鸟，总是让人心生爱意。

天空的城堡，那些“房子”里住着鸟儿，简单、安静、快乐，却又温暖而生动。

所谓成为大人

□［韩］李起周　译/刘兴娜

学生时代的我特别想变成大人。虽然不懂变成“大人”意味着什么，但我还是想成为大人，所以经常装作大人的模样。

我快马加鞭地把自己包装成大人。

就这样，不知不觉中，那些被称为“大人”的人，认同我是个真正的大人了。我停下来，向四周张望，发现与之前相比，自己的脚步渐渐放慢。此刻，我的好奇心又来了：“大人究竟是什么？”

是褪去了纯真，在乐观与悲观交替的心态中向现实妥协的人？还是懂得了人生价值，承认理想和现实差距的人？抑或是填补这个差距的人？倘若这些都不是，那么是对世界了如指掌的人吗？

有部法国电影叫作《贝利叶一家》。电影中，处于成长期的少女宝拉比普通的大人还要成熟。她是家庭中唯一有听觉的人，是家庭与外界沟通的桥梁。她代替父母对家畜的饲料价格讨价还价，去集市卖奶酪补贴家用。

宝拉参加校内合唱团后，故事情节开始发生微妙的转变。校内合唱团的教师发现了宝拉的音乐天赋，鼓励她去巴黎的合唱团试镜，于是宝拉开始了内心抉择的斗争，因为她难以抛弃需要自己帮助的家人而独自前往巴黎。

几经周折后，宝拉参加了试镜。她在《飞翔》这首歌中唱道：“我深爱的爸爸妈妈，我要走了。虽然我很爱你们，但我必须走。不是逃避，只是想要展翅飞翔。”

人生在世，我们走着走着都会像宝拉一样，踏上陌生之路。无论挥手作别，还是被迫分离，人在一生中总要经历人力不可抗拒的分别。

此时，划分大人与孩子的界限便是：大人不会在原地犹豫不决，而会含着泪水，拼命奔跑，翻越原生家庭的围墙。

实际上，成为大人没有那么重要。有些人迫切想成为大人，而且通常有一种不正确的逻辑，那便是“成熟的大人一定比不成熟的人优秀”。

我们没有必要要求自己成为大人。真正成熟的大人不会扬言“我是大人”，要求别人给他大人级别的待遇。大人只是在为人处世上成熟有度罢了。

比成为大人更重要的，或许是成为“真正的自己”。

即使没有解决烦恼，我们也可以用自己独特的方式治愈；即使没有实现梦想，我们也可以与梦想始终保持一段距离，或者守护这段距离。也许这些做法并不意味着成熟，但是意味着实现了自我。只有这样，才是对留在围墙那头的家人最好的回报。

猫、乌桕与白鹭

□申赋渔

从巴黎回来后，我就住到城外乡下的房子里。因为多年无人居住，房子已经残破不堪。屋瓦落了一地，朽坏的院门倒在地上。去年又被洪水淹过，前后好几扇门窗严重变形，再也无法闭合了。到处漏雨，我请了家在附近的李师傅帮忙修整。李师傅每天都和沉默不语的儿子一起来干活。也因为他，我结识了许多工匠。匠人做专业的事，许多杂活儿都要自己干，我也一直跟在后面忙忙碌碌。他们每个人都很有故事，大家都相处得很有意思。工程快要结束时，我摔倒了。好在房子终于焕然一新。

大寒那天，又是一个晴天。一只黄猫，一只花猫，一只黑猫，从我眼前迤迤然走过。每一只都肥肥的，慵懒又从容。它们每天都在我这屋子的周围来回逡巡。仿佛这里是它们的领地，被我占据了，它们一直在寻找机会夺回去。

这是有原因的。

我刚回来，就在我的大门外看到两只塑料盆，旁边地上用粗黑的笔写了一行字：“喵星人的碗，请勿移动。”我不只是移动了，还大动干戈把房子修整一新，“喵星人”显然不高兴。但是它们不走，用李师傅的话说，跟我“摽”上了。

起先我心有愧疚，犹豫着，是不是在小河边重新安置它们的饭盆，给它们投点吃食之类。

但是我避居乡下，原本就是想少些牵扯，得一个自在，实在做不到每天惦记这么多猫。而且对喂养流浪猫的做法，也心存疑虑，就算了。

我白天跟猫们相处得还好，只是夜里有些闹心。

猫们常常在深夜发生残酷的战斗。撕咬着、号叫着，闹得天翻地覆。它们可能与外来的猫在争夺领地。这三只猫一直固守着我房屋的周围，以及门外小河沿岸的这一带。

半夜总是被它们惊醒，让我心烦。我跑到院子里，对它们进行了恫吓。扔石子、跺脚、大声吼叫，都没用，完全没猫理我。

天亮了，我昏昏沉沉地向做活的工人们抱怨，四处搜集一些称手的石块，好在半夜向猫们下狠手。饱读诗书的油漆匠对我说：“猫嘛，罪不至死。你备几只空易拉罐，里面放两粒小石子。晚上扔出去，声音响，吓唬吓唬算了，不丧德。”

油漆匠的策略，的确是好。我终于可以随时打断发生在家门口的战争了。一到白天，三只肥猫又恢复了优雅从容，总是漫不经心地绕过墙角，从我的院子里横穿而过。我们彼此看一眼，各行其是，互不往来。

猫们喜欢待在小河边的乌桕树下。两条小河交汇在我的院门外，形成一个三汊的浅滩。里面有小鱼、小虾，从早到晚都有鸟儿在这里盘旋、追逐。鱼和小鸟，都引起了猫们的兴趣。

前些天，来了一位老人，在乌桕树下，放下一条长长的竹筒形状的网，一端系在河对岸的石榴树上，一端就系在乌桕树上。每隔几天他过来收一次网。抖半天，才抖落出一些小鱼。他丢几条给旁边转来转去喵喵叫的猫们，其余的都装在一只绿色的小桶里拎走。

我忍他很久了。这样浅浅的一条河，原本鱼就少得可怜，他还如此大肆捕捞。不用一年，这里就一条鱼也没有了。没有了鱼的河，叫什么河呢？

“大爷。”我喊他。

老人笑眯眯地回头看我：“你好啊。”

“这网，是捕鱼的吧。”我说了一句废话。

“哪有什么鱼？几天都网不到几条。”

“这么小的鱼，捉回去有什么用？”

“家里养了两只龟，给龟吃。”

我跟他闲聊了半天，终于说出来：“大爷，用网在这捕鱼不好吧。”

大爷没有理我。网还在那里，不过他一直没再来。只有猫们还每天守在这里。整个冬天都有工人在修剪这里的树木。他们的修剪大胆而果断，只要是他们看不顺眼的，无论多粗壮的树丫，均毫不留情地锯掉。小寒后三天，终于修剪到小河边。等我从院子里往外走的时候，一个高大的工人，扛着电锯已经站在乌柏树底下，举头向上望着。手里的电锯发出刺耳的轰鸣。

我的心悬起来。这是小河边长得最好的一棵树。我每天都盯着它看。我来这里之后，乌柏树上的叶子就慢慢落光了，树枝上结着细白的小圆果。在冬天，就像开了一树的梅花。两根主枝上长出了无数根细枝，完美无缺地构成了这样一个古朴自然的树冠。无论剪掉哪一根树枝，哪怕是细细的一根，也会减损它的美，破坏这棵乌柏的平衡。我甚至认为这棵树，是整个河岸美的核心。它被破坏了，周围大片土地上的和谐也就失掉了。这棵乌柏树的里面大概住着一个精灵。

工人手里的电锯轰鸣着，他已经观望很久了，他突然举起了电锯。电锯落在绑在乌柏树上的那根粗绳上。绳子断了，老人的渔网沉没下去。工人朝对岸喊着什么，他在对岸的同伴割断了另一根绳子，把渔网拖上去，扔进装树枝的工程车上。

“这是一棵好树。”工人从我面前走过时，我指指乌柏树说，“一点不用修。”

“我们不瞎修的。”工人回头看了乌柏一眼，神情颇为自得。

工人们的修剪工程结束不久，忽然飞来了一只白鹭，就停在乌柏树上。早上一起床，我就看到它站在树上，一动不动，一站就是一上午。下午，它才活跃起来。它在树下的浅水里走来走去，啄食着，玩耍着，突然飞起来，在天上飞一圈，又落在水里，继续寻寻觅觅。

看这只白鹭，是我每天最重要的事。有天早上，它不在树上，一上午都不在。我沿着小河到处找。我不是担心它飞走了，我担心猫会吃了它。

猫们每天都在乌柏树下徘徊。我知道，它们捉鸟。捉来甚至不为了吃。我一次次听到鸟儿们发出恐惧的鸣叫，然后就看到猫在树丛中扑来扑去。每天都有不同的鸟儿，从河岸边的小树林里发出沙哑而急促的警报。

一天之后，白鹭又回到乌柏树上。这些天，它每天都在。

“结庐在人境，而无车马喧。”这是我住到乡下的愿景。可是住到乡下之后，我操心猫、鱼、树、鸟，心里满满当当都是事。

一个俗人，他注定牵挂一切，无论他逃往哪里。

事实与臆想

□邓　笛

在南非克鲁格国家公园，一只不足一个月的小羊羔被一只饥饿的大母狮逮着了。

狮子的血盆大口几乎可以罩住小羊羔的整个身体。小羊羔发出了惊恐的尖叫声。游客们知道接下来将要出现血腥的场面，有些人已经将目光移开，不忍心看下去了。

然而，血腥的场面没有出现。相反，人们看到了更不寻常的一幕。母狮松口放下了小羊羔，也没有做出其他对小羊羔不利的行为。这对小羊羔来说是一个绝好的逃跑机会，可是，不知是被吓傻了，还是其他原因，小羊羔呆立在原地，一动不动。

游客们甚至能听到小羊羔的喘气声，可见小羊羔心里有多么害怕和紧张。一般情况下，狮子是不会玩弄猎物的，所以一定有蹊跷的事即将发生。

母狮再次把大口凑近小羊羔的身体，游客们屏住呼吸，心想母狮看来还是要将小羊羔吃掉。然而，出乎意料的是，母狮开始舔小羊羔，完全是一种梳洗的方式，就像它会对自己的幼崽做的那样。母狮是善心大发，还是母爱泛滥了？小羊羔也平静了下来，依偎在母狮身旁。这简直太神奇了！一头母狮和一只羔羊相互表达着爱意！

不少游客用相机和手机记录下这难得一见的感人一幕，并迫不及待地发布到网上，同时附上几句溢美之词，对这种罕见的友爱发出了各自的歌颂和美好的人生感悟。

许多看到这条视频的人深受感动，可是他们只知其一，不知其二。因为，他们不知道后来发生的情况。事情是这样的：过了一会儿，母狮的行为又发生了变化。这一次，不是你侬我侬，深情款款，令人陶醉，而是小羊羔在母狮的口中再次拼死挣扎，伴随着的还有歇斯底里的绝望尖叫。终于，小羊羔挣脱了母狮的死亡控制。游客们的心随之悬了起来。小羊羔能逃走吗？

小羊羔拼命地奔跑，前面不远就是灌木丛，只要钻进去，就有可能藏起来，躲过一劫。但是，母狮很快就追了上来。这只巨大的食肉动物只跳了两下，就追到了拼命想逃跑的小羔羊。小羊羔的一条后腿被母狮咬住了。会怎么样呢？

母狮非常熟练地用一条腿压住了小羊羔，又用嘴咬住了小羊羔的脖子，游客们痛心地看到血从小羊羔的伤口处流了出来。

小羊羔继续挣扎，但哪里是母狮的对手。母狮咬着它的战利品走了。目睹这一切的游客，心情变化如同坐过山车一样，从感动到心碎，起伏跌宕，久久不能平静。

原来，狮子是凶猛的食肉动物，捕食干脆利落，一般不玩戏弄猎物的游戏。一旦猎物被它们扑倒，它们就开始进食，绝不扭捏作态，拖泥带水。但为什么这只母狮一开始会对小羊羔那么温柔呢？这是因为小羊羔不足一个月，没什么肉，对母狮来说只是一个小点心，所以母狮要用小羊羔作诱饵，把母羊引来，这样它就可以为自己和幼崽们获得一顿大餐。最后，因大餐无望，母狮才将小羊羔带回去给幼狮们做点心了。

所以，丢开正常的逻辑去思维，那叫臆想，虽然美丽，但那不是事实。

人生的“闭环修炼”

□杨德振

管理学中有一个时髦词语：“闭环管理”。所谓“闭环管理”，就是综合闭环系统、管理的封闭原理、管理控制、信息系统等原理形成的一种全新的管理方法。它把全公司的供—产—销管理过程作为一个闭环系统，并把该系统中的各项专业管理如物资供应、成本、销售、质量、人事、安全等作为闭环子系统，使系统和子系统内的管理构成连续封闭、形成畅通的回路，使系统活动维持在一个平衡点上，从而达到在循环积累中不断发展。

由企业的“闭环管理”，我突然联想到了人生同样需要“闭环管理”，为了不至于概念过于僵化、生硬，我觉得叫“闭环修炼”更为合适和恰当。

每个人在一定的社会结构和阶层中，其实早已构成和形成了自己的闭环系统，例如亲友圈、同学圈、朋友圈、老乡圈、战友圈、兴趣爱好圈等。时下方便快捷的微信功能的广泛使用，加速了闭环系统的形成，使其易于沟通联系的鲜明特征更加凸现。这些特征还包括有人重情重义，有人薄情寡义；有人仗义疏财，有人重财轻义；还有人先人后己，也有人专门损人利己；有的人利欲熏心、唯利是图、坑蒙拐骗，有的人洁身自爱、清心寡欲、心如止水、独善其身；有的人在一个闭环系统内千方百计占尽别人的便宜或想方设法逐利，谋取不义之财，奢望过一种不劳而获的生活，或一夜暴富的日子，到处骗吃骗喝、骗人钱财，甚至传播谣言，惹祸酿灾；也有的人自自然然、一切随缘，顺从己心、不急不躁，过着舒坦从容的生活，不亏欠任何人的人心和人情，自得清净、清闲……

闭环修炼的内容不外乎人性的缺陷与短板的修复、心念的谬误与错觉的纠正、情感的混乱与冷漠的修正、精神的荒芜与颓废的祛除、意志的恍惚与虚无的淬火、灵魂的丑恶与沉沦的洗刷等，闭环修炼的目的无非给人生减负减压，减少心智内耗和各种怨气、戾气，积蓄一种向上向善向美的内在力量，濡养精气神，使人生少走弯路、少陷泥潭之中，提升人生幸福度和人生收益。

如果把人生的幼年、童年、少年、青年、壮年、老年比作一个闭环系统的话，那么生命、生活、生存就是闭环的子系统。在这个子系统中，便包括人的吃喝拉撒睡、成长、成人、成器、成才和劳动、学习、工作等诸多环节和事项，每一个环节和事项对我们来说都是一项智慧的考验和能力的挑战。修炼得出色，就会创造一个好的人生局面或者圆满结局；修炼得不好或半途而废，就会落下叹息、唏嘘甚至哀怨、后悔、追悔莫及等情况。我们周围的一些人以喜剧的形式步入人生的巅峰时刻，不久又以悲剧的形式跌落万丈深渊，便是闭环修炼的功夫不到家，成了自我酿灾的导火线，这不能不说是可悲的社会现象和可怕的个人际遇。

不触底线、不碰“高压线”，这应该成为每一个人的人生自觉，这也是维持闭环修炼所能达到的一个“平衡点”。如果打破这个“平衡点”，系统内自然回路势必遭到严重损坏，失衡、短路、梗塞的事便可能一而再，再而三地发生，人生的“事故率”风险就会大大增加，这是许多人失于警惕和戒备又疏忽轻视的地方，最后，弄得人仰马翻，沉沙折戟，不得善终，这是最令人惋惜的事情。

企业需要闭环修炼，人生同样需要闭环修炼，虽然难易程度不同，但目的一样，都是为了活得更好、活得更久。

靠工作消磨时间

□［日］岛田洋七 译/李 炜

本以为能治好的胳膊肘没有痊愈，我不得不放弃了自己的棒球梦。

于是，棒球队的活动不参加了，就连学校的课我也不放在心上，每天都觉得任何事都没有了意义。

我决定去外婆那里散散心。看到我，外婆马上说："快去洗个澡。""快吃饭。"连个招呼都不打，见面就是这些话。看来外婆真是丝毫未变，和以前一模一样。

我从久违的河里打了水，然后烧洗澡水。因为一直活动个不停，伤心和痛苦全从脑中消失了。很久没有尝到外婆的手艺了，饭菜依然那么简单，可不知为什么，我觉得特别可口。

外婆边吃饭边说："你知道吗？昭广，你是个笨孩子，如果不打棒球，光靠学习绝对不会有太好的出路。即便只有一年，能在广陵高中这么优秀的学校打棒球，已经很幸运了。能被保送的孩子有几个？"

我一边吃饭，一边默默聆听。

"不论聪明的人还是愚笨的人，不论富人还是穷人，不论擅长打棒球的还是不擅长的，包括中途放弃的人，所有人出生五十年后，都一样是五十岁。"

我莫名其妙地认同了外婆的话。

看到我的样子，外婆接着说："昭广，如果棒球不能打了，就踢足球吧。你跑得快，踢足球肯定也不错。

"如果足球不行，就干点别的，什么都可以。如果不知道自己想干什么，就先工作。只要工作，就可以得到米、酱、酱油、朋友和信任。"

最后那几句话，我不太明白。

外婆说，工作一天，就能赚到点钱，可以用来买米；工作两天，就可以买酱；到了第三天可以买酱油，就不愁吃饭了，还能交到朋友；工作四天，就会得到身边人的信赖："那家伙在认真工作。"

外婆又说："昭广，人生到死都在消磨时间。任何人早晚都会死的。你外公死了，以前的伟人也都死了。

"至于德川家康，阿嬷从未见过。圣德太子也从未给过我一百块钱。但是，你外公和阿嬷结了婚，为我工作，和我生了七个孩子。在我眼中，以前的伟人根本没什么了不起的，你外公比他们更加伟大。

"大家只不过是在死亡前，边消磨时间，边生活下去。而且，工作是消磨时间的最好方式，既能消磨时间，又能赚到钱。"

外婆就这样激励着经受挫折的我。听到这番话，我佩服得五体投地。

在外婆看来，如果光想着自己整日辛苦工作，肯定会厌恶生活；而如果觉得工作是在消磨时间，就能心情愉悦地工作。

至今，我仍喜欢外婆说的那句话——人生到死都在消磨时间。真想让现在不愿工作的青年仔细听听外婆这番话。

如果外婆看到他们整日游手好闲，肯定会大声劝告："什么都可以，先去工作！靠工作来消磨时间！"我当艺人的时候，也有一段时间感觉工作太辛苦，但一想到外婆说的"反正是消磨时间"，辛苦也就烟消云散了。

岁月·舍得

□蒋　勋

不同的年龄会有不同的舍不得。婴儿时舍不得奶嘴、奶瓶，有人拿走了，就要大哭。童年时，舍不得的东西渐渐多了。可能是一种带奶味的糖，可能是某个小熊布偶，或者，再大一点，舍不得的是幼儿园一个会唱歌的玩伴。

每个人的舍不得，到了少年时，会有不同的分歧。还记得那时候曾经舍不得的带奶味的糖，为失去那颗糖伤心。但是不能理解了，为什么口腔里那种强烈的舍不得不见了。很长的人生中，一次一次经历的“舍不得”，当下难忍，一旦过去了，好像突然踩空一脚，梦中惊醒，怅然若失。

我舍不得的少年之初混合着血和酒的身体，战栗和痉挛的痛，也曾如糖的奶味在岁月中逝去吗？慢慢知道，真正舍不得的，竟然是岁月。奶味的糖，身体上混合着血和酒的痛，都在岁月里。像一重一重的落叶，化为尘泥，却不曾消逝。

在岁月中行走，立春、雨水、惊蛰、春分，总是盼望着看一树一树的花开花谢。苦楝花的粉紫，白流苏像雪纷飞，木棉鲜亮明丽。等到刺桐花的艳红来了，已是谷雨、立夏，接着就是小满、芒种。

芒种是《红楼梦》里少女跟花神告别的日子，把彩线绣的马车系在花树上，有千万种舍不得。黛玉这一天唱了《葬花吟》：“花谢花飞飞满天”。

立秋以后，我常在河岸边行走，白露、秋分、寒露、霜降……栾树黄花落后纷红的荚果，一片一片飞起的芒花，是两千多年咏唱“蒹葭苍苍，白露为霜”的季节。岁月如斯，咏唱之人有多少的舍不得，在水上“溯洄”“溯游”，怅然若失。

青年岁月，花开烂漫，舍不得的也只是一季一季的繁花。

一直记得晏几道《小山词》里的句子：“相寻梦里路，飞雨落花中。”晏几道有许多舍不得的春天。这几年常在小雪、大雪时节去北国看繁花落尽的洁净空白。“千山鸟飞绝，万径人踪灭”，岁月逝去，繁华逝去，可以很安静地看雪片飞落，小寒、大寒，在很多舍不得与舍得之间，会读懂口腔里还眷恋奶味之糖时读不懂的“晚来天欲雪”。

我们舍不得，或舍得，岁月都这样日复一日。

庚子年有很多人失去了亲人、朋友，与亲爱者诀别，或许会对舍得与舍不得有更多一点领悟。

漫漫长路，辛丑年，敬拜岁月，众生平安。

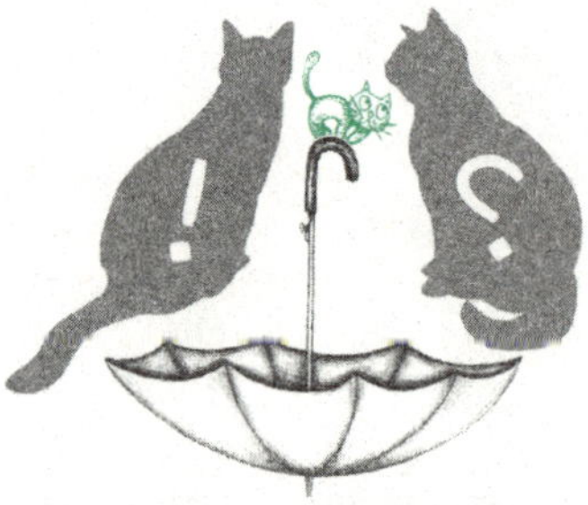

单身海归的烦恼

□爱玛胡

早上病房交班，路过单人间，瞟一眼新来的病人。都走过去了，折回来又瞟了一两眼。出门问夜班医生："那个男的是谁？"她答："哦，是昨天白班收的，发烧，肺炎。用了药，烧已经退了。"

另一个医生接口说道："胡主任，你也觉得他超帅吧？"她带着得意的口气说，"跟你们说，是我收的，我问了，三十七岁，单身，还是海归呢。"

小护士笑她："你兴奋什么？你都是快生二胎的人了。"那位医生说："我用不着，我可以介绍给你们呀！再说，谁家没几个单身的表妹堂妹的，还怕推销不出去？"

隔天值班，巡视病房时，又路过单人间，看见那个帅哥正坐在窗边发呆，突然心生好奇，推门进去。他见我进来，起身点头微笑着问好，请我坐，举手投足间，风度极好。

我随口问他病情，他礼貌地感谢我后，说："好多了，也上网查了，知道无大碍，只是需要治疗。"我继续说："多休息，戒烟戒酒，多吃新鲜肉蛋奶，多吃水果，配合治疗，没事的。以后注意多锻炼，增强体质，就不容易再得病了。"

我说到这里，他竟然苦笑起来。我问："怎么了？"

他说："医生，其实我烟酒不沾，不吃垃圾食品，每天做运动一组，每周长跑三次，每月长途骑自行车一次，每年体检一次。坚持了许多年，不管工作多忙，从没间断过。"

大概是怕我觉得他在吹牛，他拿出手机，给我看上面的微信群，果然有不少"夜跑群""自行车越野群"，他又给我看健身软件上的打卡记录，果然一片小红旗，一天不落。

他问我："医生，我也算是健康生活了吧？怎么还会生病呢？"又自答："当然了，我也知道，锻炼就是降低生病的概率，要真能百病不生，那不是锻炼，是修仙了。"

我笑着点头，越发欣赏他了，不仅帅，脑子也蛮灵光，生活方式这么酷，真是好青年。

他突然感伤起来，说："一直觉得这样的生活很简单也很充实，身心健康，从来没有想过自己会生病。那天发烧的时候，其实我是很害怕的，自己挂号看病缴费拍片，连个帮忙排队的人也没有。无助，真是无助，我那时脑海里就反反复复浮现两个字。除此之外，就是想，我为什么会得病？以及，如果我死了，有没有人知道。"

我笑着表示理解："是啊！从来没有生过病的人，总觉得疾病离自己很遥远，可是人吃五谷杂粮，哪有不生病的？锻炼还是要继续的，你看，你这次恢复得多快多好，就是因为你长期锻炼，体质好呀！"他点头。我想起同事说的话，忍不住八卦一下，问他："你家人呢？都不在身边吗？"他简单地说了句："我父母都在美国。"我不甘心，又追问："那你没有太太或女朋友或……"我不好意思了，闭了嘴。他没有说话，慢慢摇摇头。

我鼓励他："不管怎样，人还是需要伴的，慢慢找。"他眼睛一亮，冲我点点头。

海蛎子的生存哲学

□阿　占

附生的海蛎子，在演示一门人生哲学。它依照礁岩的走势，完全臣服于环境，不抗争，不纠结。这是表象。实质上，它完好地保有了自我的强硬，在坚硬的外壳上书写着锋利的诗行。任海潮拍打，它遇强则更强，甚至期待海浪来得更凶猛一些。超出想象的是，就在这强硬的外表下，是永远柔软而鲜嫩的内心，有弹性，汁水饱满，只要活着，这颗心就永不枯槁。

海蛎子的身上体现了奇异而极端的矛盾，它兼具最柔软和最坚硬，它能把肉的蛋白质和壳的碳酸钙结合得那么完美，可谓刚柔并济。终其一生，海蛎子都在化学和哲学上演绎着某种对立。

20世纪50年代的餐桌，菜品简单粗陋，青岛人家却有些特权，这得益于大海的恩赐。父亲在鲁迅公园海域捞过海冻菜，搂过裙带，挖过蛤蜊，照过螃蟹，当然也撬过海蛎，不消多少工夫，就能丰赡餐桌。

关于海蛎，胶州湾离岛的渔民一定只赞同原味生吃：先来一口原汁，再把海蛎肉吞下。他们说，第一只，匆忙地经过了喉咙；第二只，鲜咸之中有些甘甜；到了第三只，就仿佛海洋一下子涌到了口腔里，就此，一个新的世界打开了。至于浸润着海蛎肉的新鲜原汁，其实就是海水。好的原汁，清澈，是海蛎最佳的生长地。一只新鲜的海蛎如果浸润在原汁中，即使开启了三天，也能保持鲜嫩。

在早晚集市上，可看到海蛎堆积如小丘的摊位，铮铮的外表，新鲜的海腥味。渔妇不停地用类似螺丝刀的工具“别”海蛎壳：刀尖朝壳尾缝隙一搭，一撬，持刀的手腕一转，一抠，立马就可以将蛎肉剔出。买上几斤海蛎肉，拿回家，笊篱上控控水，划几刀，再把黄瓜擦丝，放盐杀完水，和海蛎子肉搅在一起做饺子馅，速包速下，无比鲜美的黄瓜海蛎饺子就出锅了。

最寻常的吃法是海蛎面，汤水相依，属于温暖的治愈系。面是手擀的，样貌不佳，怕什么，筋道就好。香菇切丁，爆炒，加入开水，下面，滚开后放入海蛎和韭菜，倒入蛋液，再滚开，就是灿黄翠绿的一锅鲜了。除此，海蛎子肉还有清蒸、软炸、生灼、炒蛋、煎蚝饼、煮汤等多种做法。

海蛎经常化身牡蛎，出现在外国名著里。“像牡蛎一样，神秘、自给自足，而且孤独。”《圣诞颂歌》里，牡蛎是狄更斯笔下心慈面冷的老资本家。在《写给牡蛎的情书里》，它是费雪亲密的情人。蒂姆·伯顿把它看作那个永远湿答答的小贝壳山姆。生蚝是牡蛎品种中个头比较大的一种。法国蚝乃至欧洲蚝大多在秋冬季节最棒，因为这个时候的欧洲偏冷，在冷水中生长的蚝肉质更为肥美，于是就有了在欧洲以“R”结尾的月份最适于吃生蚝的古老说法。

有很长一段时间，我搞不清海蛎子、牡蛎、生蚝之间的关系——海蛎子在青岛太平价了，如果说生蚝和海蛎子是亲戚的话，我怎么也想不通它们到了法国米其林餐厅竟身价百倍。事实上，它们是一回事，同族同宗，体量与营养含量的悬差皆拜不同海域所赐。

海蛎子是牡蛎的一种。生蚝也属于牡蛎科，个儿大，夸张一些的带壳可达一斤，肉呈白色，多野生或养殖在江河入海口，半咸半淡的内湾浅海是它们的聚居地，因壳大肉肥，尤其适合炭烤。

亲爱的海蛎子与海蛎子宗亲，越是强硬的外表越有柔软的心意，这份生存的哲学也许有助于鼓励我们穿越生活中无情的甲胄，去触及隐藏在背后的温柔。

人生的转折点

□岑 嵘

我一有空就去游泳馆游泳。每次一边游一边都会想些事情，比如村上春树的小说《游泳池畔》中，主人公在游泳池说的那些话——

“他对将35岁生日定为自己人生转折点仍然毫不动摇。只要他有意，是可以让死一步步远离的，问题是长此以往，自己势必迷失明确的人生转折点……某日忽然意识到自己年已50，而作为转折点50岁未免太迟了……一过20岁，他就觉得‘转折点’这一念头对于自己的人生是必不可少的要素。他的基本想法是：要了解自己，就必须了解自己立足的准确位置。”

当一次次触壁反身往回游的时候都在想，我该把什么时候作为人生和事业的转折点。

如果我是运动员，可能要把这个时间大大往前推。1968年到2011年的男子网球大满贯锦标赛，冠军的平均年龄为24岁，24岁以后可能就是下坡路了，过去40年来年龄超过30岁的冠军选手不到5%。不过不同体育项目的事业巅峰年龄也不同，比如游泳在20岁到22岁，短跑在22岁到24岁，足球在27岁到29岁，而高尔夫则是30岁到35岁。如果我是艺术家，情况可大不一样。芝加哥大学经济学教授大卫·格兰森对人类艺术创造力做了详尽的研究。格兰森说，艺术创新者分两类：概念创新者和实践创新者，这两类人的峰值年龄很不相同。概念创新者作品标新立异，独具一格，毕加索就是典型的概念创新者，他事业巅峰期在他26岁时，那个时期的作品是他所有作品中最有价值的。而保罗·塞尚是典型的实践创新者，他总是问自己：“我努力那么久，创作出那么多的作品真正达到我想要的效果了吗？”塞尚的事业巅峰期在他67岁时，那个时期代表了塞尚绘画作品的最高水准。

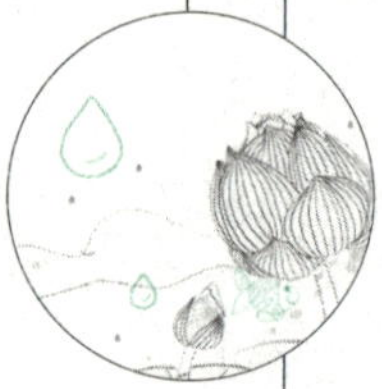

按照林少华的分析，村上春树早就过了他的巅峰期，而他的巅峰期是1994、1995年写《奇鸟行状录》时。村上在写《游泳池畔》时，还处在他的上升期（1985年），不过他可能真的在那个时期，就在考虑“转折点”这回事了。

有件事情让我略感沮丧，我已经到了赚钱最多的年纪的转折点，然而仍然没有发财的迹象，并且接下来赚到的钱只会越来越少。经济学家萨米特·阿加瓦尔等人在论文《理性时代：生命周期的金融决策》中指出：在商界和投资领域，凭经验往往会让人大吃苦头。人们年纪越大，做出的投资决策越不明智。（谁说姜总是老的辣？）也就是说，随着年龄的增长，投资实力在下降，投资者的收益也随之减少。投资者最赚钱的年纪在42岁达到巅峰。

我奋力甩臂划入水中，心想，即便过了转折点往回游，也没什么大不了的，因为正如村上春树所言，对人生而言，最关键的是对自己所处的位置有明确的认识。

新农村的围墙和花草

□陆勇强

他出生在杭州，16岁随父亲移居香港，上次回内地还是20世纪90年代。我与他相识也是偶然，因为我的一些散文中写到了杭州，写到了浙江，而他当时恰好在香港一家媒体工作，知道了我的电邮和联系方式。

前年春天，他携家带口做了一次内地行，特别是到了他父亲出生的农村，有两件事情让他觉得十分新鲜。一是家家户户门口都种了花草，而20多年前来时，农居的空地上，大都种的是蔬菜；二是家家户户打起了高墙，以前没见农居有建围墙的。他问我这些变化说明了什么。

我生活在内地，从来没有留意过这样的变化。我想了一下，是这样对他解释的。

中国的农民是最讲“经济实惠”的一个群体。我也出生在农村，又在农村成长，小时候真的没有见过农民会在院子里种花种草，屋前屋后只要有空地，就会种上蔬菜、瓜苗，他们绝对不会浪费一丁点土地。而现在改种花草，是因为生活条件在改善，对农民来说，门口有可以欣赏的红红绿绿的花草，要比有蔬菜瓜果重要得多。而家家户户门前打起围墙，也是物质生活改善之后的“衍生物”，他们需要足够的安全感，还需要人际交往的距离感。

他对我的解释非常赞同。

记得我小时候，农村是“门不闭户”的，大门敞开，也不会丢失东西。现在我老家的房子先是安上了木门，还怕不保险，又装上了防盗铁门。

后来，又在房子周围建起了高墙，并且在墙体上安上了防盗网。其实，在江浙一带，治安环境是非常好的，之所以对安全层层加码，除了对自己财物的呵护，最为重要的一个原因就是有了私密空间，有了自己的院子后，可以在院子里种花种草，养狗养猫……再也不碍着邻居了，这其实是当下生活改善之后，农民的人际关系的一种社区化重构。

农民的围墙，是反映社会变迁的围墙；而农民的花草，是让人愉悦的花草。

秋天是场人间秀

□章铜胜

秋天对我来说，是季节的华丽盛装，是每一个细节上的精致点缀，它那样骄傲，又是那样精细别致，它更像是季节降临人间的一场大秀。

每年秋天，晒秋的照片便扑面而来，你无法躲开那一场场色彩艳丽纯粹的炫和秀。婺源的篁岭在群山环抱之中，在徽州老房子的楼上，竹竿伸出的架子上，摆放着一个个竹匾，竹匾上晒着红的辣椒、橙黄的玉米、金黄的菊花、粉白的山芋干，也不只是这些，还有一些山里人家收获的其他东西。秋天里，乡村总有许多可晒、要晒的东西。在篁岭，从不同的角度看过去，总能看到那些色彩缤纷的晒匾，它们点缀、调和着徽派老房子粉墙黛瓦的深沉色调，在青山之间，在秋阳之下。

去皖南歙县的阳产，是在一个秋日的黄昏，在层林尽染的山峦之中，夕阳余晖里的一栋栋土楼，晕染着温暖的色泽，一见之下，顿觉惊艳。我对阳产土楼是熟悉的，也极喜欢它们，它们实在太朴实了，有点山里人的憨厚和纯朴。而那一天，再次看到这些群山之中的土楼的瞬间，我产生了一种艳羡时光的感觉，它们那样安静而又华丽的形象，让我默然不语，就像见到一个熟悉而又陌生的人，又生怕惊动了眼前的风景。我静静地站立在高处，凝神望着眼前的土楼和混杂其间的几栋徽州老房子，恍然置身尘世之外。定睛细看，许多土楼人家的楼上都晒着一些竹匾，只是竹匾里的东西摆放得更随意一些。竹匾里有青的红的柿子、雪白的金黄的菊花、青绿的橙黄的南瓜、红豆绿豆、褐色的栗子、红色的辣椒、雪白的棉花。在阳产，晒秋是那样随意，就像秋天随意地在山间、田野涂抹一样，不在意色调，它的创意也是随意的吧。

总觉得秋天的这场秀，是在一棵棵秋树之上。没有一个季节的树会像在秋天那样炫耀生命的华彩，诠释季节的秘密。秋天，在黄山脚下的太平湖边，我走在湖心岛的栈道上，眼前有几株柿树，叶子将要落尽，树枝上挂着一个个橙红的柿子，透过柿树和树上的柿子望出去，远山深蓝，湖水碧蓝，沿岸，蔚蓝的波浪卷起堆堆如雪的浪花。秋天，便在柿树如画的景框中明媚起来。

我是在某个清晨，去看黟县塔川秋色的。在清晨的薄雾里，村庄中，粉墙黛瓦的人家已经有几处炊烟升起，能听到不远处的鸡鸣犬吠之声，乡村的自然景致就这样坦然地呈现在眼前。在浓白的雾里，深红欲滴的应该是乌桕，我老家村东的石桥边，也有一棵乌桕树，在这个季节，它就是我眼前所见到的样子。老家的那棵乌桕是社树，村里没有人会伤它的一枝一叶，这几棵乌桕不知道是不是，即便不是，它们那样好看，可能也不会有人去伤害它们的一枝一叶吧。凤凰山的银杏树很老了。秋天，银杏叶全黄了，是一树金黄。风中，银杏叶扇动秋风，纷落如蝶，落了一地，一地的金黄。我喜欢一个人站在银杏树下，看树上叶黄，看风中叶落，弯腰捡起地上的黄叶，这是我与那株老银杏的秋日秀。

与一棵树共秀，便有时光的静美了吧。

“建筑大师”织巢鸟

□赵盛基

卡拉哈里沙漠，生长着一棵树龄在200年以上的金合欢，枝杈伸展，树冠如盖。远远望去，树上好像有个草垛，走近一看，发现是个鸟巢。这个鸟巢搭建在几根树枝上，不仅精致漂亮，而且大气豪华，足有一吨多重，里面居住着数百只鸟。鸟类专家说，只有织巢鸟才能筑造出这么庞大的巢。

织巢鸟是动物界有名的建筑大师，它们喜欢筑巢，也善于筑巢。虽然它们只有麻雀般大小，大却是它们追求的目标。筑巢的时候，它们同心协力，衔来一根根树枝、草棵，精心筑造。由于它们是社会化动物，不仅喜欢集体活动，而且喜欢群居，所以它们把巢穴建造得十分庞大。

然而，虽然居住在一个巢里，但它们并不混住，而是独门独户地居住。所以，虽从外表看，只是一个巨大的巢，似乎没有什么玄机，但里面分割出一个个互不连通的单间，每个单间只住一对鸟夫妻。

一个鸟巢一般有少则几十、多则数百个单间，有的更多。即使一只鸟住一间，都绰绰有余，空置率很高。于是，有些投机取巧的其他鸟类就借住其中。对此，织巢鸟并不介意，反而乐于相助，“不收房租”。

有了这么多的房子，应该知足了吧？不！织巢鸟们并不满足，它们继续不厌其烦地衔来树枝、草棵，扩建、装饰自己的巢穴，乐此不疲。或许这是它们的天性吧，要不为什么叫织巢鸟呢！

巢穴被扩建得越来越庞大，以致支撑它的树枝不堪重负。终于有一天，其中一根树枝被压断了，建在上面的鸟巢从中间断裂，将近一半的鸟巢瞬间坠地。正在巢中的鸟儿猝不及防，发现危险慌忙出巢，想要逃离。可是很不幸，来不及了，有几十只鸟被自己精心打造的巢穴砸中，一命呜呼。

它们无论如何都没想到，赫赫有名的建筑大师建造的巢怎么这么脆弱？其实，这是它们贪婪的结果。它们不是建筑技艺不精湛，而是不知满足，高估了树枝的承载能力。大，没什么不好，关键是基础要牢靠。

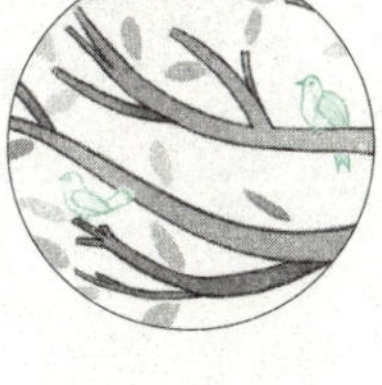

“失败”的人

□王小波

我不相信人有所谓的“命运”，但是我相信对于任何人来说，“限度”总是存在的。再聪明再强悍的人，能够做到的事情也总是有限度的。

《老人与海》中的老人圣地亚哥不是无能之辈，然而，尽管他是最好的渔夫，也不能让那些鱼来上他的钩。他遇到他的“限度”了，就像最好的农民遇上了大旱，最好的猎手久久碰不到猎物一般。

每个人都会遇到这样的限度，仿佛命运在向你发出停止前行的命令。

可是老人没有沮丧，没有倦怠，他继续出海，向限度挑战。他终于钓到了一条鱼。

如同那老人是人中的英雄一样，这条鱼也是鱼中的英雄。鱼把他拖到海上去，把他拖到远离陆地的地方，在海上与老人决战。在这场鱼与人的恶战中，鱼也有获胜的机会。鱼在水下坚持了几天几夜，使老人不能休息，穷于应付，它用酷刑折磨老人，把他弄得血肉模糊。这时，只要老人割断钓绳，就能使自己摆脱困境，得到解放，但这也就意味着宣告自己是失败者。老人没有做这样的选择，甚至没有产生过放弃战斗的念头。他把那条大马林鱼当作一个可与之交战的对手，一次又一次地做着限度之外的战斗，他战胜了。

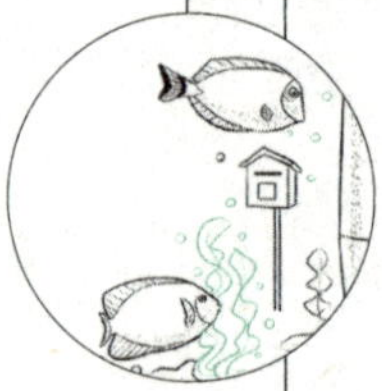

老人载着他的鱼回家去，鲨鱼在路上抢劫他的猎物。他杀死了一条来袭的鲨鱼，但是折断了他的渔叉。于是，他把刀子绑在船桨上做武器。等到刀子又折断的时候，似乎这场战斗已经结束了。他失去了继续战斗的武器，他又遇到了他的限度。这时，他又进行了限度之外的战斗：当夜幕降临，更多的鲨鱼包围了他的小船，他甚至用一根从断了的桨上锯下来的短棍和鲨鱼搏斗……

老人回到岸边，只带回了一副大马林鱼的白骨，以及残破不堪的小船和耗尽了精力的躯体。该怎样看待这场斗争呢?

有人说老人圣地亚哥是一个失败的英雄。尽管他是条硬汉，但还是失败了。

什么叫失败？也许可以说，人去做一件事情，没有达到预期的目的，这就是失败。但是，那些与命运斗争的人，那些做接近自己限度的斗争的人，却天生地接近这种失败。老人到海上去，不能期望天天有鱼来咬他的钩，于是他常常失败。一个常常在进行着接近自己限度的斗争的人总是会常常失败的，一个想探索自然奥秘的人也常常会失败。

只有那些安于自己“限度”之内的生活的人才总是“胜利”。这种“胜利者”之所以常胜不败，只是因为他的对手早已被降伏，或者说，他根本没有投入斗争。

在人生的道路上，“失败”这个词还有另外的含义，指人失去了继续斗争的信心，放下了手中的武器。

人类向限度屈服，这才是真正的失败。而没有放下手中的武器，还在继续斗争，继续向限度挑战的人并没有失败。

如此看来，老人没有失败，老人从未放下武器，只不过是丧失了武器。老人没有失去信心，因此不应当说他是“失败了的英雄”。

那么，什么也没有得到的老人竟是胜利者吗？我的确是这样看的。

我认为，胜利就是战斗到最后的时刻。老人总怀着无比的勇气走向莫测的大海，他的信心是不可战胜的。他和其他许多人一样，是强悍人类的一员。我喜欢这样的人，也喜欢这样的人性。

文身

□尤　今

在马来西亚砂拉越首府古晋的一个村庄里，看土著以原始方式为一对来自美国的游客文身。

男女两人，都穿了泳装。他们文的，是对方的名字——男的文在胸口上，女的文在肚皮上。一针一针，慢慢地、深深地文；每一针，都钻进皮层深处，然后，镶嵌在灵魂里，天荒地老地与肉身纠缠不清。

我看，看得惊心动魄。海枯石烂，此情不渝。文身时，必定有着和对方生死与共的心愿，然而，世事难料，情到浓处转薄，薄薄薄、薄、薄、薄……最后，没了，全然没了。昔日的浓情蜜意，灰飞烟灭，唯有对方的名字，还天长地久地镌刻在身上，自我嘲讽地成了碍眼的记忆。

更糟的一种情况是，情海生波，有一方见异思迁，蝉曳残声过别枝，落花流水春去也。惨受抛弃的那一方，气、苦、怅、恨，百感交集，一心只想将那曾经山盟海誓的负心人千刀剜万刀剁，然而，在这悲入骨髓、恨彻心扉的时刻，他或她的名字，却还阴魂不散地附在身上，每看一眼，都是精神的凌迟。沉不住气的，便去找那文身的，在名字之上加添两个字“我恨”，不如此做，便泄不了恨。遗憾的是，泄的不是“恨”，而是“气”，把“感情被负”的事昭告天下，不是很“泄气”吗？

实际上，人世间最深的爱，是刻在心坎里的，不是文在身体上的。文在身上的，不是真正的爱，而是占有的欲。

爱，是泥里的根，稳当扎实；欲呢，是盆里的花，易凋易谢。

谈笑论生死

□于　丹

《庄子》中有一个永恒的命题：关于生死。

庄子说：“古之真人，不知说生，不知恶死。”古代的真正懂得生命奥秘的人，没有觉得拥有生命有多么可喜，也不觉得死亡来临有多么可怕。

真正的君子对生死的态度从来是不刻意的，不追问自己从哪里来，也不担忧自己往哪里去。因为，生和死只不过是一个生命形态的变化。

庄子在《大宗师》篇里讲了一个这样的故事：子桑户、孟子反、子琴张，三个人都是方外之人。他们心意相通，忘怀生死，结伴成为好朋友。后来呢？子桑户先死了。孔子听说了，就派自己的学生子贡去帮忙处理丧事。子贡去的时候，看见子琴张和孟子反两个人，一个在编挽歌，另一个在弹琴，正对着子桑户的尸体唱歌呢。他们唱道：“子桑户啊子桑户，你现在已经回到本真了，我们还寄迹在人间。”

子贡非常不理解，说：“你们三个人是这么好的兄弟，有一个人先走了，你们却对着尸体唱歌，这合乎礼吗？”

子琴张和孟子反两个人反而笑了，说：“你哪里懂得什么是礼的真意啊？”

子贡回去以后，问老师孔子：“他们到底是什么样的人啊？他们到底是什么心思啊？”

孔子当时就说：“他们都是一些心游世外的人，而我是一个拘泥世内的人。我怎么还派你去帮助处理丧事呢？这是我的孤陋啊！他们这些人已经没有生和死的边界了，他们完成的是心神跟天地的共同遨游。有没有这具身体形骸对他们来讲是不重要的。所以，一个朋友走了，两个朋友就像送一个人远行那样坦坦然然。”

这个故事讲了一个道理，就是每一个人都可以不同的形态活下去。

庄子在《养生主》篇里有这样一句话：“指穷于为薪，火传也，不知其尽也。”油脂在柴火上燃烧，油脂烧完了，柴火燃尽了，但是火可以传续下去，没有穷尽的时候。

人的身体、人的生命是可以消耗掉的，但是人的思想仍然可以传承。对庄子来讲，思想的传承远远胜于一个生命。这就是庄子对于生和死这两种生命形态的一种感悟。

当代社会，人的寿命得以延长，已经远远胜于远古。但是，在心理上，对于死亡的畏惧，对于生命的留恋也远远超乎从前。应该说，在今人的生活中，有太多的牵绊，让人闭不上眼睛。

但是，庄子讲了这么多关于自己的、亲人的、朋友的生死故事，他对生死的看法与今人全然不同。在他已经穿越的这个生命中，他看重的是火光，而不是柴火的长度。

人生的事迹是可以写下来的，但每一个人的判读又是各不相同的。

不要赠予虚空

□李松蔚

高考之前，有的父母会这么鼓励孩子：我们对你没有期待，你正常发挥就好。

这是谎话。期待多多少少都是有的。与其藏在心里，不如用肯定句把期待讲出来。只有说出来，才是一个明确的期待。明确的期待就有可能成功，也有可能失败。失败让人痛苦，但这份痛苦不容回避。不能说因为害怕达不到，就把期待藏起来，视而不见，仿佛就可以不痛苦。

这样藏下去，也不会有快乐。

没有期待，也就没有前进的方向，没有遍历辛苦的快慰。对人对事都是无可无不可，只剩下虚空。孩子感知不到父母的期待，反而心慌。意味着无论他做得有多好，父母都是不满意的。那我做事的意义又在哪里呢？那些感知不到期待的孩子，比起有期待而达不成的人，是另一种绝望。再怎么爱孩子，也不要把虚空作为赠予他们的礼物。

我有个来访者，在大城市做一份996的工作，她的父母在老家做小本买卖。

有一次她为一个项目连轴转了好多天，累得受不了了，给父母打电话。父亲说就不要干了呗，钱不够我们给你打。她说自己听到这句话，当时崩溃大哭。996只是让她累，没有崩溃，但这句话让她感觉自己累得毫无价值。——没有人对她做的事抱有期待。这份痛苦是外人无法理解的，只觉得是凡尔赛。

但这不是凡尔赛，是更严肃的问题。她知道父母的生意并没有特别顺利。她宁可父母表达一点为难，说：“你虽然累，但我们暂时帮不上忙。”但父母就是不说。他们不是没有期待，只是把期待藏起来了，就像高考前说“考不上就算了”这种话一样，为的只是让自己无可指摘。

我告诉她，她只需要父母一句清清楚楚的表达。我让她去问：“你们是不是想让我辞职？”

父亲说：“你想辞就辞呗。”

她说：“我问的是你们想不想。”

父亲说看你多可笑，这明明是你的事。

她说：“我知道是我的事。你放心，决定最终由我来做，我只是想知道它对你们的影响。”

父亲扭捏了半天，说什么影响不大，都可以，最后被逼得没办法了，说：“我觉得你不上班挺好，家里生意是困难，但我出点钱供你，反而安心。”女儿说：“我懂了，你想要的就是孩子什么都不干，你们好扮演无私奉献的父母，对吗？”

她挂电话以后，大哭一通。然后神清气爽地继续加班。真的，有时要的就是这么一句实实在在的话。

同样说辞职，说“你想做就做”和“我想要你做”，差别就有这么大。父母不愿意提希望，未必是自私，也可能只是一片好心，宁可自己隐忍，只想多给儿女自由。但说不定因此制造了更多困惑。

以为是在赠予自由，却赠予了虚空。

目标太多

□尤 今

好友阿轩通谙多国语言，大家谈起他时，都竖起拇指，赞誉有加，称羡不已。

阿轩热爱写作，曾经出版两部诗集。他任职于旅游局，负责文字宣传。他与异乡异国的游客广为接触，对于语言学习萌生了兴趣。从30岁开始，他在工余之暇出了狠劲埋头苦学，学上三四年，便能掌握一国语言。如此苦学不辍，如今年过六旬，已懂八国语言。

然而，最近与他聊及学习语言的心路历程，出乎意料地，他居然流露了懊悔的心态：“每门语言，学上三四年，我能掌握的，只是表面的语言而已，无法涵括深层的文化；而欠缺了文化，语言就缺了一个大口——就像溪流，流域看起来可能很广，可是，全然没有井的深度。

“打个比喻，一个人如果同时拥有金箍棒、九齿钉耙、降妖宝杖这几种武器，却没有精练、勤练，结果呢，什么都会使，却什么也使不好，倒不如专注于一种武器，把它使得出神入化。”顿了顿，又说，“我耗费了大半辈子，就只在皮毛上掌握了八种语言，然而，我原本精通的中文却因为疏于研读而与我渐行渐远。如今回想，我多么希望把中文这口井凿得更深，把甘冽清甜的井水化为更多的诗集，为我的人生留下更有意义的足迹啊！”

阿轩的经验，足堪借鉴。

人生就像玩保龄球，我们应该瞄准一个目标，倾尽全力地击过去。

目标太多，球只能擦边而过，打球者也许满足了玩球的瘾头，可是，回顾起来，一无所得。

再　生

□华　姿

壁虎断尾之后，通常过不了多久——两三天后，它的新尾巴就会长出来。这叫再生。

因为壁虎的尾巴里有一种再生细胞，一旦断尾，壁虎的身体就会分泌一种激素，在激素的刺激下，再生细胞不断分化，新尾巴就长出来了。新尾巴一长出来，激素分泌便随即停止。

蜥蜴也是。一旦遭遇危险，蜥蜴便立即自截尾巴。当对方被跳动不已的尾巴吸引时，蜥蜴便趁机逃走。几天后，新的尾巴会长出来。

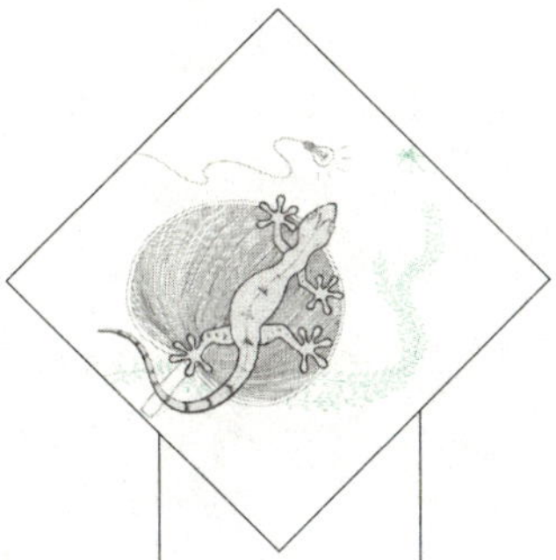

蜘蛛也是。当它的附肢被强敌夹持时，它便果断地切断附肢逃走。到了蜕皮的时候，再长出附肢。虾和蟹也是，以断足的方式逃脱强敌，而后长出新足。

蚯蚓也能再生。但蚯蚓不是自截，而是被截。通常情况下，蚯蚓是被犁铧、铁锹、锄头、铲子等截断的。蚯蚓生活在土中，难免被农具所伤——或是头部被伤，或是尾部被伤。

蚯蚓是环节动物，没有骨骼，没有视觉和听觉，也没有呼吸器官——蚯蚓是用皮肤呼吸的。尖的那头是头部，粗的那头是尾部。当尾部被切除后，只需一个月左右，就能长出新的尾部。

有人曾做过实验：切去蚯蚓尾部的5个体节后，把它放在打湿的草纸上，在纸上撒一些碎菜叶，再盖上玻璃杯，隔几天洒一次水。大概一个月后，被切除的5个体节就长出来了。

古人说，蚓无爪牙之利，筋骨之强，唯壤土、水而自足，别无所求。这样的蚓，却具有无与伦比的再生能力。即使从中部把它切断，它也能存活，并重新长得完整。有人甚至认为，一条蚯蚓被拦腰切断后，或可长出两条蚯蚓：没有头部的那一段会长出一个新的头部来，没有尾巴的那一段会长出一个新的尾巴来。但这个说法尚未得到科学证实。

据说水螅的再生能力更强。若把它的身体分成3段，它就长出3只水螅；若分为5段，它就长出5只水螅。因为无论怎么分，每段水螅都会变成一只新的完整的水螅。

盛夏的傍晚，雨过天晴。当月上树梢的时候，一条蚯蚓在我的菜地里开始拱土。那么，这是一条再生的蚯蚓吗？

平凡、卑微，终生默默无闻，却无比坚韧、无比顽强。纵使落入困境，纵使被置于死地，也要活下去，也能活下去。这既是某些动物和植物的写照，也是某类人群的写照。越寻常的人，其内心往往越强韧，所以也越能坚持，越能忍耐。

郁离子献马

□李国文

“郁离子”，为明代开国功臣刘基的“托名”。元末大乱之际，隐居家乡的刘基所著的一部寓言集，便是以此为名。

刘基，字伯温，浙江青田人。每当提及“刘伯温”三个字，马上想到他的“前知五百年，后知五百年”的《烧饼歌》，其实，他的政治家声誉和文学家的光辉，被民间传说的神秘诡异所遮掩。真实的历史并非如此，朱元璋得天下，刘基立功不小。而在文学上，这部《郁离子》称得上中国的《伊索寓言》。

《郁离子》讲了这样一则寓言，他的一匹母马，生下了小马驹，这种添丁之喜，给全家带来莫大的愉悦。郁离子像对待自己孩子一样，关心爱护这匹小马驹。

一位懂得相马的老者惊奇地发现：“你家的这匹小马驹，未来将是一匹千里马呀！”

果然，大家目睹了这匹刚出生的小马驹的非凡之处。它很快就能笔挺地站立起来，抬头寻找母乳吮吸，然后轻捷地踢踏马蹄，好奇地打量着周遭的一切。

有人向郁离子建议，这样一匹千里马，赶紧献给朝廷，只有皇家的马厩，才是这匹天生高贵的马驹，应该去的地方。在那里，得到最好的照料，受到最好的调教，才能成为名副其实的千里马。郁离子虽然舍不得这匹马驹，但是为了它的成长，为了它的未来，就不远千里舟载车运，从浙东海滨，一直送到北京城。

你一个普通老百姓牵来一匹小马驹，竟称千里马，谁晓得你是否为诈骗？于是，让郁离子将马送到太仆寺检验。太仆寺，是当时国家设置的马匹管理机构，那班官员知道自己既无伯乐之才干，更无伯乐之慧眼，因此，他们不但辨别不出千里马，而且，国家的御马厩里也无千里马。面对郁离子牵来的这匹马驹，这些官员，既不敢说它是，也不能说它不是，支吾了一阵子，嗫嚅了两句，郁离子终于明白，他们的意思是这匹来自长江之南的马驹，因非北地所产，便注定不可能是地道的千里马，也就没有资格进入皇家马厩，只能散放在外厩牧养。

有一位名叫南宫子朝的京城朋友，对乘兴而来败兴而归的郁离子说：熏华山是南方天帝的住处，成千上万的飞羽，在天空自由翱翔，不无遗憾的是，在这个鸟类的天堂，却不曾有过凤凰。不久之后，一只从未见过的绀羽鹊，飞来熏华山，大家很高兴有了自己的百鸟之王。因为天下之鸟，只有凤凰是可以改变形状的，它那与众不同的天青色羽毛，早晚会蜕变成凤凰才有的灵动凤冠、华彩尾羽。大家也抱着希望，它总有一飞冲天的日子。好心的爽鸠告诫道，你千万别发出凤凰那样非同小可的啼声，免得给自己带来不幸。然而，绀羽鹊没有听从劝告，终于有一天，它振翮而起，引吭而鸣，而且，不鸣则已，一鸣惊人，以至于河川同响，岩谷回应，林

木呼啸，万物发声，整个熹华山区为之震撼。鸷鸟感受到它的强大，害怕危及自己的统治地位，就让鹨鸟对西王母的使者进了谗言，说生出这样的怪鸟，发出这样的怪音，是不吉祥的。于是，使者就派云鸟天天追赶它，扑打它，将它驱逐出九天之外。挣扎逃命的绀羽鹊，那美丽的羽毛飘落到南海之滨。不幸，又遭鹂鹫的利箭射中颈部，差点死去。

南宫子朝讲到这里，为郁离子庆幸，这匹马驹未被看中而收留，因此，也就不会落得那只绀羽鹊的下场，这是多么妥当的结局呀！他对郁离子说，这些人世间的鸷鸟、鹨鸟与云鸟，多一匹千里马，少一匹千里马，他们是无所谓的，保住自己的地位不被别人夺去，才是最重要的。

听完这番话，郁离子立刻明白了。那匹小马驹，好像也顿悟了，便高高兴兴地踏上了归程。

身体与病痛

□郭建勋

那天和朋友说到了身体，我的日渐腐朽的身体。

贾平凹说过，大意是，当你觉得哪个器官存在时，那里就病了。这话说得好。年轻的时候，你会觉得你的牙存在吗？没有。我比你幸运，我20岁的时候就觉得了，我拔掉了我的第一颗牙。

在此之前的一两年，那颗病牙折磨得我寝食难安——我用手掰它，用镜子照它，用针扎它。那颗牙就那么真实而坚硬地存在着，和我对抗，斗争，没完没了。而且，我不只是觉得了那颗病牙的存在，而是感觉满口的牙都别扭；看它们，那么丑陋不堪。触摸它们，那么坚硬。细细地感受它们的运动，跟食物的搅拌，感受搅拌过程中带来的疼痛。拔掉了，留了一个空洞。刚开始感觉到那个空洞的存在，舌头老往那里去。越知道那里不能咀嚼，但嘴里的食物偏偏拥塞而去。时间长了，那个空洞就不存在了——不疼了，牙也不存在了。饭菜扔进嘴里，咀嚼一阵，顺畅进肚，根本就忘了是牙帮的忙。

20年后，我又觉得牙的存在了。我拔掉了第二颗牙。一上一下两个空洞，弄成天圆地方的格局。两颗牙以这样的方式引起我的注意，这是它们与我的诀别。

一场场的病，就是某个器官与身体的诀别——至少是试图诀别。事实上，从你得的第一场病开始，你的身体就开始腐朽了——向死而生的意思吧。

摘掉棉花顶芯

□陈云鹤

明朝时，有个小男孩跟着父亲从上海城里回到乡下。小男孩的父亲原是一个儒商，因为做生意赔光了钱，只能回乡下种地为生。

上海一带盛产棉花，父亲当然也种植着，不过当时的棉花秧很高，产量却很低。父亲为此忧虑的同时，儿子也让他喜忧参半。儿子年龄虽小，读书却非常勤奋，每天很早起床读课文，读一阵之后再去私塾，晚上回来后又读书到深夜。为此，父亲经常劝导儿子说："读书不能太过勤奋，否则很容易熬坏身体，那样反而有害！"每次，小男孩都笑着说："我身体好，再勤奋也不会累！"有一天，小男孩因为长期睡眠不足病倒了，大夫给他开了药方后叮嘱道："你爹说得对，读书太过勤奋就是伤害身体，身体不好又怎能读好书呢？"

当天夜里，小男孩很早就上床了，他听到父亲和母亲正在谈论棉花产量的事，棉花秧长得很高，可产量很低，怎么也想不明白这是怎么一回事。男孩开始琢磨起来，突然，他大声地对着父亲喊："父亲，我有办法让棉花增产！"父亲呵呵一笑，没当回事。

第二天一早，小男孩的精神恢复了，他起床后跑到棉花田里，把每一棵棉花秧的顶芯都摘下来，之后才跑到私塾去上课。傍晚，小男孩回到家，看见父母一边抹眼泪一边咒骂，不知哪个天杀的把自家棉花的顶芯摘掉了……

小男孩笑着说："父亲，是我摘掉的，我说过能让棉花增产。"

父亲一听，气得拿起棍子打他屁股，可是小男孩认真地说："父亲，你听我说完，种棉花就像我读书，适当的时候就要停下休息，多余的勤奋反而会伤害身体。棉花也是一样，长到一定高度就可以把顶芯摘掉了，否则顶芯会不断地和棉铃抢夺营养，导致棉铃长不大。"

父亲细细一想，感觉有些道理，暂时"放过"了他。很快就到了棉花采摘的季节，没想到真如小男孩所说，他家的棉铃比往年要大很多很多，产量增加了一倍。从此，给棉花摘顶芯的做法很快被乡亲们效仿，成为棉花种植不可缺少的一环。

这个小男孩，就是后来著名的农学家和天文学家徐光启。直到现在，他的《农政全书》《甘薯疏》《农遗杂疏》《农书草稿》等著作，依旧是农业生产的重要参考书。

叹气的是软骨头

□戴建业

记得有一年梅雨季节，老家连下了二三十天雨，月底最后几天，家中不仅没粮、没盐、没油，连野菜也没了，甚至连煮饭的柴火也没了，既没有米下锅，也没有柴生火。肚子饿得咕咕直叫，下顿饭又没有着落。陶渊明所感叹的“瓶无储粟”，比起我家当时的惨况只是小儿科。

我和弟弟经常向邻居借盐、借油、借米、借柴火，但每次只借一样，很少出现样样都借的情况，这次家里真的已经山穷水尽了。弟弟比我小六七岁，他哪知道家中粒米不剩，只一个劲儿地缠着妈妈要东西吃，父亲铁青的脸好像凝固了一样，我瘫坐在凳子上连声叹气。

看到我唉声叹气的样子，妈妈十分严厉地对我说：“叹气的是软骨头！”她连夜去亲戚家借了点干苕片和盐，向邻居借了一捆柴，叫我去野外挖了些野菜。一连吃了两天苕片煮野菜后，生产队里就发了下月的口粮，天也很“友好”地放晴了。

这一经历让我明白，“水光潋滟晴方好，山色空蒙雨亦奇”，要写出这样的千古名句，不仅要有过人的才气，而且要能保证有饭吃，也就是说，肚子里除了有才还得有米。在连绵阴雨中饥肠辘辘，还要觉得“山色空蒙雨亦奇”，那我就真信了你的邪！太阳一出来我就跑到山上砍柴，谁还比我更能感受“雨过天晴”的快意？

苏轼说“人生识字忧患始”，爸爸书读多了容易多愁善感，遇事反而不像妈妈那样胸有成竹，更不像妈妈那样豁达坚韧。在妈妈眼中，“天下无难事”，我还真没有见过妈妈叹气。

“叹气的是软骨头”，妈妈骂我的这句话，刻在了我的骨头上，融入我的血液里。

今天是母亲节，弟弟与我在微信上越洋聊天说：“小时候吃了上顿没有下顿的苦难，是我一生最大的财富，妈妈面对苦难的冷静乐观，更是我一生学习的典范。在美国每次遇到困难，我就想到小时候的饥饿，自然而然就想起了妈妈。”

我也一样，每当心情沮丧的时候，我也会无意识地想起妈妈，在妈妈的字典里，你永远都找不到“沮丧”二字。

只有人才把自己逼向绝路，而天从无绝人之路，妈妈用她的一生向我们演绎了这个深刻的道理。任何时候只要你不绝望，那希望就会在前面等着你。

小咖啡馆主义

□张　丰

我有一位朋友，最近买了好几本关于“如何开一家咖啡馆”的书。她还不会做咖啡，但经营着一家设计公司，看来很快就会开一家咖啡馆。“开店的冲动，快控制不住了。”这就是她的感叹。在成都，最近三年出现了至少两千家小咖啡馆，这座以喝坝坝茶闻名的城市，似乎正变得“高雅”起来。老城区的街道，如果出现一家咖啡馆，很快就会出现第二家、第三家，光是以咖啡为主题的街道，就有好几条。

我仔细观察过几家咖啡馆，很为它们的盈利担忧。有时候在店里坐一个下午，也不会有几个人过来喝一杯。店主精心烘焙的点心，每一种只做一小块儿，如果没人来，最终只能自己吃掉。但是，咖啡店主——现在流行叫“主理人”——很少显露焦急的表情，他们和仅有的客人有一句没一句地聊天，就像朋友一样。

在成都开一家这样的咖啡馆并不难，二三十平方米的临街小铺面，铺租一个月三五千元，稍微有点积蓄，就可以盘算开一家这样的小店。有一位朋友平常写稿、拍照，靠这些收入足以养活自己的咖啡馆了——是的，不是靠咖啡馆养自己，而是相反。这样的店铺，很难算得上生意，更像一段自我治疗的时光。小咖啡馆的寿命，一般在半年左右，我猜这可能是最短的房租合同期限，毕竟要租一个“铺面”而不是住所，你得呈现真心诚意，显得能“长久一些”，那么，半年够了。等时间到了，再转手出去。

那些开小店的人让人迷惑。詹姆斯·斯科特在《六论自发性》中大赞这样的“小资产阶级”，认为有一家店铺就拥有了自由，至少不必再忍受上司从脖子后面盯着自己的目光。他说的小店主，是那种长期经营者，靠一家小店尽管不能发财，却也能养活自己和家人。这样的小店，不仅对店主有价值，也是一个社区的小型空间，人们在那里聊天、交换信息。

小咖啡馆多少有点不同。绝大部分咖啡馆都很难养活主理人。成功的店主，扣掉房租和其他成本，每个月能赚几千块，相当于在这个城市上班的收入。

一位女主理人告诉我，她开咖啡馆后不仅没有得到自由，还进一步失去了自由。她是一个成功的店主，每个月可以赚几千元，但是也被店铺“捆绑”，连外出旅游都放弃了。

她仍然乐此不疲，开心坚持着。最近，因为对一些新闻看法的不同，她拉黑了一个经常来喝咖啡的朋友，那几乎算是一个大客户。我猜这正是她开咖啡馆的原因：拥有自己的小店，就不必迁就谁。咖啡馆是生意，但更像一种表达自我的地方，在那里可以贯彻自己的原则。好几个店主告诉过我，他们并不愿意和自己不喜欢的顾客做生意。

这让小咖啡馆成为一个能够真正交流的地方。店主和顾客之间，以及不同的顾客之间，大多数小咖啡馆是一个小圈子。同样的豆子，能够被他们品尝出专属于自己圈子的味道。城市越来越大，能找到的知音却越来越少。能在一起喝一杯互诉衷肠，才是“小咖啡馆主义”的核心观念。

那位“被拉黑”的客人，是我的好朋友。他是一位照明工程师，以前自己开咖啡馆，倒闭后成为好几家咖啡馆的顾客。

最近，他再次在一家咖啡馆找到了自我，利用周六去那里“打工”。这当然是没有收入的，但也让那家店的主理人获得了难得的休息时间。咖啡馆就是这么随便，也许在这里人们才能真正成为主人——不仅是咖啡的，也是自己的。

呼噜奇缘

□朝　雨

小时候，父母在外地工作，把我交给年迈的爷爷奶奶来带。那时候北方的村子里，家家户户都有大土炕，一家人晚上都睡在上面。从我记事起，每个夜晚爷爷的呼噜声都会如期而至。他的呼噜声是如此之大，以至于小小的我半夜被吵醒好几回。

爷爷不仅打呼，还经常说梦话。爷爷曾经有一头牛，养了二十几年，感情深厚，最后那头牛老弱多病，被拉到屠宰场去了。自从老牛走后，爷爷经常说这样的梦话："牛跑啦……快去拉牛啊，牛跑到房顶上去啦。"这梦话不是说出来的，而是一种迫切的呼喊，令黑暗中骤然清醒的我感受着其中的十万火急，我的心跳得跟拨浪鼓一样。后来爷爷去世了，奶奶回忆说，小时候的我，每晚睡觉前，都很认真地请求爷爷，晚上睡觉可不可以不打呼噜。

再大一点的时候，我跟着父母一起生活，晚上睡觉一家人挤在一张狭窄的木床上。爸爸也爱打呼噜，妈妈每次被吵醒后，都不耐烦地把他拍醒。后来，爸爸的事业有了些起色，我们的房子从最初的小茅屋换成了小洋楼。作为代价的是，爸爸经常夜里加班，或者出去应酬，深夜不归。妈妈晚上睡觉终于没有呼噜的打扰了，可是她常常失眠。只有等爸爸回来，熟悉的鼾声又响起时，她才能安然入睡。

初中我开始了住宿生涯，一个宿舍上下铺住八个人。那时候我想，这些可爱的女孩子总不至于睡觉打呼噜吧。没想到我的一个舍友不仅打呼噜、说梦话，还梦游。高中的时候，学习压力一年比一年大，我的成绩跟不上，渐渐不堪重负。晚上每个人都在寝室阿姨一遍遍勒令熄灯的喊叫声中，偷偷打开小夜灯，做题直至深夜。也有女孩子不甘寂寞，晚上能煲几小时的电话粥。好不容易归于平静，大大小小的呼噜声又使我身陷"四面楚歌"的境地。仰天长叹，众人皆睡我独醒。

在外求学的漂泊年代，每到寒暑假往返于学校与家的时候，总要坐二十几个小时的绿皮车。车厢里，旅人的呼噜声更是震天响。工作之后，我租了个房子。终于摆脱了集体生活，可以一个人安然入睡。但是呼噜声仍然没有放过我。跟同事出差的时候，同住一个房间，她的呼噜声小而有力，足以让我彻夜失眠。

从小到大困扰我的睡眠问题，使我清醒地认识到，睡眠是大事啊。如果每天至少要睡6小时的话，那一生至少有1/4的时间用于睡眠，这1/4又决定着另外3/4的生活质量。于是我决定，以后结婚，一定要找一个睡觉安静的人共度余生。

当找到了生命中的真爱，并与他结婚后，我却发现他的呼噜声不输当年听到的任何一种。我有些哭笑不得。每次都想赶在他前面睡着，可偏偏他又是天生的秒睡大师。往往我跟他说，不要打呼噜哦，他前一秒还在答应着，下一秒鼾声就已经呼之欲出了。

就这样，我与呼噜结下了不解之缘。不过经历了漫长的与之共生的岁月，我倒觉得它并没有那么讨厌了。我看到更多的是，老公为了不打呼噜，一遍遍地调整成他不喜欢的睡姿，即使好多次被我叫醒也毫无怨言；爸爸的呼噜声的背后是无数个辛苦工作的日日夜夜，严重的缺觉使他的眼袋越来越大；舍友的欢声笑语、明媚芳华，和她们的呼噜声一起留在了我的青春里，永不磨灭；爷爷对幼小的我无微不至的照顾，比他的鼾声更让我记忆深刻。比起偶尔扰人睡眠的呼噜，陪伴与爱才更为重要，不是吗？

有一天早晨醒来，老公像发现新大陆般跟我说："你知道吗？昨天晚上你也打呼噜了。"

与谁同坐

□王太生

与谁同坐？偶遇，而又散去，坐具上尚有微微温热，依稀记得与忘记，似有人生怅然。想起孔子由学生陪伴，子路、曾皙、冉有、公西华侍坐。他们的身后，花树是朦胧背景。先生和子弟，分布左右，席地而坐，畅谈理想，子路的轻率急躁，冉有的谦虚，公西华的委婉曲致，曾皙的高雅宁静，给人留下深刻印象。

在中国古代的传道授业解惑的过程中，学子同坐，接受知识和道义的洗礼，几人安静而坐，天地广阔。又想起竹林中的七个男人，他们坐在绿荫深处，饮酒啸歌，纵论高远。

侍坐与同坐是有区别的，侍坐是指道义和学识上还差一大截子，比如先生的学生；同坐，在精神上平等，比如竹林中的朋友。

苏东坡《点绛唇》中，“闲倚胡床，庾公楼外峰千朵，与谁同坐？明月清风我。”还原当时的情景，应该是诗人悠闲地坐在交椅上，从窗子朝外望去，山峰连绵，如千朵鲜花开放，感慨今夕和谁坐在一起？怕是明月、清风和我了。

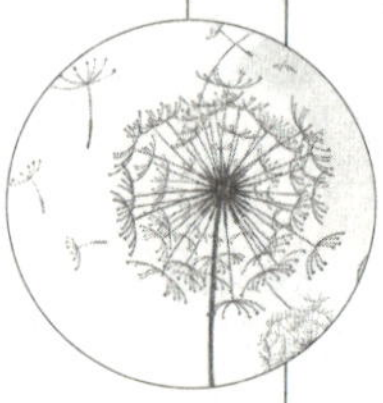

同坐，精神上的同道，味蕾上的同好，经常在一起的人，就像山石倚着山石，或者对视，彼此独立。同坐的日子有情调，那一定是春光好的早晨，几个人围桌而坐。

丰子恺漫画笔下，几个好友坐在一起，聊些闲话，他们旁边都是谁呀？并不知道，只知道有棵梅花树，如果是一个人，它肯定也会搬一把椅子坐下。

我们在这个世界，会遇见很多人，又与谁同坐？近得彼此听得见呼吸、心跳，甚至嗅到一个人身上特有的气息。总是让人难以忘记。就像我上小学时的那个女生，她那副活泼天真的样子，总是定格在从前那个如花的年龄。

同坐就是彼此互为要好的朋友，众人平起平坐，相互尊重，并且相互礼让。

话要投机。冬天的夜晚，总是能让那些友人同坐，抚慰饥肠，在精神上取暖。比如，围一红泥小火炉，寒夜中那一簇跳跃的灯火，忽明忽灭。

那年在富春江边的小酒馆里，与朋友把酒相逢，正是岁末，灯火阑珊，外面下着雪，好多年过去了，我依然记得当年的情景，记得的那个时光，如风散去，却曾经与谁同坐。经常坐在一起的，是朋友。更早些时候，我和友人去爬黄山，傍晚时分，我们坐在一块大石头上，看山谷里的云雾，袅袅升腾于山之胁。

有的人忘记了，有的人记忆犹新。那年春天，我和鲁小胖子去西塘古镇，走累了，坐在一家小饭馆的长板凳上，点了三笼小笼包子。坐小凳上吃包子，最接地气，人端坐，边吃边看街景，此时，与你同坐的伙伴，只看繁华，不说话。从当地人的对白中，聊得一个地方的风情和节奏。

与谁同坐，那个人，说过的话，有时还会想起。在一次聚会上，一个诗人喝醉了，他对我说，如果有条船，想溯流而上，去看看一条大江的源头。他想知道，生命从何而来，又从何而去。寻梦之旅，水道将会变得越来越窄，两岸古木青藤，石上滴露。溯流而上，有着千年的美感，落下风帆，奋力摇桨，拉纤背舟，去向往的地方。诗人说，那是江的源头，人迹罕至，洁净与超然，脱于尘世。

与谁同坐，还牵涉到一个坐具的质地问题。就像那年，我在乡下和张大爷合坐在一条长南瓜上。我把南瓜当凳子，和张大爷聊天，聊养殖，聊庄稼，聊收成。在乡村，与人同坐，那些植物的硕大瓜果，是可以当凳子的。

坐在哪儿较有意境？宜坐亭，宜坐长廊，宜坐石，宜坐街市……

坐亭，八面来风，听风又听雨，听雨打树叶又溅荷叶，亭中人默不说话，这样的小亭，姑苏拙政园里就有一翼，取名恰恰是“与谁同坐轩”。坐在山中一块大石头上，与友相谈甚欢，不觉山间已生炊烟，天色向晚。

与陌生人邂逅风雨长廊，人倚木栏杆，抚首话日常。与友同坐街市一隅，有种抱膝看闲街的悠闲。

与谁同坐，应该是志趣、爱好、口感、眼光、审美……气味相投的人。疑问的背后，实际上显示的是一个人的山水江湖。有的人交往过，又抽身离去；有些人同坐过，却在后来的日子里彼此相忘。

与谁同坐，什么情形下最美？

停下小憩，与登山友人坐于高山之巅；懵懂童年，与外祖母坐于候船室的长椅，等候鸣笛的小火轮徐徐靠上码头；捧一本书，与门前那些花儿，坐于老宅台阶上。

在江南烟雨的旧庭院里，主人的厅堂，楠木幽香，荸荠色座椅，包浆明亮，一席空座正等客人来访；一千年前，李白酒后忽然发现，与他同坐的朋友，“对影成三人”。我们都在寻找精神上的朋友，曾经的记忆，保存着；来者，可遇，不可期。

我的旁边有空位，与谁同坐？

善养生者

□于　丹

庄子说，天地之间，真正了解自己内心的人叫作善养生者。那么，什么人是真正了解自己内心的人呢？真正的善养生者，若牧羊人。牧羊人虽然挥着鞭子，但他对整个羊群很和善。他的鞭子会落在谁的身上？“视其后者而鞭之”，一定要落在最后的那只羊身上。前面的羊你都不用打，让最后一只羊加快脚步，整个羊群就前进了。

这恰好印证了现代管理学中一个家喻户晓的理论，叫作木桶理论。一个桶是由很多块木板箍起来的，木板有的长，有的短。这个木桶能够盛多少水，不取决于最长的一块板子，而取决于最短的一块板子。

羊群也罢，木桶也罢，总有最后一只羊，总有最短一块板。只有我们自己可以看清，你的羊群里最后一只羊是哪一只，你的木桶上最短一块板是什么。

什么样的人生是没有效率的呢？是那种损不足以益有余的人生。有些人的眼睛永远只看着自己最长一块板，永远只看见领头的头羊，以此来炫耀人生的最高分。

当头羊依然威风凛凛，但是后面的羊群已经在山坡上散落，丢失了不知多少的时候，他还在看着头羊沾沾自喜。当他看着最长的一块板超过常人，却不知道木桶中的水因为那块最短的板子流失了。

所以，我们要经常问一问：我人生的最后那头羊是什么？我最短的那块板在哪里？

没有破天气，只有破衣服

□张君燕

易卜生是挪威著名的戏剧家。有一天，他和朋友组织了一场聚会，因为聚会结束后时间比较晚，他们还准备了晚餐。原本预计会有十几人来参加，当天却来了几十人，他们准备的食物远远不够。虽然大家没有怪罪，易卜生却非常愧疚，朋友则连连摆手，说：“都怪有些人没有提前打招呼，要不然不会出现这种意外。”易卜生轻轻摇了摇头，没有说话。回去的路上，突然下起了雪。易卜生跺着脚说：“好冷啊！”然后故意不停地咒骂天气。朋友听了，说：“虽然天气是不好，但最主要还是你穿太少了，如果你多穿点，不就没那么冷了吗？我们无法改变天气，但可以提前做好御寒的准备呀！”

“确实是这样，”易卜生说，“可你刚才为什么要抱怨别人没有打招呼呢？参加的人数我们无法预计，但可以提前做好多种准备呀！出现今天的情况，其实根本原因是我们准备不足。”朋友略一思索，不好意思地笑了。此后的每次活动，因为他们准备充分，再没有出现过意外状况。

挪威人有句老话：“没有破天气，只有破衣服。”当我们抱怨天气不好时，不如反思一下，是不是自己衣服的问题。如果做足了准备，遇到任何情况都能轻松应对。

我们都是“橱窗人”

□柏红梅

漫画家朱德庸说：“有一种人，他穿时尚的衣服是为了让别人看，他开的车也是为了让别人看，他家里的装修也是为了让别人看。他所做的一切都是为了让别人看自己的品位或成绩或格调，所思所想都以他人眼光为唯一标准，这种人我称之为‘橱窗人’。”

朱德庸用“橱窗人”讽刺了为别人而活的人。其实，仔细想想，我们哪个人不是橱窗人？只是程度有轻有重罢了。

人活在这个世界，获得别人的肯定是一种本能，也是我们活得更精彩的动力。所以，很多人为了别人的眼光而活。我们都想成为别人眼中有品位、有成绩、有格调的人，所以极力展现自己的优势，努力赢得别人的认可。

很少有人做到李白那样洒脱，完全不顾及别人的看法，不过，如此狂放不羁的李白，他的潇洒有时候也是故意做出来的，不然他怎么会感慨“与尔同销万古愁”呢？如果心是洒脱自由的，愁不过是青烟一缕罢了，早就散了。

遥远宁静的古代，人们的心尚且不容易静下来，更何况是现代人。在如此喧嚣热闹的现代生活中，谁能抛开别人的议论和眼光，只为自己而活？没有人能在孤岛上生活，我们都要生活在别人的眼光中。你我皆凡人，生在人世间，所以很难免俗。橱窗人，或许真的是我们惯常的生活姿态。

但是，一个人如果完全不在乎别人的眼光，也是自私和可怕的。为所欲为，随心所欲，别人的看法对他来说毫无分量，他只为自己活得舒服。这样说来，做个橱窗人，展现自己的亮点，吸引别人的视线，赢得别人的羡慕和肯定，未尝不可。既然这样，那就尽最大努力，成为最好的橱窗人。

你我都是橱窗人，只要不像《皇帝的新装》里那个皇帝一样病态，时时刻刻想着在别人面前“展览”自己，做个有度有节的橱窗人，也是一种健康的生活状态。

人生哪件事不苦

□连 岳

时间表面上是客观的，一天24小时，不增一秒，不减一秒。但它更像主观的，如许渊冲先生所说，不记住的时间，就不算是活。这就是说，一天可能是0小时，不存在，一天也可能是无限长，成为永恒。像许先生这样的创造者，他的一天，他的一生，通过他的作品，一直被人记住，他的生命就不会结束。

做自己喜欢的事，同时，这事为人所喜欢。悦己悦人。这就是真正地活着。许渊冲先生喜欢的事，是翻译，尤其是将几乎不可译的中国古诗译成外文。所以，不能误解他说的喜欢。他喜欢的，不是许多人喜欢的偷懒、混日子、投机取巧，而是实实在在的、艰苦的创作。他说的喜欢，应理解为尽自己的责任。翻译家的责任是翻译，但翻译本身很辛苦，只有意识到它是自己的责任，这辛苦才会转化成喜欢。

责任感是真正的喜欢之源。不然的话，人生哪件事不苦？识字苦，学习苦，工作苦，养家苦……没有责任感，则事事逃避，天天偷懒。有了责任感，才会在人生的每个阶段接受那些苦，驾驭那些苦，最后由苦生乐。责任感并非负担，而是最持久的快乐之源。

你活得太累，皆因想得太多

□李思圆

有这样一则故事。一个铁匠，家里非常贫困。于是铁匠经常担心：如果我病倒不能工作怎么办？如果我挣的钱不够花怎么办？结果这一连串的担心像沉重的包袱压得他喘不过气来，使他饭也吃不香，觉也睡不好，身体越来越差。

有一天铁匠上街去买东西，突然昏倒在路旁，恰好有个医学博士路过。博士在询问情况后十分同情他，就送了他一条金项链并对他说：“不到万不得已，千万别卖掉它。”铁匠拿了这条金项链高兴地回家了。从此之后，他经常想着这条项链，并自我安慰道：“如果实在没钱了，我就卖掉这条项链。”这样他白天踏实地工作，晚上安心地睡觉，逐渐又恢复了健康。

后来他的小儿子也长大成人，铁匠家的经济也宽裕了。有一天，他把那条金项链拿到首饰店里估价，老板告诉他这条项链是铜的，只值一元钱。铁匠这才恍然大悟：“博士给我的不是一条项链，而是治病的方法。”生活中，大多数烦恼，就是因为想得太多。明明是别人不经意的一个眼神，明明是一个很简单的问题，偏要杞人忧天，陷入无尽的遐想。

结果想着想着，就陷入了负面情绪中，难以释怀。正所谓，世上本无事，庸人自扰之。

生活本不易，何必自寻烦恼。心大一点，少想一些，才能活得轻松，过得自在。许多时刻，我们觉得活得太累，皆因想太多。过去不纠，当下不杂，未来不忧，才能让自己活得更轻松和自在。

第四章

智慧之灯

思慕太阳的孩子们
热爱星星的孩子们
天已经黑了
索性闭着眼睛往前走吧
将拥有的种子
一边播撒一边行走
要是石头磕绊了脚
就把闭着的眼睛霍然睁开吧
——尹东柱《闭着眼睛走吧》

卖掉基金那刻，我有了斩断情丝的快感

□王言月

从几个月前开始，和同龄人聊天，“基金”就成为一个绕不开的话题。我也开始购买基金，在一片红红绿绿、浮浮沉沉的资本市场的汪洋大海中，亲身体验着“搞钱”的刺激，也在潮水退去的时候，切身感受到了资本的寒意。

不知是幸运还是不幸，我刚进入基金市场的时候，形势一片大好。不过只投了两三万，账面上的钱就每天几百几百地增长。我看着喜庆的红色的浮盈数字，内心窃喜的同时又暗自懊悔：如果当初早点买，或者咬咬牙多买一些，挣的岂止是几顿火锅钱？

但潮水铺天盖地席卷而来，接着便猛然掉头浩荡而去。春节假期结束，一泻千里的跌势便开启了。一连七个交易日，我的账户盈利不断萎缩，每天上千元的亏损，终于几乎将前期积累的利润吃光啃净，到后面甚至开始波及本金。

市场刚开始下跌时，我还挺淡定，信心满满地“逢低买入”，将年前到账的一部分年终奖也投入进来。直到下跌开始变得看不到尽头、各类唱空市场的舆论层出不穷、基金经理所说的“最困难的时刻”始终没有过去，我开始变得紧张不安、焦虑难耐。每个交易日开市，不论工作与否，我总忍不住打开基金交易软件，刷新着屏幕上闪动的数字，心情随着它们起起伏伏。

其实左右不过是那么一点钱，我问自己：这真的值得吗？

于是，在市场终于迎来一小拨反弹的第一天，我做了一个看起来不明智，但内心觉得非做不可的决定——卖出了大部分产品，只留下两只金额不太高，并且长期看好的基金。在确认卖出的那一刻，我莫名地有一种奇妙的快感。这种感觉，就像斩断情丝，决绝地结束一段苟延残喘的不健康的恋爱关系，是有那么一点痛，但更多的是放下后的舒爽、释然，是对未来一段时间能够不再为情所困的期待。

从基金市场抽离出来后，我开始自我反思，并审视身边人的投资行为。在我看来，年轻人热衷购买基金，并在这次狂潮中“跑步入场”，背后是整代人对财富贬值的焦虑。与父辈信仰攒钱，并通过攒钱购置了房屋、完成了子女养育不同，我们这辈人很早就意识到，工资上涨往往跑不赢通货膨胀，手中的现金若找不到合适的投资手段，就会面临贬值。城市高起的房价、水涨船高的教育成本，也让年轻人愈发渴望实现财富稳定增长。

因此，这两年收益率诱人的基金产品自然进入了年轻大众的视野。而对基金的狂热、对明星基金经理的崇拜，又恰恰说明大部分年轻人都有一个除焦虑以外的致命缺陷——懒惰。投资是很专业的事，支撑理性投资行为的应当是翔实缜密的数据报表、扎实深入的研究，这需要兴趣、能力和一些运气。购买基金则省下了复杂烦琐的研究过程，门槛低，省时省力。

购买基金讲究的是长期性，过于在乎一城一池的得失，注定以亏损收场。但焦虑与懒惰，导致身边大部分像我一样的新晋投机者，很难真正做“时间的朋友”。由于懒惰，我们对投资和市场一无所知，往往会在鲜花着锦、烈火烹油、市场人声鼎沸之时一头扎进来，短期内很可能会亏损。面对亏损，心中那些不合时宜的贪婪、焦虑等情绪，又常常诱使我们做出愚蠢、盲目、短视的投资决策。

如今，我仅仅将存款中非常有限的一部分用于购买基金，其余的都买了固定收益类理财产品，面对涨跌也不再患得患失。对于我个人而言，在能理解资本市场运行逻辑以前，将盯着屏幕数字的时间投入工作中，是确定性更强、回报率更高的投资选择。毕竟我永远无法左右资本市场，却有更多的把握掌控自己的人生。

什么表情的汽车最好卖

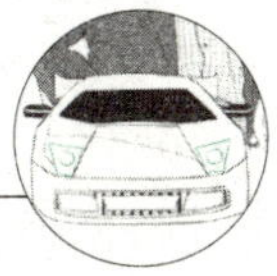

□淡　淡

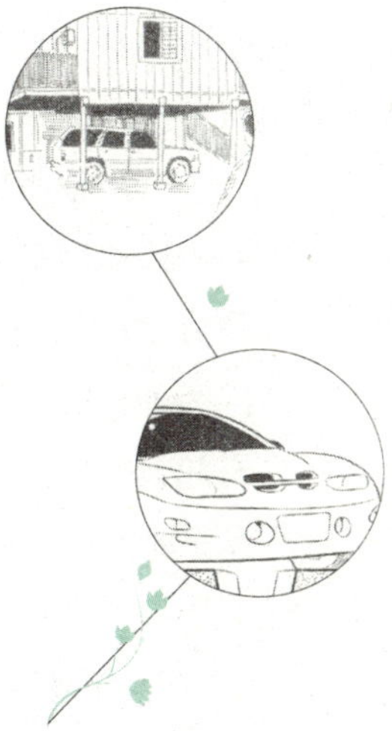

汽车也有表情吗？有啊！你看，车灯像不像眼睛？而格栅像张咧开的嘴。这种设计科学合理又使它更有眼缘。那么汽车摆出一副什么样的表情，最受顾客青睐呢？

为了研究这个问题，中南财经政法大学的研究人员设计了一个实验。实验中，研究人员设计了两种车头，一种车头的头灯向下探，格栅向下弯，这是在模拟人的友好表情；另一种车头的头灯向上挑，而格栅向上弯，这是在模拟人的侵略性表情。志愿者观看两种车头的照片，然后进行评分。

结果发现，若在评分前告诉志愿者这是一款普通轿车，那么友好表情设计的评分会更高。而志愿者如被告知这是一款豪华轿车，那么侵略性表情设计的评分会更高。

研究人员解释说，消费者一般喜欢友好表情风格的设计，因为它会让人感到温暖。但如果是奢侈品，消费者反而会喜欢侵略性表情风格的设计。因为购买奢侈品是为了彰显自己的与众不同，侵略性表情会让产品显得更酷一点。

受到批评，为何总会耿耿于怀

□刘 轩

我有个网红朋友，每次做直播都会有很多粉丝期待，他最近问我说："你碰到负评的时候会怎么办？"

他说自己觉得很奇怪，平常得到一百个好评，都不觉得怎么样，但是只要看到一个负评，就会整个晚上睡不好觉。

其实我也一样，偶尔有人留言批评的时候，也很想跟他们争辩。

还记得不久前，我讲了一个心理学的沟通技巧后，就有人上来留了三个字——"外国人"。

看到这个实在让我很气愤。因为我讲的心理现象是跨文化的，这份研究全世界都做过，也都被证实。而且，我认为当一个人这么说的时候，基本上他已经把自己与我隔离开来，他觉得自己是"本国人"，跟我就是不一样。无论他觉得我的理论是外国理论，还是认为我在国外长大，我就是个外国人。

这两种假设都跟我想给读者的建议没有任何关系，一碰到这种人，我就很想与他争辩。

但是我开始写回复的时候，心里又觉得很不公平：为什么这样的人，用三个字就可以耗掉我半小时的生命，值得吗？一点都不。

真正值得的，是那些看了我的文章，因为获得共鸣或是对照自己的生活有了新感触，上来留言跟我分享的朋友。这些才是真正值得交流的，不只是因为他们肯定了我的观点，还是因为他们的回馈是有建设性的。甚至，如果有人很理智地提出相反意见，那也值得对话，因为可以在理性的辩论和推敲之中，让自己的想法变得更严谨。

但是偏偏，就是有些人可以用几个字把你搞火！为什么呢？

心理学家说，人类都有所谓的"消极偏见"。意思是，我们对负面的信息都比较敏感，对正面的信息就容易习以为常。所以一百个好评虽然让你开心，但只要有一个负评出现，就能让一百个好评带来的好感一笔勾销，这是我们对负面信息的敏感度。

学者认为，消极偏见是因为负面信息等于危险，而注意到危险，是我们的祖先能够生存下来的基本条件。

自从我认识了自己的"消极偏见"是一种根深蒂固的本能，我就知道，不要被自己的本能牵着跑，做"对"的事情更重要。

对那个网红朋友，我也给他一样的建议："你应该把你的精神和时间，留给那些值得的人——能够让你的思想和言语更成熟的人。不要让自己降到酸民们的精神层级。"

未来当我们越来越常在网络上分享自己的生活时，任何一个人都可能会碰到言语攻击和负评。

这时候，我希望你记住这段话：认识自己的"消极偏见"，不要因为一个负评，影响了其他九十九个好评所给予你的肯定，坚持做"对"的事情，把精神留给愿意理性沟通的人。

奥拉夫的盔甲

□译/邓　笛

很久以前，当今北欧五国的祖先被称为维京人。维京人剽悍、勇猛、好战，而有一个名叫奥拉夫·布鲁托森的人是所有维京人中最强壮和最凶狠的。据说，他赤手空拳就能在几秒钟内把公牛打趴下。

为了显示他是天下第一勇士，他让人做了一副非常特别的盔甲，头盔上有一百多个铁角，护身甲上有一千块宝石。每逢盛大节日和隆重场合，他就把这副盔甲穿在身上，高视阔步，耀武扬威，不可一世。

平时，无论奥拉夫走到哪里，人们都要给他让步，生怕不小心冒犯了他。

可是，有一天，一个年轻人捧着一本书边走边读，没有看到奥拉夫迎面走来，而与他撞到了一起。

奥拉夫勃然大怒，破口大骂，蛮横地要求年轻人与他决斗。这个瘦骨嶙峋的年轻人别无选择，但提出了一个条件："我视力不好，看不太清楚，所以请求你穿上你举世无双的盔甲，以便让我能在决斗中辨认出你。"

奥拉夫轻蔑地大笑一声，接受了年轻人的愚蠢条件，然后发起了攻击，想一举将对方击倒。不料，年轻人显得非常灵活，敏捷地躲过奥拉夫的一次又一次进攻。

虽然如此，观战的人还是相信年轻人会被奥拉夫击倒，命丧黄泉。

然而，那一刻没有到来。反而，奥拉夫的动作越来越迟钝，约莫十分钟后，巨大的身体轰然倒下，像死了一样。

许多旁观者不相信眼前的一幕，认为这个年轻人一定施了某种巫术。年轻人笑着给大家作了解释。

原来，他不过是一名医生，既不懂巫术，也不善搏击，但是他知道过重的盔甲会让奥拉夫不堪重负，不能持久，于是他利用了奥拉夫的自负，让其穿着盔甲决斗。

从那天起，奥拉夫就不再穿那副笨重的盔甲了，他知道盔甲上过多的铁角和宝石，只能将他压垮，而无助于他取得胜利。

别再过问送出去的东西

□陈亦权

小时候，我家养着一只大狗，我们都叫它“小黄”。后来，小黄做了妈妈，生下了三只小狗，它们和小黄一样都是黄色的，我给它们起名叫“大黄”“二黄”“三黄”。

农村一般养一只狗看看门就够了，生下来的小狗往往都是用来送人的，大黄二黄三黄的命运自然也是一样。尽管我很舍不得，但这不是我能改变的。断奶之后，母亲就把它们送给了几个亲戚。

虽然之后小黄依旧每天都陪伴着我，但我还是经常会想起它的三个孩子。我经常会在心里牵挂它们，不知道它们长大了没有，不知道它们生活得怎么样，不知道它们会不会也经常想我……

一个周末，我跟着母亲去镇上买东西，我们在镇上遇见了二舅妈，我连忙又喊又叫地问二舅妈说：“三黄还好吗？它会饿肚子吗？它长大一些了吗？你对它好吗？你给它做了自己的窝了吗……”

“放心吧，不会饿肚子，它过得可好了，你就放心吧！”二舅妈又转头对我母亲说，“看这小子，满肚子都是牵挂！”

母亲哈哈地笑着说：“哪儿啊，他也就是看见你才这么问一问，平时也不会想到它们。”

母亲掏出了几分钱，让我去买冰棍吃。见有冰棍可吃，我也就把心里想说的话给抛到脑后去了。后来，母亲在回村的路上问我说：“你知道我为什么给你钱买冰棍吗？”

母亲为什么主动拿钱给我买冰棍呢？我好奇地看着母亲，母亲笑笑说：“我只是不想让你接着说话，孩子，你要记住，以后不管遇见谁，都不要问大黄二黄三黄过得怎么样！”

“为什么不能问呢？”我很不理解。

母亲想了想问我说：“你的同学或小伙伴有没有送过你什么礼物或其他东西？”

“有，上个礼拜我的同桌还送给我一块新橡皮。”我说。

“如果你的同桌在把橡皮送给你之后，每天都问你那块橡皮怎么样了，那块橡皮好不好用，每天都叮嘱你要好好对待那块橡皮，你会有什么感受？”

“他从来没有那样问过我，也从来没有那样叮嘱我！”我想了想回答说，“但如果他总是那样问我那样叮嘱我的话，我肯定会很烦，我会觉得他好像很舍不得，好像对我很不信任，好像这块橡皮的主人依旧是他而不是我。”

母亲点点头说：“孩子，你说得太对了，偶尔问一下代表着关心，但如果老是问就会让他们觉得自己似乎还不是小狗的主人，他们会觉得似乎是在给你养小狗，既然我们已经把小狗送给他们了，就让他们做它们真正的主人，完整的主人，明白了吗？”

原来这里面有这么多玄机！母亲的话给我留下了很深的印象，几十年来从来没有忘记。

前些时候，我家的柯基生了两只小狗，满月之后我也把它们送给了我的两个朋友。刚开始，他们还时不时地会发视频给我看看，但我从来没有主动过问，后来他们也就慢慢地不再拍视频甚至不再提起了，但是我一点也不生气，反而很欣慰，因为我知道，他们已经是小柯基们真正而且完整的主人了。

“以好充次”赢商机

□郭旺启

从古至今，商人们在做生意时，往往喜欢“以次充好”，以赚取更多的利润，故而为人所不齿，落得个“无奸不商”的骂名。但是，也有商人故意“以好充次”，让生意起死回生，赢得了巨大的商机。

宋朝时，有一位叫赵安的米店老板，由于初到省城做生意，客源稀少，加上竞争激烈，结果生意做了大半年，仅能勉强维持生存。为此，他整日愁眉不展，却也无计可施。

马上就要进入腊月了，店里的生意还是很萧条。这天，他看着米店外来来往往购买年货的人们，突然想到了一个好办法。于是，他急忙把伙计叫来，吩咐将店铺里一斗上等大米掺到劣等大米里，并按照劣等大米的价格卖给穷人。原来，店铺里的大米都是有等级和价格之分的，有钱人当然买上等米吃，穷人家就只能买最便宜的劣等米吃。赵安这么做，是为了让穷人们在过年时也能吃上香喷喷的上等米。果不其然，大家发现这里的劣等米比别处的劣等米质量好以后，上门来买米的穷人络绎不绝，几乎踏破了店铺的门槛。但是，掌柜对赵老板“以好充次”的做法很不理解：“明明我们店铺的生意不景气，为何还要做这样亏本的买卖呢？”赵安却笑着说：“咱们初来乍到，虽然童叟无欺，诚信经营，但是竞争太激烈，生意一直不好。现在，马上就要过年了，正是乡亲们购物的旺季，我们必须抓住这个大好时机。我这样做，虽然暂时赔了本，但是能把乡亲们都吸引过来，这就给我们做足了宣传，招揽了顾客，你说这样值不值得？”掌柜听后，方才恍然大悟，连声称妙。

结果正如赵安所料，穷人们吃到了优质的大米，知道了他的善行后，内心都非常感激，不仅常常光顾他的店铺，还一传十、十传百地告诉了其他乡邻。就这样，赵安米店的信誉广为传播，生意越做越大，利润自然也越来越多，最后赵安成为省城里最大的米商。“以好充次”的大米，竟然让濒临关门的米店起死回生，并带来了巨大的商机。“以好充次”这种善心之举，看似赔本买卖，实为招揽妙招，蕴含精妙的经营之道，值得我们学习。

路径依赖法则

□张文成

1927年，美国的南方公司开设了世界上第一家便利店，1946年更名为7-Eleven，意思是该店的营业时间由早上七点一直到晚上十一点。1974年，伊藤洋华堂将其引入日本，并将营业时间变为二十四小时全天候营业。从此以后，这种二十四小时便利店风靡全球。

这些全天候营业的商店会比普通超市多出一些额外开支，如照明费用、晚间轮班的收银员工资、存货管理员的加班费等，导致其盈利率往往低于普通超市。那么，为什么这类商店还是坚持通宵营业呢？

这就涉及心理学中的“路径依赖法则”。

路径依赖法则，指在人类社会中技术演进或制度变迁均与物理学中的惯性类似——一旦进入某一路径，就可能对这种路径产生依赖。这是因为，人类社会与物理世界一样，存在着报酬递增和自我强化的机制，一旦人们做了某种选择，就好比走上了一条不归路，惯性的力量会使这一选择不断自我强化，并让人轻易走不出去。

二十四小时便利店的这种做法，便是对路径依赖法则的一种有效利用。

因为顾客在购买日常用品的时候总是倾向于去自己最熟悉的商店，而且一旦选中最符合自己要求的商店，就很少做出变更。

普通商店都在晚上十点关门，次日早晨八点开门，这时候，如果一家店把营业时间改成二十四小时，那么，就会成为那些在晚上十点至早上六点购物的顾客的唯一选择。而多次在这个时间段进入该便利店购物之后，顾客就会习惯这家店的陈列方式，习惯前往这家店的交通路线，最重要的是，习惯将这家店和“便利”联系在一起。这就等于形成了一个购物的路径，那么即使是在白天，他也会慢慢地习惯来这家店购物，这就等于形成了一种“路径依赖”。营业越久，路径依赖的影响就越大，固定路径所带来的报酬递增和自我强化心理就越强大，因此，更换路径的成本也就越大。

客观来讲，第一份工作的选择无非两种情况：一种是成功的选择，找到了一个适合自己发展的起点，并沿着这条路一直走向成功；另一种是失败的选择，随着工作的深入，发现自己并不适合。

而后一种情况在职场上非常普遍。当我们已经习惯了某种工作状态和职业环境时，就会产生一定的依赖性。

人们开始把它广泛用于阐释我们生活中的各种选择性决策，大到国家和民族的经济制度演进，小到个人的消费决策，无不受路径依赖法则的影响。甚至可以说，我们的一切选择都会受到路径依赖法则的影响——过去做出的选择决定了现在可能的选择，而现在的选择又将决定未来的选择。

一个最典型的例子就是我们的职业生涯。影响一个人职业发展的因素很多，但其中最重要的无疑是第一份工作。有专家曾形象地比喻，职业发展就像我们穿衣服一样，第一颗扣子特别重要，如果第一颗扣子扣错了，就可能一路错下去。这就是为什么所有职业规划专家都会建议，第一份工作一定要兼顾自己的兴趣、个性、能力及专业知识，为自己量身定制一个既具挑战性又不失客观、实际的职业生涯发展规划，按照规划一步步努力走下去。但是万一发现入错行，更要认识到路径依赖法则的强大力量。抛弃固有路径需要极大的勇气，更需要付出极大的代价，因此更要深思熟虑，一旦做出决定，就要坚定地转换路径，在新的职业规划路径中勇敢地走下去，这是重新回到成功轨道的唯一选择。

第五章

另类思考

做人就像是一家客栈
每个早晨，都是一位新来的客人
喜悦、沮丧、卑鄙
一瞬的觉悟来临
就像一个意外的访客
——［伊朗］鲁米《客栈》

现在句号有精微含义

□万维钢

你注意到没有，现在我们用微信聊天，已经发展出了一套相当精妙的、基于文字和符号的社交礼仪。人们已经很久不打电话了。打电话是逼着对方立即跟你说话，这太没礼貌。有事儿应该发微信，而且最好是文字，不要发语音。文字是最方便接收的信息形式。因为文字发得多，就形成了专门的文字礼仪。

比如，现在人们一般都不用“微笑”这个表情了，因为微笑是一种不怀好意的笑，微笑是故意的冒犯。如果你想表达真诚的、友好的、生活中的那种微笑，请使用“龇牙地笑”。如果你是真的、字面意义上的笑，那就用“笑出眼泪的大笑”。而如果你真的笑出声了，那现有的表情就不足以表达这个情况，你最好直接告诉对方“我笑出声了”。

还有，每句话结尾用不用句号，现在有精微的含义。同事请你帮个忙，你回一句“好的”，和回一句“好的。”意思完全不一样。前者是正常的答应，后者是无声的抗议。

在文章中，句号表示一句话的结束，为什么微信中有句号就不行呢？因为微信这种媒介，原本不需要句号。微信通常是一句一句发送的。你写好一句话，直接回车就发送了，对方完全明白。句号在微信中没有“分隔开两句话”这个作用。所以微信一流行开来，人们很快就适应了“不加句号”这个社会规范。

在这种局面下，你突然加上一个句号，就显得过于正式了。你这是在提醒对方“结束”，是刻意地告诉对方，“我说完了”。这个语气是生硬的，好像在一句话结尾故意压低了声调一样，态度很严肃。

如果前面是个“好、可以、同意”之类的正面词语，句号立即就让这句话产生了消极抵抗的意味。

这可不是过度解读，这是一种新的语言规范。

语言新规范取代旧规范的一个趋势是，总想用更强烈的词语表达同一个意思。我们大约可以把这个现象叫作“形容词贬值”。人们可以接受的正常“笑”的表情，从微笑，到露出牙齿的笑，到笑出眼泪，一个比一个严重。大家都用这个词，那这个词就不足以表达此时此刻我的心情了，我必须用一个更严重的词。然后原来那个词就贬值了，甚至走向了反面的意思。

网络只不过加速了语言的演化，其实日常生活中也有形容词贬值的现象。比如你今天看了一场明星演唱会，回来跟大学室友形容现场人很多，你会用什么词呢？“很多”“特多”，都太平淡、太土气了。年轻人会用“超多”“巨多”“狂多”“爆多”这样的词，而且一直在换。

说到这里，我想起申请科研经费的一个小规范。你向相关的政府机构报一个课题，他们会找三到六个评审者来审核你的这个报告，看看值不值得给你经费。美国发放经费的机构会让评审者把报告分为五档：1. Excellent；2. Very Good；3. Good；4. Fair；5. Poor。

你猜达到哪一档能拿到经费？至少得是 Very Good。

事实是很少会有评审者给人打出“Fair”或者“Poor”，那太不体面了，最低分就是 Good。而每一个申请者都明白这一点：Good is bad。给你一个 Good，意思就是不会给你钱。

语言啊，光会查字典不行，得在实践中领会。

鲁滨孙是孤独的人吗

□曹伯韩

世上有没有一个孤独的人，完全不和别的人发生关系，还可以生活下去呢？

英国著名小说《鲁滨孙漂流记》里，主人公鲁滨孙是一个航海家，他在航海中遇到大风，船身沉没，同船的都葬身海洋，他独自泅水到了岛上，一个人生活。我们可不可以根据鲁滨孙的故事，就说一个人只要自己高兴，大可以和任何人都不发生关系，过他一个人的清静日子呢？这是不可以的。因为从鲁滨孙的故事，我们不能证明鲁滨孙是一个完全孤独的人。

鲁滨孙在孤岛上所利用的粮食、工具等，都是别人做的——鲁滨孙过去是在海船上做事，当然不会同时去打铁种田。有人要说，我们不妨再造一个新的鲁滨孙，这个鲁滨孙，我们不要他利用现成的粮食、工具和武器，让他去过原始时代的野蛮生活。这样，他准可以完全孤独了。好！这个原始时代的鲁滨孙就算制造出来，以后的故事也很难写下去。假使有狮子、虎、豹来了，鲁滨孙是抵抗还是逃跑呢？要抵抗，就应当有尖锐的牙齿和脚爪，再加几十倍的体力；要逃跑，就应当跑得特别快，应当会下水，或者会上树。而且，鲁滨孙应该是毛深皮厚，才可以抵御风寒暑湿的侵害。甚至他的肚肠，他的口味，都和野兽一样，能适应生东西。鲁滨孙把所有的时间，所有的精力，都用来找寻食物。仅仅维持得了生命，他没有多余的力量去发明工具。这样，鲁滨孙就完全回到了野兽时代。

鲁滨孙一离开野兽时代，就不能孤独地生活了。为抵御猛兽的侵害、解决食物的问题，原始的野蛮人不得不成群结队地过日子。野蛮人的身体虽然具备了和野兽不同的手和脑，但是要想运用手和脑来制造石刀、石斧等工具，他们不得不联合几十、百把人一起做，共同生活，使得在寻找食物以外，还剩出一点力量来。有了工具，又需要大家一同做事，比方打猎、采集果实等，男女老少，各人按照各人的能力，担任一部分工作，只有像这样集合多数人的力量，才能够扩大生产力。

现在澳大利亚、美洲等地的土著，有些极其野蛮，他们成群结队地生活，不会孤孤单单地工作。做完工作之后，他们把大群分散，分成许多小队，各自回去，也不会一个人行动。如果有人遭到团体的驱逐，等于被判了死刑。可见他们野蛮人，比文明人更不能脱离团体生活。

鲁滨孙的故事是从文明人的头脑里产生的。文明人为什么会想出一个人孤独地生活着的故事呢？因为文明时代，人和人的关系，比野蛮时代复杂得多，不容易看出来。

人生在世，少不了穿、吃、用。一个人的穿的吃的用的，不能都由一个人弄。野蛮人也好，文明人也好，一个人总活不来。只有结成一伙，去生产穿的吃的用的，大家才能活命。不管大家一块儿弄，一块儿吃，还是各人在各人的地方弄，我替你生产谷子，你替我生产布匹，总而言之，各人做的都是公众的一部分工作，换句话说，就是社会的生产。人们参加这种社会的生产，是为着活命。人们既然在社会的生产中，就会直接或间接地发生关系。这种种关系，都叫作生产关系。加入了这种生产关系的一切个人，构成了一个总体，这就是所谓社会。

人类是社会的动物。随便什么人，从生到死，没有一天可以脱离社会关系。

因此，就是到海中孤岛上去当鲁滨孙，也不能成为一个真正孤独的人。

“魇”住的艺术家

□肖　遥

据说当年瑞典诺贝尔委员会授予海明威文学奖的时候，比海明威本人还着急。由于诺奖只授予在世者，必须防备“他随时会自己去送死”。

海明威超爱玩死亡游戏，参加了两次世界大战的他在战火中出生入死，无数次与死亡擦肩而过。他的一条腿曾被子弹打成蜂窝状险些截肢。

没有战争可参加的时候，富有斗牛士精神的海明威只好寻找超级惊险刺激的活动才能满足他重口味的精神需求，他热衷捕鱼、斗牛、击剑、打猎，每项运动都往“死”里玩儿，为了找到一头大号的狮子做对手，曾深入非洲密林潜伏多日，还真有一头少见的大狮子栽在这位不怕死的硬汉手上。

海明威实在太热衷挑衅死亡了，死亡也喜欢和他开玩笑。一次，受杂志委派他与妻子乘坐一架包租的小型飞机去非洲采访。途中海明威要求驾驶员低飞，以观赏尼罗河源头的雄奇瀑布。一群朱鹭迎面扑来，为了避免与飞鸟相撞，飞机俯冲，被两山之间的电线缠住了螺旋桨，飞机失控坠毁前，驾驶员帮海明威夫妇逃离飞机。

海明威右肩错位，玛丽断了两根肋骨。熬过了山野里恐怖的一夜，第二天傍晚终于获救，他们被带到阿伯特湖东岸的一个小镇布提亚巴，一架老古董似的飞机停在小镇机场的跑道上，于是他们搭乘这架飞机飞往乌干达首都。

飞机升空不久便栽向地面，右舷的引擎冒出火来，很快机身也起火了。

海明威夫妇奇迹般再度幸免于难。躺在病床上的海明威拜读了全世界报纸上以25种文字刊发的关于他的讣告：“海明威及其夫人遇难”“海明威失踪”“海明威机毁人亡丧钟为谁而鸣”……和死亡玩游戏又赢了一把的海明威很享受这次历险：“从未目睹过飞机起火，见到这种场面实在令人难忘——尤其是当你在飞机里的时候。”

也不知是海明威像他作品里的硬汉，还是那些硬汉就是他。许多作家写着写着就和他们笔下的人物“二合一”了。福柯写《疯癫与文明》潜伏在精神病院几近疯癫。写《小王子》的圣·埃克苏佩里则驾驶着他那轻巧的“莱特宁”在地中海神秘消失。

《爱丽丝梦游仙境》的作者卡洛尔就是个长不大的老顽童，说话口吃，见熟女脸红，和小孩一疯起来就物我两忘，身为数学教授和牧师的他受邀参加宴会，绅士淑女们正襟危坐之际，一群孩子推搡尖叫着闯进餐厅，后面追他们的是卡洛尔，这位数学教授正扮成小狗汪汪狂吠着冲了进来。

搞艺术的人仿佛很容易进入“魔境”。就像某种角色的演员，久而久之分不清“我是蝴蝶”还是“蝴蝶是我”了。

艺术家们入戏太深最终分不清角色和自己的原因是，他们本身的气质和想要成为的那款类型，非常合拍，就像保鲜盒，“啪”就扣上了，严丝合缝。

美丽的坏蛋更坏蛋

□邓　刚

美丽的坏蛋比丑陋的坏蛋更坏蛋，而且更令人毛骨悚然。北方清澈的海底撒满了五颜六色的海星，闪烁着晶莹的光。然而你可能想不到，这些海星是用心险恶的家伙，一面闪烁着迷人的光彩，一面残酷地侵害老实的贝类，号称“美丽的杀手”。

海星全身布满“现代化武器”：在显微镜下，你才能看到它身体表面簇拥着成千上万的聚光性质的透明角质“眼睛”，用科学家的话说，海星浑身是“监视器”。

另外，海星还有成千上万条具有强力吸附功能的腿，即使在光滑直立的礁石壁上，照样稳步前行。

更可怕的是海星能分泌高效能的消化酶，迅速腐蚀溶解坚硬的贝壳。一大片一大片的贝类群体被它们杀光吃光，海星所到之处一片恐慌。有时连螃蟹也成了海星的俘虏，被吸食殆尽后，只剩下精制标本一样的螃蟹骨骼。

人们气疯了，他们把捕捉到的海星用鱼刀、鱼叉奋力地砍杀，然后将碎块抛进大海里。人们以为自己胜利了，实际上他们犯了个大错误。海星还具有一种更特殊的能力，每一个碎片都可以再生成一个完整的海星。

这种强力的打击和消灭，却使这些可恨的家伙数量暴增，人们万万想不到，世界上竟会有越消灭越兴旺的动物。

可恨的是海星这个贪婪的肉食动物却光吃不长肉，毫无食用价值。一开始，人们并不理会这些家伙，只是全力捕捉味道鲜美的鱼类，然而人们没有想到，海星的天敌——鱼类被捕捉精光后，海星却因此发展壮大。

近些年来，山东半岛和辽东半岛的海域，因海星灾害导致鲍鱼、扇贝和蛤蜊的养殖损失高达数万亿元，几乎造成养殖业的灭顶之灾。惊慌失措的人类大梦初醒，他们这才领教了美丽杀手的厉害。沿海各地开始加强监测调查，建立海星等敌害生物预警预报机制。

很快人们就惊骇地发现，中国北方沿海地区的海底，竟然像鹅卵石般铺满海星，仅一平方米的地方就有300多个，密度之大举世罕见。

海星的狂妄激起人们的愤怒，人们与海星展开了你死我活的争夺战。据统计，“战斗”高峰期，在不到一亩的海域内，就能捕捉到100多公斤海星；一条60马力的小渔船在山东胶州湾养殖区，一天可捕获海星近一吨。

那么造物主为什么要造出海星这个可恨又可怕的物种呢？其实大自然有着严格而高超的秩序，海星的存在是生态平衡中不可或缺的部分，它的捕食起着保持海洋生物群平衡的作用。倘若人类真能彻底消灭海星，那将会有更可怕的灾难出现。没有海星的“调节”作用，贝类会生长得铺天盖地，我们将看到一个被贝类排泄物污染得更加污浊不堪的海洋。

不是随便的人，就不要总说“随便”

□大将军郭

在北京城约顿饭真是太难了，更难的是终于凑齐了时间，却定不下地点和吃啥。大家拉个微信群讨论，好多人的答案都差不多，“我都行啊”“随便，吃啥都行”“我没意见，你们定”。

最终，一定有人耗不下去提议，“要不我们吃火锅吧？”这往往才是真正讨论的开始，有人会说“好”，有人会说“哎呀，我昨晚刚吃过火锅，换个吧”，还有人会说“别吃火锅了，吃粤菜吧”。

刚才还毫不在乎说着随便的人，立刻表现得不再随便，他们会否定，会婉拒，会挑剔，如果能提出想法倒好，最怕之后反问他想吃啥，答案还是“都行，随便”。

真是让人头痛。的确有人是不太有所谓的，说随便，说都行，最后也能欣然接受别人的安排，不算难相处。但是那些说了随便又挑剔的人，经常在社交中给人很大压力，因为他们越是说随便，就意味着你越不能随便。

说随便的背后，不代表这个人没有需求，只是他不表达，却把问题抛给了对方，想让对方来满足自己的需求，他们内心是暗含着一种期待的，即“你应该知道我要什么，并能够给我想要的”。

谁都有这种期待，却并不是谁都能满足这种期待，只有你明确自己的要求，对方才更有可能满足你，但是讲出自己的需求，对很多人来说太难。

直接表达需求会被认为是不客气的、缺乏教养的，即便你的要求是合理的，也常常会被父母和长辈否定，不论那个东西你想不想要。

人际交往并不轻松，很多人是非常敏感的，常常会因为一点小事就跟对方大动干戈，好友之间也可能因为一个争议就形同陌路，于是每个人都会小心翼翼，怕本就脆弱的关系雪上加霜。

一句“随便”听起来简单，实际上却是在给对方出难题：一个什么样的答案才能让对方满意？

就吃什么这件事来说，都很难办。要考虑对方的生活习惯、平时的饮食偏好、季节性等因素，很可能全面思考精心选择之后，却仍然不能让对方满意，就更别提其他大事了。

春节期间，我照例带父母出去旅游，我爸妈的确是随和的人，但他们对我说的“随便”还是会让我焦虑，目的地选择不好会给出行带来一堆麻烦，如果仅考虑热门旅游地点，又未必适合父母的年龄和喜好，这比他们明确指示去哪让我来安排难多了。

除了给别人造成压力和选择难题，说“随便”其实并不一定会留下随和的好印象，因为这看上去也像是并不在意，因为你不愿意花时间去讲需求，不愿意跟对方讨论交流，是一种应付的态度而已。

说一句“随便”是简单的，但承接这句随便的人要做的事是非常复杂的。换位思考，你会发现，不让对方为难的最好办法不是说随便，而是尽可能真实地表达自己的需求。

其实，除了给别人出难题，经常说“随便”也是在为难自己。

说随便意味着压抑自己的需求，无法正视真正的自己。如果对方不知道你的真实想法又没满足你的需求，失望的是你自己，而这种失望就来源于你最初的“随便”，是你放弃了选择的权利，是你放弃了满足自己的机会，当你说“随便”的时候就要做好别人会随便对待你的准备啊！

比起那些弯弯绕绕、来来回回否定和挑剔的过程，我更喜欢直截了当地告诉别人我的需求，给别人减轻猜测的负担，也给自己正视内心的机会。讲出自己想要什么并不可耻，也不需要粉饰，这是对自己负责，也是对别人负责。

既然你不是一个随便的人，就别总是说随便，认真投入对待每一个选择，才不会过顺流而下的随便人生。

一下子的成功，都有副作用

□黄小平

减肥成功的人，体重一定是慢慢减下来的。一下子减肥成功的人，要么是减了体重，也减了体质，失去了健康；要么是一下子成功了，很快又失败，体重随时反弹。

成功，不是来自一下子，而是来自一辈子。一下子的成功，包括人生的成功，都有副作用。

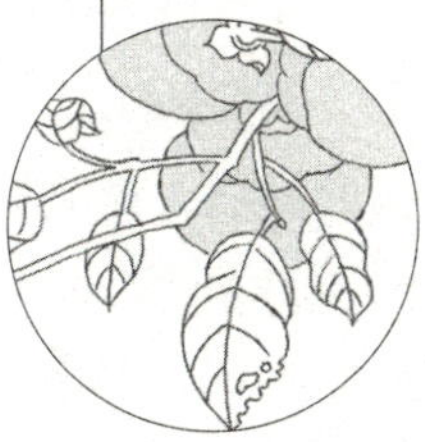

一次大病后，身体极为虚弱，便去看中医。给我看病的是一位老中医，我要老中医多开补药，以便尽快把身体补强壮。而老中医说，不要快，而要慢，特别是身体虚弱时，不能快补，只能慢补。

多服补药，不是能更快地让身体康复吗？我问老中医。老中医说，补药进入身体后，不会自动消化，而要靠身体去吸收、去消化，要消化，就要消耗体能，补药服得越多，消耗的体能就越大，这对一个身体本来就虚弱的人来说，将造成极大的损耗和损伤，使本来虚弱的身体变得更为虚弱。

老中医的话，让我有所启悟。补药是营养品，但再好的东西，在吸纳、使用它时，也要有节制、有分寸。如果一遇到好东西，就贪婪地去侵吞，恨不得一下子全部据为己有，那么，好东西带给我们的，将不是好处，而是坏处和灾难。

再好的东西，再好的成功，也不能贪图一蹴而就，一蹴而就获得的成功，往往都有副作用。

你的猫狗在想什么

□马家辉

到北京出席“首届两岸四地亲子文化论坛”，主办单位是中国关心下一代基金会。为了发言之需，赴京前特地问了一下身边年轻同事的家庭境况，问了20多人，全在30岁以上，都是接受过高等教育的“80后”男男女女。其中竟有13人早已立定心肠、坚定心志，这辈子绝不生儿育女；另有4人，已经结婚，亦有了子女，但从他们的眉目神态可以猜想，后悔者多，快乐者少；余下3人，不拒绝，却也不积极，对于子女来临与否，一切随缘，顺其自然。因此，基于这点简单的“统计材料”，到了北京，我的首段发言便是：在香港，亲子可能愈来愈不会成为“问题”，只因大家都不生孩子。没有孩子，何来亲子？

在亲子不成问题的年代里，或许“亲猫”“亲狗”才是许多人所汲汲关心的问题，用猫狗取代孩子，如何跟亲如子女的猫狗沟通交流，势成一个大大的问题，谁能提供答案，谁便成为被崇拜之神。怪不得在香港这两年出现了一门新兴行业：猫狗读心服务。严格来说应是替猫狗主人解读猫狗心事的行业。从事此事的人，或可称为“猫狗心理学家”，自称拥有跟猫狗沟通的神秘本领，听得懂猫的轻喵和犬的怒吠，更能让猫狗倒过来明白他们所表达的言辞。

我有一些朋友曾去光顾，不知是巧合抑或有其他社会因素，她们都是自愿或被迫独身的女孩子，也都以宠物为伴，把猫狗视为明珠。据其转述，猫狗心理学家的“诊疗”过程极其简单，只是用一只手轻按宠物的额头，另一只手轻抚它们的腹肚，再把身子俯前，在它们的耳朵边吹几口气，说几句话，便算大功告成，声称跟宠物有了深度交流。

但关键当然并不在于过程有多简单或多复杂，而是付账的宠物主人对他们有没有信任。一旦选择了相信，任何动作都只属仪式行为，可有可无；如果不信，任你耗费一两小时，她们仍会在背后把你骂作骗子。或许我的女性朋友皆为天真烂漫之辈。光顾回来，她们都说“好灵验啊”！让我花了很大力气才忍住不笑。拜托，听见以下对答，你能不笑吗？

朋友请心理学家问自己的狗：为什么你出门在外，经常把舌头吐出来，还要伸往右边？心理学家对小狗的耳朵吹完一通气，再注视狗眼几秒钟，煞有介事地点头说：“嗯，明白了。”然后对吾友解释，“你的小狗表示，天气太热了。路上的狗也大多伸出舌头，但它们通常把舌头伸往左边，它为了特立独行，保留了个性，所以故意把舌头右弯。”

朋友听完，皱一下眉，请心理学家对小狗道：“好吧，最近我觉得你愁眉不展，是不是有忧虑？”心理学家再度进行吐气和注视的仪式动作，然后回道：“它不开心，主要是因为担心你太寂寞，希望你快点找个男伴。”朋友听后，鼻头一酸，泪水汩汩流下，万料不到小狗如此关心自己的终身幸福，真是知心好友不如它，甚至亲生子女也不如它，没枉费她平常买那么昂贵的狗粮让它吃得开开心心，更别提那些花在动物诊所、宠物美容院、猫狗玩具店、宠物临时酒店等地方的大把银子了。钱财易赚，知心难求，即使知心是猫是狗，只要能够沟通，一切值回票价。这就必须千恩万谢眼前的动物心理学家了，他们是人兽之间的桥梁，没有他们，人兽对望，彼此都太寂寞了。告别时，朋友高兴，在600元诊金以外，还多付了400元打赏。

如果你所在的城市没有动物心理学家也不打紧，香港的动物心理学家自称能够通过照片跟猫狗沟通，你可用电邮传送照片请其服务。终究是那句老话：信不信由你。

2000名未来人，假装生活在2050年

□葛雨薇

豆瓣小组“假装生活在2050年”有2000多位成员。这些以“未来人”自居的成员，平时喜欢在组里讨论自己2050年的生活。

2050年，我们可以自由移民去月球，我们和机器人谈恋爱，我们把自己的基因永久冰冻在仪器里……和科幻电影里一样，2050年的人类可以上天入海，穿越时空。

2050年，我们怎样生活？这个小组不能给你答案。但现在的年轻人在焦虑什么，每一个问题都能在小组里找到。到底应该在哪个星球生活？

比如，移居月球需要做什么准备？首先是钱，毕竟想移居的人太多了。月球的房价太可怕了，如果积蓄不够，你可以考虑月背新区。

火星也是个不错的选择。组员“宋星球”建议，“月球最好的大学是文学院，比如，嫦娥大学、玉兔学院，文学系都是太阳系最好的。但孩子要是学工科，建议去火星。”

2019年，“假装生活在2050年”小组组长赵禹注意到，豆瓣出现了各种假装类小组：人们沉迷在过去的八九十年代和千禧年，甚至还有人假装自己是蚂蚁，从蚂蚁的视角看世界。这让他觉得，这些假装小组实际上都在“直面表达自己的焦虑和怀旧感，解放自己的想象力”。

那么，假装生活在未来呢？在2050年，《航海王》、“柯南”完结了，《红楼梦》后续真本找到了，《神探夏洛克》更新到了第10季。周杰伦“七十大寿”这天，90后围在养老院，用8G网络听他前几年新出的《双截拐棍》。

困扰现代人的身材问题就更不是问题了。新小腿换成什么颜色比较好？组员“桔子哦”觉得自己的脚踝太短，机械四肢技术刚成熟就去换了小腿。现在，她觉得自己的小腿过时了，有点掉漆，想换个新颜色。

喜欢上家里的机器人怎么办？“太空猫咪客”最近很烦恼。“之前就有很多人抗议A公司不该推出太过真实的仿人机器人，认为这可能产生伦理问题。但A公司强调Alex只是拟人的家庭陪伴类机器人，统一出厂外形，所以打消了我父母对此的顾虑。我猜测他们应该是想尽量让我体会到真实的人的关爱吧。”

但是，Alex真的太像个真人了，世界上不会有这么好的人。“最开始我完全把他当闹钟和厨师用。他每天提早5分钟叫我起床，然后让我赖床5分钟再把我叫醒；每天准备不一样的早饭，完全符合我的胃口。他让我的生活质量提升了800个度吧，那段时间我连发呆的时间都减少了，每天都很有活力。”

我们可以和机器人谈恋爱，通过基因改造，每个人都可以拥有高个子和漂亮的脸，你可以克服拖延症、懒惰和疲劳，只需往身体里注射某种药剂；地铁不再拥堵，地球的房子不再贵得离谱；你还可以用冰冻技术让心爱的人永远活下去。烦恼消失了，技术手段解决一切烦恼，2050年的生活看起来很棒。

小组里也有人想回到过去：2006年、2008年或者2010年。那时他们更年轻，生活也更美好。但按照时空管理局的规定，时空穿梭是危险行为。

“火星Sk2区986街道有个遗忘俱乐部，让调酒师给调一杯forget tonight，一次能忘一点。”有组员建议，“日积月累，估计你喝上两个月能忘掉七八成。”

离京返乡后，我发现慢生活没那么容易

□出云破月

昨夜又一次在电闪雷鸣中惊醒，看着窗外能将黑夜照成白昼的惊雷，我默默感叹是哪位喜欢熬夜的道友正在渡劫？早晨醒来，发现家里的温度果然继续攀升。数场大雨一过，即使是身处海洋气候的北方城市，我也立刻觉察到暑气扑面而来。再过不久就是夏至，算算我从北京回老家休养，居然已经过去了大半年。

说起来，我当初离京返乡算不上衣锦荣归，甚至颇有几分狼狈逃离的意思。长期作息饮食不规律，昼夜颠倒又天天吃外卖，患上肠胃病只是时间问题。在北京待了五年，我不断预警的身体终于吃不消，顷刻间土崩瓦解。无法忽视的病痛折磨让我不得不离职回家休养，半推半就开始我朋友们口中令人羡慕的慢生活。

然而期待中的所谓田园牧歌式的悠闲生活并没有让我的身体好转，反而每况愈下。无所事事的日子让我越来越焦虑，习惯被工作填满生活的我忽然间找不到自己的价值。尤其是看到朋友圈里大家都有自己的事业，活得风生水起时，我甚至怀念当初为了完成项目而挑灯奋战的无数深夜。“把自己当成永不停歇的工作机器”的自我驯化，在我身上无疑是成功的。

反观我临近退休的母上大人，才是真的享受慢生活。早在我丧着一张脸如游魂般在家飘荡的初春，一直跃跃欲试要把颓败了一个冬天的阳台重新种满花草的她终于动工了，在网上买花苗种子、花盆、化肥、泥土等，每天下班回家就是在阳台上快乐忙碌。

刚开始我因为好奇看了一眼，她如数家珍般给我介绍埋在土里的种子分别是什么花什么草，仿佛它们才是亲生的。我闲着没事也观察了一两天，因为始终没什么长势变化，很快失去耐心。

我承认我讨厌一切短时间内看不到成效的东西，不过我的一个同事急性子程度比我更甚。记得每天下楼去吃午饭的时候，因为是电梯使用高峰期，电梯总是人满为患，他从来都等不及疯狂按下行键，期待电梯能快点来。好不容易电梯来了，发现已经满员，又会在关上门的瞬间，马上在外面按键，造成电梯门不断开合。里面的人下不去，外面的人也永远等不到下一趟电梯。

当等待的过程只有几分钟时，我尚且会开启嘲讽模式，默默吐槽同事，但其实我也好不到哪里去，照样想违背自然规律，马上看到种子破土而出。

或许现代人在快节奏的生活里，已经变得不习惯经历过程，而是要马上得到结果。便利店、快餐和加工食品，带来便利的同时让我们不再需要等待。我根本不知道也不在乎食物是怎样来的，种子怎样生长为粮食，一分耕耘一分收获已经是过气的名言。

然而时间，只有在自然里才发挥着它最大的魔法。

当天气变暖，日照时间越来越长后，我被要求每天必须去阳台晒足半小时的太阳。阳台已经一改两个月前的颓败，当看到大大小小的花盆里尽是生机勃勃的花草，满眼皆是绿色和我叫不出名字的鲜花时，我几乎被这旺盛的生命力俘获。

在欣赏满园春色时，我发现缠绕在栏杆上的“藤蔓”有绿有黄，凑近一看，惊讶地发现这个植物居然不是长出新叶，而是原本枯黄的叶子从根部开始重新变绿！母上大人解释，这是风车茉莉，只要是冬天没有掉落的叶子，到了春天就会重新变绿，很快还会开出白色的小花。

看着那几片半绿半黄的叶子，我彻底为大自然这位造物主所深深折服，它永远会在意想不到的时候疗愈人的心灵。此时此刻，我就像电影《秘密花园》里女主角玛丽的小表弟科林一样，为花园中从未见过的盎然春意而热泪盈眶。

电影中的表弟科林是个病弱小少爷，因为身体不好，常年关在不见天日的阴暗房间里。按照现代医学常识，我们知道不晒太阳对人的身体和心理有很大的负面影响。好在玛丽偶然间发现了荒废数年的花园，并埋下无数种子，细心呵护。

花园不但复活，更给了科林生的希望。轻抚娇艳欲滴的花朵、闻着青草与泥土的气息、和小鹿嬉闹、看鸣鸠拂其羽，科林苍白的面色一天天变得红润，直到有一天虚弱到只能坐轮椅的他成功靠自己的双腿站了起来，在自然与阳光的滋养下获得生命力。

原来人类是如此急切地需要和自然连接，这种连接已经缺失太久。我们将自己关在高楼里，享受着在手机屏幕上动动手指就有的智能生活时，像科林一样和自然彻底隔绝。

《万物生灵》之所以成为去年年底的热门英剧，不在于它描绘了20世纪英国的乡间生活，而在于让我们看到了人与自然和动物是如何和谐地相处、共生。试问还有什么比看着每一帧都可以入画的如诗风景里，有爱的兽医帮助有灵性的动物们更治愈的呢？

其实焦虑并不能单纯靠慢生活缓解，它只是提供一个可能的环境，让人多个选项，而不是一味不管不顾地向前冲。想要被疗愈，不是靠无所事事，而要真正去关心自然、了解生命包括人类本身在时间的机制下如何变化生长。由此我开始真正感受到自己活在这个世界上，体验到我与万物息息相关。大自然有春夏秋冬，人生亦复如是。

植物的生长，不是只有破土抽芽的一瞬间，生活也不可能始终保持在最佳时刻。累了病了就休息，饥来吃饭困来眠，我要尊重身体的运行方式，就像尊重其他动植物的生长规律一样。

记得背诵过的《诗经・七月》里写：“六月食郁及薁，七月亨葵及菽，八月剥枣，十月获稻，为此春酒，以介眉寿。七月食瓜，八月断壶，九月叔苴……”小时候不懂深意，只觉得六月吃葡萄、七月煮豆吃瓜、八月打红枣摘葫芦，这有什么好写的。现在才发觉，生命的流转是如此可贵。以前我最喜欢说，我偏要勉强，觉得霸气又自信，现在却觉得顺其自然似乎也是不错的选择。

我忽然想起无数加班回家的深夜，那时万家灯火尽熄，只剩一轮孤月高悬。我常会站在公寓楼下抬头静静看着月亮，有些时候它是一弯新月，有些时候它是满月，还有很多时候它只是被云层遮住，透出一点光华照亮我回家的路。原来，我也在繁忙拥挤的都市中，这样靠近过宇宙自然。

我终于明白，慢生活的重点不是慢，而是生活。当你真正愿意去感知宇宙天地，觉察万物有灵地活着，不管是在城市还是乡野，都一样会被治愈，会获得源源不断的生机。

错误的结论是怎么来的

□岑 嵘

很多年前，美国一家报社刊登了这样一则整版广告：调查显示，购买一台打字机可以提高一个人的学习成绩。我们即便假设这则广告中的调查是真实的，它仍然存在不同的解释：比如购买了打字机而获得了较高学业成绩的学生往往来自比较富有的家庭，而这样的家庭对学生的学习更为关注；购买打字机的学生比其他学生有更强的学习动机。

也就是说，购买打字机和提高学习成绩两者只能说存在相关关系，而非因果关系。不过在日常生活中，人们常常把二者混为一谈。

1990年《纽约时报》刊登了美国广告协会的整版报道，报道中说："做广告可以使你的投资回报率加倍。"这个论断来自以下调查数据："比竞争对手投入更多广告的品牌投资回报率是32%，而比竞争对手投入较少广告的品牌回报率仅为7%。"即使这个数据是真实的，也不能证明广告的投入和投资回报率之间的因果关系，因为往往只有利润率较高的企业才能够负担高额的广告费用。

韩国有档综艺节目叫《英才发掘团》，这个节目主要是发掘韩国各地的少年英才，这些不同年龄段的孩子智商和情商都非常高。在很多期节目后，人们发现了一个规律：这些优秀孩子的父母和同龄孩子的父母相比往往年纪偏大。那是不是高龄父母生的孩子会更聪明？

高龄父母和优秀孩子同样并非存在因果关系，而是相关关系。父母年纪偏大，相对来说家庭状况更好，中年得子的他们会把更多的精力投放到孩子的教育上，丰富的社会阅历使得他们在教育投资上更睿智和有耐心，正是这些原因，使得他们能够培育出更优秀的孩子。

20世纪80年代，哈佛大学公共卫生学院院长布莱恩·麦克马洪领导的一个团队发现，喝咖啡和胰腺癌之间存在紧密的联系，他们提出，如果人们停止喝咖啡，那么胰腺癌的发病率会大大降低，他们把这项研究成果发表在了全球顶尖医学杂志《新英格兰医学期刊》上。

麦克马洪的研究对患有胰腺癌的住院病人以及患有其他疾病并被相同医生要求住院的病人进行了比较，这些医生大多为肠胃专家，许多没有患癌的住院病人放弃了咖啡，因为他们担心咖啡会使溃疡和其他肠胃问题恶化，而患有胰腺癌的病人并没有停止喝咖啡，这使得胰腺癌患者中有更多的咖啡饮用者，因此不是咖啡导致了胰腺癌，而是其他疾病导致另外一些人不再喝咖啡。

这种把相关关系混淆成因果关系的例子在生活中比比皆是。比如很多健康杂志告诉我们，定期吃维生素片或者每天喝蔬菜汤的人会更长寿。事实上，能够定期吃维生素片或者每天喝蔬菜汤的人拥有更健康的生活习惯，饮食、锻炼、作息处处更注重养生之道，而没有这么多讲究的人在生活其他方面同样会忽略健康习惯。

没有王子你该怎么办

□林采宜

听小女儿一遍又一遍地听手机里播放的《格林童话》：“盛装的灰姑娘成为舞会上最美的姑娘，和王子跳了一支又一支舞，王子渐渐爱上了她。”故事的结局是，有情人终成眷属，从此，灰姑娘在美丽的王宫里，过上了幸福的生活。

《白雪公主》也差不多，“沉睡了一百年之后，一位王子路过城堡，看见白雪公主非凡的美貌，忍不住吻了她，于是，白雪公主醒了过来，跟王子结婚，然后，一起幸福生活到永远”。

我忽然发现《格林童话》的逻辑，有着一种我们熟视无睹的荒谬：善良的女孩都长得无比美丽，因此，总有一天会遇到白马王子，改变她的人生；所有的继母都是毒辣的巫婆，最后都没有好下场。

美貌加王子的梦想，如同慢性毒素，在许多女孩的脑子里，留下了终身不愈的后遗症：那天，听见一个在海外读完硕士的女生跟男朋友说：“你知道吗？女人生来就是被人疼的。”我心里冷冷一笑：谁教给你的傻瓜逻辑？如果没有人疼，那你还活不活？

《格林童话》让小姑娘们从记事起就幻想成为美貌公主，期待着白马王子带来幸福，不知不觉把自己变成人肉包袱，理所当然地搁在对方肩上。现世里拿颜值兑换利益的人，其思维方式的根子就在于小时候听的《格林童话》，若非要区别，无非把任何一个可能给她好处的男人，都当成王子了。

小时候我长得丑，嘴巴太大、皮肤太黑、颧骨太高、曲线太平，总之，从头到脚，从五官到身材，没有一样长得合适，祖母终日愁我将来嫁不出去。

对此，父亲说了两句话：第一，勤劳的双手比男人的肩膀可靠，因此，嫁不嫁得出去或者嫁给谁并不决定你生存的质量；第二，发达的大脑比美丽的容颜重要，因为大脑会随着年龄的增长越来越发达，而美貌随着青春的离去迟早凋零，靠大脑的可能越活越苍劲，靠美貌的一定越来越无力。

一个没有美貌的女孩，从懂事起就知道要凭借智力和勤奋在这世界上打出一片江山。这是父亲给我的教化。

婆娑世界，本没有那么多王子，即便有，也未必从一而终。婚姻是一条荆棘路，两个人没有走到最后，都不知道结局。娶你的人或许是你永远的背书，很多时候，他或许也会是划破你心灵的刀痕。

有人说：“人必须有梦想，万一实现了呢？”

而我要对女孩子们说的是：无论你怀有什么样的梦想，这世界或许都会给你机会。但千万别是美貌加王子。毕竟，背叛和遗弃往往也可能是爱情的另一种结果。而容颜衰老，则是我们无可逃避的宿命。玫瑰和钻石，是行程中的祭品，不是依靠。女孩的命运，有一半是童年的教育造成的。通过什么样的方式去获取幸福，这是每一个女孩从母亲、父亲给她的言语和故事里获得的最初生存理念。

但愿有更多的童话故事写给不美丽的女孩。虽然不够绚烂，但至少不是谎言。

故宫门缝效应

□Local Touch

每个北漂基本都去过至少两次故宫，第一次是刚来北京别人陪着，第二次以后都是陪别人，故宫能参观的地方连门框都被磨圆了。

但故宫那40%不开放的区域，像塞壬的歌声一样引诱着每一个标新立异的青年趴在门口完成一次窥视。去故宫拍门缝的人信奉这样的哲学：门里面的才是紫禁城，外面的叫故宫博物院。因为故宫紧锁的大门实在太多，挑选最好的门缝成了一门学问。

每个人都幻想拍出抖音上那种寂寞锁清秋的冷宫感，但并不是每个人都能如此幸运。

除了一些已经成为网红的走廊之外，大部分未经探查的门缝只能拍到无聊的石板路。

老手们都会仔细观察那些蹲完了门缝的人的表情和动作。如果他们对着手机露出笑容，并且站在原地就开始修图，那这个门缝准没错。而更多没有经验的新人还是会愿意相信，排队多的门缝后面一般都有好东西，队伍就这样越变越长。

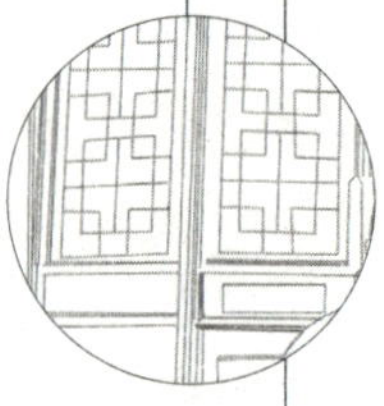

这种现象被称为故宫门缝效应。排队的时间越久，人们就会对门后的东西倾注越多情感。尽管最终门缝里只是一些年久失修、颜色斑驳的墙皮和门框，但加上想象力的滤镜之后，人们还是觉得比故宫精心修复的红墙好看得多。

穿越剧永远有市场，当摄像头伸进那些大门的时候，有些人以为自己的手机穿越到了明清。这对紧锁的未开放区域还能解释成窥探欲，但对于喜欢从门缝里偷拍最大的开放区域太和殿广场这种行为，几乎所有媒体都没法掩饰他们的迷惑。在太和门前拍张照片几乎和买张春运火车票一样困难，每天有上万人愿意花3小时排队，拍一张和之前9999个人一样的照片。

深谙故宫门缝美景的人，把这种行为带到了每一个带缝的景点，从北京故宫拍到沈阳故宫，从长城拍到清东陵……

如果你走在大街上突然开始看天，几秒钟内你身边就会有一群人一起看。和这种情况类似，故宫门缝效应也会出现在故宫的每一个角落，绝不仅限于门缝。

人类会对任何关着的东西有好奇心，你妈永远无法抗拒你紧闭的房门的诱惑，就像你没法抗拒一部不设密码的手机一样。

故宫是中国最早的网红景点，网上一直流传着关于每天早晨抢在人流前跑进故宫拍照的攻略。如果你会百米冲刺，你拍到的故宫就是空无一人的。也有聪明人想出更轻松的办法：他们舒舒服服地睡一天，下午四点再进故宫，然后在落日余晖中拍下空荡荡的太和殿广场。那种景象，溥仪当年看到的也差不太多。

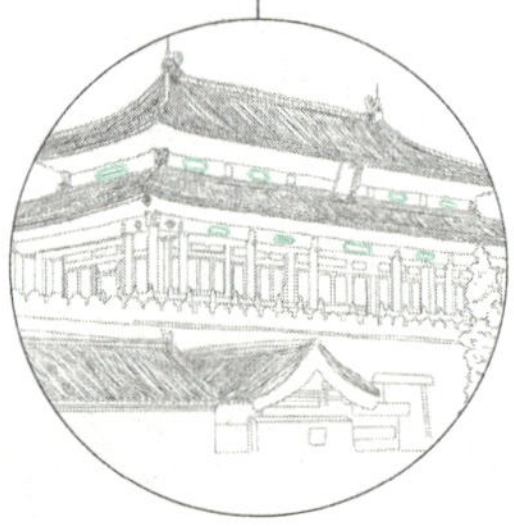

一切努力，其实都是为了同一个目的：拍一个只属于你自己的故宫。

北京是一座充满秘密的城市，你的视线总会被阻挡，也几乎没有什么东西是真正属于你的。但相对于其他连门缝都没有的地方，故宫的那些门虽然拒绝了你，至少还偷偷展示出来一部分。不过话说回来，从众也好，幻想也罢，年轻人拍故宫门缝这件事都没什么可嘲讽的。每个在门缝前的队伍都给了这座历经磨难的古城足够的尊重。

而每个藏在手机里的门缝，也都是我们和故宫之间，心照不宣的秘密。当看到故宫每个门缝前排起的长队时，嘲笑的人只以为又是一次集体无意识的从众行为。但被忽略的，是我们还拥有通过缝隙观察世界的欲望，这样的视角是克制的、独特的。以及抱着对这个世界最大的古建筑群礼仪上的尊重和坦然的好奇，井然有序。

勇敢的人敢认㞞

□李松蔚

我有一位朋友，是土生土长的美国人。他有一个哥哥是学霸，上常青藤，一路读博士当教授的那种学霸。我这个朋友从小就想：我跟他比学习肯定是没戏了，只能另辟蹊径。所以他立志做一个比哥哥见闻广博，更有趣的人。毕业以后他没有在美国找工作，而是满世界晃悠，去不同的国家兼职教英语，课余四处旅游。他游遍了欧洲、非洲，后来又到了中国（在中国遇到了他现在的妻子）。他到处跟人讲自己的经历，有时会收到一种特别的回应：哎呀可惜，你怎么知道学习一定比不过你哥哥？你都没有努力！

“你为什么不争呢？你争一下啊！”

这种观念我们都不陌生。它当然也是一种美德，是传统的勇气，也是这个民族文化精神中极珍贵的部分。遇强则强，当仁不让：凭什么我要退让？豁出命也不让！靠这种精神我们战胜过不少困难。但是放到社会生活领域，当所有人都集中在少数几条赛道上，互不相让的时候，“内卷”就发生了。这时需要另一种勇气：退出比赛的勇气。

打破“内卷”的方法，无他，只有多开辟新赛道。甚至不一定是“赛”道，就是普通的人行道，大道、小道、山道、水泥道，都好。有愿意比赛的可以比，愿意慢慢走路也没人催。鼓励偏好的多元化，多几把衡量人生的标尺，人群最终才会分散开。

道理简单，做起来却不容易。大家一窝蜂，向着同一个方向往前挤，谁敢冒着被主流抛弃的风险走到别的地方？——就是那些率先认㞞的人。

我跟不上你们，不跟了还不行吗？

在北上广连房都租不起，我回县城不行吗？

这些选择的勇气常常被忽视，反而被冠以其他标签：错失良机，自甘堕落，怕吃苦，想不开……但他们是勇敢的，他们不比赛。

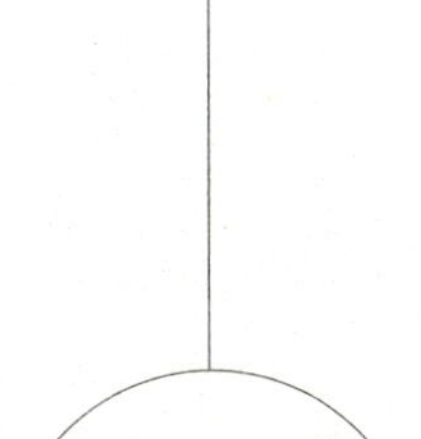

希望人人都可以遵从自己的喜好。我倒不是劝人认㞞，但我建议对那些选择认㞞的人，多给予一些敬意。这让他们的人生容易一些，每个人都容易一些，整个社会也会健康一些。

动物园为什么而存在

□［日］阿部弘士　译/烨　伊

一次，我负责的猴子逃跑了。我和其他饲养员都拼命地追，心想：绝对不能让它跑出动物园。猴子也豁出去了，爬到过山车最高的轨道上。但我们不能认输，非抓到它不可。

于是两拨人从过山车轨道的两头包抄，渐渐朝猴子逼近。

“好，就差一点了！”这时，猴子从轨道顶端唰地一跃而下，直挺挺地摔到地上。猴子一动不动，轨道顶端离地面少说有十米。“估计死了……”

我们正担心着，猴子又一跃而起，全力奔逃。

“糟糕！被它耍了！”

“这家伙还真有两下子！”“站住——”

这种时候，它们还真是充满活力。作为一名饲养员，这样说似乎不太合适，但我觉得，只有在动物使出浑身解数逃跑的时候，才能见到它们的野性。

它们可能一直在想：总有一天我要逃跑！而真正成功脱逃的时候，相信每只动物都会呐喊：“太棒了！”我总是一边大喊“站住”，一边为它们帅气的逃跑身姿感动。

“动物是什么？”“生命是什么？”“动物园为什么而存在？”饲养员之间经常讨论这些话题。

动物园里的动物一般都比野生环境中的动物活得长。野生虾夷栗鼠的平均寿命只有三年左右，而在动物园里，它们的生命不会有意外的耗损，有的甚至能活十五年。野生动物和动物园的动物都有各自的使命。

当你更加了解动物后，再看到动物在兽舍的水泥地上徘徊的身影，就会感到一种痛楚，认为让动物居住在这样的环境中是自己的罪责。真正的大地凹凸不平，上面有着厚厚的草和枯叶。钢筋水泥本就不是动物栖息的场所。动物园里的水泥地的确便于清扫，也更卫生，但并不适合动物。

经过讨论，我们决定在水泥地上盖土，让动物尽量过得舒服些。

如此一来，狸猫、狐狸等动物就有了运动场地。它们的粪便或尿液将土弄脏，我们就得换上新土，这样，工作量就增加了一倍。

但动物在告诉我们：“我不愿意在水泥地上走，给我放上土和木头。水泥地虽然干净，但我们本来就是生活在土地和枯叶上的呀！”

到山上就能弄到土，园里有的是枯叶和草，看来只能听它们的了。一旦意识到这些，就算干得再久再累，我也不介意。

胃口不要太好

□肖　遥

轮船公司督办正在用叉子叉一只英腿蛋，一抬头看见窗外走过一个美人，便连忙把蛋往嘴里送，意思是要快点送到嘴里去，好快点抬起头来看。谁知手忙脚乱，把蛋送歪了，在胡子上一碰，碰破了蛋，糊了满胡子的蛋黄……惹得美女一阵窃笑。这一段是《二十年目睹之怪现状》第51回里的桥段，情节很快发生了有趣的反转，那个不会优雅地吃饭的人，不是督办，而是这位美女。督办邀请美女进来一起吃大餐，西餐的汤是用盘子装的，这位姑娘用不惯勺子喝汤，把盘子刮得叮当响，刮完了还把盘子盖在脸上喝，说“喝剩下的糟蹋了，罪过”。吃鱼的时候，剩下一根鱼脊骨吃不干净，只得用手拿起来吮，吃到一样纸围鸽，她吃完了又拿起纸来舔。

无论是“刮盘子”，还是“吮”“舔”，这些动作，用督办小舅子的话说是“粗得很”，督办却很欣赏，说“这是女孩子的憨态”。

胃口好与不好的人之间的矛盾，可能是个不可调和的矛盾，比如林语堂就赞同“肠满诚好事，余者皆奢侈”，这位资深吃货曾嘲笑西方的餐桌礼仪：“西方人士在吃饭的时候，为什么谈得那么轻柔，吃得那么凄惨、规矩、高尚呢？”他甚至认为所谓餐桌上的礼貌会导致童年阴影，“当母亲禁止小孩啜唇作响的时候，小孩就初次感觉到人生的悲哀。”何况，假使人们对快乐都要压抑着不表达，那么，久而久之可能就真的感觉不到快乐了，会变得消化不良、忧郁、神经衰弱……

对美食的热爱，有时候无关礼仪和文化，只是各人表达方式不同，《我曾伺候过英国国王》里有一段，阿比西尼亚皇帝邀请宾客吃了一顿别致的午餐，皇帝吃得慢条斯理，将一小块酱肉蘸上一点儿汁放到嘴里，仿佛只是尝尝味道而已。客人们的吃相刚好相反，一位政府顾问因为美食太可口，站了起来，开始大声嚷嚷，又觉得光嚷嚷几句还不过瘾，便开始挤眉弄眼，又像是在做操，仿佛在俯冲飞行，然后捶胸；还有一位美食者——一位退休的将军却只是两眼望着天花板，发出一声长而略带忧伤的声音，一种幸福到极致的尖叫声，而且随着他继续往嘴里送进又一块肉和有节奏的咀嚼，那尖叫声委婉地渐渐升高。

当然，林语堂也对过分好胃口表示担心，他担心有胃口的学者不能冷静地、无动于衷地观察一条鱼，一看到鱼便想到鱼在口中的滋味，因而想吃掉它。在胃口太好的吃货看来，不中毒是唯一实际而重要的问题。

跑步变瘦是一种什么生活哲学

□张　丰

有个朋友给我发来他减肥的成果：在过去半年，他成功从186斤减到134斤。每天平均跑步10公里以上，每周跑一次半马，跑烂一双跑鞋。去年冬天见面时还是大胖子的他，现在就像一个追风少年。

有好几次，他嫌弃我跑步不力，我解释说是天气太热，他回答："我在新加坡，每天都热。"身边像他这样的人有好几个。有一名在上海的朋友，前段时间发誓减肥到150斤，我问他是否实现，他说正在朝140斤迈进。

大家年龄差不多，似乎一过40岁，突然就厌倦了自己，向自我开战，重新受苦，戒烟戒酒，跑步、暴走。

我也有过这样的经历。前年国庆节，突然对每天在外应酬的生活感到厌恶，发了一条告别饭局的朋友圈。

接下来半年，我体重减少了30斤。读村上春树《当我谈跑步时是在谈些什么》的时候，我也想模仿他跑步，到操场跑了两圈就气喘吁吁。但是减肥成功后，我就真的爱上了跑步。

村上春树说到的作家健康，更关乎心灵。而我们讨论较多的是生理和生活的走样，那个词语叫"中年危机"。我相信坚持跑步这种折腾自己的行为，确实是中年危机的一种征候。但是，事情要复杂得多。

这些疯狂的家伙，大概也都知道，胖瘦不重要，不管胖还是瘦都有合理性，只要在健康范围就行。但是，"从胖到瘦"这个过程，却可能有着某种魔力。

我不太相信，这仅仅是因为跑步产生多巴胺，人被多巴胺带来的快乐所控制这样的说法。这看低了人，而且有一个逻辑谬误：在跑步之前，并没有多巴胺，又是什么力量在驱使这些疯狂的家伙"决定去跑步"？在睡觉、读书或者和朋友聚会之间，我们为什么会选择这项最无趣的活动？

即使是和别的运动相比，跑步也总是最缺乏吸引力的。跑步更多的是和自己的较量，公园里跑步的人，总是沉默前行，即便是有社交性质的"跑团"，在跑步的时候，也都是孤独的个体。

跑步更像是一种"哲学行动"。它和思考相关，跑步的人所拥有的是几乎无法分享、完全属于自己的愉悦。这让他们满足，也让他们惊恐，就像年轻时面对自己身体的发育一样。这类似于某种"临界状态"：那种在边界线或者刀刃上的感觉。每一次跑步，跑者都会清晰地感受到这种临界感，它让人获得某种面对生活的新鲜感。

对中年人来说，让自己"变瘦"，可能只是一种深思熟虑后的哲学行动。

这是对人体本能和时间的双重意义的对抗，是作为"人"的再生。

那些瘦身成功的人，最大的满足感不是吸引外在的目光，甚至不是体检时指标的健康，而是真正拥有新的自我。这个过程，是再强大的外力也无法剥夺的。

人在海边为什么容易产生恋情

□金圣荣

“人在海边为什么容易产生恋情？”当丹尼尔·吉尔伯特教授提出这个问题时，他的学生们立即讨论起来。

哈佛大学的学生们特别喜欢上吉尔伯特教授的心理课，因为在这些学生的心中，吉尔伯特教授不仅是一位著名的心理学专家，而且在情感心理方面也有颇深的认识和研究，而情感心理又是最让人捉摸不透的一种心理现象。

吉尔伯特教授指出，湛蓝的大海和柔软的沙滩总会让人产生无尽的遐想，而和亲密的恋人、友好的伙伴们坐在沙滩上听音乐、打沙滩排球、跳舞以及在海边看夕阳等，这些都会增进恋人或朋友之间的感情。

吉尔伯特教授认为，如果一男一女一起去海边，无论他们是同事，还是朋友，哪怕是刚认识不久的朋友，他们之间都有可能发展成为恋人关系。对于这一点，吉尔伯特教授用俄国心理学家巴甫洛夫·伊凡·彼德罗维奇做过的一项实验来解释。这是一个非常有名的关于条件反射的心理实验——巴甫洛夫的狗。

不要不相信，有很多事实或许正摆在你的眼前。在美国亚利桑那州附近的一个小镇上，有一对夫妇，丈夫叫塞莱斯廷·安斯洛，妻子叫巴特利米·阿斯蒂尔。

尽管他们已经结婚十几年了，但依旧非常恩爱，很少吵架。

然而颇有意思的是，在海边偶遇之前，他们几乎对对方没有任何感觉，他们只是普普通通的同事而已。而在那次海边偶遇后，他们之间的感情就急剧升温了。用妻子阿斯蒂尔的话说就是：“我从来没有发现，原来安斯洛的笑容是那样干净而迷人，就像大海里的水一样。”而安斯洛也说，阿斯蒂尔在海边要比平常美丽、温柔许多，尽管阿斯蒂尔说她当时在海边和平常一样，并没有刻意温柔地对待安斯洛。其实，这就是条件反射原理的体现。

当然，这种“联系”不只会使人产生好感，如果你和对方置身于一种令人不愉快的环境中，那么，你们对对方将会产生不好的印象。其实这个心理原理不难解释——当你待在一个喧嚣、闷热的环境中时，你多少会感到焦躁不安，这种焦躁不安肯定会影响人的心情，而在这个时候，你会比较容易对身边的人感到厌恶。

对于这个结论，也有一些科学家通过实验进行了研究：让两组被测试者分别待在温度适宜和酷热的房间里，然后让他们对和自己同处一室的人进行评价。

这项实验结果表明，人在温度适宜的环境中给人的评价较高，也较满意。而在酷热的环境中对人做出的评价却偏低。为什么呢？

因为环境较热，会使人感到烦躁不安，无意中就对别人做出了不满意的评价。科学家指出，这就是人类的条件反射心理在环境中所受的正反面影响。

因此，组织这项实验的科学家指出，如果你要跟意中人见面的话，一定要选择一个比较好的环境，千万不要选择那种容易使人感到烦躁不安的环境。

吉尔伯特教授说：“从心理学角度来讲，这就是环境在人类条件反射心理所起到的推动和促进作用。

“在人类条件反射心理面前，环境就像一种催化剂，所以在从事各种社会活动时，选择一个正确而舒适的环境就显得十分重要了。”

吃咖喱的鸽子

□周维介

下午，我坐在熟悉的印度摊位上放空自己，却遇上了吃咖喱的鸽子，不免想起物与环境的问题。我对面的餐桌，一名男子吃得杯盘狼藉，他显然不是“谁知盘中餐，粒粒皆辛苦”的信徒。以自助餐的标准估量，他留剩的白饭与菜肴，可以开罚。我感兴趣的是，他一离座，五六只鸽子就超音速战机似的飞降桌面补位，完全不顾礼仪，争先恐后贪婪地啄食起来，虽胃口奇佳，但吃相难看。

我心生好奇，面对白米饭和泡在浓稠咖喱汁里的菜肴，鸟群是否只吃谷粮？果然，鸟群熟练地挤在洁白的米饭周围，铆足劲用力啄食，片刻就狂风扫落叶般把饭粒收拾干净，剩下一旁拌着咖喱汁的菜肴。我闪过一个念头：鸟吃辣否？期待着它吃辣后漫画式的夸张反应。结果它们老神在在，一只只若无其事地埋头大快朵颐，没有谁经不起辣而狼狈逃离。

正当它们狼吞虎咽之际，不识趣的服务生前来收拾，坏了它们的用餐大计。鸟群像被驱逐的苍蝇，转了一圈又飞返现场，在地板上继续与环境角力。损友说，饥不择食呀，咖喱、酸辣汤、麻辣烫，鸟群都不介意，哪会在乎辣度？这都市生活竞争太过激烈，你不吃辣别人也不同情你。

在咖啡店或小贩中心啄食剩菜残羹，不是小鸟原本的生活常态。鸟族的传统主食是虫子。我小时候看工人割草，现场总是聚拢了众多八哥，趁工人替它“拨开云雾”之便，伴着草香，起劲地啄食草地里的天然食材，那是一场雀鸟的自然盛宴。当今工人除草的面积扩大许多，八哥却少来了，它们老早就转移了阵地，云集小贩中心和咖啡店，享受更多元的口味。即便这些美味佳肴有着健康风险，但吃与不吃都关乎生命，实在不足挂齿。小鸟聚居山林时，捉虫打野食，饱食后鸣啼两声，说不出的快活。

当郁郁苍苍的树林被人类转化为钢筋水泥森林以后，雀鸟被迫放弃了传统。

无法确定，群鸽吃咖喱是否快乐。我非鸟，焉知鸟之乐？它也许无奈，也许不。现代都市的残余食物太多元，对鸟而言，当铁树林覆盖了大片土地，食肆是它们新发现的食物供应地，虽然有悖初衷，仿佛出卖了自己的饮食文明，但为了认同新环境的公民权，也只好默默妥协。

人是环境的动物，离开了原乡，随遇而安的会先找到快乐。禽鸟亦如是，融入新天地，干脆假装不识虫子不吃虫子，反正只是为了存活而已。

生长在摩登都市的鸽子，为了度日，落草于小贩中心，惊觉这里粮草丰盛，也算是杀出一条血路。明知现代人烹调的食物里，杀机重重，食用过量有秃头的风险，可是粮食可以保命，也就“道之所在，虽千万人逆之，吾往矣”。

在都市食肆长期混生活的鸽子会秃头，无毛的鸽子立于鸟群之中，那的怪模样真叫人“不忍卒睹”，有点像易容的逃犯，形象猥琐。生活是一系列无休止的妥协，觅食艰难啊，还在乎形象？

海豚与猫儿

□尤　今

郭毓川先生对学生讲了两则发人深省的真实故事。

故事之一：

一日，他到圣淘沙去，观赏海豚表演。那天，炙阳如火，肌肤被晒得隐隐作痛。坐在第一排的，全是稚龄幼儿。为了替心爱的孩子抵挡毒花花的阳光，母亲们撑开了大大的洋伞。远远看去，那一把把洋伞，犹如一朵朵五彩蘑菇，亮丽而又固执、专注而又顽强，以“人造的清凉”守护着一份份不老的亲情。可是，这些把孩子当成心肝宝贝的母亲，根本没有想到，这些大洋伞，却和野生的毒蘑菇没有两样——它们把后面观众的视线全都挡住了。在孩子们的眼中，她们是“无私”的母亲；可是，在大众的眼里，她们却是“自私”的妇女。最为可怕的是，她们的行径造成了别人的不便，她们却毫不在乎，她们一心认定，只要有了“爱”作“盾牌”，她们便可以冠冕堂皇地变为“打伞的和尚”。

故事之二：

有一天，他经过一座组屋时，看到一名身穿校服而一脸清纯的少女，兴味盎然地蹲在地上喂野猫。只见她慢条斯理地打开一罐美味的猫食，倒在白白的纸盘里，温柔地招呼猫儿，要它吃。饥肠辘辘的野猫，毫不客气地大快朵颐起来。它吃，她看；猫儿惬意，她快乐。不消三两下子，纸盘里的猫食便被吃个干干净净。这时，人猫两散——脑满肠肥的猫儿步履蹒跚地走开，心满意足的少女步履轻快地回家，只剩下那空空的罐子和邋遢的纸盘，还愣愣地躺在地上。郭毓川诙谐地说道：“少女大概忘了，猫儿是不吃罐子和盘子的。”这个少女，以细腻的爱心照顾了猫儿，却任意污染了周遭的环境而心无愧疚。值得注意的是，环境被污染，她可能一点感觉也没有。

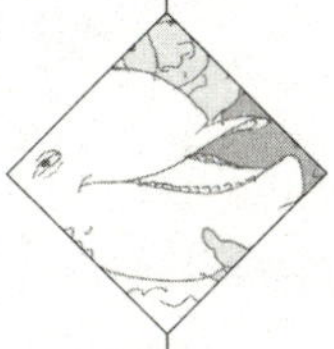

许多人，在行事时，一味只从自己的立场考虑问题，至于自己的所作所为是否对他人造成不便、不快与不良的后果，他们漠不关心。更甚的是，出了问题之后，他们不自我检讨，反而快速地将矛头指向他人，推卸责任。

每件事情，都有它的多面性，可是，当大家习惯了以单一的观点来看待事情，以单一的方法来解决事情，便是麻烦产生的开端了。

人类隐私动物园

□昕　宇

我的新公寓的格局很成问题，晚上我在厨房喝咖啡时，发现自己能看见邻居开着灯的客厅。她或许也是刚刚搬来，客厅地板上堆着高高摞起来的纸箱，数周过去了，纸箱丝毫没有减少的迹象。她有时会穿着珊瑚绒睡衣，敷着面膜，坐在摇椅上看书。我想不通她为什么迟迟不装窗帘，但这给我夜晚的咖啡时间带来了一丝乐趣和期待。我坐在高脚椅上，在一个自认为她不会看到我的角度，偶尔瞟一眼她的客厅情况，直到那里关灯，变成一片漆黑。那女孩看起来和我一般年纪，我偶尔会猜测，她用什么牌子的面膜，她喜欢读什么书，她是否比我脾气更温和，她是什么原因选了这套公寓……当然，从数周纸箱都不曾减少和她常常静静读书这两件事情看来，也许她和我一样，在整理物品方面有拖延症，但对阅读痴迷。

窥探他人的生活隐私不够道德，但好在这事处于一个合适的范围之内。那个客厅里仿佛默片一般静默又重复，其实有些单调，但为孤独的个体打开了一扇与他人联结的窗户。我从那些小小的细节中得出结论，有拖延症的我并非无可救药，世界上多的是和我一样的书痴。

办公室的八卦时间亦是窥探及传递隐私的绝佳时刻。关系好的同事们休息时间聚在一起，一边喝着咖啡，一边抛洒着别人的闲言碎语或重磅秘密。日常行为准则中，我们告诫别人、欺骗自己：对别人的事情不要感兴趣，那不关我的事。但这就仿佛“家丑不可外扬”一般，我们回避了自己内心真实的对他人隐私的窥探欲望。我们明知诉说别人八卦的人不靠谱，也许下一个被他吐露隐私的人就是你，但仍然离不开这乐趣无穷的“罪恶”时刻，每次结束时，我们还会违心地承诺：“到此为止，绝不外传。”

永不落幕的电视剧也是人类窥探他人隐私的直接体现，我们从各式剧集里窥见，光鲜亮丽的成功人士也会有蓬头垢面的邋遢时刻，貌似简单质朴的人也隐藏着惊人的华丽秘密。剧中人物将自己的生活弄得一团乱麻、一败涂地的时刻最为引人入胜，我们在现实中的受挫感得到了代入和弥补。原来，这个世界上有比自己更一团糟的人。

适度的隐私窥探是人类的天性，逾规的隐私观看则是一场噩梦。有着“网络界霍沃尔”之称的互联网企业家乔什·哈里斯曾租了一间废弃仓库，将它变成了一个迷你空间，60人在这个空间里迎接千禧年。他们可以在吧台无限量畅饮酒水，在夜总会跳舞，还可以在配备了冲锋枪和实弹的地下射击场释放愤怒。这里的一切都是免费的，但享受这一切的代价是放弃隐私。空间里到处安装着摄像头，拍下的一切都将被即时传输到网络上，供公众观看、评论。隐私的缺乏及公开化蚕食着这60人的生活及精神，裂痕开始出现，斗殴频繁起来。在千禧年的头几小时，这座“人类隐私动物园”被强令关闭了。

“软管”里还剩很多

□沈畔阳

我每天早晨都用剃须膏刮胡子，软管大约7厘米长，一管可以用几周，一旦感觉它变得很轻，就会认为里面所剩不多，正要扔掉又想到还能再用一两次，非常惊奇的是，剃须膏日复一日地还是可以挤出来，最终又用了19天。想想，我可是差一点儿就把它扔掉了呀！

我肯定你有过类似经历，牙膏或洗发膏什么的，软管好像马上就空了，可是只要挤一挤，就还可以用上相当长一段时间，这就是我想借题发挥的：我们为某个目标奋斗很久，却总是感觉它若即若离，常常觉得“软管”里面所剩不多以至于想要放弃，可是里面还有很多，只要我们相信自己、坚持下去，潜力依然很可观。

实际上，我们的最大突破往往是在认为“软管”里面什么都没有的时候发生的，这就是生活的极端性，经历挫折、失败想要放弃的念头却又常常为重大成就所抵消，遗憾的是很多人正是在这“转折”就要发生的时候放弃了。拿破仑·希尔，这位最有见地的作家之一，在他著名的《思考致富》一书里描写了这种现象。20世纪初，他采访了500多位当时的成功人士，如托马斯·爱迪生、亨利·福特、安德鲁·卡内基，他们几乎异口同声地告诉他，自己最伟大的成功都来自遭受最大失败后向前迈进的那一步。《汤姆叔叔的小屋》的作者哈丽叶特·斯托这样诠释这种现象：“狭小空间里感觉一切都那么不舒服，似乎一分钟也坚持不下去了，这样的时候千万不要放弃，因为也就是此时此刻情况可能会出现逆转。”

20多年前，杰克·坎菲尔和马克·汉森尝试把他们写的书推销给出版商，却遭到30位出版商的拒绝，他们也一度想到放弃，相信“软管”已空，但还是坚持尝试，结果又遭遇多次拒绝。“软管”真的空了吗？他们不这么认为，最后，终于找到一个愿意试试的出版商，这本书就是《心灵鸡汤》，到目前已售超出八千万册！类似的例子绝非少数，生活还在继续，一切都会重演，但只有心有灵犀者才能体会到其中的真谛。

面对挫折，有的时候必须与自己还能否坚持下去的疑虑做坚决的斗争，有的时候还必须不理会那些告诉我们“软管”里面已经什么都没剩下、只好放弃梦想的其他人。再以乔治·福尔曼，重量级拳击冠军为例，40岁的他下决心重出江湖再夺重量级冠军，大多数人认为他的“软管”里已经没剩下什么，以这样的“高龄”肯定不足以重现往日的辉煌，说他“太老了、完全不在状态”，可乔治就是不相信他们的话，并且真的在1994年11月5日他45岁的时候，第十回合爆冷击倒穆勒，获得WBA（世界拳击协会）、IBF（中国职业拳击联赛）重量级拳王金腰带。确实，不论他人怎样怀疑自己，乔治本人却从来没有，知道自己的“软管”中还剩下很多。

你如果参加过体育活动或锻炼，就肯定有过这种经历：拼力奔跑一阵子后感觉筋疲力尽、上气不接下气，就在以为自己再也坚持不下去的时候，咬紧牙关奋力一搏，突然发现浑身再次充满力量。一旦相信自己有了可行的策略，就要全力以赴去追求要达到的目标，只要不放弃，成功就只是个时间问题。所以，当你想到“软管”空了的时候要发自内心地意识到这绝非放弃的时刻，成功可能就在不远的地平线上向你招手了。

精益求精，抑或是画蛇添足

□张天骄

NBA（美国职业蓝球联赛）球星艾弗森身上有很多刺青，我最好奇的是他右臂上刺的那只黑虎。因为这里之前是一个拿着篮球的死神，后来他觉得不好，文身师就给改了。这样的技艺让我大为惊叹，才知道相声《画扇面》里“美女改张飞，张飞改大树”不算空穴来风。

比起调整在皮肤上游走的墨针，文字作品的修正相对更加容易，只要没进印刷厂就有机会。马未都曾说过，他做文学编辑时，最得意的事就是在王朔的《橡皮人》送往印刷厂的途中，把审稿时删去的第一句话又偷偷给加回去了。

其实，写文章一气呵成终究是少数人的灵光一现，精雕细琢、反复推敲才是常态。但也有人犯了方向性错误，搞得痛苦不堪。王朔在回忆梁左的文章里，就写到了梁左从写剧本到写小说的痛苦转型：“他说要写小说了，闲了半年，每天愁眉苦脸。昨天一万字了。今天只剩下三百。我说你就用刘震云那法子，先往下蹚，最后一总改。你这么弄，一个自然段就能改一年。”这次改笔路子的结局是“他坚持了很久，又接戏了”。

金庸的一部分作品最早是在报纸上连载，印制成书时都进行过修改。比如修改《天龙八部》是因为有部分内容是朋友代写的，感觉与自己的想法不一致。

还有一些是他觉得“书中写得太肤浅了，真实人生不是这样的。因为那时候我还不明白”。世纪之交，新的出版社再次出版金庸全集时，老先生又进行大幅度修改，可这次反响平平。金庸的武侠小说早已深入人心，太多颠覆性的新情节，反倒容易让读者错愕。

有的作品修改后不理想，有的作品调整之后却继续火爆。

众所周知，柯南·道尔曾经把笔下的人物福尔摩斯写死了，原因是“他让我不能思考更有价值的东西，我在他身上倾注的已经够多了，我对他的感觉就好像一次吃了过多的鹅肝酱，现在一提到这个名字就让我恶心”。之后，道尔收到几百封信，恳求让福尔摩斯归来，英美两国杂志社更是提出了每千字100英镑的稿费标准。于是，消失八年之后，大侦探重新登场，并由此造成了报刊亭的大混乱。从那以后，柯南·道尔再也没试图让福尔摩斯死去。

拍卖师菲利普·胡克写过一本《苏富比的早餐》，里面有两个关于修改作品的故事：德国著名画家恩斯特·基尔希纳的前半生非常成功，他画的《柏林街景》曾经拍卖出3700万美元的高价。不知道出于什么目的，他对自己一战之前的部分作品进行了修改。结局却是这样的：修改后的作品在艺术品市场遭到了大幅贬值。

另一个故事则是关于倔强的：比利时画家欧仁·韦伯克霍恩善于画牛羊，以至于他能够熟练地把画中的家畜折算成货币，他有一幅一只母羊和两只小羊的油画，要价标准是母羊每只800法郎，小羊每只200法郎。可买主只肯出价1000法郎。画家点头同意，然后拿起画笔把一只小羊涂掉了。

第六章

商学院

如果我是鱼
我会提高警惕
宁愿饿肚皮
也不吃鱼钩上的东西
如果我是鱼
我会悄悄游上去
窥视钓鱼的人
不断抛竿，不断叹气
如果我是鱼
我会躲在水底
不冒泡，不言语
不沽名，不钓誉
——建秋《如果我是鱼》

大佬们的35岁也彷徨

□我是王耳朵

01

2004年，35岁的雷军，第四次带领金山软件冲击上市。毫不意外地，又失败了。这已是金山尝试上市的第五个年头。从最初只有6人的“小作坊”，到后来“中国软件的一面旗帜”，雷军人生中最好的时光，都在这里度过。

在中国IT（互联网技术）企业家里，雷军年龄不算最大，但行业辈分很高。1992年，23岁的他刚大学毕业一年，就在国内程序员界大名鼎鼎。据说他写的程序像诗一样优美，至今被后辈膜拜。大一写的Pascal（结构化编辑语言）程序，等他上大二时，已被编进大一教材里了。这也是为什么，当时“中国程序员第一人”求伯君，第一次见到雷军，就果断抛出了橄榄枝，将他揽入金山。

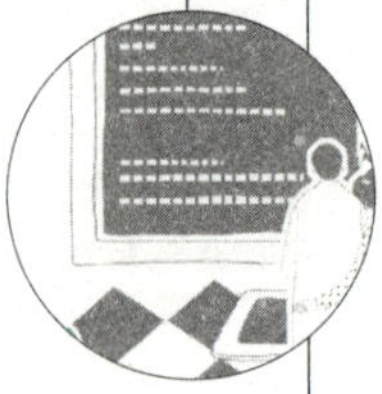

1998年，金山软件领先全国，雷军也荣升总裁，名满天下。而那一年，阿里巴巴、腾讯、百度还没创立。可短短几年光景，江湖天翻地覆。在中国互联网行业最好的时代，百度、阿里、腾讯相继出生，落地开花，一路狂奔。而雷军苦心经营十几年的金山，却始终不温不火。尤其是2005年，“小弟级”的百度在纳斯达克上市，金山的员工心态崩了。雷军更焦虑：“我每天给大家打气，可我自己负债累累，如果不上市，我可能一辈子都还不清。”

直到2007年，金山终于艰难登上香港主板。这时，距第一次筹备上市，已过去整整8年。即便功成，金山已然失色。据新浪财经，金山上市时市值虽达50亿港币，但相比阿里当时的1996亿港币，竟还不及其一点零头。曾有鸿鹄之志的雷军，35岁左右的年纪，就这样看着自己被“后浪”狠狠拍打。他甚至一度自我怀疑：“到底是马云比我聪明一万倍，还是我不够勤奋？”

02

2004年，25岁的王兴在美国读硕士，偶然看到一家叫Friendster的社交服务网站走红，立马想到可以在国内模仿创建。于是果断跟导师说，要回去创业，就此走人。那时的他，其实除了想法和勇气，什么都没有。那些年，王兴经历了一个个项目的失败：社区网站“多多友”，拼音输入法软件Justlnput，仿照谷歌地图的地图项目，帮在国外留学的游子打印照片寄给爸妈的“游子图”……那些年，王兴也看到过希望的微光。2005年，他创办的校内网横空出世，一度成为大学生市场具有垄断地位的校园网站。可四处融资失败，资金链断裂，他只能选择卖出。

2007年，他又建立了中国版Twitter——饭否网。那是最初的“微博客”，碎片化的分享加上移动互联网，让饭否网成为各类趣事和新闻事件的发源地。人们纷纷前来注册，到2009年，用户突破百万。但又因信息把控不当，一朝被封。等到505天后解禁，微博客已是新浪微博的天下。

现实一棍子捶下来，已步入30岁的王兴回顾这些年，竟发现走的全是弯路。但他不肯放弃。2010年，他看到风靡美国的团购网站Groupon，模仿推出美团。一个全新的消费时代，拉开序幕。可看中团购趋势的不只是王兴，美团上线后的11天，窝窝团上线；14天后，拉手网上线；3个月后，糯米网上线……到2011年，大大小小的团购网站，达到了惊人的5000多家，被称为“千团大战”。

王兴“厮杀”了4年。每周工作时间达到100多小时。熬到2014年，美团活了下来，王兴也从团购网站的“死人堆里”爬了出来。可随即而来的，是更大的危机。据《浙江新闻》，一位美团曾经的大将坦言，2014年，公司只有三个关键词：降薪、内斗、市场份额下滑。仅一个季度，美团亏损超过10亿元，资金链随时崩溃。核心管理人员大批离职，投奔竞争对手……那年的年会上，35岁的王兴看着自己多年的心血说：美团离破产，永远只有6个月的时间。

03

2018年，对35岁的张一鸣来说，是“劫难”重重的一年。

2012年，张一鸣创立今日头条，早期很多人不看好。那年29岁的他，在北京海淀知春路一个叫锦秋家园的小区里租了个三居室，当作办公室。年底公司聚餐，就是在这民宅里吃一顿火锅。

为了融资，张一鸣一个月连续找了30多个投资人，说话太多，甚至导致失声。可得到的答复都是：“凭什么你觉得你能成？”谁也没想到，他真的成了。从最初估值1亿美元到110亿美元，张一鸣仅用了5年时间，一度被当作新时代创业的偶像。

可跑得越快，越容易摔倒。当时，内涵段子是公司顶梁柱一般的存在。用户激增的同时，对内容底线的管控，却一再失当，这将内涵段子引向了灭亡。那是张一鸣人生中难挨的一年。内涵段子被关停的第二天，他写了一封道歉信：“从接到通知到现在，我一直处在自责和内疚之中，一夜未眠。所有责任，在我一人。”责令、关停、约谈、整改、处罚……35岁的张一鸣刚刚“一鸣惊人”了6年，便连环受创，四面楚歌。

04

35岁的雷军、王兴、张一鸣和在职场中摸爬滚打的我们一样，度过了一段茫然无助的中年时光。但接下来的故事，写满了“人定胜天”的辉煌。雷军从金山辞职，41岁，他创办小米，又花了9年，做成全球最年轻的500强公司。王兴九死一生，开始继续发力，整合了点评、外卖、酒旅、出行等业务，无孔不入，让美团成了又一互联网超级巨头。张一鸣痛定思痛，吸取教训，又花了3年，把母公司字节跳动做到2000亿美元估值。事了，他又拂衣而去，宣布卸任CEO，参与到脑疾病、教育公益等项目中去。

实际上，谁不是这么过来的？太多牛人在35岁的时候，照样迷茫焦虑。可当多年之后的他们回头望去，定会发现：虽是半坡，但只要咬咬牙、慢慢爬、努力熬，挺过去了，就是一个新的起点。

以前我们信奉张爱玲说的“出名要趁早”。可现在看来，别说中年了，就算是到了老年又何妨。人生处处都该充满可能，最坏不过大器晚成。请记住，乾坤未定，你我皆是黑马。

5毛钱辣条卖出500亿

□小眠宝

从最初的5毛钱一包，到如今年营收49亿元（2019年数据），深受广大年轻人青睐，谁能想到小小的辣条也能做成上市公司？

2020年11月19日，据路透社旗下媒体IFR报道，卫龙食品计划2021年在香港IPO（首次公开募股）募资10亿美元。缔造如此庞大辣条帝国的人，正是卫龙创始人刘卫平。

1999年，21岁的湖南小伙刘卫平来到河南漯河，开了一家制作面筋食品的小作坊。刘卫平身兼数职，采购、制作、送货。每天起早贪黑，早上不到5点就去进货，晚上12点还未收工。踏实肯干的刘卫平，终于在2001年，创立了漯河市铁东开发区平平食品加工厂。但他并不满足于把小作坊办成加工厂，他还有更大的野心正在酝酿。

2003年，刘卫平注册“卫龙Weilong”商标，立志把辣条做成一个品牌。他陆续在卫龙内部建立起产品技术标准体系、质量管理控制体系，设立专门的质量管理机构，还聘请了一批拥有专业团队的质检机构。

当时辣条行业正处于高速发展期，不符合生产标准的厂家抱着赚快钱的心态，根本不把食品安全当回事。

终于在2005年，央视曝光了平江一家面筋厂在原料中非法添加霉克星，随后，辣条黑作坊陆续被曝光。一时间，辣条就是垃圾食品的固有认知，在全国人民的心目中更加根深蒂固。

食品安全问题引发辣条行业大洗牌，而刘卫平杀出了一条血路。

2014年，卫龙邀请了一组摄影团队进生产车间拍摄，照片在微博引发大量网友关注，仅18小时就有上百万阅读量。卫龙颠覆了大家对辣条不干净的印象：工人们统一着装，戴着口罩、手套，车间干净明亮，设备自动化……

虽然品质让人放心了，但透明简陋的包装，终归是“上不了台面”。于是在产品包装上，刘卫平也费尽心思。

近几年，卫龙的营销更是堪称教科书级别：模仿苹果旗舰店，推出卫龙体验店。苹果推出iPhone6，iPhone7，卫龙就推出辣条“Hotstrip6”“Hotstrip7”。被网友笑称：“所有模仿苹果风的性冷淡设计里，我只服卫龙辣条。”店铺首页用Excel表格，设计大胆有新意。旗舰店借势营销。和暴走漫画合作，推出暴漫大辣条。模仿电影《逃学威龙》拍摄恶搞视频：几位学生偷偷进行“黑帮交易”，拿出的货竟是卫龙……

什么火，就模仿什么。什么是年轻人关注的，刘卫平就下功夫研究。卫龙用“只有你想不到，没有它做不到”的营销案例，登上了辣条界第一“网红”的位置。不仅在国内备受青睐，在国外也打响了知名度。美国奢侈食品榜单上，340克的卫龙辣条标价更是高达10.41美元，相当于人民币约68.39元。

在此之前，没人会想到靠5毛钱的辣条也能创造上亿的致富神话，但是刘卫平做到了，仅用10年，卫龙赚了500亿元。拥有远大的格局和踏实肯干的精神，把一个行业做到极致，再微小的事情，也有成就伟大事业的可能。

谭将军

□蔡　澜

四川成都有一座曼哈顿大厦，里面开的“谭鱼头”火锅餐厅，设计以古朴与现代的冲击为主题。

“面积有多大？”我问。老板谭长安说：“六千多平方米。”

“哇。”我叫了出来。“北京的旗舰店更大，”他不动声色地说，“有两万平方米。”

“两万平方米？”我叫不出来了。谭长安微笑点头。“全国有多少家？”

“将近两百家，包括台湾。香港的铜锣湾和旺角各开一家，你知道的。”

“你只是卖品牌吧？”“不。”他说，“这些店多数直营，有些是合伙的，但我一定得占百分之三十五的股份。”这个个子只有一米五的人，四十岁出头，有两只大眼睛。

“从第一家店到现在，经过多少年？”

“我是1996年开始创业的，在此之前，我当了十八年的兵。”

“当将军？”我问。“不是。”他说，“三级志愿兵。那时的人都很在乎户口，志愿兵复员后不再是农村户口。”

“负责烧菜？”

“烧菜是四岁时学的，家在农村，穷。我是四兄弟中的老大，要做火头军。你知道我为什么长不高吗？是饿出来的！参加部队第一件事就是领取军服，我一拿就是最大号的，你知道为什么吗？乡下人嘛，不管穿不穿得下，总之布料多一点就是好事，哈哈哈哈。”

对自己的过往，谭长安讲起来没有苦涩味。“我负责的是通信，后来学计算，又接触到计算机。我那一百多家店完全以网络操作，每晚上网做些重要的决定，不是这样管不过来。”他说。

我参观他的中央工厂，他回答我的问题：“这是我们的心脏，从来不给人家看，你懂得食物，给你看。”占地数十亩，上千个工人在炮制火锅最基本的原料——汤底。“不能完全让机器操作，一定得用半机器半人工，才有人味。师傅们累积多年经验，能配出最好的汤。辣椒、山椒，都是自己庄园种的，不用化学肥料，所以只有我们能拿到出口证，保证我们海外火锅的味道和国内的一模一样。我们还做泡菜、酿酒，凡是餐厅用得到的，都自己生产。”谭长安还另设一所学校，训练厨子和服务员。

“从第一家店做起，你成功的秘诀是什么？”

“在部队学到的，不能亏待老百姓。那时候成都的许多火锅店都用泔水油，我坚决反对。”

这时，他的湖南店合伙人气急败坏地过来找他：“我们那家店的地段虽然好，但业主要加租，怎么办？”“照租。”谭长安有如将军发命令。“一加加一倍呀。”合伙人说。“租！订合同，一租十年。地段好，一定涨，到时做二房东租给别人，也有得赚。”合伙人如释重负地笑着离开。

“业务发展得这么大，有满足感吧？”我问。

“满足感、虚荣心，都是过去的事了。”

“现在呢？”

“我有三万员工，现在剩下的只是责任感了。”在他的笑容中，我居然看到少年般的诚实模样。

去掉那颗橄榄

□［英］汤姆·斯丹　译/迪　奇

20世纪80年代，美国一家航空公司的乘务员发现，乘客会愉快地吃掉沙拉，但近四分之三的人会把配发的橄榄留下。当时的公司老板罗伯特·克兰德尔立即把它去掉了。原来，这家航空公司向餐饮供应商支付费用是基于沙拉中配料的数量：4种配料60美分，5种配料80美分。橄榄就是第五种配料。这一措施一年下来能省下4万多美元。1994年，西南航空公司听取了一位乘务员的建议，去掉垃圾袋上的公司徽标，给公司每年省下了30万美元的印刷费用。在这个客户挑剔、利润微薄的行业，现代的航空公司要如何削减成本呢？

航空公司扔掉了厚重的机上杂志，铺上薄地毯，用轻纸盒送餐。对于那些不会飞越水面的飞机，一些航空公司已经抛弃了用于水面紧急降落的安全设备。法国的地中海航空公司将其空客A321飞机上的220个12千克重的经济舱座位，更换为用钛合金等轻型材料制成的重约4千克的轻便座位。印度的低成本航空公司GoAir只聘用女乘务员，因为她们比男性平均轻10~15千克。这种吝啬不负有心人。燃料占到航空公司三分之一的成本，飞机每年的燃料费用就会省下不少钱。

现代飞机的燃油消耗不像之前那么大，小的设计调整也有帮助。在机队上安装了翼梢小翼（上翘的翼梢）以减小阻力后，西南航空估计每年可节约5400万加仑燃料。欧洲廉价航空公司易捷航空使用特殊涂料来消除飞机机身上的微小起伏。全球的飞行员都被劝说不要全油门起飞，并且尽快让飞机达到巡航高度（此高度空气较为稀薄，阻力较小）。当在长跑道上着陆时，飞行员可以让飞机自己慢下来，而不让发动机反推。像印度香料航空这样低成本航空公司已经学会让机队奋力工作。其庞巴迪Q400涡轮螺旋桨飞机专门服务小城市，飞行员会把飞机开得比较快，以在每个航段节省几分钟，让公司得以每天挤进更多的航程。额外航班带来的收入超过了因速度更快而额外烧掉的燃油费。

然而不管航空公司愿意给自己施加多大的压力，单单在欧洲，登机延误就让它们一年损失10亿美元。空中客车公司觉得自己有了答案：它已经获得一项便携式机舱的专利，在其中会复制飞机的座位安排。这个模块会停靠在登机口，满载乘客和行李，然后像火柴盒顺滑地插入盒套一样插进空飞机。然后飞机会飞到目的地；着陆后，这个可拆卸的机舱被卸下，换上另一组准备起飞的新乘客。这个未来主义设计看起来要花费数十亿美元和很多年才能开发出来，而且它可能永远无法落地。与此同时，航空公司将继续淘汰那颗额外的橄榄。

迪士尼深夜的守护者

□日站君

每晚夜幕降临，所有的游客都离开之后，迪士尼会出动一批“神秘人”。他们会像修复古建筑一般修整各个园区的城堡，填涂墙绘的残缺部分，查看每个游乐设施的细节，保障我们的“童话梦”及游玩安全。真论起来，他们才是迪士尼真正的守护者！

深夜11点，负责七个小矮人矿山车的资深游乐设备技术员——谢文竹出场了。他在排查被我们每天光顾的“矿山车”。虽然一个游乐设施看起来简简单单，但一点一点去排查轨道、灯光等这些细节，是一项大工程。

从轨道开始，每一个螺丝都要照顾到，灯光也不能落下，除此之外矿山车地盘上大大小小的零部件，都是至关重要的小细节。排查问题就已经非常需要细心、耐心和专业知识了，同时要克服深夜带来的一些问题，如灯光的不足、行动的不便等。普通的游客坐一次这样的矿山车只需要几分钟，但对于他们来说检查矿山车一个人就需要1~2小时。这一系列操作下来，只有通过他们层层检查之后，运行一切正常的空车车辆才合格。

凌晨00:30，奇幻梦幻堡同样在进行着一项十分有意义的工作。喷绘师龚凯健带着他的团队，开启了奇幻梦幻城堡真正的奇妙之夜。他们在检查补绘每一块墙绘。看到那些细小的不经意间的损坏，他们就会拿着小画笔一点一点填补好。这绝对不是简单的填色游戏，对于他们来说，每一块墙绘都有七八个层次，需要看得清底层的漏洞，一点一点调色填补，才可能出现如今这么逼真动感的卡通画面。这样的工作一站就是几小时，但为了让墙绘呈现出最好的效果，他们每个人都享受其中。

凌晨2:00，在米奇花坛，同样有一场“盛大的仪式”。园丁程季红已经在迪士尼工作了近5年的时间。大家都知道迪士尼经常会换主题，所以门前最重要的花坛部分，也会跟着主题变换花的种类和颜色。即使是从“米奇”换成“米妮”，也是一个相当大的工程。园丁们有时不仅要冒雨工作，还要经得起大腿蹲上几小时的酸麻感。每个人的行动都利落干净，因为他们所有人清楚，一旦花坛决定换新的角色头像，必将是时间紧、任务重。而且为了给新的一天新来的游客焕然一新的感觉，他们一定要赶在天亮之前把所有的花种植好。

除此之外，还有许许多多的工作人员，他们在夜间努力地为我们保驾护航。

为了游客的安全，为了园区的整洁，为了我们的“童话梦”，他们在努力付出！正是因为他们的存在，早上太阳升起的时候，我们看到的迪士尼才是那样光鲜亮丽。

总有人说“所有人都在催你长大，只有迪士尼在保护我们小时候的梦”。没错，迪士尼在保护我们的童话梦，这方面它真的做得认认真真！

除此之外，为了保证园区每天都可以焕然一新，每天有50个专门做路面“洒水”的工作人员。“当有小朋友想坐在地上看表演的时候，如果起来发现裤子脏了，那会影响游玩心情”，所以每个角落他们都不会落下。当然除了地面，还有很多娱乐设施的细节，也一定要做到干干净净。就连旋转木马上轻微的划痕都不会放过。地上的口香糖也要用小刷子清洗干净。

迪士尼一直是一个传说般的存在。安全第一，细节严谨，是大家口口相传最好的游乐园之一。但这些成绩，不能忘记背后的他们在为之努力。

为什么人们喜欢去麦当劳上厕所，去链家打印

□寻空2009

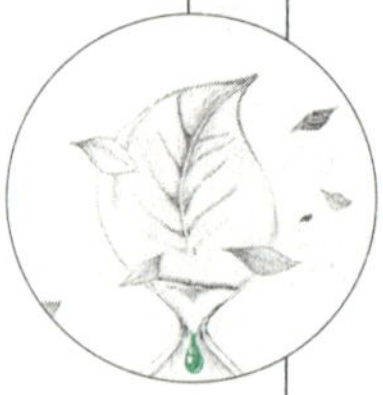

文章开始先讲两个亲身经历的小故事。

故事一：某次跟朋友逛街，在路过一家麦当劳的时候，他突然停下说，我去下洗手间，然后径直走进了麦当劳。出来后，我问他：前面不是有公共厕所吗？他反问：那个公共厕所有麦当劳的干净吗？

故事二：今年五一后，朋友带孩子来我家里玩，中途突然想起老师留的作业需要打印后，拍照片提交。附近的打印店都没开，朋友搜了一下地图，突然说了一句：我去链家打印。十几分钟后，他带着打印好的文件回来了，我问：收费吗？他说：当然不收，我在家打印从来都是去链家。

去麦当劳、肯德基上厕所，去链家打印，已经成了坊间的两个小技能，也成为不少消费者对这三个品牌的另类认知。

关于这样认知的例子不管在网上，还是在现实中，你都能看到和听到很多。比如随手一搜微博，就能看到关于麦当劳厕所这样的段子。

类似的例子还有一些，比如在外面口渴想喝水，又不想买水，可以到星巴克要一杯免费的水，到宜家逛累了，可以躺在床上睡一觉（当然，这不是官方提倡的）。

不过民间对品牌的认知，肯德基、麦当劳公共厕所，链家打印店的形象是最深入人心的。

一个值得思考的问题是，肯德基、麦当劳向公众开放厕所，链家为路人打印文件，这些都与企业的主营业务不相关，也不可能给它们创造收益，那么它们为什么会这么干呢？

品牌的利他主义哲学

从心理学的角度讲，一个人利他行为的动机归根结底是利己。

想象这样的场景，如果一个着急方便的人来到麦当劳的厕所，服务员看到后根据公司规定堵在门口说：对不起，没有消费不能上厕所（别觉得不可思议，很多门店确实这样干）。那么我相信服务员看到消费者愤怒的眼神，内心一定是不安的。

同样，如果一个人看到链家有打印机，因为着急处理一件事，希望链家帮忙打印文件，员工根据公司规定拒绝了对方，那么他也一定会感到愧疚。

不安和愧疚当然会影响工作状态。相反，如果企业力所能及地为消费者提供必要

的服务，消费者对此充满感激，员工的心情也会更加愉快，当员工的心情愉快了，他的工作效率显然会更高。

在心理学范畴，利他行为源于人类的同理心（共情），帮助别人可以减轻自己的不安和痛苦，让自己心情愉悦。

相信每一个企业都希望自己的员工怀着愉悦的心情而非不安的心情工作。相信每一个为陌生人提供打印服务的链家员工，在打印结束后都会觉得帮助别人是一件幸事，因而感到开心。作为由员工组成的企业整体，同样如此。

运用互惠原理

说到利他主义自私的本性，就不得不说麦当劳、链家这种另类服务能够获得的更大隐性收益。

社会学家阿尔文·古尔德纳认为人类的一种普遍道德准则是互惠规范，即对那些曾帮助过我们的人，我们应当施以帮助。

罗伯特·西奥迪尼在《影响力》中说：如果一个人送给我们一件生日礼物，我们就应该记住他的生日，等他过生日时，给他买一件礼品。如果一对夫妇邀请我们参加一个聚会，我们也一定要记得邀请他们参加我们举办的聚会。

所以，由于互惠原理的影响，我们感到自己有责任在将来的某个时候回报我们曾经接受过的恩惠、礼物和邀请等。

在商业中，互惠原则的体现非常普遍。比如调研公司在街头做调查问卷时，通常会附赠小礼品。比如当一个消费者在超市免费品尝某产品后，相对于没有品尝的消费者，他们有更高的概率完成购买。

根据互惠原理，如果你在某天用了麦当劳、肯德基的厕所，你会觉得一定程度亏欠它们，因而你总会找机会去它们那里吃一顿汉堡。

如果你到链家打印过文件，你同样会觉得自己既然无偿得到帮助，将来有机会也应该回报他们。如果将来你的房子需要出售或出租，你就会找他们服务，让他们完成服务后从你这里赚一笔佣金。

服务的边际成本不高

麦当劳、肯德基、链家们提供的免费服务特点是轻量级，基本不占用时间和人工，核心的是边际成本不高。

边际成本就是每增加一单位产量所增加的成本，对上述企业来说，就是每增加一个服务人次，企业所付出的成本，对肯德基、麦当劳和链家来说，这个成本趋近于零。

在几乎不增加成本的基础上提供的服务，获得消费者好评，何乐而不为呢？

而且对品牌来说，一旦某个特点成为坊间的段子，它就有极强的传播效应。它们以极低的成本创造了更高的流量，新增的收益，也创造了更有效的营销方式，以及非常好的潜在用户体验。

这样的服务，企业们为什么不多来一点呢？

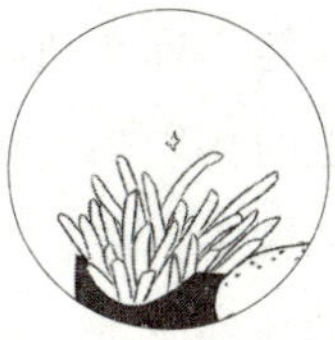

“大白鲨”经济学

□聂辉华

我们怎么在一个风险社会里做出最优决策？

世界已经发生改变了，我们的决策规则也要改变，如果墨守成规，我们可能会犯很多错误。

在如今非常态的世界里，有三个关键词值得注意：一是“黑天鹅”，二是“灰犀牛”，三是“大白鲨”。所谓“黑天鹅”，就是说这种事件非常罕见，但破坏力很强，发生概率很低。“灰犀牛”是说这种事件大概率会发生，且影响巨大的潜在危机。

至于“大白鲨”，大家可以想象，在一片平静的海洋里有一条大白鲨，它一直在这里，但是你不知道它在海洋的哪个地方。你现在要做决策，比如要不要下海捕鱼？如果不去捕鱼，你就可能会饿死；但如果下海捕鱼，轻者会受伤，重者会被咬死。请问你现在怎么办？我们要做很多决策，但是决策本身就是一种风险，你不做决策肯定是不行的。没有“大白鲨”是一个世界，有了“大白鲨”是另外一个世界。

这跟“黑天鹅”不一样，“黑天鹅”是根本不知道它什么时候会来，几乎没有办法做准备。也不是“灰犀牛”，“灰犀牛”是知道这件事情会发生，只是它现在不会发生，所以也可以不慌不忙地生活。但是“大白鲨”事件不是这样，你知道它随时可能发生，可是又不知道它什么时候发生，也不知道它以什么方式发生。在这种情况下，我们要抛弃过去经济学里的一些理念，掌握新的决策法则，不妨称为“大白鲨”经济学。

第一个法则是确保生存第一。经济学告诉你，如果是生产者，你追求最大化利润；如果是消费者，你追求最大化效用。但在一个非常态的世界里，生存第一。

举个例子，比如说你是企业家，你要买股票，一个股票是高风险高收益的，另一个股票是低风险低收益的，你会买哪个？在常态世界这很简单，期望高报酬的话肯定是选高风险项目。但在一个非常态的世界里，生存是第一位的，如果你选了低风险项目，你大概率能活下去。所以这时决策原则不再是利润最大化，而是生存第一。

这在博弈论里叫“最大最小”原则，意思是说做决策不是选哪个收益最大，而是选在所有可能损失的情况下，哪个成本最小。这就有点类似于中国古代讲的“两害相权取其轻”。

第二个法则是要有“换道”意识。研究表明，几乎70%的多元化并购都是失败的，应该在某一个领域做深做大做强。但如果在一个非常态的世界里，这样做可能就完蛋了。

举个例子，汽车行业近两年损失惨重。在这种情况下，比亚迪这家生产电动汽车的企业，居然转型成为口罩生产大企业。在一个非常态的世界里，有的时候改换赛道，比在原来的赛道上成为冠军更加重要，因为原来的赛道尽头说不定就是万丈深渊。

第三个法则是少借贷、多储蓄。经济学里面有个假设叫永久收入假说，如果你知道你未来的收入会增加，那么你可以现在就花以后的钱，这样的话你现在就可以提高你的消费。但在非常态的世界里，你根本不知道未来的现金流能支撑多久，未来的预期是不稳定的，这时借钱消费、提前消费、透支未来就是很危险的。

第四个法则是花时间分析信息。如果经济是平稳的，一般来说，竞争会使得资源实现优化配置，找到最优的价格就等于把所有的信息都掌握了。但在一个非常态的世界里，价格不再是唯一有用的信息，甚至价格本身是扰乱决策的信息。所以不能只看价格，要自己花很多时间去分析信息，每一个人的决策所需的信息量都是非常大的。换句话说，现在信息高度不对称，需要小心决策。

炸鸡啤酒配初雪，电闪雷鸣配炎夏

□静　思

夏季的“好朋友”是谁?

对于吃货来说，这位“好朋友”可能是刚从冰箱里拿出来的半个西瓜，冰淇淋店里售卖的草莓雪糕；对于爱美的人来说，夏季的“好朋友”可能是一支清爽的防晒霜，一片缓解暴晒的冰敷面膜。

在我心里，夏季的“好朋友”则是一个雷雨天。少了雷雨天，夏季的灵魂都轻飘了几分。

在一个平凡的夜晚，我见证了有生以来最惊人的一场雷雨。

一开始，空气低沉的气压就像天上的乌云在喘着粗气，闪电不知为何十分生气，唰的一声亮出宝剑，一剑剑锯齿状的白光劈开了夜幕；若隐若现的雷声初始还矜持一番，像一个收敛着机灵、四处试探的顽童，当发现你对它毫无办法，便开始肆无忌惮地叫嚣，一声又一声吼向夜空。然后就听见石子一般的雨点砸向世界，落在屋顶、树叶、草丛、路边的坑洼。它们无处不在，犹如天兵得到雷声的召唤，莅临人间来参加这场肆虐的狂欢。

雨越下越大，像决堤一般，马路很快变成了汪洋。马路上有汽车匆匆驶过，水飞溅到两边，好像迫不及待要脱离这汪洋、寻找自己的自由。看到这番热闹景象，雷电更加受了鼓舞，于是一轮又一轮的电闪雷鸣启动了。

今天我们看雷电，都知道那是自然界的正常现象。但在古代，人们只能凭借想象把打雷闪电解读为雷公电母、天上的神仙，甚至生出图腾崇拜。对雷电，旧时的人最常见的就是把雷电当作上天的发怒。因此，人们对雷雨天抱着诚惶诚恐的心理。

影视作品里，雷电交加的夜晚，也总有不祥降临。在电影《给桃子的信》里，桃子是在一个雷雨天，借着闪电的光看清了三个妖怪的样子，吓得赶紧逃掉；而《流星花园》里，道明寺和杉菜的分手也是在雷雨夜。不过，雷电除了象征天怒、不祥之外，也是充满力量的象征。在《肖申克的救赎》里，安迪正是在那个雷雨夜爬过下水道、重获自由。热热闹闹的电闪雷鸣后，雨水冲刷了过往的一切，新的篇章准备开启。雷雨带给我们的情绪就是这样高高低低、浮浮沉沉、悲悲喜喜，总是饱和、膨胀甚至即将炸裂的感觉。我之所以把雷雨天和夏季捆绑在一起，就是因为雷雨天和夏季于我而言有着浓烈的色彩和味道。就像西瓜的甜、火锅的辣、36摄氏度的艳阳、50米泳池里的清凉。它们不期而遇碰撞在一起，会带给你惊喜。

我还记得大学暑假实习的某一天，结束工作后的我走在回家的路上。原本让人汗如雨下的天空几秒就变了脸，乌云飞速冒出漫布天际，就像暗黑系的大魔王要把天地吞没、把世界压扁，接着就是一阵能穿透身体的雷声环绕四周，雨水如帘，劈头盖脸就来了。雨势太大，我在不远处的一家小超市门口驻足，一边看这雷雨天里如我一样的狼狈行人，一边焦急地等待雨停。众人皆如此，空气中弥漫着怨气和焦躁。五分钟后，雷雨就像启动了机关，戛然而止。我漫长的反射弧还没反应过来，一抬头就看见天上架着两道同心彩虹，笑眯眯地望向世人。之前如火烧过一般的空气冷却下来，有着一丝潮湿、一丝清凉，还有万物被洗刷一新的清新味道包围着我们。

夏季的雷雨常常以不速之客示人，打断我们的计划和行程，它让你急躁、让你无奈、让你苦等，但最终总会让你迎来舒适和开怀。

就像韩剧里初雪时要吃炸鸡、喝啤酒一样。夏季与雷雨天是绝配，有时阴霾密布、大雨倾盆，但阳光与彩虹总能在雨后露面。而我愿意把这看作人生诸多故事的结局。

我们是球鞋医生

□晓　洋

球鞋，连着当代年轻人的心跳。

坚持“鞋穿不炒”的年轻人，遇到球鞋脏了，也会心塞半天。新鞋只要上脚，再小心也难免出现意外。前脚躲过路边泥坑，后脚踏上松动的地砖，溅起污水一片。鞋脏了，鞋边黄了，鞋面皱了，该是送修的时候了。

球鞋价格波动，催生众多球鞋爱好者和收藏者，球鞋修复也成了热门需求。与传统修鞋相比，球鞋修复有什么不一样？

球鞋是硫化胶底鞋的通称。由于材料的化学特性，哪怕每天供在原装鞋盒里，搁上几年，鞋底终究会氧化发黄。就是新鞋子也可能因残留胶渍，需要清理瑕疵。无论是价值10万元的联名款球鞋，还是一千多元的实战球鞋，它们都可能会被送到半米见方的工作桌上，进行保养修复。

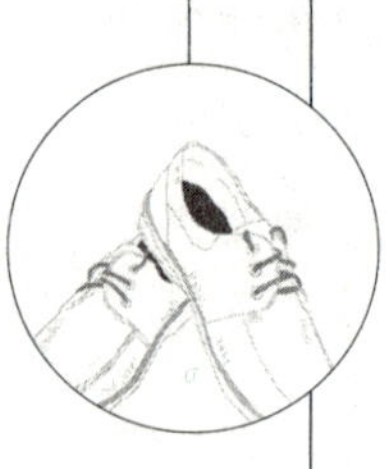

“我桌子上这两双鞋加起来，大概10万元吧。”一位球鞋修复师用见怪不怪的口吻说道。工作台上的两双鞋，一双是绿白配色板鞋，一双是LV联名土灰色球鞋，看着如此普通，却又那么自信。听到价格后，我故作镇静，回头问店主老马，10万元以上的鞋是否算奢侈品。老马淡定地回答说：“奢侈品应该按官方发售价定义。市价10万元一双的球鞋，仅仅是二级市场炒卖变高，并不能算奢侈品。”

再问他们店内处理过的、单双价值10万元以上球鞋有哪些。“10万元以上？蛮多的。”老马翻出手机的图集，随手给我展示一双浅灰色球鞋。

这双鞋叫“回到未来”，当时市值约40万元。鞋子的设计概念源自1989年上映的同名科幻电影，鞋帮内侧有电子装置，按压可自动系鞋带，充满未来感。鞋子从北京寄来广州，老马收到快递后开箱都是全程录视频，以防有任何闪失。鞋子干洗后，买了好几百元的快递险，又回寄给鞋主。

老马从事球鞋修复已有五六年。当兵出身的他，早些年曾向传统的修鞋师傅取经，精进不同皮质除污修补的技术。如今，他准备开设自己的第三家店，同时培训更多热爱球鞋的专业修复师。

在传统的修鞋铺里，主要业务不外乎贴前掌换后跟，缝线加固，搭配擦鞋。而这家球鞋修复店铺拥有各种改造球鞋的工具和机器，是专治球鞋疑难杂症的诊所，所提供的服务分为四十多个细项，包括粘胶、换气垫、织补鞋面、鞋底去氧化等。

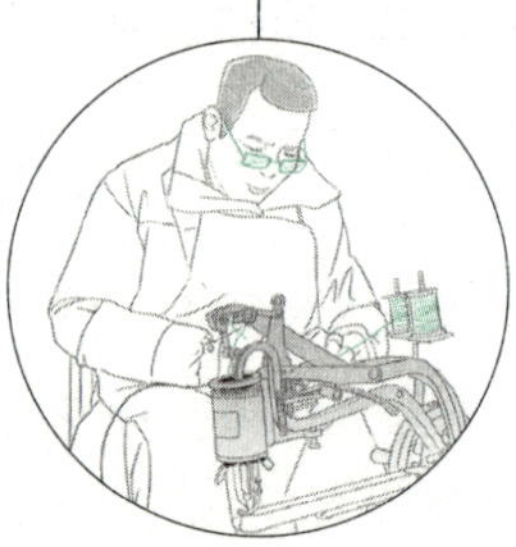

“我们更像是球鞋医生……我们会跟客户反映球鞋的哪个位置需要修复，通过针对性的治疗方式，把球鞋治愈后送回给客人。”入行三年的球鞋修复师小白解释道。

无论是客户的球鞋，还是女友的靴子，修复师都会认真对待。

看到球鞋鞋跟logo磨掉了一半，绘画专业出身的小白会对着产品照片，用刀刻出相似的logo贴回去。同一时间，坐在他旁边的同事拿着极细的描边笔，给另一双鞋的鞋边凹槽填补金色。

这些都算是球鞋的小型修复，通常两三天能完成。老马说，他曾经为了修一双鞋，用了差不多一年的时间。

前年，他们收到一双出厂十多年的“死亡之吻”球鞋，整个鞋面和鞋底都已粉化。修复时老马专门找来对应的鞋面皮料，与残存面料叠合拓印，再裁剪缝合。为了修补断裂的鞋底，他另外买来三双同款鞋底的鞋子，截取对应部分拼了一双新鞋底。

“我收了一千块钱，但是我的成本投入达到五千块钱……那时并不在意钱的事情，只是觉得修复完是一件非常爽的事情！”老马说道。

米店三问

□郝金红

清光绪十二年（1886年），粤商潘启明盘下广州府万福路上的一家米店。这家米店濒临倒闭，位置也不好，实在让人费解。

开张第一天，潘启明将掌柜的叫来，郑重地告诉他：“从今日起，凡是来本店买米的顾客，你们都必须先问三个问题。”掌柜的以前也在几家米店做过，从来没听说卖米之前还要问三个问题。于是，他好奇地问：“不知要问哪三个问题，还请老板明示。”“第一，家里有几口人？第二，家里的老人和孩子各有几个？第三，家里有没有肠胃不好的？”

掌柜的还是不明白为什么卖米要问顾客家里的情况，就追问：“老板，这三个问题必须问吗？”潘启明点点头：“必须问！问清第一个问题，我们就能根据顾客家庭人口，告诉他合理安排买米的数量，人口多的，就可以多买点，如果人口少，买多了，一时吃不掉，就会变质发霉；而第二个问题，就是合理搭配大米的质地，老人小孩喜软，中青年则喜硬；第三个问题，如果顾客家里有肠胃不好的，则不要推销糯米，因为糯米吃了难以消化。”

按照潘启明交代的“卖前三问”，米店很快起死回生，买米的顾客每天排起长龙。有人就问潘启明：“为什么一家濒临倒闭的米店在你手上就能转亏为盈呢？”潘启明说：“我调查过，这家米店的前任老板一直认为，自己不欺骗顾客便是好人。而我是在为顾客的健康努力，我们选米、送米都秉此信念，甚至研究米质搭配，帮顾客合理贮米，所以才会有卖米之前的‘三问’啊。”

人人都是诸葛亮

□岑　嵘

读书的时候，有一件事情让我感到很困惑。每当我们班考砸了，在全年级垫底的时候，我们的老师总会说，他早就料到会发生今天这一切，我们这种学习态度迟早会出现问题的……于是我想，他发现问题时为什么不早早纠正？

在我成年以后，发现这种现象比比皆是：当股市出现大跌，收盘后总会有很多股票分析师告诉你，今天的大跌早在他的预料之中；当一场体育比赛出现了意想不到的结局，体育评论员总能自圆其说，告诉观众场上的结局正在他的预料之中……

1972年，理查德·尼克松总统宣布出访中国和苏联，希伯来大学的巴鲁克·菲施霍夫设计了15种结果的可能性让别人评估，比如美国会在外交上承认中国吗？美苏会联手开发太空项目吗？中国领导人会同意和尼克松会面吗？当尼克松访问结束后，菲施霍夫再一次找到这些曾接受测试的人，请他们回忆一下当初对各种问题做出的概率判断。

结果发现，人们的记忆出现了严重的偏差，每个人都认为自己曾经对真实发生的事件做出过极其准确的判断。菲施霍夫把这种现象命名为“后视偏见”。

为什么人人都喜欢成为“事后诸葛亮”？诺贝尔经济学奖获得者丹尼尔·卡尼曼说：“当一件不可预知的事情发生时，我们会立即调整自己的世界观以适应这种意外。

“试想自己正在看一场足球赛，比赛双方势均力敌，当比赛结束时，其中一方击败了另一方，在你修正过的世界观里，赢得比赛的球队比输掉的球队更加强大……一旦接受一种新的世界观，你就会立即丧失很大一部分回忆能力。”

很多时候我们都无法预料接下来会发生什么，但是当事情发生时，我们又表现得好像一切都在预料之中（我早知道她会离开我；我早知道这只股票不行；我早知道你的方法行不通……）。因为我们相信，这个世界并不是一个充满不确定性的世界，所有的结局都是可以预料的。

想想书店里的历史畅销书，无不是凭借着历史的碎片，对历史事件的前因后果做出解释，仿佛历史是完全可以预测的。

因此，当心里冒出“我早就知道……”这个念头的时候，我们最好再冷静反省一下，我们不是诸葛亮，而是普通人。很多事情，我们根据有限的信息无法做出正确的判断，这再正常不过。而“事后诸葛亮”的危害，让人总在事发后觉得自己当时的预测是对的，因此很难从经验中学习；同时它让人们觉得自己早就正确预测事情的发生（错误都是别人的），因此难以用公平的眼光评判他人。

第七章

身心原力课

在这深夜里，我们一夜夜
地期待着灿烂的明天，
我们不睡觉是在盼望黎明，
它最终会使我们的希望实现。
——［法］德斯诺斯

时间看得见

□王　潇

很多年以后，当坐在一个著名的健美比赛中国区总决赛的观众席，我依然能记得那个遥远的下午。当时，我是一个刚入学的十六岁高一女生，正怀抱一摞卷子穿过校园的中庭。中庭正前方的旗杆上飘扬着鲜艳的五星红旗，四周围绕着葱绿的植物，鲜花盛开。就在旗杆与鲜花之间，突然迎面走来一个高大的男生，我瞬间看呆，出现了有如阳光洒满、背景音乐响起、人物呈现慢动作的错觉，手臂一松，卷子哗啦啦掉了。一般青春偶像剧的剧情进行到这里，那男生都会微笑着蹲下来帮女生一起整理卷子，然后手指尖无意中碰触在一起，紧接着两人抬头慌张对视，电光石火间脸红心跳。然而真实的生活不是这样的，生活是就在我低头慌里慌张收拾卷子的时候，男生欢快地从我身旁走过去了。

当年那男生没帮我收拾卷子也许是有原因的，我十六岁时不长今天这样儿——不是说我今天有多好看，但至少比十六岁的时候体重轻二十斤；十六岁的花季里，我是大圆脸，还剪着短头发，还是我爸给剪的！而我一见钟情的对象则五官清爽，身材修长健美，穿着清爽的蓝牛仔裤和白T恤。

从那以后，我会在校园里有意搜索这个长得像权相宇的男生的身影，并掌握了一些实用信息：他是同年级其他班的体育特长生，专业是短跑。

半年之后，年级分班调整，“权相宇”竟然和我分在了同一个班！我心中开始充满小鹿乱撞般的期待。但很快我就发现，我们班乃至我们年级，充满期待的女生可多了。一下课，他总是被欢快的女生团团围住聊天儿；放学后，总有人与他相约一起骑车回家；学校运动会和篮球赛这种场合就更不用说了，总有大批女生自发组成啦啦队为其摇旗呐喊。哼，她们都太爱显太高调了，这样下去“权相宇”怎么能注意到我呢？我也要行动起来。

于是，当女生叽叽喳喳围住他时，我面无表情地从旁边飘过；当他值日扫地时，我默默地在教室后面一笔一画地画板报；他每周要参加体育队的锻炼，于是我也到操场跑圈；他参加各种文娱活动，我就去当活动主持人；他去图书馆借书，我瞥见书名就趁他在附近时向其他同学发表对这本书的读后感——总之就是不正面主动交流。

当然这些天蝎座酷酷的把戏还不够，我做的最有效的一项行动是：模仿他！首先要强调的一点是，由于那个时期我爸勒令我减肥加上默默跑圈，我半年时间瘦了十斤以上。然后，我留长了头发，又买了一条和“权相宇”一个牌子的蓝牛仔裤和两件白T恤。

在一个春光明媚的傍晚，放学后，瘦下来的我穿着清爽的蓝牛仔裤和白T恤，独自穿过教学楼长长的走廊。与此同时，我看见“权相宇”正远远地从走廊另一头走过来，走近了些，我看见“权相宇”刚好也穿着他的蓝牛仔裤和白T恤，帅死了。走啊走，感觉走了好久，两个人终于走到彼此面前。他停下来，微笑着从下到上盯着我看，伸出右手，轻轻地牵了我的右手三秒钟，然后放开，从我身边走过去了。我也慢慢地继续向前走，什么也没说也没回头，但其实整个人已经幸福得晕了。

我甜蜜地想，第二天，早自习前，“权相宇”

把我叫到教室外面，简直紧张死了。

“权相宇”说：“我要出国念书了，马上就走。”“去哪？”我完全呆了，声音很小很委屈。

“澳大利亚。”“什么时候走？”我悲伤起来。

“下个月就走，但是从下星期开始，我就不来上课了。”“哦。”

“其他同学都还不知道。”“哦。”

“权相宇”离开学校那天，给了我一个大纸包，我打开来看，里面有几样东西：一本中文版《教父》，扉页还有他写给我的寄语：“每个人的幸运都是他自己选择的结果。”书里面还有三处被他贴上了小黄纸，这三句话是：控制你自己，自我控制是最大的力量；自己人没有商量好的事，不要拿去和外人说；女人和孩子可以粗心大意，但是男人不可以。一本《健与美》。“权相宇”把封面上健美先生的身材指给我看，告诉我说：“我以后想练成这样。”我忍不住问：“这要练多久啊？”他说：“需要时间。”

还有一件他自己的白T恤，叠得整整齐齐。他说我们体育老师说过一句话，他特别赞同：“保持你的身材，在穿最简单的白T恤和牛仔裤的时候就是好看的，然后你其实可以随便穿。”

“你以后要像明星一样培养自己。”“等我回来，等咱们下次见面，你看我练得怎么样！”这是我记得的他对我说过的最后几句话，然后他就去了澳大利亚。那之后很多年，我读了好几遍《教父》，给书中许多我喜欢的句子都贴上了小黄条，买了许多本《健与美》，穿旧了很多件白T恤，但我再也没有见过他。1996年，我的故事，刚刚开始，就同时结束了。

2010年新年夜，我在一个酒店举办一个大宴会。宴会即将落幕时，宴会总监告诉我他们酒店高层也来到现场探访，还说他们的副总是全酒店最帅的人。这时宴会厅走进一个高大俊朗的男人，西装笔挺，衬衫雪白。这人走到我面前，我们两个人同时愣住了，然后对方微笑着伸出右手，握了我的右手三秒钟。一般电影演到这里，主角也许会说“好久不见”或者“这么巧啊”，但我俩互相看着笑了很久，什么也没说。

宴会散场后，他告诉我，高中二年级他去了澳大利亚读完酒店管理之后，又去法国读了硕士，现在他在这里任副总经理，儿子已经两岁了。他还说：“看样子你都实践得不错。”我猜他指的是十几年前的对话，惊讶于他还都记得，于是我回答：“当然了，每个人的幸运都是他自己选择的结果。”

重新取得联系之后一年，我收到了他作为选手参加健美比赛中国区总决赛的观摩邀请。那天的T台上，我看到他的身材被自己铸炼得像雕像一样有力和完美，猛地想起当年他指给我看的那本《健与美》封面，还有十七岁的我和十七岁的他关于身材的对话——“这要练多久啊？”“需要时间。”

那天我坐在台下静静地看着他，对自己的青春充满美好的感激。当年的白T恤、牛仔裤、《教父》《健与美》，他分享给我的一点点理念，在他的身上，在我的身上，不但没有随着时间消失，反而都随着时间兑现了。

我们的今天，原来都是我们自己选择的结果。时间看得见。

竹子定律

□代　伟

我的堂兄金竹从小喜欢做手艺，他相信“艺多不压身”这句话。于是，他跟着别人学泥工、木工和电工，还打算去南方学焊工。学了一圈回来，他反而变得迷茫了，不知道什么才是自己将来赖以生存的手艺。

后来，他遇到了一位做油漆的师傅。这个师傅和别人不一样，他不接做家具的活儿，因为他不做木工，他也不接整体装修的活儿，因为他不做泥工，他做的仅仅是给家具、给墙面、给所有需要刷漆的地方刷漆。

用他的话说：“我是个油漆工，我只做油漆活儿，把这个活儿做好。”别看这个油漆师傅接活儿这么“挑”，但因为他的手艺好，手上的活儿从来没有停过，哪里有了油漆的活儿，不管是居民还是包工头，都会第一时间想到他。

接着，堂兄就师从这位油漆师傅，不再学别的手艺活儿了。

当他潜下心来学习，很快就对刷漆产生了兴趣，技术也提高得非常快。油漆师傅也悉心教他，先是让他做一些打杂的活儿，久了，就直接让他挑大梁。

学成后，堂兄自己开始接油漆活儿，还把媳妇叫来打下手。表面看，他只做油漆活儿，错过了很多机会，但因为他专注于这项手艺，所以越做越好，慢慢地也成为公认的技术过硬的油漆师傅。

这么多年来，别的手艺人总是愁没活儿做，或者工钱高的活儿难找。堂哥却从来没有闲过，先是和媳妇一起接油漆活儿，儿子长大成年后，子承父业加入其中。

一年三百六十五天，只要他们愿意，天天都有活儿做，甚至许多活儿还排起了长队，赚的工钱也比其他活儿多。由于基本没有停工的日子，而且工钱结算及时，堂哥一家收入不菲。当别的手艺人还骑着电动车到处找活儿，堂哥一家早已换成小车代步。

前不久，我读一本成功学书，里面谈到“竹子定律”。

竹子用了4年的时间，仅仅长了3厘米。但从第五年开始，就以每天30厘米的速度疯狂生长，仅仅用了六周的时间，就长到了15米。其实，在前面的4年，竹子将根在土壤里延伸了数百平方米。

熬，是人生最真的滋味。人们总羡慕别人“树高千尺”，自己却没能熬过那3厘米！成功需要咬定青山不放松的专注与坚持。这就是竹子定律，也是我堂哥成功的关键。

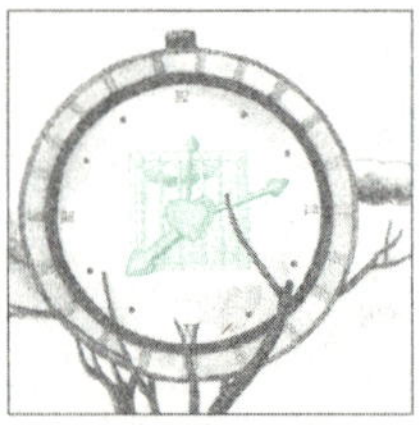

一慌张你就输了

□张天骄

从容是最让人着迷的一种风度和气质。遇事慌乱是人的正常反应，能镇定自若的人少之又少，所以会令人印象深刻。不过，同样是从容，依然会分出高低优劣。如果是“我自横刀向天笑”，视死如归的正面人物，你会佩服得五体投地。但如果遇到的是“用烧红的铁条烫自己肋骨，眉头不皱，并且谈笑自若”的土匪汤玉麟，你只会觉得惊悚。

《世说新语》里关于谢安的记载有好几篇，最著名的就是淝水之战的捷报传来，丞相谢安看了之后继续下棋，客人问战事怎么样了，他淡淡地说：“小儿辈遂已破贼。”本来事情到这里很完美了。可《晋书》里记载同样的事情时偏偏多了两句话：谢安回到卧室，由于太高兴，用力过猛，把木屐齿弄断了。史官接着评价道：“其矫情镇物如此。”编修《晋书》的是东晋灭亡200多年后的唐朝官员，崇尚壮丽酣畅的他们实在忍不了了，必须加上这么一句。

公平地说，谢安不是只在这一件事上镇定自若，《世说新语》成书于南朝，此时距谢安故去不过几十年，更有发言权。比如谢安乘船出海，遇大风浪，别人惊慌失措，他却神态安闲。比如桓温设宴想趁机杀害谢安，谢安反倒朗诵起诗来，对方最终没有下手。

《世说新语》里有很多关于“雅量”的故事，都是泰山崩于前而面不改色的极品：有人是倚着的柱子被雷劈了，还继续写字；有人是家里着了火，还慢悠悠地穿上鞋让侍从扶出去；有人是将军纵马闯入院子，依然面无表情。他们所展现的“从容”让你无法区分究竟是刻意为之还是与生俱来，这种镇定自若还成为被朝廷任用的重要依据。当然，这些人都有一个共同的身份：士族子弟，普罗大众就是再从容也很难得到这样的机会。

晋朝病态地崇尚“旷达”“优雅”也是有原因的。经历过东汉末年和三国时期的频繁战乱，处处都是“白骨蔽平原”，这种风度气质，更像是一种对多年恐惧慌乱的补偿和校正。

《唐国史补》记载唐朝受宠的宦官鱼朝恩到国子监，当着百官之面讲《易》，意在羞辱学者王缙和元载。王缙确实十分生气，元载却表现得怡然自得。鱼朝恩对手下说：“怒者常情，笑者不可测也。”数十年后，元载成了宰相，把鱼朝恩一党剿灭。看风格，这更像一个带有预言色彩的故事。不过，如果真的想复仇，愤怒应该更接近于常人的表现，也更能迷惑对方，过于从容反倒惹人注目。

全世界我最想偏爱自己

□李亦北

1

一直到25岁，我才接受了自己拥有一张“有福气”的大圆脸的事实。从青春期至今，我被这个客观事实困扰了整整13年。

我虽然脸圆，但也有一些优点——皮肤很白，眼睛很大。上小学时，我靠着还算清秀的五官获得过“班花”的称号。不幸的是，后来十几年，少女的轻盈体态也像“圆脸有福气”的审美观念一样一去不复返，这么多年，“大饼脸”“不上镜”“显胖”“笨拙”等标签一直牢牢地镶嵌在我的额头上，我甚至得到过一个外号——“大圆”。

我在中学时代遇到过的最好看的姑娘，叫林星星，她下巴尖尖的，嘴角有小梨涡，皮肤白到发光，大眼睛像寒星一样明亮。谁都不能否认，漂亮的女生总能轻易得到别人的喜欢。

林星星是在开学两周后入学的，没赶上订参考书。化学老师是一个雷厉风行的小老太太，上课时一眼就看到了坐在角落的她，急忙走到她的身旁，把书递给她，说：“送给这个漂亮的姑娘，要好好学习哦。”

林星星的“人设”并不新颖，她成绩不好，是那种美而自知的类型，非常会打扮，有很多新衣服，会在课堂上偷偷地涂口红，每隔不久就换一个时髦的发型。全年级大多数男生都喜欢她，我还记得那年，整个初中部有一句响亮的口号——“无人不知的三（7）班林星星”。

其实，我也是“无人不知的三（7）班李大圆”，因为初中三年，我的成绩一直在年级前五名，几乎每个老师都认识我。但是相比于男生的爱慕和女生的羡慕，老师的喜欢显得微不足道。

我，李大圆，更想拥有尖下巴，更羡慕无人不知的林星星。

虽然女生之间很容易相互攀比、相互嫉妒，但是，我跟林星星之间差了一整条银河，我们是两个极端，所以，在美貌方面，我根本没有资格跟林星星比。

2

我第一次因为圆脸疯狂地感到痛苦和自卑，也是在跟林星星同班的那一年。

我妈是那种嘴巴很毒的人。有一次家庭聚会，亲戚们凑在一起聊天，我妈斜眼看着坐在沙发上吃零食的我，说：“你们看看，她还在吃零食，脸都圆成什么样了，越长越笨，下巴短得像被刀砍过一样，我记得她爷爷还给她起过一个名字，就叫圆圆。”

一瞬间，我的身体开始发抖，眼泪上涌。相比于其他尖下巴的漂亮姑娘带给我的隐形伤害，我妈对我的打击更让我难过，因为她一直是这世界上我最相信、最依赖的人。其他任何人都能否定我、嘲笑我，只有她不可以，她应该保护我，不断地告诉我“你的圆脸很可爱”。但在这件事上，她放开了我的手，站在了银河的对岸。

那时的我对尖下巴有着盲目的崇拜和迷恋。被我妈人身攻击后不久，我就喜欢上了一个男生——小吴。小吴同学成绩很好，又高又瘦，最关键的是拥有锋利的下颌线。后来，我们考入同一所高中，被分到同一个班级。慢慢地，我们变得亲近，有了下课后可以一起去小卖部的那种交情。

有一次，我拿着印有圆脸女明星和尖下巴女明星照片的杂志，旁敲侧击地问他：“你觉得她们两个谁好看？”他歪着脑袋想了半晌，说：“都很好看啊，如果非要比，我觉得左边这个更好看。”左边是圆脸女明星。我因此开心了很久，把这当作圆脸美女取得的胜利，还试图从自己身上找到一些那位圆脸女明星的影子。现在想想，那时的我真的好傻！

因为喜欢小吴同学，我变得更加爱美。先从减肥做起，我大概有一个学期没有吃过晚饭。后来，上大学的表姐带我去剪了偏分刘海儿，她说这样可以修饰脸形，让我的脸在视觉上变窄。我剪完头发，按捺着心中的欢喜，约小吴同学在麦当劳见面。他看到我后愣了半天，说：“你原来的发型挺好看的。”在这一秒钟，刚过17岁的我觉得自己是闪闪发光的女主角，这是我10多年中的高光时刻。那天回到家，我对着镜子看了很久，晚上甚至梦到了小吴同学好看的侧脸。

3

高三那年的冬天，外公去世了，他是最爱我的长辈，我在他的眼里是真正的“樱桃小丸子”。

因为太伤心，在很长一段时间里，我失眠、焦虑、吃不下饭，体重跌到90多斤，硬生生瘦出了尖下颌线。有一次，晚读下课，我叫上小吴同学去广场散步，他来时提了一大包牛肉干之类的零食，塞给我说：“你现在不像樱桃小丸子了。”想起我们在麦当劳见面的那天，也想起外公，我一下子哭了起来。他看着我哭，并不作声。大概过了五分钟，我用校服擦干眼泪，抬头又看到他锋利的下颌线，一时间有点恍惚，便脱口而出：“我喜欢你。”

少年心性的另一个表现是冲动。在我说出喜欢他的那一秒，我看到他错愕的神情，接着他转过头，支支吾吾，半晌也没说出话来。我在那一瞬间明白了，他对我只有长久相处积累的关心，并没有喜欢这种情感。我佯装镇定地说了句“没关系”，然后提着零食回了教室。

再后来，我们高中毕业、上大学，小吴同学也谈恋爱了。有一年过圣诞节，他破天荒地给我发来了他女朋友的照片，娃娃脸，笑眼弯弯。“我当时并没有输在圆脸上。”这竟然是我在看到照片后的第一反应，我莫名地心生欣慰。

这么多年过去，我成长了很多，看了很多书，走了很多路，其实这也是一个寻找自己、接受自己的过程。尽管圆脸带来的自卑依然是藏在我身体里的魔鬼，在很多时候会跑出来，扼住我的喉咙，但我还是会尽全力去消解它。

大概再漂亮的女生都会对自己的外貌不满意，尖下巴也好，大眼睛也好，还是想变得更美。但是，美从来都是多元的，我们只能竭尽全力地向心之所向靠拢，而不是受困于此。

全世界我们最应该偏爱的那个人，应该是自己。

早饭搭子

□宿　亮

如果你不愿意早起吃早饭，多半是因为没有找到一个愿意和你一起吃早饭的人。

在80后的父母眼里，早餐的地位神圣不可侵犯，而且吃早餐的场景最好是在家里，而且一定要有鸡蛋和牛奶。所以，我小时候吃早餐，基本上就是这样的剧情反复上演：睡眼惺忪地坐在餐桌边，被煮鸡蛋的蛋黄糊住嗓子眼儿，使劲拿牛奶往下冲。

时间长了，我总觉得鸡蛋和馒头一样，是一种固态的主食。以至于后来看到西餐里煮鸡蛋或煎鸡蛋的标准都是要“流黄”，总觉得他们做得不对。

西餐里，“流黄蛋”最有名的用途就是美式早餐里的班尼迪克蛋：在英式麦芬蛋糕上放流黄蛋，浇上一大勺子“荷兰酱”。根据每家餐厅不同的自我发挥，还可以加上火腿、烟熏肉。所谓“荷兰酱”，感觉就像加热的法式蛋黄酱。如果蛋做得足够流黄，一刀切下去，蛋黄和荷兰酱会裹住下面的肉和麦芬，形成一种混合的口感。

一道早餐裹上了英美法荷四个国家，听上去就有点高大上。据说，好多西方人都自称是班尼迪克蛋的发明者。这个状态大致相当于大家讨论鸡蛋灌饼到底是谁发明的。

每个地方都有属于自己的独特早餐。第一次去意大利，我坐了一夜火车从罗马到那不勒斯。恍惚中从火车站出来，看到好多当地人在小餐馆门口吃早餐“两件套”：一块牛角面包加一杯浓缩咖啡。咖啡杯跟中国人的白酒杯差不多，喝法也是“一口闷”。没有经过牛奶或水稀释的浓缩咖啡，一口灌进嘴里，从舌尖苦到心尖。谁说咖啡提神？明明是被苦味叫醒了。

“两件套”的确有些简单。要找复杂的早餐，得去土耳其，那里早餐上桌是“十几件套”起。各种水果、饼、蘸酱、橄榄、奶酪，能摆上一大桌子，最有特点的是水牛奶酪球。

填饱肚子是人的动物性，吃出气氛和感觉是人的社交性，比如吃流黄蛋的时候争论一下谁发明了班尼迪克蛋，或者在火车站前面聚众喝咖啡以及早晨就在土耳其“吃席”。

老金是我的前同事。一起上班那会儿，他住北京东面，我住北京南面。同时上早班的时候，我们竟然总是能相聚在单位斜对面的快餐店。在清晨的快餐店胡侃一会儿，成了上班前最放松的一段时间。有了这样的“早饭搭子”，谁又会不吃早饭呢？

的确是这样，自从老金辞职，我就没怎么去过那家快餐店吃早饭。

周末的清晨，爸爸说要来看我。我准备给他做顿洋早饭：把牛油果加上松子打成泥，稍稍调味，厚厚地裹在烤吐司上，再撒上豌豆苗。结果，牛油果泥做好了，发现家里没有吐司，更没有豌豆苗……

老爹从包里掏出楼下买的炸油饼和咸菜，一副得意扬扬的样子。

那天早晨，我们爷俩的早饭是牛油果泥厚涂炸油饼，配疙瘩丝咸菜。吃到最后，老爹突然想起来：“早饭怎么可以没有鸡蛋！”

好教练与好医生

□爱玛胡

在报名学车之前，我就听说了许多关于驾校和教练的事，所言及的无非教练脾气暴，花了多少冤枉钱，受了多少委屈。终于有一天，我因为腿疾不能久站，决定学车。

第一天报到，七八个人围在一起学倒车入库，都是二十来岁的姑娘小伙子，旁边站着一个黑脸汉子，手里拿着一根木棍，不时指指点点：“怎样教你们的？学了就忘！右，右，右，打死，打死，把盘子打死！走！”别人告诉我，他就是乐教练。

我战战兢兢地靠近他，小声说：“老师，我是新来的。”他把车喊停，对我一指，眉毛也不抬：“你上去。”我上了车，乐教练坐在副驾驶的位置，“来，先调座椅，系安全带，踩踩刹车，再踩踩油门，找找感觉。”我低头东张西望，既不知道怎么调座椅，也看不出刹车油门在哪儿。教练看着我的窘样，安慰我说：“不要紧，刚开始都这样，慢慢来。”他很耐心地告诉我如何调座椅，如何系安全带，油门和刹车在哪里……

下一步，他教我挂挡，前进挡，后退挡……我打断他：“老师，我学的是自动挡，怎么还要换挡？”他愣住了，大概没有想到还有人问这么愚蠢的问题，过了一会儿才反问我：“你以为这是声控车？那我问你，你开车开得好好的，旁边的人说往后倒，那你怎么搞？”我自己想到那样的场景，也觉好笑。

每次去，都听见教练吩咐这一批那一批哪天哪天看考场。我很担心，问教练：“我是不是年前也要考？”他斜我一眼：“你觉得你行吗？”我赶紧摇头。他说：“是啊！我又没催你考，你学得慢，就慢慢学，不要跟别人比，比自己有进步就好。”再后来，有一天乐教练突然问我：“你想不想年前考？”我大喜：“好，考。”暗想，绝不能拖乐教练的合格率。办公室负责报名的老师说：“没想到你这么大年纪了，学东西这么快。”我说：“多亏我有个好老师。”这篇学车记，跟医院无关，但也给了我很深的启示。

我从医学院毕业后，基本上没再做过学生。这次学车，又让我产生了那种“什么也不会、两眼一抹黑”的感觉——就像我的病人们一样。我诊病的时候，也要给他们上些科普课，讲一些治病或者保健要注意的常识，难免也会出现“我讲得口水直溅，听的人不以为然”的情形。

但是这一次，轮到我当笨人了，驾校教练对我的耐心，让我感到惭愧。

我经常听到病人对医院或者医生的抱怨和指责，心里很冒火，觉得：我对你们尽心尽力，你们却把我们当坏人，往坏处想。但是，就像社会上的人对驾校教练的偏见一样，有坏脾气、贪心的坏教练，也有乐教练这样的好教练呀！那么，我是不是也要先学习修正自己的偏见，再来要求其他人？

反正，我相信，好教练一定会越来越多，就像好医生一样。

残缺的身体，不妨碍我拥有完美人生

□城　叔

5年前，一场车祸让四肢健全的潘俊帆变成了“独脚潘”。但是，只剩一条腿没有让他失去生活的希望，相反，他开始用一条腿奔跑，拥有比以前更多的人生可能。他说：“人是永远不会残疾的，就算身体不完整，只要你坚定信念，照样可以活出自己的人生精彩。”

刘德华的新片《拆弹专家2》应该是最火的电影之一了，票房已经破了8亿元。在这部电影里，华仔饰演一个因为意外失去右腿的前拆弹专家潘乘风。他不但戴着假肢练深蹲，还戴着假肢练跑步，一不小心就超出了警员标准，他还靠着一条腿，玩枪战打巷战，甚至和别人近身肉搏。

真的有人能只剩一条腿还做到这些事吗？其实现实中还真有这样“单腿开挂”的勇士，他叫潘俊帆，江湖人称“独脚潘”。就在2020年9月，他穿着义肢，用一条腿从青海起跑，到达甘肃的戈壁清泉。10天时间，穿越513公里戈壁无人区，他创造了腿部截肢者越野的世界纪录。

虽然失去了一条腿，但他热爱行走、奔跑。这样的极限挑战，他已经坚持了5年。

5年前，潘俊帆还是个为了工作和生活忙得焦头烂额的辛苦创业者。他身材瘦弱，从来没接触过户外运动，当然，他也没有精力和时间。事业上，每天开会，见客户，为资金周转发愁，根本不敢停下来。生活上，忙碌的工作让他很少有时间陪伴妻儿，甚至连儿子的家长会都没有时间参加，家庭已经危机四伏。就在这样一个充满无力感的瓶颈期，意外发生了。

那是2015年3月18日凌晨5点，连续工作了两个通宵，他开车时撞上了高速路的护栏。虽然保住了性命，但那次意外，让他失去右腿。对一个健全生活了35年的正常人，一个家庭的顶梁柱来说，这样的打击无疑是致命的。他还记得第一次穿上假肢时，那种钻心的疼痛。

还记得妻子正式和自己分居时，才四岁的儿子不知所措的神情。可是，公司还需要自己支撑下去，孩子和父母还需要自己照顾，他没空多想，只想尽快复健，恢复行动能力。一开始，穿着假肢只能坚持10秒；5小时后，能连续站立10分钟，到后来，他可以如常走路，甚至奔跑……

有一次，他拄着拐杖一瘸一拐地走到医院楼下散步，外面坐着一群坐着轮椅的截瘫病人，在他背后说了句：“如果我能像他一样该多好。”虽然他说得很小声，但潘俊帆听得清清楚楚，这句话犹如醍醐灌顶一般震醒了他。豁然开朗的潘俊帆，复健更积极，人也不再浑浑噩噩。

面对自己的断肢，他更加坦然，因为儿子喜欢变形金刚，他就告诉儿子，之所以原来的脚不见了，是因为他准备装一只机器人的脚。年纪还小的儿子很开心，还会很骄傲地把爸爸介绍给幼儿园的老师同学。

复健期间，潘俊帆偶然在电视上看到一项戈壁挑战赛，从此心驰神往。当有两条腿的时候，并没有感受到行走是一件多么愉悦且珍贵的事，出事之后，他反而爱上了行走的感觉。于是他就给自己定了一个小目标：他要参加一次戈壁徒步穿越。他积极复健、健身，把身体调整到最好状态，一年后，在敦煌如愿以偿完成了108公里的戈壁穿越。每隔几公里，他都要停下来，把假肢取下来重新按摩调整，然后继续前进，不然断肢末端肿胀磨破，会让他每一步都像踩在钢针上。他是这个比赛有史以来第一位成功的截肢者，当走到终点的那一瞬间，他觉得自己的人生从未如此圆满。

从此，独脚潘不再陷于生活的泥淖，反而找回了生活的热情，找回了内心的向往，也彻底爱上了户外徒步这项运动。穿越戈壁之后，他还去了黄山徒步越野。在完全看不到尽头的“绝望坡”上，完成连续1000多米的爬升。

后来，他每年都会完成一项挑战。呼伦贝尔一望无际的蓝天和草原、西双版纳泥泞的雨林……都留下了他徒步的足迹。他还体验了台湾公路的最高点，海拔3275米的武岭，一路攀升，气温骤降，他从T恤穿到羽绒服，一天就把春夏秋冬经历个遍。独脚潘的挑战之路没有终点，他参加斯巴达勇士赛，翻墙、攀爬、在泥地里打滚。

2018年，他第一次参加铁人三项，成了唯一的爬着上岸的选手，要知道报名的时候，他还不会游泳呢！第二年挑战升级，他参加了IRONMAN（世界铁人三项赛）最高级别赛事，3.8公里海泳、180公里骑行、42公里跑步，成为全球首位腿部截肢完成比赛的中国人。2020年3月，他又登上了巴哈雪山，完成了双人速攀、滑翔伞的挑战，不设限的人生无所畏惧，独脚潘做到了很多以前想象不到的事。

2020年，他本来打算参加著名的“八百流沙”越野，这是中国首个超长距离极限赛，在国内外极限越野爱好者中属于殿堂级荣誉，每年全世界只有50位左右选手参加。后来赛事取消了，不想就此放弃的独脚潘，一个人完成了这次“逐日”挑战。他穿越了513公里，比“八百流沙”更长，相当于12个马拉松的距离。挑战期间，他每天只睡4小时，以不同的方式运动12到16小时，中间补给休息数小时。这次挑战沿途经过了戈壁、雅丹、俄博梁、黑山、高山草甸、雪山、峡谷、沙漠、河谷等西北地貌。这次挑战当然存在风险，出发前，他给自己列了一张风险表格，整整100项，其中与假肢有关的就有24项。而实际上总共发生了40项。

他所追求的，是不断拓宽人生边界，实现自我的成长和突破。失去右腿之后，比起残疾，他更愿意用“残障”这个词来形容他以及像他一样的人，因为他觉得，“人永远不会残疾。”

他的微博生日设置为2015年3月18日，是他截肢的那一天。每年3月18日，他都会过一次“生日”，因为从这天以后，他成为全新的自己。

以前的独脚潘，从未想到自己能在户外奔跑那么远，也未承想能拥有健硕的身材。现在的独脚潘，生活更从容更自信，也找到了自己真正想做的事。比起别人，他没有缺少什么，相反，他现在能帮助更多人。

出门在外，他从来不把义肢隐藏起来，经常会有人来咨询他复健相关的问题，他希望那些和他有一样遭遇的人，能从他这里获得重生的勇气。

“人们总有苦恼，因为大家太倾向于计算自己丢失的东西，相比于此，不妨来计算一下我们还拥有的东西，只要你还拥有，人生就有无数可能性。”

晒月亮

□池　莉

常熟有一座山，叫作虞山。

虞山有一座寺，叫作兴福寺。兴福寺有一把年纪了，有一千五百来岁。寺内山坡上有一片竹林。竹林的特点是有一条曲径。曲径的特点是被一个唐人写进了诗歌。诗歌的特点是到现在还非常动人和流行。我曾经好几次听见父母们教导幼儿背诵这首唐诗。有一次居然是在麦当劳。这首诗歌我也记得，便是唐人常建的："清晨入古寺，初日照高林。曲径通幽处，禅房花木深。山光悦鸟性，潭影空人心。万籁此皆寂，惟闻钟磬音。"字是宋人米芾写的。米芾是湖北人，出了名的任性和疯狂，有洁癖，好奇装异服。性情渗透了笔墨，字是又诡异又憨厚，漂亮得出奇！

今年四月的一天，我就住在这首美丽的诗歌里面。清早起床，推开房门就是竹林。走在竹林的曲径上，梳着头发，根根发丝都飘向远方：唐朝和宋朝。忽然发现，美丽的东西是横截面，一旦美丽便永远美丽。真正的美丽绝不随着时间线性移动。美丽是不老的。

兴福寺的茶是兴福寺自产的，茶树就生长在兴福寺后面的山坡上。沏茶的水也是兴福寺的，是一眼天然的泉水。水杯是再普通不过的玻璃杯。水瓶也是常见的塑料外壳的水瓶。水瓶上用油漆写了号码，油漆已经斑驳，暗中透着沧桑，不知沏了多少杯茶了，也不知有多少人喝了兴福寺的茶了！我成了其中的一个。我平日不怎么喝茶。为了睡眠，下午是尤其不喝茶的。来到兴福寺的下午，我破例喝茶了，一杯接着一杯。没有别的原因，就是因为茶香。无须精致茶具的烘托，没有礼仪的引导，这是一种明明白白的清澈和香甜。能够享受一次这种清澈和香甜，还管睡眠做什么。

入夜，听慧云法师讲经。古老的寺庙，偏偏有年轻的小当家。二十来岁的慧云法师，相貌还没有彻底脱去男孩子的虎气，谈吐却已经非常圆熟老到，可以举重若轻地引领我们前行。很自然的，人在这种时候就有了要求进步的愿望，就能坦坦然然地说话。不过我不知道自己进步了没有，这是需要时间才能够证明的。可以肯定的是，要求进步总比不思进取的好。努力了总比不努力的好。努力至少是一种健康的姿态。

夜深深，在寺内缓缓散步。看风中低语的古树，看树叶滑落潭水，看青苔暗侵石级，看夜鸟梦呓巢穴，看回廊结构出种种复杂的故事，看老藤椅凝思深夜的含蓄，看时间失去嘀嗒嘀嗒的声音，看僧人们的睡眠呈现一种寺庙独有的静寂。

看细细的茸毛在皮肤上悄悄生长，皮肤的质感因此变得柔和而华丽；看身体的条条曲线向着灵魂蜿蜒，欲念因此变得清晰；看你的眼睛里面有我的眼睛；看你的笑意包含我的笑意；看你的心情覆盖了我的心情；什么都看得见。朋友们和我自己，在这一段时间里，都变得很透明和很简单。不思不想，无忧无虑。所有的牙齿，都曾经被烟垢污染，不记得何时有过今夜的灿烂。一笑，就有月光闪烁。这月光注定会温暖日后漫长的生活。这就是兴福寺的月亮！

我在新疆遇见过又大又圆清澈如水的月亮，可它的背景是沙漠。那种月亮像假的。你就是无法把它当真。点了篝火，一夕狂欢。狼狈的是天明之后的灰烬和残酒。那种月亮更适合行吟诗人，野外科技工作者和深受声名富贵所累的成功者。不是我。而我，真是喜欢兴福寺的月亮。从离开兴福寺的那一刻起，我的等待就已经在悄悄蔓延。我会耐心地等待再一次的缘分和机会，能够再去兴福寺住几日。到了晚上，就出来晒月亮。

睡在月光里

□王　晓

睡在月光里，就是夏天的模样。

儿时的夏天真热。老家的房子，青砖砌墙，七架梁，梁上椽子，铺旺砖，盖小瓦，这种房子，看起来气派，就是不隔热。暑气穿过屋顶，直达室内，在封闭的空间里蒸腾，家里哪儿都热，桌子板凳烫人。夜幕降临，想睡个好觉，成了难题。从小暑到中秋两三个月时间，除了下雨，基本都睡在屋外。现在的孩子，包括年纪相差不大的城里人，都很难想象。睡在月光里，岁月淘洗，留下乐趣和惬意，困顿和艰难如稻秕子被风吹走。

门前的砖地，奶奶用扫帚仔细扫过，痕迹新鲜，清晰可辨。地面也洒过水，压下浮尘。吃过晚饭的小桌子，不收，留着乘凉。竹床搬出来，就着晾衣绳，挂好蚊帐。椅子、凳子也都搬出来。这是一家人对抗暑热的武器。

天气太热了，睡觉不会那么早，我家门口是邻居们自然聚集的地方。大家都热得睡不着，摇着蒲扇，趿着拖鞋，聚来了。小杌子、大蒲团搬出来，分给大家坐，来迟没座的，门槛上挤挤。蒲棒头点起来，艾叶子熏起来，蚊子们似乎怕了，恼人的嗡嗡声远了一些，偶有一两只不怕死的，大蒲扇一拍，也遁得无影踪。

夏夜纳凉不点灯。月光如银，倾泻在整个村庄，到处白花花的。家门口敞亮无树，一地丰厚的雪花银。两旁厢房和树木的剪影，在月色里黑白分明，是我们最初关于建筑、关于光影的美学启蒙。巷道里，光影移动，那是时间的具象，小小的心里也生出丝丝缕缕的惆怅。

奶奶通常先收拾好锅碗，再收拾我们，给我们洗好澡，拍好痱子粉，把我们撵到小竹床撑好的蚊帐里，帮我们压好四边，要我们安静躺着。哪里安静得下？汗，顺着脖子往下淌，很快纠缠一窝。趁奶奶不注意，溜出蚊帐，和小伙伴们用点亮的蒲棒头打仗。看我们疯得汗如雨淋，奶奶就说这澡白洗了。奶奶的那趟澡本来就是白洗的。我家临河居，一条南北向的三王河，明亮如绸，流淌许多古意。聊天人群中的二爷，水性最好，也最喜欢孩子。看我们热得慌，他会带我们去几步远的水码头。孩子们站在没水的石板上，蹲下站起，乡人谓之在水里“端”几个回合，浸湿全身，身上有水，速度如风，好似有了阵阵凉爽。二爷带我们上岸来，衣服也不换，还坐之前那个位置，暑气一会就将他的衣服烘干。

打过仗了，戏过水了，肚子自然就饿了。这个时候，最宜杀个大西瓜，解饿又解渴。奶奶最懂我们心思，抱出用井水浸了半天的黑纹瓜，一刀下去，咔嚓有声，凉气四溢，恰如汪曾祺笔下所述“连眼睛都是清凉的”。众人分食，笑声朗朗。隔一天，他们会带来自家的炒蚕豆、煮菱角、嫩莲蓬给我们解馋。我们很愿意庄邻来分瓜，长大后，这成了乡愁的一部分。

吃饱喝足，我们有了倦意，自个儿爬上竹床，边看满天星星，边听大人讲话。奶奶摇着蒲扇，安抚我们：睡吧，睡吧，心定自然凉。我们躺在竹床上，虽然还是热得睡不着，好在竹床吱吱嘎嘎催眠，不远处蛙鼓虫鸣、群鱼吻水都往耳朵里钻，好似有风，从水边芦苇叶尖上赶来。水泥船舱里长的慈姑、菜地边的薄荷、后塘里的莲藕……丝丝缕缕的香气都送到鼻子底下，燠热生出的烦躁渐渐平息。

月色笼村庄，也罩着我们，眼皮渐渐搭上。心，借着月色升高了一些。再远的地方，隔着一条河，稻花正秀，桑叶正饱，无花果一点点变红。大地上的一切，都和我们没在银子样清亮的月光里，梦有凉意，滋生甜味。

活在鱼群里的人

□尤　今

那天早上，妩媚一如初恋的阳光，轻轻地落在宁静的海面上。撩人的风，吹拂在脸上，有梦寐的气息。

我们一家四口和导游站在乌敏岛的小码头上等，少顷，便看到一艘快艇敏捷地将丰满的海面剪开，如雪的浪花活泼地朝两边飞溅。

阿华奎笼的老板郑奕华（大家惯称他为“阿华”）亲自驾着快艇来接我们。约莫15分钟，便抵达他位于东北部海面的奎笼了。奎笼，一向严禁访客，然而，最近，许多行业发展情况不乐观，有关方面因此允许阿华开放奎笼，让少量访客参观。

我们摇摇晃晃地登上了木板搭成的奎笼，阿华颇具规模的养鱼场便一览无遗了。在整齐间隔成一个个长方形的养殖空间里，活力充沛的石斑鱼、红鲷鱼、金目鲈等，怡然自得地游来游去；还有许多养殖空间，专门用以饲养从中国、印度尼西亚、马来西亚等地买回来的鱼苗，上面还罩着大网，防止鸟儿啄食。金鲳和金目鲈，是最受市场欢迎的，因此，养殖的数量最多。

我好奇地问阿华，奎笼和养殖池两者所养殖的鱼类，有什么不同？

阿华条分缕析地解释道：“奎笼是在深海里养殖鱼类，海中的水，每天又涨又退，是动荡不休的活水，氧气充足，因此鱼儿身上有一股鲜味。养殖池呢，鱼养在浅水处，水是死的，氧气量不充足，养殖的鱼，往往带有土腥味。”

现年65岁的阿华，浑身充满快乐的细胞。他是修理卡车的熟练技师，养鱼是副业，而他经营奎笼，纯属偶然。

他爱钓鱼，一谈起多年来的这个嗜好，便眉飞色舞：“钓鱼，是一种极富乐趣的活动，垂钓时，心静如水；一旦鱼儿上钩，钓竿坚挺，鱼线却变得软绵绵的，不断地颤动，好像随时会断，却又断不去，你能充分地感受到一种生命的活力持续地传达到你的指尖，那种感觉，刺激极了！”

十多年前，有人要出卖奎笼，他知道消息后，便决定买下来，把钓鱼的乐趣进一步延伸到养殖鱼儿的层面去。原本抱着玩票的性质，然而，后来，有关当局规定，经营奎笼者养殖的鱼儿必须达到一定产量，所以，他的鱼苗越买越多，养殖场的规模也越扩越大，如今，每年饲养的鱼苗多达数十万条，渔场总年产量高达四五十吨。

尽管奎笼经营得当，但是，阿华还是保留着他修理卡车的正业。他说：“养鱼是我的嗜好，就像有些人喜欢踢球、唱歌、打麻将，而我，就喜欢鱼。每次喂鱼时，饲料一抛下去，无数的鱼儿纷纷浮上水面，争先恐后地抢食，那种感觉，实在棒极了；不管多阴霾的心情，在那一刻，都会变得亮晃晃的。”

至于修车，既是阿华的正业，也是他的爱好，他不愿也不想放弃，于是，每天便驾着快艇，在修车厂和奎笼之间往返。

白天，奎笼交由员工照料，他只负责监督和管理。到了傍晚，回返奎笼后，他就变成了鱼儿们无微不至的“保姆”了。

通常周一至周五，他留宿于奎笼，周末才回返新加坡和家人共处，家人对此也习以为常了。

经营奎笼多年的阿华，坦白地表示，要经营养鱼场，对这行业如果没有足够的爱，是很难坚持下去的，因为业者必须面对和解决的问题多如牛毛。

他自称“鱼类医生”，多年来致力于减轻海水污染和其他环境问题对鱼类生长的影响。

“大部分鱼类和人类一样，是晚上睡觉的。入夜后，我会拿手电筒到处逡巡，检查有没有鱼儿染疫，一旦它们睡觉的样子异于寻常，我便得多加注意了。”

鱼类如果生病了，阿华通常不喜欢用药医治，他会把生病的鱼儿捞出来，放进储集的雨水里，加入冰块，注入氧气，让病鱼在干净的环境里疗养，自行痊愈。

从事养鱼者，最大的噩梦便是碰上赤潮（也称红潮）。赤潮是海洋灾害的一种，指的是海洋中某些微小的浮游植物、原生动物或细菌，突发性地增殖和聚集，在一定范围和一段时间内，引发水体变色的现象。有害赤潮发生后，会导致海洋食物链局部中断，鱼群缺乏氧气，会大量死亡。

阿华双眉紧蹙地忆述：2015年，本地海域红潮半夜来袭，浮游生物泛滥，员工猝不及防，无法及时把全部鱼儿捞出，100吨鱼只存活两成，损失超过8万元！其他多家养鱼场，鱼儿在一夕之间全部死亡，呼天天不应，叫地地不灵，对本地业者来说，这是史无前例的惨重打击！

“红潮”，相当于养鱼业者的一个“诅咒”，闻者色变。

喜欢养鱼的阿华，却很怕卖鱼。由于人工、经营和养殖的成本比邻国的海鲜供应商高，如果把养殖的鱼送到超市和菜市销售的话，在价格上较难竞争。阿华表示，很多人只看价钱，却不了解“一分价钱一分货”的道理。

2013年，两名年轻人洪伟景和黄靖凯看到了奎笼的潜力，向阿华提出合作计划。他们积极开发多元化渠道，在海鲜的供应上，把被动转为主动。除了开设餐馆并由阿华提供食材之外，他们也把海鲜供应给其他餐馆。除此之外，他们还开创电子商务平台，提供网络销售——客户在网上下单后，员工当天早上才在奎笼捕捞活蹦乱跳的鲜鱼，宰杀、包装，并在当天傍晚之前送上门去，好让客户能以新鲜食材烹煮晚餐。客户只要订购40元，便可以享受免费送货的服务。由于货源新鲜，口碑不错。有个朋友表示，一次订购40元的海鲜，可以吃上好几顿，免去了天天上菜市的麻烦；或者，和邻居一起订购，便能时时尝及当天捕捞的海鲜。她还说，鱼肉晶莹澄澈，新鲜得仿佛是用筷子从海里夹出来的。嘿嘿，真是传神的形容啊！

这两名脑子灵活的年轻人，也在网上分享食谱，让主妇依样画葫芦，煮出让人齿颊留香的美味佳肴。

终日和鱼打交道而乐此不疲的阿华，已经决定退休后长住奎笼。

他恬然地微笑着说：“在新加坡，老人们都喜欢坐在咖啡店里闲聊，不是喝咖啡就是喝啤酒。这哪儿及得上在群鱼的环绕中享受海上美丽的景致，呼吸新鲜的空气啊！生活在与世无争的奎笼，真是一丁点儿烦恼也没有啊！”

确实，终日活在鱼群里的阿华，快活得像一尾鱼。

靠“抠门”买房的英国小姐姐

□李孟苏

乱买东西的时候，爱用王尔德的一句话给自己打气：“量入为出的人是最缺乏想象力的。”先问问自己，你是王尔德吗？你有王尔德高级的审美和品位吗？如果只是挤在李佳琦、罗永浩的直播间，或者跟着网红大V的公众号，鸡血上头买买买，就别说这钱花得有想象力。不如去看豆瓣的“抠门男性联合会”小组的帖子，省钱、攒钱才需要创意呢。

最近看英国小报上一个小姐姐花样百出的“开源节流”的故事，非常励志，特别想把她的经历贴到“抠门”小组里。

小姐姐名叫艾比·德朗，住在伦敦西南部的康沃尔郡，职业是客户顾问。她35岁时和男友买了一套房，没想到买房后4个月，他们就分手了。由于首付是男友付的，她相当于净身出户。她姐姐跟她说，你这样也不是事儿，来我家住吧，每周付我20英镑的房租，能省就省，好好存钱买自己的房才是正事儿。

艾比原本也是寅吃卯粮，有点钱就去度假。她对钱没概念，电脑坏了，不假思索就刷信用卡买一台新苹果电脑，根本不想如果刷储蓄卡她是不是买得起这件消费品。走投无路之际，她搬进姐姐家的车库，决定洗心革面，改过自新。她的省钱创意大法有：从不开暖气，取暖靠多喝热水加电热毯，刷牙的时候都披着它；康沃尔郡的水价很贵，所以她淋浴用计时器定时，洗澡不超过4分钟；在超市的加油站加油，因为油价最便宜，还常常赠送超市的购物代金券；耐用品能买二手则买二手；除了周末犒劳自己一块蛋糕，杜绝一切三餐之外的食物，更不喝酒，朋友聚会一概谢绝；不外出度假，她安慰自己，你住在康沃尔啊，有多少人还花旅费和酒店钱来这儿看美丽的海滩呢……

伙食费是必不可少的开销。艾比把伙食费限定在每月20英镑，有一次她花90便士买了8个白面饼，35便士买番茄酱，45便士买马苏里拉奶酪和蔬菜，做了8个比萨饼，可以吃8天。她会一次性做大分量的咖喱鸡或意面肉酱，分成小份冷冻，带着上班做工作午餐，不再叫外卖。

既然主动堵死了一切消遣享乐，艾比正好用业余时间研究各种会员卡、购物App、应用程序。艾比在各种网站比对价格，找到最便宜的汽油、天然气、电力供应商，免了3个月的电视收看费；她利用职业特长，跟各家公司讨价还价，一旦合同到期就表示要换一家，以此争取到了不少优惠和免费。

有的时候她也觉得清教徒式的生活未免太艰难，于是通过现金返利网找到非常便宜的旅行，花99英镑来了一次威尼斯三天两晚游。

朋友和同事取笑她，家人心疼她对自己太苛刻，可他们看到艾比存下的真金白银，也不得不感慨储蓄有力量，能切实改变一个人的生活。

艾比很快还清了汽车的贷款和一部分抵押贷款。两年半，艾比存下15000英镑，交首付买了一栋两层楼：1个起居室3个卧室、带停车位和花园的房子。她再也不用寄人篱下。

艾比说，我真应该20岁出头开始存钱，这样就可以攒更多的钱。她还在存钱，每个月能存约700英镑，自觉恪守“节俭”的生活方式。

本杰明·富兰克林说，人生诸事总是不确定的，除了死亡和交税。对我们这些普通人而言，活着时确定要做的，除了交税，还有省钱、攒钱，不是吗？

强烈的爱好可以抵抗衰老

□［英］帕特兰·罗素　译/戴玉庆

虽然有这样一个标题，这篇文章真正要谈的却是怎样才能不老。

我的外祖母，一辈子生了十个孩子，活了九个，还有一个早年夭折，此外还有过多次流产。可是守寡以后，她马上致力于妇女的高等教育事业。她是格顿学院的创办人之一，力图使妇女进入医疗行业。她总爱讲起她在意大利遇到过的一位面容悲哀的老年绅士。她询问他忧郁的缘故，他说他刚刚同两个孙儿孙女分手。“天哪！”她叫道，“我有七十二个孙儿孙女，如果我每次分手就要悲伤不已，那我早就没法活了！”

作为她的七十二个孙儿孙女的一员，我喜欢她的见地。上了八十岁，她开始感到有些难以入睡，便经常在午夜时分至凌晨三时这段时间里阅读科普方面的书籍。我想她根本没有工夫留意她在衰老。我认为，这就是保持年轻的最佳方法。如果你的兴趣和活动既广泛又浓烈，而且你能从中感到自己仍然精力旺盛，那么你就不必去考虑你已经活了多少年，更不必去考虑你那也许不很长久的未来。

从心理角度讲，老年需防止两种危险。一是过分沉湎于往事。一个人应当把心思放在未来。另一件应当避免的事是依恋年轻人。

子女们长大成人以后，都想按照自己的意愿生活。如果你还想像他们年幼时那样关心他们，你就会成为他们的包袱，除非他们是异常迟钝的人。我不是说不应该关心子女，而是说这种关心应该是含蓄的，假如可能的话，还应是宽厚的，而不应该过分地感情用事。动物的幼子一旦自立，大动物就不再关心它们了。如果不把心思都放在子女和孙儿孙女身上，你就会觉得生活很空虚，那么你必须明白，虽然你还能为他们提供物质上的帮助，比如支援他们一笔钱或者为他们编织毛线外套，绝不要期望他们会因为你的陪伴而感到快乐。

有些老人因害怕死亡而苦恼。年轻人害怕死亡是可以理解的，一想到会失去生活能够给予他们的种种美好事物，他们就感到痛苦。这种担心情有可原。但是，对于一位经历了人世的悲欢、履行了个人职责的老人，害怕死亡就有些可怜了。

每个人的生活都应该像河水一样——开始是细小的，被限制在狭窄的两岸之间，然后热烈地冲过巨石，滑下瀑布。渐渐地，河道变宽了，河岸扩展了，河水流得更平稳了。最后，河水流入了海洋，不再有明显的间断和停顿，而后便毫无痛苦地摆脱了自身的存在。能够这样理解自己一生的老人，将不会因害怕死亡而痛苦，因为他所珍爱的一切都将继续存在下去。而且，如果随着精力的衰退，疲倦之感日渐增加，长眠并非不受欢迎的念头。我渴望死于尚能劳作之时，同时知道他人将继续我所未竟的事业，我大可因为已经尽了自己之所能而感到安慰。

当代年轻人，住进工位里

□石润乔

每个进入职场的新人，都曾壮志满怀地喊出要严格区分工作与生活，然而工作还是冲进了生活，许许多多人把做一顿饭的时间、享受一次按摩的时间用在了工作上。久而久之，一些年轻人决定把部分生活存放在工位里。从读者们讲述的工位故事，我们发现，布置工位这件事，实际上是大家一次平衡工作与生活的实验。它带着不得不妥协的无奈，也透着些宽宽心、拍拍尘土继续向前的生命力。

工位里的美食家

我是做电商运营的，加班是工作常态。因此，同事们习惯用互相分享零食的方式，给彼此打气。双十二，我被调去直播部帮忙。忙完以后，同事都已下班，我发现桌子上摆满了大家给我留的卤品、炸鸡。

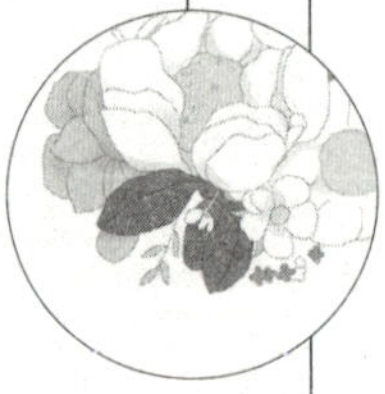

加湿器、养生壶不算稀罕，我还往工位里放了一个加热饭盒，热饭的时候它比微波炉好用。后来我还在工位里准备了电炖锅，上班间隙煮过火锅和螺蛳粉，味道很香。

在做准妈妈的日子里，我开始在工位里研究营养学。我喜欢吃零食，写公众号文章也需要灵感，因此工位常备山楂酸奶球和绿豆饼。许多美食出现在我的工位里，大都是我试着做的，少数是外卖。我喜欢把这些美食摆拍好，存进手机相册，它们给我带来了仪式感。我的工位五脏俱全。由于戴了牙套，我需要使用冲牙器，连带刷牙。我常备牛奶、藕粉、坚果、雪花酥以及每天自带水果。又因是喝茶爱好者，左侧的筐里放了凤凰茶、白茶、绿茶、牛蒡茶、金线莲以及去火的金银花和菊花。茶水、咖啡和奶茶都放在恒温杯垫上，保持55℃。工作八个月后，我因长期久坐胖了12斤，继而间歇性减肥，继而反弹，愈败愈战。

高强度工作中，我和同事商量着在办公室里添置了一台小冰箱。现在里面放的绝大部分是冰镇可乐。偶尔，午饭时间一到，我就打开冰箱，对着全办公室的人吼：“谁要快乐？”几个同事响应：“要！”我说：“不冰镇的可乐，就是普通的快乐。冰镇过的，是加倍的！”同事也会配合地吼：“要加倍快乐！”

工作着，理疗着

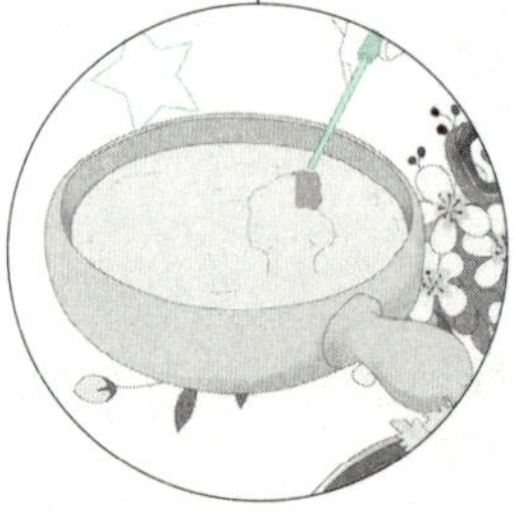

已是三月，办公室还未回温。为了能使久坐导致血液循环不畅的下肢处在温暖中，我买了块加热板，还从公司物料室拿了块无人认领的地毯铺在下面。

布置工位的灵感源于疾病。今年过年前，我连续加班3天后，一口气睡了20个小时，结果一觉醒来，腰以下动不了了。一番痛苦的治疗之后，我添了台升降桌——继续每天14小时的工作。

我每天盯着屏幕工作12小时。为了让眼睛舒服点，我买了一台4K显示器。眼疲劳得到缓解后，肩颈也开始不舒服了。每到下午6点，我的脖子和肩膀疼得不行。目前还没有解决办法。

我的工位里，最特殊的是两个哑铃和一块平衡板。每次，在工位上超长待机工作的时候，我会时不时举一下哑铃，站起来踩一踩平衡板。为了让工作变得好玩些，我开始一边踩平衡板一边抱着电脑打字，一开始根本行不通。但一点点练习之下，我现在能够踩在这块板子上打字了，两分钟。

工位里藏了一台眼部按摩仪。以前，每个工作日我都要在工位上从早坐到晚。长时间盯着电脑让我眼睛酸痛。为此，我添置了一台眼部按摩仪。之后，我把午休的最后半小时留给自己，调整椅背角度、后仰、用机器按摩眼部周围穴位。睁开眼，再开启工作的下半场。

工位里藏着慰藉心灵的物件

我的格子间很难看到太阳，让人略感压抑。所以入手了洛斐键盘和鼠标，把恒温水杯贴满贴纸——添一抹明亮的色彩，聊表安慰。

意识到每天在工位上会待8小时之后，我决定给自己制造快乐。我在后面的空桌上摆了花、贴上喜欢的UP主照片，还买了章鱼小布偶，正面是开心的表情，翻过来背面是不开心的表情。每次和领导吵完架，我都把布偶翻到不开心的那一面，等他来道歉。觉得累时，就环视所有摆件，心想：为了这些，辛苦也值得。

我给自己添置了小鱼缸和大毫升饮水壶。前者是自然的象征，觉得累时我就会看看小鱼，想象自己和它们一样自由。后者按压式取水，把它放到工位里，是为了让喝水这件事变得有趣，鞭策自己每天喝足够的水。

《玩具总动员》的同款角色玩偶是我的心头好，其中最爱巴斯光年。从2020年开始，我在工位上放满了巴斯光年：鼠标垫、屏幕保护、角色玩偶。巴斯光年提醒着我，哪怕身在工位无法离开，心里也要有浩瀚宇宙。

我喜欢收集动漫电影里的卡通玩偶，在家里摆放了很多。但由于总是加班，回家的时间太少，我实在没有时间摆弄这些小人儿。我决定挑喜欢的带到公司，后来甚至把新购买的玩偶直接寄到这里。我是一名设计师，平时最喜欢给他们配对、组合、拍照，最后为他们编一个故事。

我把工位摆满我家沙皮狗的照片。曾经，它因为大病住进了宠物医院，动了手术。我便利用晚餐时间，从公司溜出去，半小时到达宠物医院，只为摸摸它、抱抱它，再回到工位加班。它的存在增加了我的工作动力。

工作三年，两盆热带绿植也陪了我三年。平时，我一周给它们浇一次水，但居家办公期间，我有一个半月缺席。回到工位之后，我本以为它们已经没救了，没想到它们还在拼命撑着，那一瞬间我特别感动。在那个节骨眼上，我虽然工作不易，但也得和那些植物一样，在某个地方扎根，顽强地长高。

在工位上当一个生活家

去年，为了提高午睡质量，我下单了折叠床。感谢这张床，每天中午吃完饭能够打个盹。在午睡里得到满足感的我，越来越依恋这张小床，每天中午我都会躺在这里，放松着想一想事情，等待自己慢慢睡着。

搬到新工位以后，我从网上买了一套茶具，摆在我和同事两个工位的中间。喝茶是难得的休息时间，我给自己定了个目标：每天以白色饮水壶为单位，和同事喝掉两壶白开水，算是职场中年人的倔强。

每年500英镑及一间带锁的房间

□欧阳宇诺

在获得遗赠之前，作家弗吉尼亚·伍尔夫的谋生方式是给报社写些零星杂稿，报道一下驴赛或婚礼、代写信封、念书给老太太们听、教幼儿园小朋友们认字母。这些工作令她的内心充满辛酸，随之而去的是她的“自我”与“灵魂”，更令她那弥足珍贵的“个人才能”渐渐毁灭。作家简·奥斯汀没有单独的书房，她要忍受各种各样的外来干扰，在公共客厅里写小说。奥斯汀的外甥认为，在思路总被打断的情况下，她能够完成作品，实在是令人惊讶。

后来，伍尔夫的姑母因为在孟买骑马呼吸新鲜空气时坠马，离开了人世，之后，伍尔夫收到了一封律师信，发现姑母永久性地给她留下了每年500英镑赠款。奥斯汀对于公共客厅的门轴会发出“嘎吱嘎吱”的响声这一点非常高兴，这样她就可以在别人进来之前将手稿藏好，不让仆人、客人或其他任何人发现她在写作。

在获得每年500英镑的赠款后，伍尔夫的情绪发生了剧烈变化，辛酸与不满消散了。她忆起奥斯汀的艰苦写作环境，对想要写作的女人们提出了忠告：如果一个女人打算写小说或者诗歌，她必须每年有500英镑收入，还要有一间属于自己的带锁的房间。

但是，不是每个想要写作的女人都会有一个伍尔夫式的姑母，至于一间属于自己的带锁的房间，得到它的概率或许只比拥有一个“伍尔夫式的姑母”高上那么一点点。于是，贴心的伍尔夫给出了终极解决之道：“即使在穷困潦倒和默默无闻之中也要努力工作。”

于是，一个想要写作的女人，或许会在工作中度过一天的大部分时光，夜幕降临，她拖着因加班而筋疲力尽的身体回到出租屋，吃简单的饭菜，迅速淋浴。当她终于能够坐到书桌前时，可能已是深夜。她意识到今晚将彻夜无眠。她或许要撰写一部新的小说，或许要创作一篇抒发心情的散文，抑或接受灵感缪斯的馈赠，记录下一首诗歌。当第一缕晨光透过窗帘缝隙照进屋内时，她意识到，是时候走出出租屋，继续工作去了。

作家乔治·奥威尔认为，对于一个想要写作但又必须靠工作养活自己的人来说，其工作最好能符合其性格并且与文字无关。因为“一个银行职员或者一个保险经纪人晚上回家后，或许能够进行严肃写作，但如果已经将精力耗费在半创造性的工作上，比如教书、广播或为文化协会等团体撰写宣传资料，回家后再写作未免就太辛苦了”。但是，对于一个必须依靠工作养活自己并且尚在构筑房间梦想的女人来说，又怎会有无尽的选择呢？

因此，血液中流淌着写作使命的女人用“音速青年”主唱金·戈登的生活来激励自己——“不停打工，端盘子，刷墙，在美术馆干杂活，在复印店装订复印；每隔几个月换个地方租房子住”，辛苦地工作养活自己，其他时间则用来做自己想做的事情。

痛苦是一种自我选择

□于德志

无论我们遭遇过何种打击，无论个人愿意与否，选择的权利一直在我们手中。

实际上，情绪的脑成像研究发现：痛苦是一种自我选择。这句话会冒犯很多身处心理困境的来访者：我的悲伤、孤独、愤怒、无力、绝望是如此真实，我对此完全无能为力，你凭什么说这是种选择？对有抑郁情绪的来访者或抑郁症患者来说，这句话尤其残酷，他们可能会强烈质疑：你是在攻击我们吗？你认为是我们主动选择了抑郁？难道我们不想摆脱抑郁？这当然不是我想表达的。在回答质疑之前，先让我们一起看看关于情绪、感受的实证研究。

巴蕾特博士是美国东北大学一位杰出的心理学教授，在将近三十年的时间里，她一直从事情绪领域的研究。在扫描过数百个大脑、分析过涉及数千名实验对象的数百篇生理研究、探讨过几乎每一篇与情绪有关的大脑成像研究后，她在自己的新书《情绪如何产生》中提出一个全新的研究结论：我们的情绪并非天生，情绪的变化完全是后天经验以及自我选择的结果。她的研究结论与海耶斯教授的关系框架理论研究成果几乎不谋而合：痛苦源于个人经验，源于我们的知识建构模式。

举例来说，当我们准备在一个重要的比赛中上场时，可能会心跳加速、肌肉紧绷、手心出汗，胃肠也可能开始搅动。此时，如果我们有焦虑发作的经验，可能会想：糟了，我感到非常紧张，我又焦虑发作了，而这会搞砸比赛的……然后，我们真的会开始焦虑，并出现与之吻合的多种反应。但同样的身体感受，可以有不同的解读，譬如手心出汗，其原始的适应功能包括握紧武器或抓紧树干，以便更好地战斗或迅速逃避可能的风险。如此，我们便可以换个角度来观察：即将上场让我感到兴奋，我现在充满力量，有信心面对一切挑战。在这种思维下，我们会跃跃欲试，对即将来临的挑战充满信心与力量。如何解读发生的一切，这是个人可选择、可掌控的——在这种选择之后，我们的感受会随之发生变化。所以，感受不是天生的，它是我们的选择所制造的。

巴蕾特的研究显示，当身体出现这些变化时，如果学生能习惯性地制造充满力量的决心而非焦虑时，他们的考试表现会更好。回到来访者可能会有的质疑问题上，“痛苦是一种自我选择”这句话并非攻击，它只是一种提醒：我们一直拥有生活的选择权，哪怕是在困境中，依然可以通过有效的练习，让自己更有智慧地面对各种挑战。但是，要接受“我能选择并掌控自己的生活”这一信念，对很多来访者并不容易。因为意愿、选择、掌控不仅意味着希望，更意味着责任——对很多人来说，希望、责任都是危险的，尤其是责任，它们可能意味着新的伤害。

午餐一随便，气势就垮了

□淡淡淡蓝

1

昨晚我用电饭煲卤了两斤牛腱子肉，卤的时候我就想好了今天中午在公司的午餐。公司没有食堂，外卖已经吃腻了且不健康。每天晚上考虑好第二天午餐的内容，是一个带饭族的本能反应。

最近我偏爱用电饭煲做卤味，相较于其他厨具，电饭煲的优势在于：既免去了烟熏火燎，又不用时刻在灶台守着。我让牛肉在汤汁里浸泡了两小时，取出后放冰箱冷藏。早上起来切了十来片放在保鲜盒里，又用另一个保鲜盒装了一点汤汁。心思缜密的我早就有了完美的安排：上班路上会路过菜市场，我只要提早几分钟出门，拐进菜场买一些湿面条，再买一小把香菜就万事皆备。当然，我也可以带一些挂面，但挂面哪有湿面好吃呢。

就这样，我给自己准备的午餐，就是可以和小吃店媲美的香菜牛肉面。这一碗活色生香的牛肉面，让我一向“随便应付”的午餐熠熠生辉，也让我这一天的工作都有了与众不同的激情。

2

吃上牛肉面之后，思维立刻变得开阔活跃。既然牛肉面都能自给自足，为什么还要局限在每天带剩饭剩菜加热呢？

我的午餐开始走上了高光时刻。一周五天工作日，我计划每天都要准备出不同的花样。汤面、拌面、馒头稀饭、水饺馄饨、南瓜玉米粗粮和白米饭混搭出一周食谱。晚上炖了排骨汤，我就先盛一碗出来，第二天再切一条年糕，洗两棵小青菜切好装盒，中午用养生壶的养生汤功能嘟嘟嘟五分钟，寒风骤降的日子里，这一碗热气腾腾的排骨年糕汤是能给人慰藉的。

3

其实以前我也不是认真吃好每一顿饭的人。午餐更是将就，不过是前一晚的剩饭剩菜带到公司加热。幸好我仅存一点健康意识，不吃加热过的蔬菜，那就只剩下一个选择——浓油赤酱的大荤类，想想这些年自己吃进去的重油重脂肪在身体里潜伏的“地雷”，不免有些后怕。出来混，终究是要还的。吃进去不健康的，也终究会在身体里体现。

促使我认真对待午餐的，其实是人到中年后每一次的体检单。单子上那些上上下下的箭头，一年比一年递增，让我触目惊心。也因此开始反省自己每一餐的饮食，反省自己是不是只贪恋好吃，而忽略了健康；反省自己是不是只追求省事，而忽略了营养的均衡。

说到底，刺激我们的体检单，是警钟也是良药，是中年辛酸的养生史。

4

有一天读黎戈的书，她写她妈妈是一个“翻译”：她能把一切情境都译成家庭。她让她爸住院时的病房越来越像家：搁架上的电饭煲在煮米饭，洗手间擦拭得一尘不染，她妈妈迎着阳光在窗户下补衣服。她带女儿皮皮去医院探病，妈妈自自然然地把皮皮的小辫子解开，打开热水给她洗头，细细地梳通，皮皮坐在病房的露台上晒头发，而她，一进病房就想换睡衣。

看到这里，觉得很温暖。“理论不能给我们精神力量，而生活家和行动家却能。”我又有些喜滋滋的，我和她妈妈多少有些相似。

几年前妈妈住院的时候，我也带了一堆日用品去陪护，不仅带了棉被，还带了垫被，哪怕是一晚也不想应付。同样，为了配得上我的牛肉面，我特意带了我喜欢的樱花汤碗放在公司，还挑选了一只漂亮的波点盘子，可以在吃意面的时候用。用上了美丽的餐具，我的午餐就多了一点正式感，显得没那么随便。大多数时候，人一随便气势就垮了，气势一垮就显得特别凄惨。这凄惨也会影响到一整天的心情。

看法国记者泰松的日记《在西伯利亚森林中》，他说：“烹饪食物，照料身体，就像把拥有任何点滴幸福的可能性赋予了自己。”彼时，我正在茶水间吃我自己煮的雪菜肉丸米线，幸福的滋味正悄悄在舌尖蔓延绽放。

从前，真的很慢

□蒋　曼

美食博主李子柒制作的咸鸭蛋要从养鸭子开始。弹幕上有人抱怨：吃一个咸鸭蛋，居然要等两个多月，还不算养鸭子的时间。后面有人回答：我们以前自己做咸鸭蛋，从秋天看着鸭子下蛋，然后一天天收集，再用黄泥巴加盐包起来，确实要搁到初冬，才会变成美味可口的咸鸭蛋呀！

年轻人被速食品和外卖训练的大脑，很难理解曾经许多食物的制作，实际上真的很慢，必须有足够等待的时间。我们被省略的时间恰是他人奋力工作的阶段。今天，我们只参与了其中的一个节点，我们失去的不仅是耐性，还失去了对许多事物刨根问底的兴趣。

蒋勋回到台湾小乡村，喝到一碗味美甘甜的鸡汤，随口问，加了什么？邻居笑意盈盈：只有腌了14年的橄榄。珍贵的哪里只有时间，还有等待的耐心和对万物的怜惜眷爱。

所有完整的生命当然有始有终。一封信要写好几天，才能在字句的反复斟酌中妥帖安放情感。还要在路上风餐露宿，才能把一颗心带到另一颗心的身边。修房子要先从种树开始，做棉被要从种棉花开始。那些过去的日子，衣食住行都要享受恩泽的人亲自参与，不得假以人手。我们是享受者，也是创造者。

从前，我们真的过得很慢。夕阳的余晖要在西边徘徊好久，天空才会暗淡下来。我们看得见每一束光线的明灭，每一颗星星从夜幕中现身，每一轮月亮的损益。

一个死于人设的人

□蒋方舟

挪威诺贝尔协会曾让一百位著名的小说家投票，选出有史以来最重要的一部文学作品，超过一半的作家都提名《堂吉诃德》，远远领先于其他任何作家的作品。这本书的崇拜者包括黑格尔、歌德、托马斯·曼、福楼拜、马克·吐温、博尔赫斯、毛姆等。但今天，这本书似乎很少被提及，被仔细阅读了。

或许你不知道，这本书的上卷和下卷出版相差十年，有很多人甚至没有读过下卷，这是一件非常可惜的事情，因为此书下卷的精彩和动人程度远远超过上卷。

下卷写的是堂吉诃德和桑丘再度出门远行，发现自己成为名人，因为这十年间出了一本畅销书来写他们，也就是《堂吉诃德》的上卷。成为名人之后，所有人都想见见这对主仆，当面看看他们是不是这么可笑，掂量一下他们与虚构小说之间的差距。

而堂吉诃德遇到的困难不再是风车和羊群，而是自称“堂吉诃德”的冒牌货，比如一个镜子骑士要与堂吉诃德决战，说打败他之后，他的所有荣耀就会转移到自己身上。

而且出现了《堂吉诃德》这本书的仿作。有意思的是，这是真实生活中发生的事情，一个名叫阿隆索·费尔南德斯的人出版了一本仿作。

而塞万提斯决定把这本书也写进小说之中，在小说下卷，当堂吉诃德知道阿隆索小说中的堂吉诃德要去萨拉戈萨时，他就不去了，不让冒牌货得逞。

所以小说的上卷和下卷呈现出了一种有意思的呼应：在上卷中，堂吉诃德是在模仿骑士，而在下卷中，堂吉诃德是在模仿上卷中的自己，模仿一个模仿骑士的人，以回应一个虚构自我的方式，证明自己的真实性。——这一番番拗口的话，概括来说，不就是我们现在说的“人设”吗？

我可以大胆地说，所有的“人设”都是虚假的。因为人生是一个复杂柔软动态的过程，没有人的个性能单薄如白纸，一周七天都是傻大姐，一天二十四小时都在反差萌；也没有人六岁到六十岁都“独立洒脱”，从生到死都“人淡如菊”。

人生的变化和矛盾是最美妙的部分，但如果我们太过珍惜“人设”，那就成了下卷的“堂吉诃德”，困在上卷的自己的人生之中，生活的全部意义在于证明自己是一个故事，一个关键词，一条标语，一个角色，活在自己建造的牢笼里。

堂吉诃德当然意识到了这一点，在小说中，他对桑丘说：“这个世界的舞台也是如此，有人扮演皇帝，有人扮演主教，简而言之，就像戏剧一样，各有各的角色，但是，到了最后，等到生命结束之际，死亡剥掉了区别他们身份的衣服，所有的人在坟墓中都是平等的。”

“这个比喻好，”桑丘说道，“但并不新鲜，我之前就听到过好多次了。”

的确，这个道理并不新鲜，但是值得反复讲。

在小说中，塞万提斯最后让堂吉诃德死了。在所有的读者心甘情愿地成为他的追随者，相信了他的虚构的时候，堂吉诃德死了。

在死之前，他清醒了，他忽然否定了他奉为圭臬的骑士传说，说：“所有骑士故事都亵渎历史。”只有消失，他才能走出他对自身的虚构，走出自己的角色。

这篇关于堂吉诃德的文章介绍了作者塞万提斯是如何写成《堂吉诃德》这本书的，以及为什么《堂吉诃德》受到众多作家的追捧，甚至鲁迅笔下阿Q的灵感也很有可能来自堂吉诃德。

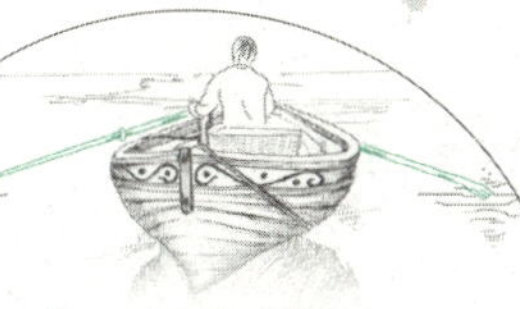

坐慢船去旅行

□王太生

在雾气朦胧的河流上，一盏移动的灯火，说明有一条缓缓航行的船只。有慢船的水面，篙声灯影，船尾统一标注“某某港”的醒目字样。以这样的方式，表明大大小小的船来自何方。船的归属感很强。

那时候，在我的家乡，船由北而南驶入长江，在城市的河道上，拖船、驳船居多。一列船，宛若游龙，往返于长江上的港口。

因为航程遥远，总要装载许多东西。小火轮往往在前，到最后一节，要拖得很长。这时候，船尾往往站着一个女人，扶着舵，身旁有一只摇尾的小黄狗。让人想起沈从文湘西沅江上的航行。

一条船，是一个人的精神方位与地理坐标。《清明上河图》上的汴河船，似乎还在随波摇晃。河流上有一座如虹的拱桥，桥下有一条大船正待通过，为避免船只碰撞，船夫们手忙脚乱，有人执竹篙撑，有人拿长竿钩，有人找麻绳想系扣住大船，有人赶紧降下桅杆……让人想到，水面熙熙，皆为利来；众船攘攘，皆为利往。灵动的汴河船，搅动得一座旧都城，活了起来。

然而，一条船，在中国人的精神河流上航行，终归是慢，有人却很享受这样的过程。

余秋雨说：“夜航船，历来为中国南方水乡苦途长旅的象征。我的家乡山岭丛集，十分闭塞，却有一条河流悄然穿入。每天深夜，总能听到笃笃笃的声音从河畔传来，这是夜航船来了，船夫看到岸边屋舍，就用木棍敲着船帮，召唤着准备远行的客人。”那些年，丰子恺喜欢坐慢船去杭州，中间可以在塘栖住一宿，上岸买些糖枇杷、糖佛手；再到临河的小酒馆里去找一处幽静的座位，点几个小菜：冬笋、茭白、毛豆、鲜菱、熟荸荠……烫两碗花雕。“你尽管浅斟细酌，迟迟回船歇息。”如果天上下起了雨呢？那也不必担心，“因为塘栖街上全是凉棚，下雨不相干的。”

船，在一个人年轻的时候，有着不可替代的隐喻，它关于流浪和朦胧的远方。

我有一段关于长江客船的记忆。那年刚工作，到沪上买衣服和书，头天下午，坐车到一个叫作高港的码头，买四等舱的票，坐申汉班去上海。

申汉班，船体是果绿与白色相间的那种。记得是四五点开船，汽笛一声，景物依稀，故乡远。顺水走，也就是上游往下游，我们在甲板上张望长江风景，发现宽阔的江面上，船其实是贴着江岸在走，在扬子江上航行，卧听汩汩江流，子夜十二点停靠江阴码头。翌日一觉醒来，东方既白，船已到吴淞口附近，紧攥护栏，远眺江岸，见浪头翻涌，水天一色。船像一只大鸭子游入黄浦江，看两岸移动的风景之后，缓缓停靠在十六铺码头。一阵嘈杂和混乱，我们在夹杂着鸡鸭鹅的一路鸣叫声中，下船。回过头来，与身后那经过一夜航行而暂时停泊歇息的客船挥一挥手道别。

一座城市的繁华，往往从一座水码头开始。二十年前，我生活的长江边上的小城，那些从乡村来的小火轮，经过一夜航行，睡眼惺忪，喷着白烟，徐徐停靠。水码头流传着动人的传奇：就在收锚解缆，船与岸即将分离时，从岸上传来急切的呼喊。这不是为某篇小说设定的妹妹送哥哥的离别，可以想到从小城起航的小火轮，沿途停靠的那些大小码头会有多少这样的故事发生。

每一条河流都通往一座热闹的小镇、安静的村庄。船，问候每一个人，将城市的繁华扩散开去。船是河流的插图。有时候，我会怀念船，想坐慢船做一次远行。

风过有旧痕

□王太生

袁宏道谈论山水养生时曾这样比喻，“湖水可以当药，青山可以健脾，逍遥林莽，欹枕岩壑，便不知省却多少参苓丸子。”

山水治病，大地草木哪一样不是药？

北宋时，画家范宽，一个郁郁寡欢的高冷男子，像一条青绿的虫子匍匐大地，“居山林间，常危坐终日，纵目四顾，以求其趣”。至元代，四大家之一的黄公望，“终日只在荒山乱石丛木深筱中坐，意态忽忽，人莫测其所为。又居泖中通海处，看激流轰浪，风雨骤至，虽水怪悲诧，亦不顾”。举止诡异，不免有些神经兮兮，其实他是在浸淫山水，为自己疗疾。

治愈一个人病的，是山水。迈开步子走向山水间，说不定比药的效果还来得快些。

我的一个朋友，睡眠不好，夜里睡不着觉，白天无精打采，像一根蔫了的黄瓜。有一次在郊外，听着嘤嘤虫声，他竟在一块大石头上睡着了。那次在大石头上安卧而眠，感觉特别踏实，连梦都没有做。从此睡眠质量比过去有所改善，自认为山水可以治疗他的毛病。他对我说，真想到乡间的野河上租一条小船，在春天的夜晚，闻着豌豆花香而睡。

用山水作处方，为自己治病。这时候，山水就是一味药。于青山绿水、韶光美景中，解除人生的痛苦和烦恼，寻求到个体的自由和快乐。

梅妻鹤子的林逋，性孤高自好，喜恬淡，自甘贫困，勿趋荣利。及长，漫游江淮，四十余岁后隐居杭州西湖，结庐孤山。常驾小舟遍游西湖诸寺庙，与高僧诗友相往还。每逢客至，守门童子纵鹤放飞，林逋见鹤，则棹舟而归。

在江南的山水间旅行，那些老巷深处有好些古宅值得你去拜访。珠打青苔，噗噗作响，一场雨，又落一地花。我18岁时，第一次出门，去的苏州，踏访了沧浪亭。

宋庆历四年（1044年），文人苏舜钦来此建亭。亭立山岭，高旷轩敞，石柱飞檐，典雅壮丽，山上古木森郁，青翠欲滴，左右石径皆出于丛竹、蕉、荫之间，山旁曲廊随波，可凭可憩。拾级至亭心，可览全园景色。看着眼前美景，苏大叔徜徉其间，他所受的那些大委屈，肺腑郁结，吐故纳新，心绪稍稍有些平静。

古宅疗伤，用一砂锅煮药，闻着药香抄书，或者一边熬着草药，一边翻阅，不失为古人的一种读书方法。煮药的辰光漫长，尤其是冬夜，砂锅在炉子上熬药，文火慢煮，一星如豆，盖沿上水汽突突，水珠四溅，屋内药香氤氲。

疗伤时煮药抄书，有着它自然天成、不可比拟的佳境。先是一股暖弥漫在身边，细火纯蓝，瓦罐冒汽，抄书的环境温热而湿润。再是彼时的状态可谓不慌不忙，时间还早，不如做些其他事情，煮药抄书反而气定神闲，每一个字都抄得有板有眼。药香是挥发的，浓烈、醒神，奇香扑鼻，净化空气，渗透到布衣经纬。

有些古宅一见如旧，从此便不再相忘。

扬州片石山房，石涛和尚“收集奇峰打草稿”，建了这一藏身地。清军攻破桂林时，9岁的他不得不逃到全州，目睹国破家亡，满目沧桑，心情悲愤，从此便装哑扮傻，不与人语。长期积忧抑郁，遂患癫狂之疾。饱经磨难的他，给自己取别号道济、大涤子，又称苦瓜和尚，但他并未真正遁入空门，唯一让这个无家可归的少年感到欣慰的是，有了可清静绘画的寄居之地。青年时代的石涛游览了名山大川，在敬亭山居住过一段时间，晚年定居扬州，直至终老。

山水明心，古宅励志，雨过留烟色。

古镇同里退思园，清朝官员任兰生被罢官返回故里后建造。任兰生被革职时47岁，正是一个行政官员最成熟的年龄。他回到老家，建了一座退思园，园名取自《左传》中的“林父之事君也，进思尽忠，退思补过”之意。古宅正是他疗伤养心的地方。

古宅如何疗伤？老建筑有楠木之气，那些沁人肺腑的香气，从门、窗、桌、椅散发而来，清人神志；廊沿走道少了那些喧嚣与争名夺利，一盏茶，一卷书，可以消磨一下午的辰光，眉眼间都是闲散气；庭院有嘉木，花枝勃发，生阳气，坐在窗下，或凭栏，人与花树相望。

据说，此园任兰生只住了两年，用两年的时间疗伤已经足够。之后他复出，北上治水。

记得那年，我从江之对岸，带着一身扬子江上的水雾气，来到这有雨的江南小镇。在古宅，访主人不遇，茶盏微温，刚刚出门远去。

门扉处，风过有旧痕。

无意与有心

□师正伟

俗话说：言者无意，听者有心。这往往指日常生活中人们说话不当心，犯了别人的忌讳或触及痛处，从而造成隔阂与成见。

夜读《康熙王朝》，书中记载，康熙皇帝有一次就碰到这种情况，但他采取的态度引人深思。

康熙暮年，牙齿尽脱。有一天，他同皇后带众嫔妃在御池钓鱼取乐。偶然钓起一只鳖，正准备收竿，鳖却脱钩溜掉，一个妃子叫道：“可惜，让王八逃走了。”皇后接茬儿说：“八成是只老鳖，没有了门牙，所以咬不住钩子。”这本是一句玩笑话，但是，当着没有门牙的皇上，说王八没了门牙，犹如当着光头骂秃驴，犯了欺君之罪。大家一时都惶恐不安。就在这时，偏有一个生事的妃子，“斜视康熙而笑不止”。斜视而笑，那媚态分明是挑逗：“瞧，骂你了吧！”那眼神，谁都会被撩起火来。“康熙怒，以为言者无意，笑者有心，因贬妃终身不得近御。”看来，康熙不愧为一代明君，他明辨是非，不追究皇后“无心”之举，却出人意料地贬了妃子“有意之为”。

康熙在处理“无意”与“有心”之时头脑冷静，判断敏锐智慧，令人叫绝。

等一场大雨

□王言月

1

刚上大学那年的夏天，北京的第一场暴雨下在六月的一个夜晚。我当时在宿舍，突然听到几声低低的闷雷，很快，滂沱的雨便倾盆而下。我兴奋地跑到阳台上，虽然外面漆黑一片，什么也看不见，但我依旧虔诚地站立着、静默着，听雨水窸窸窣窣，落在树梢、落在墙头、落在地上。

在雨中，我想起了刘半农一首名叫《听雨》的诗：“我来北地已半年，今日初听一宵雨。若移此雨在江南，故园新笋添几许。”不论位于哪个时空，对于来自南方的异乡人而言，在北国听一场夏天的雨，大概算是一种特殊的思乡仪式了吧。我伸出手，触摸着冰凉的雨丝，内心被雨水填满，满溢着难以言说的感动与满足。

可是，还没一会儿，雨水便偃旗息鼓，戛然而止了。我心想，这终究不是故园的雨啊。

于是我突然明白，曾经沧海，年少时的雨是下进了血液里的，与我的生命水乳交融，化为有关故乡也有关岁月的、散也散不去的愁绪。不论日后我身在何处，再怎样寻寻觅觅，恐怕再难听到记忆中的那些雨声了。

2

电影《无问西东》中，我曾被一个片段深深地打动：云南的雨季，西南联大的学子们正在简陋的茅草屋里上课。雨声渐起，淋漓地泼洒在铁皮屋顶上，发出硕大的、此起彼伏的声响，逐渐盖过了讲台上教授的声音。无奈的教授干脆转身，在布满公式的黑板上寻得一个缝隙，写下“静坐听雨”四个字。师生们正襟危坐，在动荡乱世下、在瓢泼大雨中，心平气和地听一场雨。

人生路上，并不总是春和景明、波澜不惊的，难免碰上几场猝不及防的大雨。我时常想，当大雨来临，下得人心焦、打得人狼狈，有多少人能保持内心的平静，像西南联大的师生们一样，拥有“静坐听雨”的柔韧与坚定？

记得去年夏日的一个夜晚，我上完昏天暗地的班，走出办公楼，却发现外面正在下着雨，而我忘了带伞。打开打车软件，前面还有许多人在排队，得等40分钟以上。但意识到自己短期内无法离开后，我反而感到释然，收起手机，走到角落，心无旁骛地开始听雨。

夏日的一场暴雨，犹如一个恰如其分的暂停键，给了都市人一个停下来的契机。去听一听那来自大自然的、干净、纯粹的雨声，哪怕只有片刻，也能让漫漫旅途不再难挨了。

3

我一直觉得，“雨”字蕴含某种深深的禅意，包罗着人生的千百种况味。

年纪不同、遭逢有别、处境各异，每个人在雨中听出来的味道也是不一样的。久旱逢甘霖，听到的是春雨贵如油的欣喜；羁旅他乡客，雨声中夹杂着的，是绵绵的思念与愁绪；半生零落时，听细雨打梧桐，一叶叶，一声声，摧心折骨，会使人肝肠寸断。

雨一直下。下在少年听雨的歌楼上，下在壮年听雨的客舟中，下在暮年听雨的僧庐下，纷纷扬扬，经久不息。想来人生就像在雨季中跋涉吧，纵使身在雨中，也应该有一份自在自得的心境。就像我最爱的词人苏东坡一样，在沙湖道中遇雨，尽管只有一支竹杖、一双草鞋、一身蓑衣，依然无惧穿林打叶声，吟啸放歌，从容前行。

长夏漫漫，人生海海，别忘了听听下雨的声音。

再加二十五两银子

□陆布衣

《夷坚丁志》卷第十《徐楼台》记载，绍兴八年（1138年），江苏溧水区蜡山有个叫江舜明的富人，背上长了个痈疽，到徐大郎家求治，大郎说能治好，商定治好后酬谢三十万钱。十来天后，江舜明的饮食就像正常人一样了，只是躺下和起身还要别人帮忙。

某天，江舜明的毒疮突然又痛又痒，徐大郎说，只要放出脓血便好。只见徐大郎用针刺入疮中，再捻了个五寸来长的纸捻，如纸钱那么粗，蘸上药，插入烂孔中。此时，江舜明大喊：太痛了！太痛了！喊声越来越高，徐大郎慢慢地对江舜明说：“再加二十五两银子，我就拔出纸捻，放出脓，疼痛马上就好。”边上的江舜明的儿子江源气极，坚决不答应！徐不为所动，一定要得到加的钱。此时，江舜明的同族人江元绰也在场，他劝江源：“病人疼得厉害，为什么还要吝惜钱呢？赶快答应徐医生。”江源于是先给了徐大郎一半的钱。此时，纸捻插下去已经有一个多时辰了，徐大郎得到钱，拔出纸捻，血如泉涌，病人的喊声逐渐减弱下去，徐大郎以为疼痛止住了，江家人上前一看，病人已经死去，血水还在流。

没过一年，徐大郎忽然得了热病，他不停地惨叫：“江舜明，莫再打我了，我做得不对，你儿子也有错啊！”煎熬几天后，徐大郎便死去。

医术高明者，收费也高，古今都很正常，如现今的专家挂号。但也有特例，穷户、病急，有的医生或医院也免收费，这都是医德的一部分。

徐大郎极有可能是第一次这么干，这病对他来说，并不是疑难杂症，而眼前江家，又是出了名的富户，多要点钱，没什么大问题。但上苍对恶的惩罚，并不因为你是第一次就会原谅，即便有恶的念头都不行。

二十五两银子，害了两条命，银子没有错，错的是贪心和恋财。

弯　腰

□张　勇

《聊斋志异》中有一则《狂生》的故事，读之常能拨动心弦。

济宁有个狂放不羁的书生，家贫如洗，很爱喝酒。新上任的刺史喜欢喝酒，常找狂生对诗饮酒，两人在清风明月中吟诗，觥筹交错里共醉，成了酒友。很快，方圆几百里都知道狂生是刺史身边的红人，一些有冤屈、要打官司的人，给狂生送点酒肉，请他帮忙在刺史面前说情。狂生讲义气，常利用与刺史饮酒对诗的机会，巧妙地替人讲情。头几次，刺史给了狂生面子，次数多了，就有些烦。一天，狂生又在刺史面前替人说情，刺史冷笑，不置可否。狂生顿时狂劲大发，纵声大笑说："行就行，不行就拉倒，你直说嘛，摆什么谱！"刺史发怒："你怎敢如此无礼，难道不怕我将你全家灭门吗？"狂生听后，拂袖而去，撂下一句硬话："穷秀才无门可灭！"幕僚告诉刺史：狂生连家都没有，寄居在城墙的过道上。刺史下令，不准狂生住在城墙上。狂生无处栖身，以前那些受过他关照的人，筹钱购买了一块地，建起两间瓦房，帮助狂生娶妻并搬进新房。狂生喜出望外，打量着自己的新家，叹息说："我现在有门可灭了！"此后，他每次见到刺史，低头弯腰，毕恭毕敬。

这个狂生无牵无挂时，恃才傲物，不把地方官放在眼里，待到他拥有了斗室薄田，有了家室之负累，就有所畏惧，不再轻狂，腰便塌了，前倨后恭，着实可厌，我们身边这样的人恐怕为数不少吧。

腰非不能弯也，有些弯腰，弯得好，值得点赞，让人肃然起敬。中央电视台编导周兵回忆起季羡林老先生的一件事：他和白岩松一起到季老家做《学者访谈录》的节目，季老当时坐着，白岩松要给季老一张名片，就从兜里往外掏，这时，季老立即站了起来，弯着腰等着他掏名片。可白岩松掏了很长时间，季老就一直那样弯腰等着，多年以后，周兵对这个场景仍感动不已。他感慨道："做人做到这份上，真让人敬佩！"真正的大师，不仅仅以自己的知识和才华影响他人，也以自己的待人细节来感动他人，这就是大师的为人境界，这种境界，永远值得我们仰望。

细微之处见精神，当修养成了习惯，举手投足便都成了风景。弯腰是一种姿态，是为了更好地挺起自己的脊梁；弯腰是一种风范，是为了创造更大的人生价值。韩信选择弯腰，因而成就大汉四百多年的基业；司马迁选择弯腰，因而书写流传青史的绝唱。青松弯腰抖雪而坚强美丽，稻谷弯腰生长而成熟厚重。正是人生中的一次次弯腰，才有了我们一次次的站立；正是人生中的一次次俯视，才有了我们一次次的仰视。这样的弯腰，是谦谦君子，是曲中求直，是一种审时度势、大智若愚的胸怀。弯腰的智慧，会伴你走过人生路上的风雨，迎来彩虹绚丽的天地。

平 房

□安 宁

夏天，我最喜欢爬到平房上去，那里是我的乐园。

通往平房的“路”，当然不是水泥台阶，而是父亲做的竹梯。我人小胆大，不等父母爬上去晾晒粮食，便猴子一样嗖嗖嗖爬到了房顶。粮食不好搬运，父亲便在上面用绳子一袋一袋地拽上去。我负责解开口袋，将玉米粒、麦子或者地瓜干，全部倒在平房上，并将其薄薄地摊开。平房中间有个水泥台子，隔开左右两边。我干完活，便将麻袋摞好，铺在台子上，躺下看书，或者听旁边椿树上两只喜鹊的对话。椿树长得枝繁叶茂，这让晾台的一角特别清凉，而且因为下雨，长了很多青苔。一株枣树早早地就将枝干伸过来了，并用小小的白色花朵诱惑着我，让我忍不住畅想秋天枣子变红，我会怎样拿了钩子，将高高低低的红枣一个一个钩下来。

隔壁胖婶家院子里的核桃树已经长了很多年，年年都结下丰硕的果实。而且总有那么一枝，伸到我家平房上来。胖婶为此绞尽脑汁，想用诸如绳子捆绑、砍掉枝干的方式，将核桃全部归拢到自家院子。偏偏核桃树不听指挥，总爱“红杏出墙”。我因此特别偏爱它，并刻上了我的名字，看看明年那名字会长多大。我还提前侦察好属于我的那根枝干上会结多少核桃，每个核桃都和我亲密犹如知己，我知道它们身上细密的纹路，熟悉它们叶子上芳香的味道。还会摘下几片叶子，夹在书里，等某一天翻开书本的时候，有好闻的香气将整本书浸润。

躺在平房上，我仰头看着一架飞机从高高的天空滑过。一群鸟儿排队飞过树梢，又在青瓦上抛下一行白色的粪便。热烘烘的粪便，犹如此刻二蛋家的庭院。那里，夫妻俩正酣畅淋漓地吵一场有始无终的架。我无须歪头，就能用余光看到他家墙头骑满了小孩。他们像看戏一样斗志昂扬。而女人们，则在嘴上奋力阻止好戏的上演，却一心一意地期待高潮迭起。我听着喧哗声浪一股股传来，有些累了，闭上眼睛，在二蛋家的吵闹声中慢慢睡去。

醒来的时候，他家的好戏已经落幕。我继续躺在平房上，听各家各户的声音从四面八方传来。里面最清晰的，当然是自家院里的动静。母亲跟父亲接着二蛋家的戏，打了起来。我不想下平房自寻死路，但也不想待在上面。因为同学王小新的火眼金睛，将一切窥到了眼底，过不了片刻，她就会招来多嘴的女人们，以劝架之名，把我们家那点私事全部挖掘出来。

我第一次觉得平房是一个毫无秘密的所在，它再也不是一个自由的天地。院子里一片狼藉，父母打闹累了，丢了武器，各自回屋睡了，没了梯子的我，小心翼翼地抓住靠近平房的梧桐树滑下庭院，无意中一抬头，看到前院的王小新正捂着嘴咯咯朝我笑。

那一刻，我对整个村子的平房，都生出了哀怨。

“孤独终老”，这多酷啊

□音乐水果

“我已经达到了十级孤独——自己去看病。”对照“人类孤独指数”图表，好友蕾蕾感慨道。在这个图表中，自己吃饭、自己旅行都不算什么，自己养老、自己看病才是终极孤独。

然而，孤独也有一个代名词，叫作自由。蕾蕾总说自己孤独，可当她在出差之际顺带旅行、旅行完毕后继续度假、度假之后再出差的繁忙日程里，她随时随地从工作模式切换到休闲模式，可是羡煞不少人。风光的背后，就是孤独。去年，她在异国生了一场病，医生建议做手术，这些都需要她独自面对。哪怕英语很好的她，在听到一连串的医学名词后也发蒙，只是知道自己要在手肘处开刀，因为左手无名指和小指几乎没有什么感觉，神经受到了压迫。做手术那天，她害怕到发抖。病后康复的蕾蕾说：“我现在觉得甚至可以和奥特曼一起拯救世界，一个自己做手术的人，还有什么怕的？”

孤独是长久的，也是相对的，就像我去荷兰旅行时遇到的老房东说的那般：“孤独嘛，才是我永恒的伴侣。”那是一位年逾七旬的老爷爷，婚姻从来不在他的考虑范围之内。退休后，他就把自家的小房子改造成了民宿，迎接来自全世界的客人，聆听与众不同的故事。好客的老房东也热爱旅行，但凡订了机票，他就把民宿一关，背着登山包去溜达。他的客厅书架上是一排排蓝书皮的旅行攻略，我随便抽出一本翻看，都有他做的详细笔记，比如点评某个景点，比如写下对美食的感受等。

一个人的退休生活也是异常忙碌。老房东隔一天会与友人共进晚餐，他骑着自行车，与荷兰乡间的小矮马并行。若是天气好，他午睡起来就坐在自家后院，戴着太阳镜看书，把自己晒得通红。待太阳西斜，他就把船绳松开，自己划着小船在河道里前行，河里还有一只只小鸭子，而我，就坐在他甲板上感慨儿歌诚不欺我：门前大桥下，游过一群鸭，快来快来数一数，二四六七八……

在一次闲聊中，我问他：“如果你感到孤独，你会怎么办？”“找点事情做，”老房东喝着咖啡笑答，“听唱片，做家务，吃东西，或者躺着晒太阳哼歌，再不然就飞去澳大利亚看望我的哥哥，或者回英国看望我的妹妹。我一个人过了四十多年，早就习惯啦，就是这样的一个人的状态，才是最适合我的。”

我心道，这和梭罗所秉持的理念相似：如果一个人充满自信地在他的方向前进，并努力过着他所想象的那种生活，那么，他就会遇见意料不到的成功。对于荷兰老房东而言，把孤独当成伴侣，就是他对生活的最终追求。这也是我见过一个人能过得最丰富又多姿的状态，让我对“孤独终老”四个字突然产生了敬意：这多酷啊！

然而，同样终身未婚的梭罗也说过：“我一人时，确实也乐在其中，不过我发现有人相伴时，其中的乐趣更大——我们可以在生活中相互扶持。”所以，人们在享受孤独的同时也需要陪伴，哪怕短暂，也能给予心灵温暖，带着这份暖意，我们回归孤独的怀抱，与这个人生永恒的伴侣继续相守，白头到老。

被褐怀玉

□马　翔

“被褐怀玉”语出帛书《老子》第七十二章，指真正的高人外面穿着粗衣，怀里揣着美玉。每次读到这句话，都会让人想起巴菲特的生活状态——亿万富翁从不炫富，这才是真正富足的状态，人生的大境界，你真正拥有了巨大的价值，根本不在乎别人说你有还是没有。

老子的思想表面看似无为，其实这种无为是一种经过千锤百炼、曾经沧海后的“随心所欲不逾矩”自然而然的结果。老子特别推崇内在的卓越与外在的质朴，“大丈夫居其厚而不居其薄，居其实而不居其华”。要达到怀里揣着美玉的人生境界，不经过历尽艰辛的努力、刻骨铭心的奋斗是不可能的。读《老子》我们表面看到的是无为、处下、不争，其实这些都是“明示”，是结果，而老子没有言明，却不断“暗示”的则是其前提：有为、向上、进取。所以老子才说“为学日益，为道日损，损之又损，以至于无为，无为而无不为”。想无为？就得先有为。有为到一定程度，再知足知止，使无为与有为相互融合，在对立中达到统一。怀揣美玉的高人无须华服来彰显自己，这块美玉的分量已经足够了，身穿粗衣反而是对自己最好的保护。富足是一种状态，是一个事实，不证自明。如果一个人还需要外在的东西来证明自己，只能说明他的内在还不够丰满、还不够富足，他对自己的人生还缺乏足够的底气与信心。

人不可俗，不可不随俗

□马　德

左宗棠说，人不可俗，不可不随俗。

前者说的是，你得活得跟别人不一样。后者强调的是，你得活得跟别人一样。

不可俗，是说一个人的格调要高。不可不随俗，是说一个人要融入社会。前者张扬的是自我性，后者贯穿的是社会性。或者说，前者是独特的我，后者是普遍的我，两相和谐，才是一个有味道的人。简言之，你要高贵地孤独，还要接地气地合群。左宗棠的一个担心是，人在活到超凡脱俗之后，容易把自己弄得高不可攀，进而与这个尘世渐行渐远。这样的话，无论多么高贵的孤独，也会变成孤单，无论自我多么繁盛和蓬勃，也会显得荒寒。你的挺拔，最好在森林之中，你的绿意，最好在绿洲之上。你需要与众不同，前提是，你先要在“众”中，你需要精神高蹈，而非身体与世俗交割、逃避和疏离。你最该活成的样子，是酒中清冽，是花中淡雅，是人中响当当的那粒铜豌豆。

再通俗地说，那就是，人要有一点不同凡俗的精神生活，但即便这样，还要过在俗为俗的凡俗日子才好。

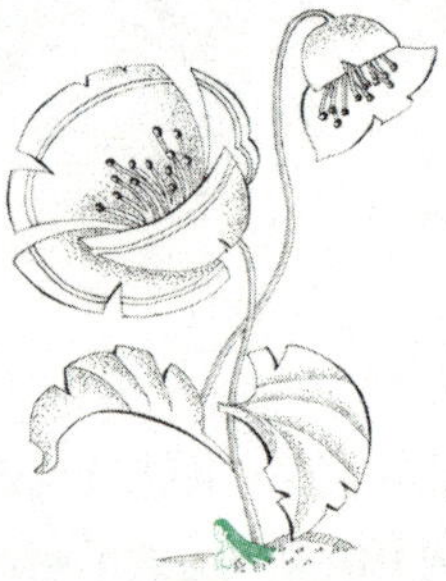

伤口里长出的韧性

□明前茶

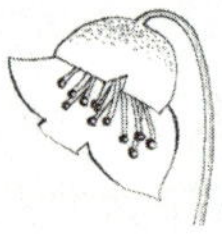

在川藏地区，新年待客，主人一定会双手奉上描绘精美的土漆木碗，匠人以细致的手艺将木碗打磨出柔和的曲线，看上去像一名温柔女子在无限的自由中开怀旋转，旋开她的裙摆。

质量上乘的木碗，质地比薄胎瓷器还要致密，盛装过的饮料从不串味。盛过牦牛奶，再盛青稞酒，酒中没有奶味；盛过马奶酒，再盛盐水糌粑，糌粑里也没有酒味。

有意思的是，这种木碗不是截取大树的枝干掏挖而成，而是木碗匠人穿上牛皮靴，背上干粮，走上数十里山路，到深山中反复寻找而得。他们寻找的是桐树、桑树、桦树的树瘤，用斧子割取碗口大的树瘤后，将沉甸甸的树瘤刮去树皮，再车削、打磨成木碗。

树瘤其实就是树木的伤疤。在金沙江两岸，百年老树遭受风折雷击、牲畜啃咬之后，树皮内层的筛管断裂，为了第一时间修补暴露在外的创口，大量营养涌向创面，细胞分裂加速，开始层层包裹树木的创口，最后形成致密的树瘤组织。有经验的木碗工匠都是“树瘤猎人”，他们会特意在深山老林里找寻名贵木材如紫檀木、花梨木、酸枝木的树瘤。这些老树已经成长了数百年，有的已经长成了半空心状，向阳的一面会结出一连串树瘤，昭示着创伤愈合的奇迹。

在老树愈合的过程中，木质纤维在有限的空间里互相挤对，形成了树瘤切削后曲折优美的花纹，水波纹、虎皮纹、鹿皮纹，应有尽有，车削后有的像大理石的云纹一样耐看，有的就像抽象派的画作。藏族工匠称之为“瘿木”。一对花梨瘿切削而成的木碗，纹理独一无二，往往会作为婚礼上呈现给新郎新娘的祝福之礼，有可能会陪伴他们走到金婚。

有一首藏族歌谣是这样唱的：“带着妹妹吧害羞，丢下妹妹吧心焦。妹妹如若是木碗，藏在怀里该多好。”这种藏在怀里的木碗，很多就是“情比金坚”的树瘤做成的，它要上两遍天然土漆，第一遍底漆上好后，以沾水毛毡将木碗包裹捂干，再拿到太阳下暴晒，待漆面氧化后，用笔蘸着土漆在木碗面上描绘出各种图案，贴装金箔增加亮度，最后再上一次土漆。这种色泽丰润、图纹充满古意的髹漆木碗，从未经历过创伤的木材是没有资格做的，因为“伤口里才会长出真正的韧性”。从此，命运的热胀冷缩，都不会让这象征生命与情感的木碗裂开了。

好气哦，又没发挥好

□ITACHI

人生中的“小确幸”之一，就是在一次争吵中大获全胜。把对方怼到哑口无言的那一刻，欣赏着他气急败坏的样子，你依旧面无表情。但在场的各位都知道，你在狂笑。

而相对地，一场吵架中气焰逐渐熄灭的一方，会在结束后的某个时间、某个地点，不止一次地深刻反省：为什么我没发挥好？“吵架没发挥好”的确算得上生活中的众多遗憾之一。它像一根刺，看起来微不足道，却总是莫名地让你想起，那天那些本应说出口却没想到的话。吵架没发挥好，让人辗转反侧、夜不能寐，到底“气”在哪？

如果是在人数超过两个人的场合，总觉得输掉的不是一场唇舌交锋，而是自己脆弱的尊严。人类天生就爱围观，尤其体现在喜欢围观冲突事件。两方一开始吵，周围人的看热闹雷达迅速启动。大家看着眼前的情况议论纷纷，场面都给准备好了，结果你输了，那多丢人。不管有理没理，只要最后哑口无言的是你，就默认为你没道理，你刚才所作所为的合理性就这样被对方抹杀。这谁能不气？

从某种程度上说，吵架也算是两方一对一战斗，是包含词汇量、知识储备、语言表达能力、临场反应能力的综合考验。如果没吵过对方，那不就相当于说自己学识不如对方渊博、反应没有对方快？

即使一场普通又日常的争吵远没有达到比拼智商的程度，但回想起现场自己憋红了脸张口结舌的状态，总归是不怎么优雅大方。比起吵架当场被噎得哑口无言或者只能“是是是，你说得对”，吵完之后的当天夜晚，一个人躺在床上翻来覆去，突然想到一条完美击溃对方的妙计，才是真正地杀人诛心。失败的号角已经吹响，而你刚刚为战斗囤好军粮。

大多数人在经历过一次不甚满意的吵架场面之后，都会萌生一个想法：这次没赢，下次一定。

传闻人生有三大错觉：手机振动、我能反杀、他喜欢我。在吵架界，“这次没发挥好，下次一定赢”就是三大错觉之一“我能反杀”的变种。实际上，吵架虽然有随机性，但也反映了一个人的性格、风度和此前的积累，这次没赢，即便过后想出了缜密的反击体系，下次极大概率还会是一样的结局。吵架消耗时间和精力，吵完了，赢的人图一时口快，输的人心里赌气。但吵架恰恰是生活中不可避免的环节，和家人、朋友、恋人甚至陌生人，不管感情有多深，或者仅仅一面之缘，当违背自己的意志、侵害自己权益的事情发生，程度越深，越难以控制自己的情绪。

当然，也有的吵架，本质上是为了解决问题。房子装修、孩子上学、家长里短……这样的吵架，虽然双方都经历激烈的意见碰撞，但最终引导的，是对某件事情的关注和反思，或是对一段关系和相处模式的重新审视。

而且，面对突如其来的吵架，自己的应变能力、交流能力也能得到不小的提升。正所谓熟能生巧，吵架小白起初每次面临的面红耳赤、张口结舌状况，经历过几次历练和事后反思学习，通常会有显著进步。所以不必担心这次没发挥好，这次不行，总有下次，下次不行，还有下下次……

生命是一种义务

□王 堃

有人曾把蝎子放到一圈燃烧的炭火中间，滚滚热浪不断向蝎子袭去，蝎子灼热难耐，在火圈里左躲右闪，想要逃出重围，却无路可逃。火灼伤了它的身体，它疯狂地瞎冲乱撞，最后终于绝望，倒在地上一动不动了。于是，人们得出一个结论：蝎子在被火围攻而又无法逃脱之时，就会用毒针刺伤自己，用自杀来结束自己的生命，结束痛苦。

这个结论被传了很久，以至于人们经常以此来嘲笑蝎子自杀的懦弱行为，但法国昆虫学家法布尔用实验证实了这个结论其实是一种误传。

法布尔对任何结论都不盲从，都要以科学的精神亲自验证。

他抓来一只蝎子，把它放到燃烧着的炭火中间，蝎子就如传言中的那样，先是四处乱撞，在左冲右突一阵之后，绝望地倒地“自杀”了。

法布尔静静地观察了一会儿，以为蝎子已经毒性发作而死，就用镊子把它夹起来，放到一层清凉的沙子上。

让法布尔没想到的是，这只“自杀”了的蝎子一小时后竟然又活了，和没进入火圈前一样活跃。

法布尔又用另外两只蝎子做实验，结果完全一样，他由此得出一个新的结论：所谓蝎子自杀的说法，只是一种误传，那其实是蝎子在绝望中的一种假死现象，它并没有自杀。

法布尔是伟大的，他把自己的研究结论上升到了生命的境界，他说：“生命是一种严肃的东西，不能遇到点艰难困苦就把生命抛弃。我们不应把生命视为一种享乐，一种磨难，而是应该把它视为一种义务，一种只要一息尚存都必须全力以赴地去尽的义务。让生命的最后一刻提前到来，就是懦夫，就是蠢货。我们有权凭着自己的意愿决定坠入死亡深渊的方式，但这并不意味着我们有权轻生遁世。这一点，即使是地位卑微的昆虫也在发表着自己的意见，生命从不绝望。”

妒忌和贪婪

□冯　唐

妒忌和贪婪是天生的，对于成事者一生的日常，我们如何面对它们反而是一个巨大的问号。如何正确管理妒忌和贪婪，才是一生的修行。

我的母亲大人——这位八十多岁的“大飒蜜”，大到国情舆论，小到垃圾分类，总有些许看不惯的地方。我问她：“你已经这么大岁数了，为什么还有这么多的欲望、这么多的贪婪、这么多的妒忌？”老太太说：“我有欲望，说明我活着。如果哪天我什么都不想了，不妒忌了，不贪婪了，可能我也老年痴呆了，快进医院了，你也快见不着我了，你那个时候要多给我想想办法了。”她说得如此鞭辟入里，我竟无言以对。

平凡如我妈，能真正做到不妒不贪过一生的，寥寥无几。

我曾问一个很好的作家朋友：“你在居家办公期间怎么安排时间？”他说：“我一天醒着的时间，除去吃饭、上厕所、看片之外，可能有八小时。我两小时读书和写作，用另外六小时妒忌周围人，包括妒忌你。”我想说，偶尔妒忌是人之常情，但是你光妒忌，成不了事，还不如少花点气力在所谓的妒忌和贪婪上，俯下身段去干就好了，该看书看书，该写作写作，该干事干事。

妒忌这件事，即使去不掉，也要适度。坦白讲，我是个好胜心很强的人，这也表明我在很多时候，会妒忌和贪婪。不过，叱咤江湖这些年，对待妒忌和贪婪，我找了一个对自己管用的方法，就是我实在放不下的时候，就去趟重症病房或者墓地。

去重症病房，你会发现，你已经很幸运，得到的已经很多了。你能正常地吃喝拉撒，已经非常幸福了。想象一下你没办法吃喝拉撒，会是什么样子？三四天高烧不退，会是什么样子？所以去重症病房，看看那些病人，你会自然地放下妒忌和贪婪。

另外是去墓地。很多人活在世上，经常忘记一个简单的、颠扑不破的事实，就是人是要死的。你也会死的，我也会死的，那为什么要在活着的时候有那么多贪欲呢？生不带来，死不带去。我们不可能永生，也没有人能够永生。所以放不下的时候，我建议你去医院重症病房或墓地看一看。

别人城市的天气

□王太生

春天，老杜从他所生活的城市打来电话：“这儿天气温适宜，早晨起来，望见窗外的花都开了，远近高低处有一层淡淡的雾。”我恍若看到，老杜悠闲地坐在早茶店喝茶，杯中的热气袅袅。老杜生活在一座古城里，是个胖子。胖子夏天怕热，他大概会买只西瓜，躲在空调房里啃瓜。或者，坐在树荫下，哗啦哗啦扇着蒲扇。下雨天，他提着篮子去买菜，如果这时外面雨落得不是很大，老杜会打一把伞，走在他家附近的老巷子里，边走边想着他的诗。

老杜在那座城市里有好多熟人，他如果遇到熟人，喜欢两个人各自打着伞，站在雨中，一聊就是半天。老杜聊天时，不会注意到身旁一堵老墙上，有一大串红石榴，挂在头顶，老杜住的地方，原来很美。我那年去找老杜时，也是下雨天，在他家吃过饭，老杜又陪我到附近的园林里转转。临走时，老杜将我送到巷子口，就这样，我们在雨中挥手道别。别人城市的天气预报，预示着这个人的衣着、情调、表情，以及他生活着的一天。别人城市的天气，晴转多云，多云转阴，抑或夜晚星光灿烂，演绎着这个人一天的色调、背景、走路姿势。

一朵云，孕育、蒸腾，飘到另一个地方变成雨，落在别的城市。别人的城市，有一对情侣在大风中奔跑，风播撒一地落叶。

我生活的城市在江之尾，一个朋友在江的上游给我打电话，说此刻外面正下着雨，我能从他的电话里，隐约听到雨水打在树叶上的“嗞嗞”声响。我想象着，此刻朋友在给我打电话，外面起风了，温度也渐渐下降，他那扇亮着灯的窗口，正覆着一层密密叶片的爬山虎，被雨水浇灌，湿淋淋，绿意盈窗。别人的城市，有山，雨过天晴，山脊袅袅升腾起一层云雾，水墨山峦，这样的小城，看起来很美。有一个朋友住在楼上，他看到城市在暴雨倾盆时狂野的一面。那天下雨，电闪雷鸣。在这个时候，一个人蜷缩在一角，是渺小的。忽然一道闪电，从他住着的地方朝一座山头劈去，吓得他头皮发麻，打了一个哆嗦。朋友说，那是一道震颤灵魂的闪电。

有时候，谁也料想不到谁的舒适指数。去年，二伯给父亲打电话，说济南城里的气温一下子蹿到38摄氏度，没想到北方也这么热，只能宅在家里。二伯去了山东40多年，老头儿早已从一棵亚热带植物变成温带植物，很难再回到从前。

别人的城市，总让我想到它在特定天气状态中的样子。记住一个人，我会把他放在那个地方最美的天气里。去过一座村庄，有个亲戚住在高敞的平房里。他那个地方，人不是很多，因为靠近海边，村庄的房子也不是很稠密。我老是想到下雨天，他捧着个饭碗，慢悠悠地坐在屋檐下吃饭。天气改变了一个人的出行习惯，也影响着他的生活方式，让他与家和房子亲密。别人城市的天气，影响着别人的心情。下雪天，不出门，那个人就窝在家里看书，或者喝酒。天气好时，他到郊外交友、钓鱼。

有天晚上，下雨，我躺在床上乱翻书，有人从新疆给我发来微信。那个人问，忙什么呢？我说，天黑湿潮，正准备休息。对方发给我一个哈哈大笑的表情，说我们这儿天气好着呢，外面天光大亮，余晖温暖，我正和一个朋友外出吃饭。想起西部和东部时差数小时，我先享受东方日出的阳光，他在那儿蒙头睡觉；我准备休息，他还在夕阳余晖里，意犹未尽。别人城市的天气预报，好像与自己无关，却与心情有关。我在这座城市，朝另一些地方张望，几个朋友生活在别的城市，偶尔打量他们的生活，是关注远处的阳光温度、雾霾烟霭、阴晴圆缺，以及他们在暴雨、酷热下的生活态度。

第八章

名家观点

当夜色降临
我站在台阶上倾听；
星星蜂拥在花园里
而我站在黑暗中。
听，一颗星星落地作响！
你别赤脚在这草地上散步，
我的花园到处是星星的碎片。
——［芬兰］索德格朗《星星》

神童莫扎特

□罗振宇

我们来聊聊“神童”这种现象。神童身上好像有一个诅咒，就是小时候很聪明，但是长大之后，成就反而一般。中国人有句话：“小时了了，大未必佳。”

比如我们小时候都学过一篇课文，叫《伤仲永》，王安石写的。仲永是一个孩子的名字，五岁的时候，别人家孩子还不识字，他都会作诗了。称得上神童吧？但后来到了十二三岁，他明显倒退，再过几年，他就一点儿出众之处都没有了。课文的意思，大概是说，再聪明的孩子也不要骄傲，否则就会后继乏力。一个神童在成年以后发展不顺利，我们通常都觉得是这个原因。

最近我发现了一本书，《莫扎特的成败》，作者是德国著名社会学家诺贝特·埃利亚斯。这本书提醒我，神童遇到的挫折，不是简单的骄傲自满，在成长路上，其实还有一个更悲剧的因素在等着他们。

我们来看看莫扎特的故事。莫扎特当然是世界级的神童。他写第一首交响曲的时候才8岁。这首交响曲，现在在网上还能找到，你可以体会一下，这是什么水平。

他爸爸原来是宫廷乐师，后来看着儿子争气，干脆辞了工作，带着莫扎特在全欧洲的宫廷里巡演。整个家庭的收入，全从小莫扎特那里来。但是，等莫扎特长到17岁，也就是1773年，这是莫扎特人生的转折点。他突然发现自己在维也纳找不到工作，不得不回到故乡。就在这一年，世界开始对他露出了残酷的一面。莫扎特一共活了35岁，去世的时候十分贫困。

听起来好像有些荒唐，以莫扎特的才能，巴黎、伦敦、维也纳，全欧洲的宫廷，哪个他没有在里面表演过？随便找一个地方待下来不就行了？他怎么会找不到工作呢？有意思的地方就在这里。当年全欧洲宫廷喜欢的莫扎特是神童啊，是一个小孩子，他那么小就能写一手好音乐，他长相特别萌，谁不喜欢啊？

有一天，他给奥地利的特蕾莎女皇演奏，结束以后女皇问他，想要什么奖励？他指着站在旁边的小公主说，我要和她结婚！在场所有的大人都哈哈大笑。你要是个有权有势的人，你遇到这么一个小孩，是不是也会打心底喜欢，然后乐于展现自己对艺术的爱好、对人才的爱惜、对冒犯的宽容、对金钱的慷慨？

但是，17岁的莫扎特成人了。看似只是一个人在长大，但背后发生了两个巨大的变化。

第一个变化是莫扎特本人。从6岁到17岁，他在音乐这个方向上突飞猛进。17岁，他已经写了二十多首交响曲，还有很多其他作品。他的音乐作品，越来越复杂。这是一位音乐家成长路上必然会发生的事情。这就是我们中国人熟悉的伤仲永的故事和莫扎特的故事不一样的地方。仲永是自己慢慢退化了。而莫扎特在这条路上是越来越强大。

这意味着什么？意味着莫扎特变成了另外一个人，提供了另外一种音乐产品。他当神童的时候，原先的市场就丢了。欧洲的宫廷喜爱一个写简单音乐的神童莫扎特，但是现在他成人了，你提供的是复杂的音乐产品，产品本身才是重点，跟你的人就没啥关系了。找不找得到工作，取决于这个产品符不符合宫廷的欣赏趣味和现实需求。所以他找不到工作是不是也有点正常？

还有第二个变化。17岁的莫扎特是一个成人了，整个社会网络就会按照一个成年人的规范来要求你。比如说，和莫扎特合作的方式。过去他是巡演，演得再精彩，过几天也得离开，宫廷贵族再慷慨，付出的也只是一笔临时的打赏。而现在成年人莫扎特需要一份工作，是要按月发薪水的。这就是一笔固定支出。虽然当时欧洲宫廷不缺钱，但是他们也没那么需要音乐。偶尔演出就可以了。比如在莫扎特的祖国奥地利，现在以他为骄傲的国家，当年的特蕾莎女皇就对自己的儿子约瑟夫说过，不要雇用这种没用的人，国家财政也不宽裕。

其实约瑟夫皇帝知道莫扎特是天才，后来为了让他不至于为了钱流落到别的国家，在维也纳宫廷里给了莫扎特一个收入不高的闲职。莫扎特当然不太满意。可是环境已经不会再像容忍一个小孩一样容忍他了。他得听皇帝的。

有一天，约瑟夫皇帝听了他的《费加罗的婚礼》后说，是挺好听的，就是音符太多了。莫扎特就顶回去说，我觉得刚刚好。

你要是莫扎特，你肯定也不开心。皇帝又不懂，我才是艺术家。他从来没有受过这气，当神童收到的都是鲜花和掌声。但设身处地想想，你要是皇帝，你能把职位给他吗？皇帝也没有受过这气啊。

成年人莫扎特接受不了成年人社会的尊卑秩序和社会规范，那找不到工作是不是也很正常呢？

维也纳的国家档案馆，保存了莫扎特的遗产清单。清单显示，莫扎特是租房子住，名下没有一栋房产；莫扎特家里也没有什么值钱的东西，当时一般的中产阶级家庭都有成套的银器，莫扎特家却只有3把银汤匙。他拥有的全部现金加起来只有193个银币，欠别人的债务却有918个银币，也就是说，他死的时候是处于破产的状态。

说到这儿，你应该意识到问题出在哪儿了。莫扎特在音乐方面突飞猛进，变成了成熟艺术家，但是他在其他方面的心智和能力，都还停留在神童时期。他是一个社会能力失调的人。这才是莫扎特悲剧的根源。

我们说的是莫扎特的悲剧，但实际上这个故事对我们今天的人有特别的价值。

莫扎特是因为不能适应自然年龄增长带来的变化，而和社会网络脱节了。但是在我们这个时代，莫扎特式的机遇概率大增。不是因为个人变化快，而是因为环境变化快。比如，某个人突然就成网红、明星了，某个公司突然就成独角兽了、上市了，但是时间很短。

这是社会对一个人、一家公司某一方面的肯定。但是，这就是莫扎特式的机遇，会不会带来莫扎特式的难题？作为一个人、一家公司的其他方面也都同步成长和发育了吗？能够完美嵌入当时的社会网络里吗？

茨威格曾经写过一本书《断头王后》，是写路易十六的王后安托瓦内特的。安托瓦内特就是莫扎特小时候在奥地利宫廷里，指着要娶的那位公主。书中有这么一句话：当时她还很年轻，不知命运所馈赠的礼物，早已在暗中标明了价格。这句话是说安托瓦内特的，也是说莫扎特的，也是说之后所有有莫扎特式机遇的人。

对，所有的好事，背后都有隐形的价格。只不过，不太容易看到。

宠物被供养的一生

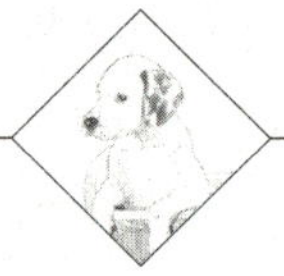

□寒 冰

25岁的吴秋乔瞄准了这样的生意。一年前，她决定为宠物生产汉服。当时制衣的老师傅质问她：“给人做衣服的生产线怎么能给畜生做衣服？”

很快，源源不断的订单，改变了老师傅的看法。一件留出四个“袖口”，颜色花哨、材质飘逸但用料不多的宠物衣服制作完成后，冠上文艺名称，就能卖到60元到90元不等的价格。利润更高的是“宠物四大美人汉服”套装，要价1888元。和另一位设计师萨路比起来，吴秋乔的生意还是“日常”许多。萨路的得意之作是定价1万元的宠物狗婚纱。

这款婚纱借鉴成人婚纱的款式，拖地曳尾，纱面翻涌，珍珠遍布全衣，花朵点缀裙身。命名“海的女儿”，披在一只飞耳小体泰迪身上，拍成了华丽的宣传照片。当然，这件婚纱尚未售出。它更像一款“概念车”——展示设计水准，并挑逗人们为宠物付出金钱的上限。如果宠物的需求也有层级的话，那朱虹的切入点更高一些——宠物陪伴机器人。她和团队研发出了一款名为Ebo的宠物陪伴机器人。据称，它能通过声音、光线、运动等方式在家里遛猫逗狗，还能自动充电。主人可以在App上远程操控Ebo，观察宠物状态，和宠物语音对话，也可以定时让Ebo跟宠物玩。在升级后的Pro版本里，Ebo跟人的交互被增强，还能实现猫脸、狗脸、人脸识别，拍摄地面视角下的宠物图片、视频。朱虹介绍，为了适应宠物的特性，Ebo采用了耐撕咬材料，选用声音更小的电机。

事实上，因为特殊的生理构造，猫和狗能听到的声音范围远超人类，这使得大部分猫对电子产品的声音极其敏感。一款宠物陪伴机器人，对宠物主来说可能是一个工具或助手，但也许在猫看来，是一只随时监控、跟踪并发出声音的巨大眼睛。

为了讨得主人欢心——Ebo被设计了不同的“皮肤”——麋鹿和圣诞老人的硅胶套。对一只猫来讲，这些只是一堆无意义的符号，但对宠物主来讲，硅胶套装让机器人本身也拟人化起来。

诸如此类供养宠物的故事还有很多：为携宠出行而兴的宠物酒店，让宠物改掉陋习的宠物学校，还有花样繁多的宠物摄影、宠物美容、宠物生日聚会……

黄斓曦和伙伴们喝下午茶时，萌发了做“宠物奶茶”的想法。之后参照人类奶茶的形态，黄斓曦和团队用鲜肉和羊奶做出了猫奶茶“喵茶”，每杯50毫升，定价15元。

据黄斓曦观察，大部分喵茶的买家最喜欢将奶茶分享在社交平台上。她们多用“狗狗居然能喝奶茶”“猫都有奶茶喝，而我没有”之类的口吻，分享自己给宠物提供的相对优渥的生活。

黄斓曦很清楚，“宠物奶茶就是要给你不一样的感觉”。她在每款产品的设计上都下了不少力气，比如，给不同的产品设计了萌化的包装形象，甚至给包装的狗狗形象申请了著作权保护。

与其说这些宠物消费是为了让宠物开心，不如说是为了让自己产生满足感。

在宠物经济里，触达宠物主的需求要比满足宠物的需求更聪明，也更易兑现回报。在这些故事里，大多数宠物被拟人、被社会化、被发掘需求，但这只是让他们的商业故事听起来更丰满。人世间有多少自我映射的需要，有多少无法复刻的遗憾，有多少扮演上帝的野心，就会有多少人把目光投向这些故事。宠物度过被供养的一生，也是度过被拟人、社会化的一生。

猎豹思维与羚羊思维

□连　岳

科比曾谈过如何教育女儿，我觉得很有价值。大意是他对女儿说，你要当猎豹，不要当羚羊。

女儿说，我想当羚羊。

科比说，那好吧，不过，我希望你当那只跑得最快的羚羊。

作为一个好胜的杰出球员，科比知道世界的本质是优胜劣汰，适者生存，他也有勇气接受这点。

这是理性的，它唯一的缺点就是显得太冷酷，所以聪明一点的人，都不太愿意直接说出这个观点，以避免受到攻击。他们自己一定会按这个原则行事，无论命运安排他们当猎豹还是当羚羊，他们都尽力跑得最快，跑得最快的猎豹才能抓住羚羊，跑得最快的羚羊，猎豹才抓不住。

更多人的思维是感性的，受不了羚羊被捕食的场景，尤其是这个场景有特写，展示丰富的细节，慢放，加上悲情的背景音乐，他们就认为猎豹是邪恶的，进化论无法接受。

一个人成长的过程，就是从感性走到理性的过程，在它们之间取得平衡。感性与理性的平衡，更多体现为抑制感性，因为人不缺感性，人对信息的第一反应就是感性，理性的思考链条长一点，辛苦一点，理性反而需要激发。

羚羊被猎豹吃掉很可怜，没有一只羚羊应该被猎豹吃掉，这是感性。如果这样的话，那么猎豹全得饿死，很可怜，这个推理就是理性。感性与理性平衡的结论是：我们不应该擅自打扰这个生存竞争，跑得最慢的羚羊被跑得最快的猎豹吃掉，这是自然运转的正常现象，我们看了于心不忍，但它是正常的，无解的。

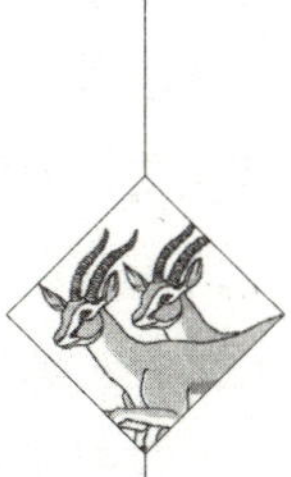

人每天也在接受挑战，我们也像猎豹一样辛苦，像羚羊一样无助。我们做的一切努力，都是在这挑战中生存。我们锻炼，控制体形，那是知道，疾病时时在攻击免疫系统，如果太衰弱，一次轻微的感冒就能夺走生命。我们努力工作、储蓄、维持现金流、理性投资，那是知道，经济会有黑天鹅，可能出乎意料地剧烈波动，财务不健康的人，在那个时刻就会破产。

有人说得好，我愿意去同情那些失败者，虽然这同情没什么用，只是让自己感觉好些，可是，我绝对不允许自己沦为被人同情的地步。这想法挺好，同情别人不是为了换取对自己的同情，对自己严厉一点，别那么多愁善感，尽力跑快一点就是了。

极端天气越来越多，我们该如何应对

□［美］比尔·盖茨　译/陈召强

世界各地的人，无论收入水平如何，都已经在遭受某种气候变化的影响。现在，我们每个人都必须适应不断暖化的世界。现在，我要讲的是那些我最先想到的、会在气候灾难中遭受最大痛苦的人以及最需要帮助的人。

在肯尼亚，有大约三分之一的人口从事农业生产。全世界有5亿个小农农场，约三分之二的贫困人口从事农业生产。尽管从业人口庞大，但由小农造成的温室气体排放非常少，因为他们根本没钱使用那么多涉及化石燃料的产品和服务。就人均二氧化碳排放量而言，一个肯尼亚人仅相当于一个美国人的1/56，肯尼亚农村地区的人均二氧化碳排放量更少。

一个极其不公的残酷事实是：这个世界上的贫困人口基本没有做任何导致气候变化的事情，其所承受的气候变化带来的冲击却最大。对美国和欧洲地区相对富裕的农民来说，气候变化带给他们的只是一些麻烦，而对非洲和亚洲地区的低收入农民来说，气候变化的后果有可能是灾难性的。

随着全球气候变暖，旱灾和洪灾的发生会越来越频繁，农作物绝收的情况也会越来越多。牲畜可吃的少了，产的肉和奶也就少了；空气和土壤失去了水分，植物赖以生存的水也就少了。

在南亚和撒哈拉以南非洲地区，数千万英亩的农田将处于严重干旱状态。各种农作物害虫泛滥成灾，因为它们要寻找更适于生存的环境。农作物生长季也会变得越来越短，如果升温4摄氏度，那么在撒哈拉以南非洲的大部分地区，生长季会缩短20%，乃至更多。

当你苦苦挣扎在生存边缘时，这当中的任何一个变化都可能是灾难性的。受气候变化影响，数亿人将面临物价飙升的挑战，而在他们的总收入中，原本就有超过一半花在了食物上面。受日趋严重的食物短缺的影响，越来越多的孩子将无法获得成长期所需的全部营养，这将导致其身体的抵抗力下降，他们就更有可能死于腹泻、疟疾或肺炎。

我在过去20年里开展了一系列与全球贫困相关的工作。在此过程中，我深入了解了贫困农民所面临的困境，以及气候变化将对他们造成的影响。

我们该如何应对？大致来说，你可以把适应气候变化分为三个阶段来考虑。

第一阶段是降低气候变化带来的风险，相关措施包括建设气候适应型建筑物和其他基础设施，保护湿地并将其作为防洪屏障，以及在必要的时候鼓励人们永久迁离已不适于居住的地区。

第二阶段是做好应对突发事件的准备工作。我们需要不断改进天气预报和预警系统，以便更好地掌握风暴的相关消息。而在灾难爆发时，我们需要装备精良、训练有素的应急救援队伍，以及处理临时疏散工作的应急体系。

第三阶段也是最后一个阶段：灾难发生后的恢复期。我们需要为流离失所的人制订服务计划，比如医疗保健和教育计划；为各收入阶层的人提供灾后重建保险，同时设立建筑标准，确保灾后重建设施比先前的设施更能抵御气候变化的冲击。

以下是适应气候变化的三大要点。

第一，城市需要改变发展方式。全球一半以上的人口居住在城市里，而且这个比例在未来几年会上升。在扩张过程中，许多高速发展的城市最终会将建筑工地扩张到冲积平原、林地和湿地上，而这些地方原本是用于调节水资源的：洪涝时排水，干旱时蓄水。

所有城市都会受到气候变化的影响，海滨城市遭遇的问题最严重。随着海平面的上升和风暴潮的加剧，数亿人可能被迫离开家园。到21世纪中叶，气候变化每年给全球海滨城市造成的损失可能超过1万亿美元。

气候适应型城市是什么样的呢?

城市规划者需要掌握最新的气候风险数据和基于计算机模型预测的气候变化影响数据。在掌握这些最新信息之后，他们就可以在相关方面做出更好的决策，比如如何规划居民区和工业中心，如何建设或扩建防波堤，如何保护城市免受日趋猛烈的风暴的袭击，如何强化雨水排水系统，以及如何建设高水位码头平台以使其免受不断上涨的潮汐的侵袭，等等。

气候变化还会迫使我们全面考虑城市的新需求。如果城市出现了极端高温天气，而很多人又无力负担空调费用，那么它就需要建立“降温中心”——供居民避暑的设施。

第二，我们应该强化自然防御体系。森林有蓄水和调节水的功能；湿地可以防止洪水，又可以为农民和城市提供水资源；珊瑚礁是海滨社区赖以生存的鱼类的栖息地。但这些以及其他应对气候变化的自然防御体系正在迅速消失，仅2018年一年，遭破坏的原始森林近900万英亩，而如果全球升温幅度达到2摄氏度——这是很有可能的，那么地球上的大多数珊瑚礁都将会退化、消失。

从另外的角度看，恢复生态系统会给我们带来巨大的回报。通过恢复森林和水域等生态环境，世界最大规模城市的水务部门每年合计可节省8.9亿美元。

第三，全球饮用水的需求量将超过供应量。随着湖泊和地下蓄水层的不断缩小或被污染，让每个人都能获得其所需要的饮用水将越来越困难。如果再不改变，那么到21世纪中叶，每月至少有一次无法获得足够饮用水的人数将会增加三分之一以上。

我们需要采取更切合实际的行动：通过激励政策降低用水需求，同时加大努力提升供水能力。这包括从废水回收利用到按需灌溉（一种灌溉系统，它既能大幅减少用水量又能提高农民的收成）在内的一切措施。

我们需要引入新的资金，用以资助适应气候变化项目。作为气候变化问题的主要责任者，我们应该帮助世界上的其他人渡过危机。

目前，我们很难想象世界各国能在人为设定地球温度这个问题上达成一致意见。在未来几年乃至几十年里，要想在降低全球温度的同时避免经济严重受损，地球工程是我们唯一已知的方式。或许有一天我们会陷入别无选择的境地。我们最好从现在就开始，为那一天做好全面的准备。

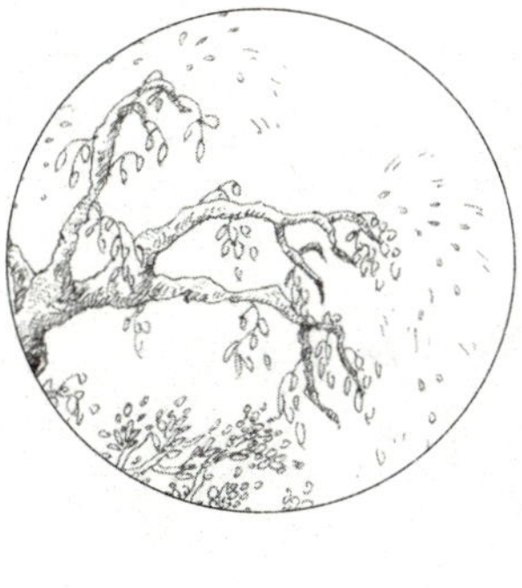
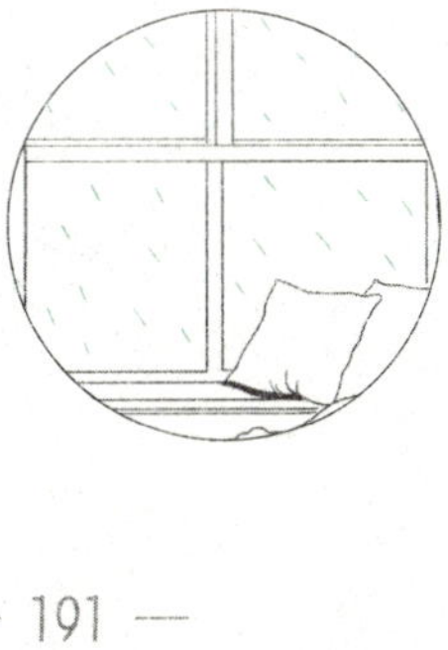

坏与好，谁更有力量

□徐　瑾

在行为经济学中，有一个著名实验。一般认为，抛硬币时正反面出现的概率是1∶1，但是大多数人不愿对抛硬币等额投注，原因就在于对于损失的厌恶：“他们不愿在抛硬币上冒损失20美元的风险，除非有机会获得相当于损失金额两倍的钱，即40美元。”

这一现象，诺贝尔经济学奖得主丹尼尔·卡尼曼和阿莫斯·特沃斯基称为“损失厌恶”，也就是说“损失造成的影响比收益大”。

普通人如此，伟人也是如此。据说20世纪80年代，美国前总统里根在纽约视察时，走过欢呼的人群，他对身边的纽约市长说：“天哪！你看，那边有人对我竖中指。”旁边的纽约市长感到很诧异，那么多人对你欢呼，总统阁下却只注意一个对他竖中指的人。伟人尚且难以免俗，何况凡人？从更深角度，你会发现，对“坏”的关注，其实来自我们的进化本能，这种本能起因都是保护自身，躲避危险。

原因在于，对“坏”的关注，主宰整个大脑，或者说，大脑天生胆小。正是这些特质，保护了我们。因此，人类的注意力，天然会被威胁吸引。实验发现，即使年仅8个月的婴儿，面对蛇和青蛙的照片，会更快地关注前者，面对悲伤和开心的脸，同样会更关注悲伤的脸——甚至可以说，大脑对“坏”或者危险更敏感，对“好”或者善，则视而不见。

可以说，人性对待负面的厌恶态度，不仅验证了中国谚语“一粒老鼠屎，坏了一锅粥”，更是验证了俄罗斯老话：“一勺柏油搅坏一桶蜂蜜，但一勺蜂蜜改变不了一桶柏油。”

如果“坏”如此强大，那么就需要学习先定义坏。学术文献中，会称之为“负面偏差”“负面主导”“负面效应”，也就是说，“负面事件和情绪产生的影响普遍强于正面事件和情绪的影响”。

对“坏”的关注，从进化而言对我们是有意义的，正是我们的大脑关注负面的特质，才使得我们可以更善于远离危险，也更善于学习。了解负面效应原理之后，我们应该思考，如何避免这些负面效应的放大，尤其不要让它去伤害对我们最亲近的人。

从这个意义上，人性始终是解答我们很多问题的根源。这就好像梁漱溟晚年对儒家的总结：“儒家站在人的立场，儒家说的话，说来说去，它从来不离开人，连鬼神都不大谈。不是那个子路嘛，问孔子生死问题，他就说：‘未知生，焉知死？’‘未能事人，焉能事鬼？’”

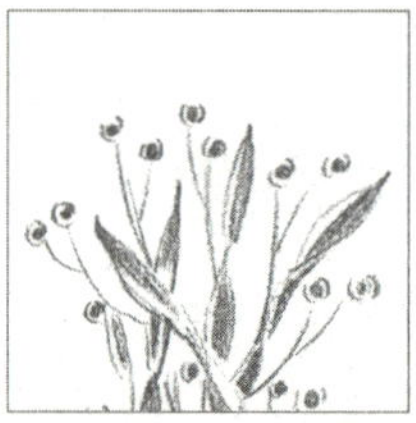

牛刀杀鸡

□陈鲁民

有个文学青年请教作家二月河先生，怎样才能写出好作品，有无诀窍。二月河则简单回答一句话：杀鸡要用牛刀。看那青年一脸茫然的表情，他又具体解释说，一个作家要想创作出佳作，就得付出超过常人十倍的努力，打起十二分精神，心无旁骛，全力以赴，拿出杀牛的劲头，用杀牛的刀来杀鸡。

古今中外，好作品的问世，不外乎两条路子。一是杀牛用鸡刀，靠天才吃饭。少数诗人作家，天赋过人，才华横溢，出口成章，涉笔成趣，随随便便就能写出锦绣诗文，如李白、王勃、苏轼、李清照等，这些人可羡而不可学。二是杀鸡用牛刀，靠卖力气过活。这是绝大多数诗人作家的共同选择，他们年复一年地苦吟，苦学，苦写，苦改，或“吟安一个字，捻断数茎须”，或“两句三年得，一吟双泪流”，或“为人性僻耽佳句，语不惊人死不休”……他们甘愿做文学苦工，作诗不怕费气力，著文肯下笨功夫，如杜甫、贾岛、孟郊与韩愈，还有路遥、陈忠实与二月河等。二月河先生就曾对人说：写作主要靠三气，有少许才气，不足为恃；运气尚可，值得庆幸；最主要的是靠力气，不惜力，能吃苦。一天写十几小时，一写二十多年，我就是再笨也得弄点东西出来。

做人做事，大体也是这两种办法。一是杀牛用鸡刀。这种干法的人个个绝顶聪明，光想着用巧劲，走捷径，找诀窍，寻门子，想着事半功倍，举重若轻，四两拨千斤，最好是玩着闹着就把事情干成了。这在理论上确实高明至极，可惜，在实践中几乎没有可能。有人会搬出苏东坡的《念奴娇》来说辞，瞧人家周瑜打仗多潇洒，小乔初嫁，羽扇纶巾，“谈笑间樯橹灰飞烟灭”；他忘了，那是浪漫诗人的极度夸张之语，若无孙刘十多万将士拼死苦战，恐怕等来的只能是“铜雀春深锁二乔”的悲剧。二是杀鸡用牛刀。这些人大都有些笨劲，脑子没那么“灵光”，做事也不太善变，因而往往发力过大过猛，小题大做，用心极专，全神贯注，成功的概率虽然很高，但肯定付出也多，投入产出不是那么鼓舞人心。似乎有点愚公移山的劲头，河曲智叟之类，颇瞧不上眼。

那有没有第三条路呢？虽然不想投机取巧，但也不想走冤枉路；尽管不奢望事半功倍，但也不愿事倍功半；虽说不敢兔子搏狮，也不想狮子搏兔；或许不奢望薄积厚发，也不愿厚积薄发。总之，是不想空耗力气，不做无用功，希望能恰到好处地付出，恰如其分地收获。这个想法很有道理，但实际上很难操作拿捏。毕竟，人不可能像计算机那样准确无误，丝毫不差，做人做事作文，不是发力过大，用劲过猛，杀鸡用牛刀；就是发力不够，投入不足，杀牛用鸡刀。所谓恰到好处，不多不少，只是个书面上的理想状态。这也就是说，实际上，只有这两条路可选，而没有第三条路。

要让常人选择，往往会选第二条路，即杀鸡用牛刀，这可能会显得笨拙一点，付出会多一点，但成功的把握也会更大。而且，走的冤枉路，做的无用功，付出的每一点心血，最后都会以这样或那样的形式赋予回报。至于第一条路，即所谓杀牛用鸡刀，那是极个别的天才在特别有利的条件下方可操控把握，想走这条路的人，最好先问问自己是不是天才，还得看看有无天时、地利。

杀鸡用牛刀，貌似笨拙不智，疏于算计，其实，是干好很多事情的“不二法门”。

远方是药也是病

□陈海贤

有一段时间，我在帮一个节目做心理顾问。这个节目要求选手在一个山清水秀的野外过一段全封闭的生活，24小时网络直播，持续一年。因为是封闭节目，为防止选手出现心理问题，所以节目组就委派我在每个选手上山之前跟他们聊聊。这件事本身就不同寻常，所以了解这些人参加节目的动机，就成了一件有趣的事。

来参加节目的人形形色色，有非洲某岛国长大的美女模特、有辞职在丽江开客栈的都市白领、有身家上亿的公司老总，也有到处流浪的行者和手工艺人……吸引这些不同身份、不同背景的人来参加节目的，并不是一般人以为的“成名”。很多人来参加这个节目，纯粹是被“别处的生活”“远方”这样的概念给吸引来的。

“远方”是一个神奇的词。卡尔维诺说，对远方的思念、空虚感、期待，可以延绵不绝，比生命更长久。这种思念究其本质，就是对生命可能性的向往。当人们陷入生活的琐碎无聊、疲惫厌倦时，“远方”就会在幻想中被制造出来。它所代表的可能性，既能容纳过去的失败、挫折和悔恨，又能容纳未来的希望。可是到了远方以后呢？如果你没有改变，他乡还是会变成故乡，疲惫和厌倦还会爬上心头。你要么适应，要么开始重新迁徙，周而复始。

被问到为什么想来参加这个节目时，有的选手说：“这几年工作挺忙，钱也没少挣，只是外面的生活太累了，处处都是钩心斗角。我只想到里面休息一段时间，过一段隐居的生活。”

他的意思是，换个环境就能重新来过，进了这个生活场，最开始很新奇、很开心，但过不了多久，疲态又来了。他开始觉得，里面的生活不但累，而且复杂，有流言蜚语、拉帮结派、钩心斗角、阴谋诡计，区别只在于，在外面的世界中，这些钩心斗角对应的标的物好歹是功名利禄这样社会上的硬通货，但是到了山上，人们的心思、伎俩和他们所图的利益完全不对称。

这些选手原本只想过一种安逸的生活，却没想到过得比外面还累。于是有人无奈地感慨道：“有人的地方就有江湖啊！”

节目里有个小伙子，在丽江做皮具、开客栈、种成片成片的向日葵。向日葵一开花，他就一手拿着向日葵花，一手握着自行车把，在田间歪歪扭扭地骑自行车，车后座载着心爱的姑娘。这哥们儿年轻的时候，在北京的大酒店当服务生，过得很苦闷。

有一天，他在网上看到一位大哥拍的到无人区探险的纪录片，恍然大悟：“这才叫人生！我也要过这样的人生！”他鼓足勇气，递交了辞职信，揣着几个月的工资，去远方寻找生计。他到了大理，看到有人在旅游区开了个小店，一边做皮具一边卖。他每天跑到人家小店门口蹲点，仔细观察人家怎么做。一个月以后，他也开始在街边卖皮具谋生了。

远方的生活当然也并没有那么美好。有一段时间，他在大理待得有些厌烦，就把皮具店的门一关，跑到西藏重新开店，卖起了各种石头、蜜蜡。

当觉得生活太无聊而感到厌倦时，他就有勇

气和信心换个地方重新开始。这种勇气和信心可是他在适应远方的艰难时培养出来的。

所以，“远方”的意义并不在“远方”，而是寻找的过程本身。但想象中的“远方”确实提供了人们启程的最初动力，而现实中的“远方”又培养了人适应新环境的能力。

所以，我们才会一而再，再而三地站在眼前的苟且处，歌颂起远方的田野。我们歌颂的是对庸常的不甘、对生活的向往和对改变的勇气。

所谓自由，就是被别人讨厌的勇气

□奇点不奇

我最近读日本哲学家岸见一郎的《被讨厌的勇气》，里面提到一个说法，一切烦恼都来自人际关系。

为什么烦恼？因为你总想得到别人的认可。

你的所有动作，都是为了得到别人的认可和赞美；你做的所有事，都会考虑别人会怎么看，你每天小心翼翼，讨好别人，害怕不被喜欢，听不得半点对自己的负面评价，你甚至因为别人的不认可而讨厌自己。

你每天向上爬、严格自律、殚精竭虑、昼度夜思，这样的日子，委实不快乐，但你心中憋着一口气，我要证明自己。

别人的认可给了你动力，但也给了你痛苦，当你不被认可时，你就痛苦，巨大的痛苦。你的人生，被认可驱使。

我们骨子里是不愿被人摆布的，想要自由，但我们很难摆脱寻求认可的欲望。

当别人的期望，遇上你寻求认可的欲望，于是，你一生都在为别人而活。

有多少夫妻，以爱之名想要改变对方，有多少父母，以爱之名想要控制孩子。

每个人都是独立的个体，每个人都有属于自己的生命流动，当他人对你产生期望，而你没有达到的时候，是他们预测的失败，而不是你执行的失败。

和动物共享地球

□王中中

为庆祝2021年世界地球日，AppleTV+推出了这部一小时纪录片《地球改变之年》（*The Year Earth Changed*，英国）。比起熄灯一小时的“环保行动”，花一小时把这部纪录片看完可能更加环保。

纪录片里呈现的镜头，都是人类行为给自然带来的真正肉眼可见的实在影响。

沉寂的城市传来鸟鸣、鲸鱼有了新的沟通内容、水豚出没于南美洲野外……当人类暂停下来，地球得以再次呼吸。

这部纪录片里我印象最深刻的一个情节是，印度作为世界上污染最严重的国家之一，在封锁仅仅12天之后，印度人民可以在自己家里看见喜马拉雅山，“原来喜马拉雅山一直藏在污染背后”。

因为全球海运交通大停摆，很多濒危海洋动物迎来了几十年难遇的机会。新西兰海域的海豚交流的距离比以往远了三倍，加拿大的虎鲸可以更有效地使用它们的超声波捕猎。

阿拉斯加海湾的座头鲸，通常需要和载着几百万名乘客的邮轮共享这片水域。而现在噪声和客人都消失了，座头鲸可以进行更加深入且有意义的对话，科学家们收录到很多从未听过的“鲸语”。

按理来说，雌海龟每逢两三年就会回到它们诞生的海滩产卵，但全球范围内的海龟数量一直在大量下降，部分原因是它们不愿意到越来越拥挤的海滩上去产卵。

过去十年，红海龟的成功安巢率下降到只有40%，而2020年的成功率骤增到61%，这是科学家们所见过的最高数字。现在沙滩上没了享受日光浴的人类，海龟找回了它们的主场。“当海滩对人类关闭，这些动物可以做几百万年来它们一直在做的事情。”

即使有些动物看似依赖着人类生存，但如果没有人类，它们只会过得更好。比如说最出名的日本奈良鹿，靠着每年3000万名游客的投喂，景区售卖的米糠饼干已经成为它们食物中的重要部分。景区关闭的时候，很多人担心奈良鹿会被饿死，虽然事实证明这又是人类的一次“自作多情”。

奈良鹿群中的“老人家”们带着一群鹿走出了寺庙，来到2.5公里之外的一片草地——这里有它们所需要的一切，曾经也是它们的一个觅食地。科学家还发现了这种新的饮食结构让它们更健康，而且游客减少意味着塑料垃圾减少，也降低了它们误食塑料死亡的风险。

我们缺席的时间越长，动物们就变得越勇敢。

曾经被认为只在夜晚活动的金钱豹居然在大白天出现，还发展了一套新的白日捕猎方式。南非的公驴企鹅大概是最高兴的动物，因为它们再也不用被迫加班，甚至还能加餐。

早上出发去捕猎的公驴企鹅，常常被海滩上挤满的人类挡住回家路，所以很多企鹅只能在岸边、海上等到日落，等到人类离开它们再启程回家。而如今，它们不仅能想走就走，天色尚早的话，它们还可以再去一次海里捕食。

在过去一年，人类并没有远离大自然——反而我们的生活，正以一种深刻而惊人的方式，和大自然紧密相连。

被“打脸”的感觉当然很痛，但或许这才是我们最需要的警示：我们最需要做的是什么？是寻找和世上所有的动物，共享地球的方式。

这才是我们作为一个心里有数的正常人类最应该关心的事。

这一次人性逻辑战胜了流量逻辑

□曹　林

流量逻辑似乎无坚不摧的语境下，乐见这一次疯狂的流量受到了人性逻辑的狙击，忍无可忍的善良民众，保护了一位96岁的老奶奶免受流量的消费和捕猎。

不知道触动了现代人的哪根神经，这位在风风雨雨中摆摊30年的老奶奶意外走红网络，“哭哭啼啼是一天，哈哈大笑也是一天”“在家歇着无聊，不如找一点有价值的事情做”，挑水砍柴，无非妙道，平常的生活叙述，成为被膜拜的金句。现代人似乎太迷茫了，莫名就会被某句话触动，形成瞬间的舆论燃爆。

“流浪大师”随口几句话，不知道让多少人神魂颠倒，大衣哥、拉面哥，如今红到96岁的老奶奶身上。摊位成了如德波所说的网络景观，将生活迷雾化，一批批人拥来排队围观，买饼，采访，合影，提问，满足好奇心。某些如蝗虫般的网红，满脸写满狰狞的流量欲望，试图挖出什么新的金句，去作为营销号的变现资本。一位本来安享着“自己虽辛苦却热爱之日常”的奶奶，无奈地被这群疯狂的网红摆弄着，疲惫不堪。96岁啊，哪经得起这种干扰？

看得出来，公众非常心疼96岁的奶奶，对这帮网红实在忍无可忍，舆论上演了一场对菜饼奶奶的保卫战。实际上，当金句开始流行，某些媒体习惯性地将奶奶的话无限拔高时，公众就已经开始反感了——能不能不一惊一乍？能不能多点关心少点说教，别把常人的朴实生活熬成自我感动的鸡汤？到网红开始像消费流浪大师那样消费奶奶时，人们终于爆发了。一群四肢健全的年轻人靠自食其力的老人家蹭流量，还要脸吗？一位勤劳的老人，要养活一群年轻的懒人，一群不事生产的年轻“网络乞丐”，有比这个更讽刺的场面吗？

那拥向奶奶饼摊的人群，有着各色人等，喜欢奶奶的，好奇的，寻找鸡汤慰藉的，吃个饼追个热度的，等着流量变现的。无论如何，这形成了一种把别人当成工具的、自私的流量霸凌。奶奶根本不知道发生了什么，被一群莫名其妙、不好好工作的人围观，人人手中都拿着一部手机，那里面有她不懂的技术和不懂的世界。不经她的同意，拍着她的生活，问着各种有卖点、取悦镜头外观众的问题，把她的影像上传到网络，对她的话进行各种各取所需的阐释，她却无力阻挡，只能被围观和消费。这跟传递正能量没什么关系，而是媒介景观和网红霸权对一个普通人生活的粗暴干扰，以背离他者意愿的方式将常人生活“生产”为可消费、可变现的网络景观。

不知道奶奶有没有这种厌恶：你们要是不来，我卖饼多自在啊！看她疲惫、佝偻的身影在围观人群和直播镜头之下，显得格外渺小，这就是网红镜头的霸权。

如今流行的随手拍，在结构上隐含着一种霸权，网红的随手，手机拍摄的角度，常常指向这些普通人。不经他人同意，不跟他人讲这种拍摄和上传带来的影响，不顾别人的感受，只关心自己的流量，以消费为中心。

他们不知道，不是每个“正能量”都需要流量加持，有些正能量，需要不被打扰的清静，需要人们到生活中自己去体味，安静地靠近，安静地温暖，正能量很多时候都是在寂静中光明，在热闹中消失。还好，这种贪婪的流量逻辑受到了人性逻辑的狙击。